Ilusionarium

Ilusionarium

José Sanclemente

Rocaeditorial

© José Sanclemente, 2016

Primera edición: octubre de 2016

© de esta edición: Roca Editorial de Libros, S. L.
Av. Marquès de l'Argentera 17, pral.
08003 Barcelona.
actualidad@rocaeditorial.com
www.rocalibros.com

Impreso por Egedsa
Roís de Corella 12-16, nave 1
Sabadell (Barcelona)

ISBN: 978-84-16498-30-7
Depósito legal: B. 18.307-2016
Código IBIC: FA; FH

RE98307

A la memoria de mi madre
que siempre dijo la verdad

Mundus vult decipi, ergo decipiatur.
(El mundo quiere ser engañado, así que deja que se engañe.)
CAYO TITO PETRONIO

Lo que los ojos ven y los oídos oyen, la mente piensa.
HARRY HOUDINI

Las Vegas, 25 de marzo de 2001

Entraron sin hacer ruido en la habitación del Caesars Palace. Era de madrugada, y Lorraine dormía abrazada a mí. El haz de luz del pasillo que se coló en la suite al abrirse la puerta me despertó, pero no tuve tiempo de reaccionar: dos manos me sujetaron por el cuello y otras dos tiraron de mis tobillos con fuerza, arrastrándome violentamente hasta el suelo de la habitación. Me di un golpe tremendo en la espalda al caer de la cama y a continuación sentí un puñetazo en el pecho, como un mazazo que comprimió mis pulmones y me dejó sin respiración. Debí de hacer aspavientos en la oscuridad con los brazos, porque rocé lo que me pareció una cara enfundada en un pasamontañas. Me inmovilizaron en unos segundos. Un hombre me sujetó por el tronco y el cuello y el otro bloqueó mis piernas con las suyas. Me colocaron cinta adhesiva en la boca y busqué el aire por la nariz desesperadamente. Entonces oí el grito ahogado de Lorraine: era un gemido de terror. Alguien descorrió la cortina del ventanal y la ardentía de los neones de la calle reverberó en la estancia. Vi a Lorraine desnuda intentando zafarse inútilmente de un individuo enorme que le tapaba la boca con una mano y la llevaba en volandas por la cintura, mientras un cuarto hombre abría con una llave la ventana antipánico y corría a ayudar a su compinche ante la resistencia de ella. Lorraine me miró despavorida y buscó alcanzar mi posición tendiéndome la mano, yo liberé un brazo y le rocé los dedos, ella movió bruscamente la cabeza y se liberó por un instante de la mano que le tapaba la boca para suplicarme con un hilo de voz:

—Christian, ayúdame.

Grité, impotente, con rabia. Me propinaron un golpe en la cara y la apartaron de mí arrastrándola hasta la ventana. Alzaron su cuerpo frágil y desnudo hasta el alféizar y la lanzaron como un fardo al vacío. La oí gritar. Cogí fuerzas de donde no tenía para liberarme de aquellos asesinos. No me importaba mi vida. Sabía que iba a morir, pero nada pude hacer. Lo último que recuerdo, antes de que me volvieran a golpear para dejarme inconsciente, es que uno de los asesinos pronunció el nombre de Mac Gideon.

Cuando recobré la conciencia el sol entraba con fuerza por la ventana, que estaba cerrada. Miré hacia abajo: no vi nada. Fui dolorido hasta el baño y me miré en el espejo: tenía sangre seca por toda la cara, pero no parecía brotar de ninguna herida. Bajé hasta la recepción buscando el lugar donde debía de haber caído el cuerpo de Lorraine. La ventana de nuestra habitación daba a un patio trasero en el que se almacenaban las basuras de los restaurantes, y los cubos estaban medio vacíos a esa hora del mediodía. En la perpendicular de la ventana vi el rastro negruzco que había dejado un líquido viscoso. Lo toqué instintivamente: alguien había limpiado lo que seguramente había sido un charco de sangre. El cuerpo de Lorraine había desaparecido.

Capítulo 1

Un encargo muy extraño

27 de octubre de 2015

Cuando la viuda de Sullivan me pidió que subiera a su despacho, pensé que alguien me estaba tomando el pelo. En los treinta y cinco años que llevaba trabajando en el *Sentinel* de Nueva York nunca había pisado la moqueta del piso veintiuno de Globe Communications, y por descontado, jamás había recibido una llamada personal de la vieja editora a mi teléfono en la redacción.

Martha Sullivan apenas bajaba dos o tres veces al año a la quinta planta para presidir el consejo de redacción del periódico, y siempre sospeché que lo hacía con la intención de que los periodistas no olvidáramos que seguía manejando los hilos del diario tras la muerte de su marido. Sabía de ella por sus apariciones en las recepciones oficiales de los políticos en Washington, por sus encuentros públicos con los más distinguidos y poderosos empresarios neoyorquinos y por las galas de beneficencia a las que solía acudir en compañía de otros millonarios.

Cuando presidía una junta del periódico, la editora lo hacía con discreción; tomaba notas y parecía prestar atención al director y a los redactores jefes, quienes debatían los temas noticiosos del día sentados a la larga mesa instalada en el interior de un cuadrilátero, acristalado e insonorizado, que permitía a los reporteros curiosear en su interior desde sus puestos de combate.

Tanto cristal obedecía al deseo de su marido, Greg Sullivan, fallecido hacía seis años, que veía en él un símbolo de la transparencia informativa, a la cual consideraba el fin necesario del periodismo. El malogrado editor me había dicho en más de una ocasión: «Señor Bennet: la transparencia se tiene que palpar en todos los detalles. Si cuando escribe una historia esconde sus verdaderos intereses y compromisos, ¿cómo va a ser honesto con lo que publica?». Greg Sullivan se convirtió en mi mentor cuando yo tenía poco más de veinte años y era un joven reportero que cubría las crónicas locales de Nueva York en el *Sentinel*.

La voz de la viuda se me antojó quebrada y lejana. Seguramente hablaba a través de un «manos libres» y no la reconocí, aunque no tenía por qué hacerlo, pues apenas había cruzado con ella algún saludo protocolario.

—Señor Bennet, soy Martha Sullivan, le ruego que suba a verme un momento. Le estaré esperando en mi despacho —oí a través del auricular.

—Claro que sí, señora, ahora mismo, en cuanto acabe de cerrar el maldito reportaje sobre los gusanos de seda que va en primera página y pasee a mi perro por la Quinta Avenida —dije bromeando a quien creía que hacía lo propio al otro lado del teléfono.

—Christian Bennet, es usted muy gracioso, pero no tengo demasiado tiempo para sus bromas. Mi secretaria le está enviando el ascensor privado que sube directamente hasta mi oficina. Tómelo, le espero —dijo con voz firme.

Al instante oí el tintineo de una campanilla que anunciaba la apertura del ascensor, provocando la expectación de mis compañeros periodistas, que volvieron la vista hacia el interior de la cabina vacía.

Martha Sullivan había colgado el teléfono y yo me sentí como un estúpido. Atravesé la redacción sorteando primero la sección de política, luego rodeé la de economía y por último me interné en la de sociedad y espectáculos hasta alcanzar la puerta del elevador. En esta última sección, mis mocasines —bien lustrados por Manuel, el limpiabotas mexicano que se instalaba diariamente en la calle Cincuenta y Ocho con Broadway, a pocos metros de la puerta de entrada del *Sentinel*—, tropezaron con las revistas que yacían desparramadas por el piso y patiné sobre el papel satinado, en el que aparecía sonriente el alcalde Bill de Blasio junto a Cynthia Nixon, la pelirroja de *Sexo en Nueva York* y la lesbiana más popular de Manhattan, que había sido un sonado fichaje como asesora del demócrata. Sarah Jessica Parker y Alec Baldwin, presentando una gala para una ONG, también fueron aplastados sin conmiseración por mis torpes zancadas.

Sin embargo, los redactores no se fijaron en mí hasta que entré en el ascensor. Las miradas seguían puestas en la cabina vacía, quizás esperando la aparición por sorpresa de la editora. La célula fotoeléctrica disimulada en su interior se tomó un tiempo para detectar mi presencia y ordenar al mecanismo el cierre de la puerta. Eso les dio margen a mis compañeros para embobar sus semblantes y al director, que había salido de su jaula —así llamábamos a su despacho, también acristalado por los cuatro costados—, a gesticular con muecas inquisitorias que contesté con un encogimiento de hombros. Aquella mímica improvisada, entre murmullos de los compañeros, se me antojó eterna. No hay nadie más chismoso que un periodista desconcertado que huele el humo pero desconoce la procedencia del fuego. Imaginé que tras la puerta que se cerraba ante mí se iban a producir varios rumores y corrillos.

15

Subir hasta la planta veintiuno me llevó escasos segundos en aquel elevador veloz y silencioso, cuya moderna mecánica quedaba disimulada por la caja forrada de madera de raíz de nogal y las luces de tulipa en el techo. Apenas tuve tiempo de abotonarme la americana y ajustarme el nudo de la corbata, que afortunadamente ese día llevaba puesta: había tenido que acudir a la sede de la ONU para entrevistarme con una fuente que me iba a aportar información sobre ciudadanos americanos sometidos al riesgo de contagio por el virus del ébola en Sierra Leona. Al parecer, una gran corporación petrolífera de Texas estaba explotando yacimientos en una zona donde el virus estaba muy extendido y tenía constancia de que sus trabajadores no iban a ser repatriados a Estados Unidos, a pesar de que algunos habían presentado la dimisión. Pese a que el entrevistado no era ningún alto cargo, mi experiencia me decía que un redactor del *Sentinel* con corbata imponía mucho más respeto que sin ella. La informalidad quedaba para los reporteros de televisión, que solían ir a la caza de respuestas rápidas y fáciles con las que los editores hacían montajes ocurrentes en informativos vacuos y frívolos, aunque de máxima audiencia.

Al abrirse la puerta del ascensor me encontré esperando a la secretaria de la editora, que se presentó como Eva Bentley. Era una mujer de mediana edad con unas gafas de montura de pasta granates que le aumentaban exageradamente el ojo izquierdo, de un modo casi inquisidor; tenía el pelo medio canoso recogido en una coleta. Era alta y de fuerte complexión, y aunque sus caderas eran pronunciadas estaban embutidas en un traje chaqueta ajustado y no conseguía que su físico apareciera del todo estilizado. Me examinó con su gran ojo izquierdo y, ladeando el cuello, me indicó que la siguiera. Caminé un buen trecho por una moqueta afelpada de pelo, tan gruesa que tuve la sensación de flotar por aquella inmensa sala. Las paredes estaban repletas de cuadros. Mis conocimientos de arte eran limitados, pero no tanto como para no reconocer un Kandinsky, un Warhol y hasta un par de De Kooning en el que aparecían mujeres con voluptuosos pechos y grandes ojos como los de Eva Bentley, que me pareció haber visto en el mismísimo museo Metropolitan de Nueva York. La familia Sullivan era toda una institución en la ciudad: varios bancos de madera en Madison Square y en Central Park exhibían una pequeña placa con la inscripción de la donación que había llevado a cabo para reforestar los parques, y más de una sala del MoMA contenía obras cedidas por el magnate de la comunicación Greg Sullivan, quien financió buena parte de la construcción del museo Guggenheim cuando se trasladó en 1959 hasta la sede actual, en la calle Ochenta y Nueve con la Quinta Avenida.

Me senté a esperar donde me indicó la «señorita caderas ampulosas y ojo izquierdo grande», en un sofá *chevy* típicamente americano de color rojo y negro que me dio la sensación de acomodarme en el asiento de un Chevrolet de los cincuenta. El silencio reinaba en la planta, puesto que el tráfico vespertino que discurría por Columbus Circle llegaba amortiguado a través de los ventanales que daban a la intersección de la plaza con Broadway. Al cruzar las piernas me percaté de que por culpa de un maldito chicle se me había pegado a la suela del zapato un recorte de *The New Yorker* y había aplastado al alcalde De Blasio con su corbata alimonada. Despegué el pedazo de papel e hice una bola con él rebañando la goma de mascar, pero no encontré a la vista ninguna papelera, así que la oculté con disimulo bajo el asiento del sofá-chevrolet.

El silencio casi sepulcral de aquella planta del edificio me empezaba a turbar. Quizá lo que me incomodaba era el contraste entre aquella calma y el hervidero de voces y de tim-

17

bres de teléfono sonando sin parar, junto a aquel olor a humanidad al que estaba tan acostumbrado y que se acumulaba a media tarde en el departamento de noticias de más abajo. Por el contrario, el piso veintiuno olía a desinfectante cítrico y había algo decadente en él. Parecía como si la constante renovación del viejo edificio del *Sentinel*, construido en los años veinte, se hubiera interrumpido en aquella lujosa y muda planta.

—Señor Bennet, si es tan amable de acompañarme, la señora Sullivan le está esperando —dijo la secretaria. Cuando iba tras ella me distraje especulando sobre si llevaría una faja bajo la falda que le presionaba las nalgas de manera tan evidente. Había visto anuncios en televisión de unos corpiños y recoge-glúteos milagrosos que se llamaban «piel de ángel» y pensé que seguramente vestía uno de esos. Me sorprendí al recordar el estúpido anuncio en ese momento. Cuando me enfrentaba a algo desconocido mi cerebro solía distraerse con pensamientos absurdos y banales, una costumbre que me servía para evadirme, supongo.

Caderas Prietas llamó dos veces a una puerta de madera de doble hoja y la abrió, haciéndose a un lado para franquearme el paso al despacho de Martha Sullivan.

La editora del *Sentinel* estaba sentada al fondo de la sala, tras una gran mesa, y no hizo ademán de levantarse cuando me vio entrar. Tuve que recorrer media docena de metros hasta llegar a ella para estrecharle la mano. El despacho estaba en semipenumbra y el ventanal que tenía a su espalda, que daba a la avenida Broadway, reflejaba en la habitación el neón rojizo de la CNN coronando la azotea del moderno edificio acristalado de la agencia de publicidad Young and Rubicam, situado enfrente, que contrastaba con el del viejo *Sentinel*, de fachada de piedra caliza y terracota, similar a la del Flatiron, en la Quinta Avenida. El diario parecía una antigualla de museo si se comparaba con las instalaciones que a poca distancia poseían HEARTS, CNN o la multinacional publicitaria.

Noté a Martha Sullivan muy desmejorada. Había sido una mujer bella en otro tiempo y, aunque no había cumplido los setenta y cinco, su imagen no era ni de lejos la que hacía solo unos meses había publicado la revista *Vanity Fair* en una entrevista con glamuroso despliegue fotográfico que recordé haber hojeado en la sala de espera del dentista. Sus ojos achispados e inteligentes se habían encogido y replegado bajo unos párpados hinchados y la piel de sus pómulos aparecía destensada. Su nariz estaba afilada y los labios, otrora carnosos, eran incoloros y concisos. Solo aquella lacia melena rubia parecía tener vida propia en el semblante mortecino de Martha Sullivan.

—Siéntese ahí, señor Bennet —me indicó con un gesto el sillón de época que estaba a pocos metros de la mesa.

Me quedé contemplando cómo la editora se retrepaba con dificultad contra el respaldo de su silla, que resultó ser de ruedas y que movió con un *joystick* en dirección al centro de la sala.

—No sabía... —balbuceé, intentando no mostrar compasión por su estado.

—No lo sabe casi nadie, señor Bennet. Estoy enferma. Diría que me queda poco tiempo... —Esbozó una sonrisa melancólica pero al momento intentó corregirla con un gesto de impostada firmeza.

Me senté en el sillón afrancesado, que me resultó incómodo y poco práctico, con los reposabrazos demasiado altos y una tapicería floreada y grumosa muy alejada de mi gusto. Debía de ser una pieza de coleccionista, pero no se la hubiera aconsejado para echar una siesta ni a *Astor*, mi perro. Martha Sullivan maniobró con la silla de ruedas y la situó frente a mí.

—Lleva treinta y tantos años con nosotros, Christian. ¿Le puedo llamar por su nombre, señor Bennet? Mi marido le tenía mucho aprecio

Vacilé un instante. ¿Me había llamado para ofrecerme la medalla de oro del *Sentinel*? O, lo que era peor, ¿para despedirme en persona? En los últimos tiempos se habían producido algunos despidos de redactores *seniors*, que eran reemplazados por jóvenes aprendices con una cuarta parte de sus sueldos pero con gran destreza en las tecnologías digitales y miles de seguidores en sus redes sociales. Yo cumpliría dentro de poco cincuenta y seis.

—Por supuesto, señora Sullivan, puede llamarme Christian… ¿Y puedo preguntarle por qué me ha llamado?

—No sea impaciente, Christian A. Bennet. ¿Qué significa esa A entre su nombre y apellido?

Yo estaba realmente desconcertado. Intenté relajarme, fijándome en que su pelo lacio era con seguridad postizo, sin duda una buena peluca de pelo natural y bien cuidado. Recordé el *shock* que sufrí cuando entré en una perfumería de la calle Catorce para comprar un champú y me topé frente a un centenar de rostros de maniquíes con diferentes pelucas. Las caras alineadas en estanterías, aunque estaban bien maquilladas, se me antojaron cadáveres vivientes. El rostro de Martha Sullivan parecía tener la misma expresión.

—Arbois era el apellido de mi padre. Era francés, de París. No lo uso nunca. Nos abandonó cuando yo era un niño; no tengo muchos recuerdos de él. —Me percaté de que mis palabras, secas y cortantes, la habían afectado y me sentí absurdamente culpable—. No tiene por qué preocuparse, está superado hace mucho tiempo —le dije esbozando una amplia y tranquilizadora sonrisa—, al poco nos vinimos a vivir a Manhattan con mi madre —añadí recordando vagamente a un hombre vestido de uniforme descendiendo de un coche con el que se marchó un día para no regresar jamás.

—Christian —al pronunciar mi nombre me tomó la mano y empleó una ternura que me incomodó—, es usted un periodista brillante, sin duda el mejor del *Sentinel* y uno de los mejores de Nueva York. Era el preferido de mi marido, no en vano entró usted con solo veinte años y ganó un Pulitzer…

—¿Van a prescindir de mí? ¿Estoy despedido, señora Sullivan? No es necesario que se ande con rodeos, de verdad.

Soltó mi mano como un resorte y se la llevó a la boca incrédula.

—¡Dios mío, no! No es eso, ¿cómo ha podido pensar…?

—No sé…, ahí abajo se respira cierta inquietud. Dicen que si no eres un todoterreno digital ya puedes ir cavando tu fosa.

—¿Eso dicen? Bueno, yo no soy una experta. Sé que este negocio está cambiando, pero lo que nunca cambiará es el olfato periodístico, y usted lo tiene, Christian.

Sentí alivio y mi inquietud se tornó en curiosidad. Me arrellané en el sillón francés para buscar una posición mínimamente cómoda entre los muelles, que parecían haberse salido de su interior. Clavé la mirada en los ojos enrojecidos e hinchados de Martha.

—¿Qué enfermedad padece, señora Sullivan?

—Algo que los médicos no pueden curar. Te hacen miles de pruebas y acaban ensayando tratamientos experimentales sin resultado; total para irte consumiendo con lentitud. Lo llaman linfoma no Hodking en grado cuatro. Puede que no pase de estas Navidades —dijo ella con naturalidad y conformismo.

Quedaba menos de una semana para Halloween. «Apenas dos meses de vida», me dije.

—Lo siento, de verdad. No sé qué…

21

—¿Qué puede hacer? —me interrumpió—. Puede ayudarme, y mucho —dijo con voz queda.

—No sé por qué yo…, quiero decir que apenas…

—Sí, apenas nos conocemos. Es cierto que he gobernado este barco desde la distancia. Greg, mi marido, era más periodista que empresario, o por lo menos anteponía la tinta a los números. Y no le fue mal. A él le gustaba bajar a galeras, como solía decir; apenas utilizaba este despacho que yo heredé. Mi papel era ocuparme de la casa, de acudir a los actos sociales que él consideraba aburridos… En fin. Invirtió mucho dinero en la ciudad, en el arte, aunque este no le llegó a interesar gran cosa. Yo estaba detrás de esas inversiones, en las galas benéficas y en los consejos de las fundaciones e instituciones de los que éramos patronos. ¿Qué se dice en la redacción de mí? Supongo que deben de pensar que este negocio me importa poco, ¿no?

—No he oído comentarios sobre usted. El periódico lo manejan el director y el administrador, y supongo que mientras la gente cobre sus nóminas no tiene queja —mentí piadosamente, pues había oído en algún consejo de redacción que se notaba la falta de la impronta de alguien como Greg Sullivan al frente del diario. También se rumoreaba que los fondos de inversión estaban tomando posiciones en su capital. De alguna manera yo también añoraba al viejo editor.

—Ya. Pero estamos viviendo tiempos muy difíciles. Desde el atentado de las Torres Gemelas el país ha cambiado, Christian. Mi marido hubiera sabido cómo afrontar todo esto. Tenía el pulso de lo que pasaba en la calle, aunque no saliera de su despacho en la redacción. Poseía un sexto sentido que le hacía interpretar los cambios y sabía discernir lo relevante de lo accesorio, a veces publicando precisamente pequeños detalles de la realidad que él consideraba necesarios para guiar a los lectores.

—Era un buen editor. Me dejó entera libertad para hacer mi trabajo, y es algo que le tengo que agradecer; pero de algún modo imperceptible siempre dejaba caer una sugerencia que me hacía enfocar la noticia de otra manera. Recuerdo que solía decirme que la gente lo entendería mejor de esta u otra forma, y al final todos sabíamos que esa gente impersonal y desconocida a la que se refería era él mismo. Si él no entendía su propio periódico era que algo había fallado en el proceso de la noticia. Aprendí mucho de él.

—Y ganó un premio Pulitzer.

—Bueno, eso fue hace más de quince años.

—Fue un gran trabajo. Y se jugó la vida para destapar la connivencia de los políticos con aquella mafia. Greg estaba orgulloso de usted —insistió ella.

Estaba hurgando en una llaga. El tiempo no había sido capaz de borrar la mella que había infligido en mi vida el final de aquel episodio. Descubrirle al mundo los vínculos entre diversos políticos de peso y la mafia del juego y la prostitución que movía los hilos en Nueva York y Las Vegas me hizo ganar el Pulitzer, cierto, pero casi me cuesta la vida. Los recuerdos se sucedían en mi mente como los destellos de flash de una cámara fotográfica, que me herían en lo más profundo y se detenían en la imagen de Lorraine en aquel hotel de Las Vegas, desnuda en la cama, abrazada a mí. De pronto, aquellos cuatro individuos entrando en la habitación. Dos de ellos forcejearon con ella para lanzarla al vacío por la ventana mientras los otros dos me propinaban una paliza de órdago, cuidando de no dejarme inconsciente antes de que Lorraine, resistiéndose con un grito ahogado, alargara su brazo para intentar asirme de la mano y evitar su trágico final. Esa escena me iba a perseguir toda la vida: los dedos de Lorraine rozando levemente los míos y su mirada angustiada por la impotencia. Ella fue la víctima, yo… No sé qué fui yo, pero sobreviví, y gané prestigio y reconocimiento con el maldito Pulitzer, aunque me costó años de sentir miedo, de despertarme por las noches buscándola. La amé tanto que el recuerdo de su ausencia llenó mis días de soledad hasta la fecha.

Yo gané un Pulitzer, pero me dejé en el tintero la historia más descarnada, mi propia historia, que jamás hice pública porque sabía que sería malinterpretada. Como decía Greg Sullivan, que me recomendó que guardara silencio, sin los detalles adecuados la gente no la hubiera entendido.

—¿Se encuentra bien, Christian? —preguntó la editora, que debió de percibir mi turbación.

—Sí, por supuesto —dije rehaciendo la postura en el engorroso sillón. Me fijé en que la oscuridad en la calle avanzaba por momentos y la tenue iluminación del despacho adquiría más consistencia por contraste con el exterior, al tiempo que la tez de Martha Sullivan palidecía—. Me decía que la puedo ayudar. Estoy a su disposición, señora Sullivan. Dígame en qué le puedo ser útil.

—Imagino que todo lo que le voy a contar quedará entre usted y yo, algo así como el *off the record* periodístico. ¿Verdad, Christian?

—Sí, claro. No se preocupe por mi silencio. Tiene mi palabra.

—Quiero que encuentre a mi hija —dijo de sopetón.

—¿Su hija? No sabía que tenía una hija. Greg jamás me habló de ella. ¿No sabe dónde está?

—No se hablaba con Greg. Cuando cumplió dieciocho años se marchó de casa y desde entonces no la he vuelto a ver. Ni siquiera una llamada. No vino al entierro de su padre. No sé dónde está —lo dijo sin mostrar ninguna emoción.

—Señora Sullivan, ¿se da cuenta de lo que me está pidiendo? Quiere que busque a su hija que desapareció hace…

—Va a hacer diecisiete años. Angela habrá cumplido treinta y cinco.

—¿Ha ido a la policía? Hay detectives que usted puede pagar, ese no es el trabajo de un periodista —repliqué intentando ser firme pero lo menos descortés posible.

—No es un asunto para la policía. Mi hija es mayor de edad y no puedo reclamar que la busquen. En cuanto a los detectives, sé que suelen trabajar para ambos bandos.

—¿Ambos bandos?

—Christian, le voy a contar una cosa. Cuando yo muera, dentro de poco, todo esto —alzó la vista y giró la cabeza en derredor— pasará a manos de Dan Barrymore... Bueno, de él y de sus socios en el fondo de inversión.

—Pero ¿de qué me está hablando, señora Sullivan?

—De deudas, Christian, de deudas. Cuando mi marido necesitó financiación, Barrymore se la ofreció sin problemas y así pudo salvar el periódico. Pero no fue gratis. Cuando murió, Greg me dejó las acciones del *Sentinel*; sin embargo, estas tenían una servidumbre: un pacto con el fondo, que implica que en cuanto yo falte se quedará con la totalidad de la empresa si no hay un heredero consanguíneo, tal como se estipula en ese acuerdo. Al viejo Barrymore no le interesa el periódico, lo cerrará en un santiamén y se quedará con el resto de nuestro patrimonio. ¿Cree que puedo ponerlo en manos de un detective? ¿Sabe cuántos deben de estar al servicio de ese depredador financiero? Solo este edificio vale decenas de millones de dólares, y las obras de arte..., no quiero ni pensarlo. Ha sido toda mi vida, toda nuestra vida. —Martha Sullivan se mostró compungida.

—¿No puede comprarle su participación a ese tal Barrymore?

—¿Cree que no lo he intentado? Y de todas formas, ¿a quién le iba a dejar la Globe Communications? No tengo fa-

25

milia, solo me queda encontrar a Angela, mi hija. Es una mujer inteligente, sé que es buena y está preparada…

—¿Cómo lo sabe? —la interrumpí—. Hace años que no la ve, ni siquiera sabe si está viva.

—Angela está viva. Lo sé. Si quiere es un presentimiento de madre. Y es una mujer con talento. No supimos entenderla cuando nos dijo que quería dedicar su vida al mundo de la creación artística y al espectáculo. Su máxima aspiración era el ilusionismo. Para Greg fue una gran decepción, y yo fui incapaz de apoyarla; ahora me doy cuenta del tremendo error que cometimos. Tiene que encontrarla, Christian.

—¿Y por qué cree que yo soy el indicado para buscarla? No sabría por dónde empezar…

Martha Sullivan me interrumpió alzando las palmas de las manos; me impresionaron sus dedos afilados y el antebrazo venoso y falto de carne que quedó al descubierto.

26

—Usted es mi única posibilidad, Christian, y enseguida lo entenderá: usted sabe mucho acerca del mundo en el que se mueve mi hija. Lo contó en aquellos reportajes que merecieron el Pulitzer. Convivió con la gente del espectáculo, desentrañó lo que había detrás de los escenarios, pero también estuvo en ellos presenciando los *shows* de los ilusionistas. Tengo entendido que es usted un experto en magia. Dará con ella donde quiera que esté, tengo esa corazonada.

—Oiga, señora Sullivan, ya le he dicho que esos reportajes tienen quince años, y su hija desapareció…

—Hace diecisiete —apuntó de nuevo la editora.

—Bien. Pues desde que escribí esos artículos ya no he vuelto a estar en contacto con el mundo del espectáculo ni nada parecido. Si lo quiere saber, de hecho, no he visto desde entonces ni un musical de Broadway; aquello fue un asunto de organizaciones mafiosas que utilizaban como tapadera a las artistas de los *shows* y las obligaban a prostituirse con los clientes que se dejaban la pasta en los casinos. Tenían compradas las voluntades de los políticos: les daban las licencias y ellos financiaban sus campañas políticas... —Me detuve y la miré fijamente a los ojos para decirle con firmeza—. ¿Qué tiene todo eso que ver con su hija? Siento no poder ayudarla.

Martha Sullivan guardó silencio y hundió la mirada en su regazo. Parecía calibrar lo que me quería decir.

—No lo contó todo, ¿verdad, señor Bennet? —dijo al fin, volviendo a llamarme por el apellido y fijando en mí sus ojos enrojecidos.

—No sé a qué se refiere... —titubeé.

—Sí que lo sabe, lo sabe perfectamente: hubo pequeños detalles que podían haber cambiado la historia que contó, y quizá hasta el Pulitzer que le dieron por ella. Esos pormenores que por alguna razón no publicó y que Greg pasó por alto haciendo la vista gorda. Él, que todo lo controlaba, dio luz verde a sus reportajes, digamos que incompletos. ¿No es así? No, no diga nada. —La editora negó con la cabeza. Yo estaba desconcertado y me alivió no tener que improvisar una respuesta—. No le he pedido que viniera a verme para hablar de los fundamentos del periodismo, ni siquiera para recriminarle nada. ¡Quiero que encuentre a Angela!

Me quedé pensativo. Aquella mujer estaba haciendo un esfuerzo por hablarme con la contundencia que quería imprimir a sus palabras, y eso me imponía tanto como me desconcertaba lo que pudiera saber del caso de los ilusionistas, como llamaron entonces a mis reportajes premiados con el Pulitzer. ¿Qué insinuaba Martha Sullivan? ¿Qué información tenía de lo que entonces ocurrió? Los secretos, que los hubo, quedaron siempre entre su marido y yo, fue un pacto de silencio.

—Voy a necesitar algunos datos, algo más de información —dije al fin resignado—, y no será una tarea fácil —añadí.

—Sí, y además contra reloj —la editora esbozó una lacónica sonrisa—, porque me queda poco tiempo.

—Hábleme de Angela. Necesito que me lo cuente todo sobre ella.

Martha Sullivan no contestó, prefirió dar la vuelta a la silla de ruedas maniobrando con el *joystick* para acceder a un maletín de piel negro que estaba sobre un aparador isabelino, junto a la ventana. Se lo colocó sobre el regazo y avanzó hacia mí con el siseo casi imperceptible del motorcillo eléctrico que la impulsaba.

—Aquí está todo lo que le puede interesar, Christian —volvió a llamarme por mi nombre—. Lo último que sé de ella se remonta a cinco o seis años atrás. Según podrá comprobar, iniciaba entonces una gira por Europa.

28

Abrió el maletín y alargué instintivamente el cuello intentando adivinar su contendido. Eran recortes de periódicos. Martha Sullivan tomó el primero, parecía que los tenía ordenados cronológicamente, y me lo entregó temblorosa para que lo leyera.

Examiné el papel, que amarilleaba por el paso del tiempo. Era una página del diario francés *Le Figaro* y estaba fechada en diciembre de 2009. Tuve una extraña sensación al ser capaz de leer con fluidez en francés; todavía conservaba en buen uso mi lengua de nacimiento y de mis primeros años de vida en París. También el empeño de mi madre de que durante la enseñanza secundaria lo estudiara en Nueva York había dado sus frutos. En Manhattan se hablaban decenas de idiomas, pero el francés no era muy habitual, y se me antojó que últimamente solo recordaba haberlo visto escrito en los menús de algunos restaurantes como el lujoso Le Bernardine o el más popular Balthazar, donde solía dirigirme a algunos de los camareros en su idioma nativo. Constaté que debía de ser cierto que lo que se aprende en la niñez es difícil de confinar en el olvido con el paso del tiempo.

En el pie de página había una entradilla breve subrayada con rotulador:

> Se acabó la ilusión
>
> Inesperada ruptura de la pareja de magos Larry y Daisy
>
> Dos días después de la brillante y espectacular actuación de escapismo en el Lido de París, el mago Larry ha anunciado la separación de su compañera en la vida real y en los escenarios, la gran ilusionista Daisy. Larry, oriundo de Argentina y cuyo verdadero nombre es Darío Escobar, dijo a preguntas de los periodistas que habían decidido de mutuo acuerdo separarse personal y profesionalmente. Larry y Daisy, que triunfaron en Las Vegas y en Broadway (Nueva York) con su espectáculo *Ilusionarium*, han optado por tomar caminos separados. Escobar explicó que ya no volverá a formar pareja en los escenarios y que a partir de ahora su nombre artístico será Spooky (Fantasmal). Compareció ante la prensa solo, sin su compañera Daisy, neoyorquina, cuyo verdadero nombre es Angela, a quien ha sido imposible localizar por parte de este periódico. La actuación prevista en Barcelona para la próxima semana ha sido suspendida.
>
> L.C.

—Uhm, ya veo. Parece que su última actuación fue en diciembre de 2009. ¿Y no ha vuelto a tener noticias de ella?

—No he vuelto a saber nada.

—¿Cómo consiguió este periódico y todos esos otros recortes? —Señalé el maletín abierto sobre la falda de la editora—. Ha estado siguiendo sus pasos, ¿verdad?

La mirada de Martha Sullivan se tornó esquiva, me pareció que sus mejillas pálidas adquirirían un leve tono sonrosado, como si se ruborizara por la inocente pregunta que le había hecho.

—No, no lo hice, Christian. Alguien se los envió a mi marido. Greg nunca me habló de ello, pero los conservó hasta su muerte. Descubrí el maletín entre sus pertenencias, escondido bajo llave en un cajón del escritorio de casa.

Me entregó la valija como si le urgiera desprenderse de ella.

—Y desde la muerte de Greg, quiero decir del señor Sullivan, ¿no ha vuelto a recibir ninguno más? Este diario es del 19 de diciembre de 2009. ¿No le dice nada eso? —le pregunté al tiempo que echaba un vistazo a las decenas de recortes que contenía el maletín.

—Sí, ya sé lo que está pensando: Greg enfermó pocos días antes de la actuación de Angela y murió el día de Navidad de ese año.

—A falta de que pueda leer en estos diarios, ¿no le parece mucha casualidad que padre e hija desaparezcan casi al mismo tiempo? Me da la impresión de que su hija estaba en contacto con su marido, señora Sullivan..., todos estos recortes hablan de sus actuaciones y de sus éxitos. —Consulté unas cuantas hojas de diarios cuidando de no desordenarlas—. Quizás alguien quería que su marido supiese de ella, pero ¿por qué no usted? ¿Y por qué se lo escondió su marido?

El silencio que se produjo hizo perceptible el rumor del tráfico en Columbus Circle, que se ahogó en la estridencia de la sirena de un camión de bomberos. Se abrió la puerta del despacho y Eva Bentley entró casi al trote.

—Siento molestarles, pero son las siete y está aquí la enfermera para pincharla. —Se dirigió a la editora ignorando mi presencia.

La reunión se dio por finalizada, a pesar de mi expresión, mezcla de estupor y de incógnita ante las preguntas sin respuesta. Tenía la impresión de que no me estaba diciendo toda la verdad, pero, dado el apremio de la secretaria, decidí no insistir. Cerré el maletín y me incorporé con dificultad del sillón afrancesado. Sentí alivio en las posaderas, pero al tiempo me sobrevino un ligero pinchazo en la sien y deseé que no fuera el preludio de una de mis jaquecas.

Le di la mano a Martha Sullivan, que parecía resignada a ser conducida sobre ruedas, esta vez impulsada por Ojo Grande y Caderas Ampulosas hacia una habitación donde la esperaba una mujer que me pareció gemela de la secretaria. De pronto, la editora accionó el *joystick* y detuvo en seco la carrera de Eva Bentley. Se volvió hacia mí y me dijo con voz trémula:

—Solo usted puede encontrarla, señor Bennet. Hágalo. Quizá no fui una buena madre, pero la he echado mucho de menos.

Me pareció que una lágrima resbalaba por su mejilla.

31

Capítulo 2

Fragmentos de realidad

Abrí el frigorífico y alargué el brazo para coger del estante superior una cerveza Samuel Adams. Tanteé en su interior y comprobé que apenas tenía opciones para la cena: o una pizza vegetal o una hamburguesa que, por el aspecto que tenían, tanto podían ser consumidas como desechadas. Opté por la hamburguesa, puesto que, por la inscripción del blíster que la contenía, excedía en pocos días la fecha de caducidad. La del contenedor de la pizza era ya todo un epitafio.

No solía cenar en mi apartamento, prefería bajar al Kyclades, una taberna griega a pocos metros del portal de casa, en la Primera Avenida entre las calles Trece y Catorce, donde me preparaban una ensalada griega y media ración de pulpo, calamares o pastel de cangrejo por menos de veinte dólares. Esa noche, sin embargo, me podía la curiosidad por examinar el contenido del maletín negro de Martha Sullivan.

Saqué la hamburguesa y al cerrar el frigorífico sentí alivio al ver que Ahmed había estampado un *post-it* en la puerta donde me decía que había paseado a *Astor* por la tarde. No me apetecía salir con el perro con el desapacible viento que se había levantado y que arrastraba consigo la humedad del East River hasta la punta oeste de la ciudad. Mi viejo pastor alemán dormitaba sobre la alfombra del comedor, lanzando suspiros intermitentes. Me sentí culpable por dejarlo solo la mayor parte del día. Menos mal que tenía a Ahmed. El paseador de perros de buena parte de los vecinos de la finca le tenía mucho cariño a *Astor*, quizá por su carácter plácido y bonachón, que se había tornado en resignado y hasta apático debido a los múltiples achaques que lo habían llevado varias veces al veterinario en los últimos meses.

El bueno de Ahmed era un marroquí de Ramlia que, tras intentar obtener durante diez años un visado para poder trabajar en Estados Unidos, la famosa *Green Card*, que el gobierno otorga a través de sorteo, cambió el pastoreo de un miserable rebaño de ovejas escuálidas, que no le alcanzaba para alimentar a sus hijos, por el paseo de perros de personas ocupadas de Manhattan que no disponían de tiempo para dedicarlo a sus animales de compañía. Ahmed, inteligente y leído, era también un artista autodidacta que llegó a exponer algunos cuadros, pintados mientras cuidaba de las ovejas, en una pequeña galería de Marrakech. Siempre pensé que eso le bastó para ganar la lotería del permiso de residencia, aunque no había vuelto a pintar desde que había llegado a Nueva York, hacía un par de años.

Freí la hamburguesa en una sartén con un pedazo de mantequilla y la emparedé entre dos rebanadas de pan de molde. Le di un bocado de camino hacia la mesa del comedor. Mientras apuraba mi cena no podía apartar la vista del maletín negro. Demasiado grande para su contenido, tenía cierres dorados a ambos extremos y una cerradura de llavín y de combinación numérica. Martha Sullivan me lo había dado abierto, sin el juego de llaves y con la combinación liberada.

Volví a repasar mentalmente las últimas horas en el *Sentinel*: la conversación con la editora y la más breve que tuve con Maxwell, el administrador del diario, que me salió al paso cuando se abrió la puerta del ascensor y me pidió que lo acompañara hasta su oficina.

Maxwell abrió un cajón del escritorio y me entregó un sobre cerrado.

—Ábralo —me dijo secamente.

Extraje del sobre una tarjeta de crédito American Express extendida a mi nombre y una carta con el membrete de Globe Communications.

—Es una tarjeta con un límite de cien mil dólares y una carta en la que la empresa le autoriza a ausentarse de su empleo en el *Sentinel* durante dos meses —me dijo de mala gana Rupert Maxwell—. Durante ese tiempo percibirá el doble de su salario, y a su vuelta una bonificación de doscientos mil dólares si consigue un objetivo que al parecer no es de mi incumbencia. Depende de la señora Sullivan —añadió sin disimular su evidente desacuerdo.

Estaba sorprendido, pero al tiempo me sentí ufano porque el rata de Maxwell, como lo llamaban en el *Sentinel*, se viera forzado a apoquinar un dinero que regateaba a los redactores de los mínimos gastos necesarios para desempeñar su trabajo.

Le di un trago a la cerveza y esbocé una sonrisa al evocar la escena. Rememoré también el momento de despedirme de Robson, el director, que no osó preguntarme a dónde iba, a pesar de que se moría de ganas de hacerlo. El administrador lo había organizado todo en nombre de Martha Sullivan para que nadie, ni siquiera mi director, supiera una palabra del encargo que había recibido y todos parecían acatar su decisión con disciplina.

No me despedí de mis compañeros. Me marché del *Sentinel* como si saliera a cubrir un encargo periodístico. Solo me topé con Laura Grant, la subdirectora de la edición digital del diario, que estaba fumando un cigarrillo en la calle junto a la entrada. Era una joven treintañera que se sentía atraída por mí, la típica atracción por el periodista maduro de cierto éxito, un clásico. O eso pensaba yo. Procuraba no darle motivos para que se hiciera ilusiones. Era muy atractiva y una buena periodista, de esas que en el diario llamaban «de la nueva generación». Coincidimos un día en Central Park West, cerca de la oficina, donde ambos habíamos ido a tomar un sándwich a la hora del almuerzo, y nos sentamos juntos en un banco. Estuvimos hablando de las nuevas tecnologías e Internet. Ella se reía divertida por la ignorancia que yo mostraba sobre el funcionamiento de la web y me escuchaba fascinada por el tipo de periodismo que practicaba. Repetimos algunos almuerzos frugales bajo los olmos del parque hasta bien entrado el otoño, pero noté que las conversaciones con Laura se tornaban más íntimas y personales, y decidí espaciar los encuentros con excusas de trabajo. Habían caído los primeros copos de nieve a finales de octubre y creía haber conseguido enfriar la relación tanto como el aire gélido que se respiraba en Central Park.

Me sentí cohibido al verla, como si estuviese en deuda y le debiera una explicación por las evasivas de las últimas semanas. Ella no me recriminó nada y me allanó el encuentro mostrándose amable y encantadora. Interpreté, incluso, que parecía haber relajado su interés por mí. Me preguntó por la entrevista con Martha Sullivan, que había corrido como un reguero de pólvora por la redacción. Le podía la curiosidad, y yo respondí con ambigüedad diciéndole que se trataba de un asunto personal sin importancia. Sin embargo, tuve la sensación de que la podría necesitar en algún momento de la investigación para averiguar el paradero de Angela. No sabía muy bien por qué, pero cuando me despedí precipitadamente de ella pensé que pronto la volvería a ver.

Apuré la hamburguesa con la cerveza y me dispuse a

abrir el maletín sobre la mesa del comedor. Saqué todo su contenido de una sola vez, tratando de mantener el orden de los recortes de periódicos que había dentro. Calculé que habría una treintena. Algunos eran páginas completas y otros simples pedazos de papel recortados a tijera. Los más antiguos estaban datados hacía diecisiete años, justo el tiempo que hacía que Angela se había ido de casa. Le di la vuelta al paquete de papeles amarillentos para iniciar la lectura cronológicamente, desde el más antiguo hasta el más reciente de *Le Figaro*.

El primero era una página del magazine *Beautiful Life* de Nueva York, fechado en marzo de 1997, y relataba un concurso de talentos artísticos que se había celebrado en el Apollo Theatre de Harlem. Leí en diagonal, pero no supe encontrar a primera vista el nombre de Angela Sullivan o el artístico de Daisy. El artículo esbozaba una escueta historia del teatro, que en 1934 se abrió también al público afroamericano y que dio a conocer, en sus sesiones de *amateurs*, a una joven bailarina llamada Ella Fitzgerald que luego cosechó sus mayores éxitos como cantante. Me fijé en un despiece del texto que iba acompañado de la fotografía de una joven que parecía estar suspendida en el aire levitando con los brazos en cruz. El pie de foto decía: «Angela hizo honor a su nombre con un espectáculo de magia celestial». Me pareció que el titular estaba cogido por los pelos. Recordaba haber visto algunos números de la revista *Beautiful Life* en los que los temas del corazón y del «famoseo» se trataban con empalagosa amabilidad y las frases de sus articulistas eran almibaradas hasta decir basta. Sin embargo, reconocía que en eso debía de consistir el éxito de la revista, que repartía miles de ejemplares por las salas de espera y las peluquerías, tan propensas al cotilleo.

Si esa era Angela Sullivan con dieciocho años, me pareció una mujer muy atlética: sus piernas desnudas eran largas y estilizadas, casi perfectas, y tras el ajustado bodi blanco que lucía se adivinaban unos abdominales y bíceps realmente generosos; también resaltaban sus pechos, redondos y pequeños.

Enseguida supe que el truco de magia que había empleado para levitar resultaba elemental: consistía en colgarse de un simple hilo de poliamida, un cable transparente que se hacía invisible al contraste con la tramoya lactescente que tenía a su espalda. Sabía que David Copperfield lo había utilizado para volar en directo en un plató de televisión unos años antes, en lo que fue considerado uno de los efectos más asombrosos de ilusionismo. Esa era también la explicación de que en la fotografía Angela apareciera tan fibrosa: el tirón de los hilos resistentes la obligaba a tensionar los músculos para no zarandearse a ambos lados.

No podía verle bien la cara porque la tenía cubierta con un antifaz plateado que le tapaba la frente y los ojos. Una nariz delicada, el carmín de los labios, el mentón fino y una melena rubia eran las únicas partes de la cara que quedaban al descubierto en la fotografía.

Anoté en una libreta: «Angela Sullivan y el truco del cable en el Apollo Theatre. Marzo de 1997».

Me llevó algo más de una hora leer todos los textos y apuntar fechas y detalles de cada uno de los espectáculos donde había intervenido. Luego hice un resumen de lo más relevante que había anotado:

/ Durante 1998 y 1999, Angela actuó en solitario realizando trucos de «magia de cerca» (*close-up*). Los recortes son de anuncios de teatros y cafés donde ella trabajó, varios en Nueva York y algunas ciudades pequeñas del estado de Maine como Portland y Augusta. Solo algunas reseñas sin fotografías de periódicos locales. En el año 2000, tenía veintiún años y dio un salto en su carrera; ya había formado pareja con Darío Escobar y actuaron juntos en el Radio City Music Hall de Nueva York con el nombre artístico de Larry y Daisy. Fue su primer gran éxito, con un espectáculo innovador basado en trucos de desaparición y de escapismo, con y sin ataduras; al show lo llamaron *Más allá de Houdini*. Al parecer fue el mago Larry quien descubrió a Angela y la contrató como ayudante y partenaire. En 2001 montaron el show *Ilusionarium*, que llevaron a pequeños teatros de Las Vegas hasta 2005. El espectáculo se fue perfeccionando y los contrataron en el Bally's Hotel de Las Vegas, donde permanecieron durante dos años, hasta 2007, llenando cada día el teatro; incluso hicieron apariciones en programas diversos y en *late shows* televisivos mostrando algunos de sus trucos. En 2008 no hay ningún recorte, parece que Larry y Daisy han desaparecido del mapa. Resurgen en enero de 2009 en el Radio City Music Hall y anuncian una gira europea que se inicia y acaba en diciembre de 2009 en el Lido de París, con el anuncio que hace Larry de su separación. Nada más hasta la fecha. En todas las fotografías en las que aparecen Larry y Daisy ella lleva siempre una máscara que le cubre los ojos y la frente, incluso en una imagen en la que se la ve actuando en el *show* de Jay Leno.

«No hay mucho para empezar —pensé—, ni siquiera sé qué cara tiene.» Todo apuntaba a que se trataba de una joven muy bella y me puse a imaginar su rostro intentando completar mentalmente un puzle con las partes de su cara que dejaba al descubierto el antifaz.

Se me antojó un juego de niños como el que nos propuso el profesor de historia en la escuela de secundaria cuando nos habló con entusiasmo de las dotes de seducción de Cleopatra, para acabar desilusionándonos al contar que la reina de Egipto era una mujer realmente fea y bajita. Yo conservaba en la retina por aquel entonces la imagen de Elizabeth Taylor, que la interpretaba en una película que habían pasado hacía poco por televisión, y no daba crédito a lo que nos decía. El profesor mostró a la clase unas cuartillas que contenían diferentes imágenes de partes del rostro de una mujer. Primero enseñó la de una nariz simétrica y perfilada que parecía perfecta; luego una cuartilla con unos ojos hermosos, grandes y expresivos; otra con unas cejas estilizadas; una más con unos labios sensuales, ni gruesos ni delgados, y una última del mentón, que parecía tan proporcionado y sutil como el de Ava Gardner. Al final todos los alumnos concluimos que bien podría tratarse de partes de la belleza prototipo que anhelaría tener cualquier mujer, o que aspiraría a modelar el mejor cirujano plástico del mundo. El profesor, con una sonrisa burlona, y viendo nuestra expectación, apartó sobre la mesa las cuartillas y exhibió una cartulina de gran tamaño con un rostro poco agraciado, vulgar e incluso desagradable en comparación con la armónica belleza de las ilustraciones que había mostrado momentos antes.

39

—¿Sabéis quién es? —preguntó—. Es Cleopatra —se respondió, ante la incredulidad de los alumnos—. La nariz, ojos, mentón y cejas que os he enseñado pertenecen a ella. Se trata de un busto que se encontró bajo el mar junto a los restos de su palacio.

La lección que extraje en aquella ocasión no fue de historia. Comprendí que el resultado del todo es bien diferente al de la suma de las partes que lo componen, y que las particularidades de los detalles suelen ser más relevantes que el fin último. Desde entonces, y ya como periodista, siempre había aplicado esa máxima cuando escribía sobre los políticos y los intereses colectivos que decían defender dentro de un mismo partido. La suma de individuos con las mismas ideas, los mismos compromisos y hasta similar carácter conforman un colectivo bien diferente incluso cuando buscan proteger un bien común.

No tuve que recurrir a la memoria para saber que en el

mes de marzo de 2001 yo había estado en Las Vegas con ocasión del «caso de los ilusionistas». No me resultaba fácil olvidar esa fecha. Había coincidido en el mismo lugar con Angela, pero entonces ella actuaba en cabarets de segunda y era lógico que yo no prestara atención a su *show*.

Sentí un escalofrío al pensar que quizá debería desenterrar las notas que tomé para escribir mis artículos. Miré ensimismado a la nada a través de la ventana y noté esa punzada estéril de la soledad que me sobrevenía cada noche antes de irme a la cama.

El viento abofeteó los cristales sin misericordia. *Astor* despertó de su letargo y caminó renqueante unos metros hasta situarse bajo la mesa junto a mí. Le acaricié la cabeza y encendí un cigarrillo. Recordé las palabras de Martha Sullivan: «No lo contó todo, ¿verdad?».

¿Qué sabía la vieja editora? ¿Pensaría ella, como yo lo hacía cada día de mi vida, que Lorraine murió por mi culpa?

Expulsé una bocanada de humo y *Astor* ni siquiera estornudó como era habitual cada vez que fumaba en su presencia. «Estás perdiendo el olfato, viejo amigo», me dije.

Introduje los recortes de los diarios en el maletín y me fijé en que había una inscripción grabada en la cerradura metálica dorada: «Fabricado por Martinka en 2008». Martinka, la tienda y fábrica de artilugios mágicos más antigua del país, que en su día había fabricado los baúles y maletas en que los empresarios de Las Vegas y Nueva York ocultaron millones de dólares y hasta drogas con los que pagaban favores a los políticos corruptos. Sus dobles fondos y recovecos eran indetectables por la policía y los perros sabuesos, que las olfateaban en los aeropuertos y hoteles, no detectaron nunca nada punible en su interior. Las valijas comprometedoras viajaban sin problema de este a oeste del país, unas veces disimuladas con las vestimentas y atrezos de los magos y artistas, y otras como equipaje de los esbirros y empleados de los empresarios corruptores de los casinos. Lo descubrí al infiltrarme en una parte de la organización para realizar los reportajes que me valieron el Pulitzer.

Martinka y el año 2008. Curioso, muy curioso. El mismo año en que no había ni rastro de la pareja en los recortes de los periódicos. Me sobrevino una excitación por saberme quizás en el punto de partida de algo que sabía que podía tener sentido, pero que por ahora me era desconocido. Los recortes de diarios eran anteriores a esa fecha. ¿Por qué tenía Greg Sullivan ese maletín? ¿Lo había adquirido él? ¿Se lo había enviado su hija Angela? ¿Era ella quien le remitía periódicamente aquellos recortes?

Entonces dije en voz alta:

—¡Esto es magia, *Astor*! Estamos perdiendo el olfato, amigo.

Capítulo 3

Un maletín mágico

$\mathcal{M}$e despertó la llamada de Eva Bentley quince minutos antes de que lo hiciera la alarma de mi reloj, programada para las 7.30 de la mañana.

—Señor Bennet, siento despertarlo —la secretaria adivinó que lo hacía porque debí de contestar con un gruñido—, pero me ha parecido que debía saber que a la señora Sullivan la han ingresado esta madrugada en el hospital Memorial Sloan-Kettering. Como fue usted el último que la vio..., en fin, he creído que debía saberlo.

Me pareció que la cantinela de su voz llevaba implícita una melodía de reproche.

—¿Qué le ha pasado?

—Ayer acabó agotada y ha tenido una crisis cardiaca. En su estado de salud no le convienen demasiadas excitaciones. Está en la UCI, parece que grave pero estable.

¿Acaso Ojo Grande me estaba recriminando algo?

—Lo siento mucho, pero yo solo estuve...

—No es por usted —me interrumpió—, recibió una llamada después de que terminaran su reunión —añadió misteriosa.

—¿Qué tipo de llamada?

—Habló con Dan Barrymore, de Invertgold. Fue una

conversación breve, de cinco minutos, pero noté que algo no iba bien. Estaba muy alterada.

—¿Puedo visitar a la señora Sullivan en el hospital? —pregunté.

—Me temo que eso será imposible hasta ver cómo evoluciona en las próximas horas. Los médicos la mantienen sedada.

—Está bien. Le ruego que me avise en cuanto pueda verla.

—Descuide, así lo haré. Que tenga un buen día, señor Bennet.

—Un momento, un momento, señora Bentley. ¿Podría enviarme a mi correo electrónico la dirección de Barrymore? —me apresuré a decir antes de que me colgara el teléfono.

—No sé si debo… —dudó la secretaria.

—Creo que la señora Sullivan no se lo reprobará. Me pidió que la ayudara. Necesita de nuestro apoyo en su situación —le dije en un intento de ganarme su complicidad.

—Está bien. Se lo envío a su dirección de correo en el *Sentinel* ahora mismo. ¿Algo más?

—Sí. ¿Cuánto tiempo lleva usted al servicio de Martha Sullivan?

—Al poco tiempo de morir su marido, la anterior secretaria se jubiló y me incorporé a Globe Communications. Aunque ya trabajaba para ella, bueno, para los señores Sullivan, en la fundación de arte. Creo que fue en el 97… ¿Por qué me lo pregunta?

—¿Llegó a conocer a su hija, a Angela?

—No, no la vi nunca. De hecho no supe que tenían una hija hasta hace muy poco. Cuando lo del accidente… —Se interrumpió—. No sé si hago bien en hablar de estas cosas con usted, señor Bennet.

—Eva —la llamé por su nombre buscando ganarme su confianza—. Solo quiero, igual que usted, ayudar a la señora

Sullivan, y no tenemos tiempo que perder, así que le ruego que confíe en mí. Ambos queremos lo mejor para ella y para el *Sentinel*. Hábleme de ese accidente —le dije con convicción.

Tras un largo silencio, oí espirar profundamente a la secretaria, como si quisiera liberarse de la tensión por la indiscreción que estaba a punto de cometer.

—Está bien —dijo al fin—. Hace unas semanas recibimos un recorte de un periódico francés, *Le Parisien*, en el que se veía la fotografía de un vehículo que estaban sacando del fondo del Sena con una grúa. Al parecer había caído por una rampa hasta el río, muy cerca del ayuntamiento, en el puente de Marie. No había ocupantes en el coche, pero en el maletero encontraron las pertenencias de una mujer con pasaporte americano a nombre de Angela Sullivan. Lo raro es que el periódico que nos enviaron con remitente anónimo estaba fechado el 26 de diciembre de 2009.

Al otro lado del teléfono yo no daba crédito a lo que estaba oyendo por boca de Eva Bentley. ¿Por qué no me había comentado Martha Sullivan nada acerca de ello? ¿Debía buscar a su hija, desaparecida hacia seis años en el fondo del Sena?

—Señor Bennet, ¿sigue ahí?

—Sí, aquí sigo. ¿Por qué no me lo dijo ella? Está usted al corriente del asunto que me propuso, ¿verdad, Eva?

—Sí, lo estoy. Creo que la señora Sullivan no quería que rechazara el encargo que le hizo. Si usted hubiera sabido esto, quizá no lo habría aceptado. Valoró que más adelante, en cuanto iniciara sus primeras pesquisas, conocería los hechos, por supuesto. No debe abandonar. Ya le digo que Angela no apareció nunca en el río.

—Su cadáver estará descompuesto después de seis años —dije con sequedad. Me estaba empezando a mosquear.

—No diga eso. ¡Dios mío! La señora confía en que supo salir del coche, o quizá no fuera en él. Rastrearon decenas de kilómetros del río con buzos y no encontraron nada. En cuanto llegó el diario hicimos gestiones con la policía de Nueva York; el alcalde De Blasio en persona se preocupó de llamar al de París. No fue hasta la semana pasada que recibimos todos los informes. El caso se cerró un año después del accidente, en 2010. Nadie encontró el cuerpo de Angela. Le puedo enviar una copia de lo que tenemos. Se lo haré llegar a su domicilio con un mensajero esta misma mañana. —Eva Bentley hablaba ahora acelerada e inquieta presintiendo que quisiera desentenderme de la investigación.

—¿Hay algo más que deba saber? —pregunté malhumorado.

—¿Qué quiere decir?

—Si hay algo más que me esconde la señora Sullivan. Eso quiero decir. No puedo seguir si no conozco toda la verdad.

—Señor Bennet, le juro que no le esconde nada. Le enviaré la documentación fotocopiada. Creo que ahora ya no importa. La señora Sullivan está muy grave y...

—Y tiene el presentimiento de que su hija está viva, ya sé. Buenos días, señora Bentley. Avíseme en cuanto la pueda visitar en el hospital.

Colgué el teléfono.

Estaba desconcertado y malhumorado a la vez. Por un momento pensé en olvidarlo todo, como si nada de lo que había vivido en las últimas horas hubiera pasado. Borrarlo de mi mente e iniciar el día como tantos otros; poner la cafetera al fuego y sintonizar la CNN en el televisor, mientras me afeitaba y me daba una ducha rápida con agua tibia tendiendo a fría para ambientar mi cuerpo al clima de la calle, que me aguardaba en el paseo con *Astor* hasta Tompkins Square. A la vuelta dejaría al perro dormitando hasta que a la una lo sacara Ahmed de nuevo. Abriría los correos y tomaría el metro hasta la calle Cincuenta y Siete con la Séptima para llegar al periódico.

Hice todo eso menos ir al *Sentinel*. Cuando volví a casa de pasear a *Astor* caían los primeros copos de nieve del día y el viento, que no cejó de embestir durante toda la noche, se batía en lenta retirada. Encendí el ordenador y borré los *e-mails* de publicidad y de suscripciones a las *newsletters* de las que cada día prometía darme de baja, pese a que nunca lo hacía, como si me gustara ver lleno el buzón de entrada del correo, aunque mi primera tarea fuera mandarlos a la papelera sin revisarlos. En medio de ellos apareció el de Eva Bentley. Lo había enviado desde una dirección de Gmail en lugar de la de Globe Communications, tenía las señas de Invertgold, una empresa sita en el edificio Woolworth, en el Lower Manhattan, y el número de teléfono de Peggy, la secretaria de Dan Barrymore. También me apuntó el móvil personal de ella con una nota: «No dude en llamarme y, por favor, no abandone».

Telefoneé a la secretaria de Barrymore sin convicción. Primero, porque todavía dudaba en aceptar el encargo de la editora Sullivan, y segundo porque, mientras marcaba el teléfono de Invertgold, creía que me sería imposible concertar una cita con el jefe. Estaba perdiendo el tiempo.

Sin embargo Peggy, que me desconcertó con un tono de voz suave a través del auricular —en el fondo quizás esperaba oír una parecida a la de la famosa cerdita de los Teleñecos—, me dijo, tras consultarlo un minuto, que el señor Barrymore me recibiría ese mismo día a las cuatro y media en su oficina.

Tenía la mañana libre y sabía bien en qué la iba a emplear.

Saqué del vestidor tres cajas metálicas apiladas en el estante superior de uno de los armarios. Contenían la documentación que recopilé en su momento para escribir los reportajes sobre el caso de los ilusionistas. Aparté las dos primeras, en las que había archivado los documentos comprometedores de las licencias otorgadas a varios casinos y hoteles de Las Vegas; actas notariales que había levantado con algunos testimonios de mis entrevistas y cintas con grabaciones de las conversaciones mantenidas con los políticos sobornados, con los gánsteres y empresarios corruptores y con los funcionarios que fueron juzgados por cohecho tras la publicación de la serie de reportajes en el *Sentinel*.

Destapé la caja número 3. A pesar de que hacía quince años que no la abría sabía dónde debía buscar; contenía un archivador alfabético de acordeón.

En aquella caja guardé en su día decenas de documentos sobre el mundo de la magia. Durante unos años tuve interés, que se llegó a convertir en una obsesión, por conocer las interioridades ocultas del ilusionismo: desde cómo se ejecutaban los efectos de prestidigitación hasta quiénes eran los que fabricaban los artilugios mecánicos de los más grandes magos. Era como si en aquel tiempo mi mente no estuviera preparada para la sorpresa y la fantasía. Vi decenas de actuaciones de magos, anoté sus trucos, repasé mentalmente cómo me había dejado engañar, en qué momento había bajado la guardia para que mi cerebro se confundiera con la manipulación de un ilusionista. Y cuando incluso días después daba con la solución sentía una satisfacción especial por haber descubierto la trampa y repetía la experiencia, volvía a ver la misma actuación. Pero entonces sentía que era yo quien dominaba lo que sucedía en lo alto del escenario, todo era previsible y no había lugar para el asombro. Era en ese momento, solo en ese instante, cuando era capaz de valorar una gran actuación y disfrutar de ella. Nunca desvelé un truco, jamás tuve la tentación de hacerlo y tampoco me dio por practicar la magia. Era algo que se quedaba en mi intimidad. Me hacía sentir quizá que podría ser capaz de tener un buen

47

control sobre mis emociones. Dejé de asistir a esos espectáculos tras la muerte de Lorraine.

Escudriñé en la letra M del archivador y extraje una carpeta con varios documentos. La lancé sobre la cama y volví a colocar las cajas en su lugar.

Ahí estaba la información sobre Martinka. Repasé las notas:

> Fundada en 1872 por los hermanos Antonio y Francis Martinka, originarios de Alemania, la tienda de artículos de magia Martinka tuvo varios propietarios, entre ellos, en 1919, el famoso mago escapista Harry Houdini. En la trastienda se creó la Sociedad de Magos Americanos y fue un lugar de encuentro para ilusionistas y prestidigitadores. Los efectos especiales del número musical de la película *El mago de Oz* se hicieron allí. Informaciones no contrastadas sostienen que durante la Segunda Guerra Mundial los propietarios colaboraron con el ejército americano en el diseño de artefactos secretos, en lo que aún hoy es información no descatalogada.

Tenía una dirección en el 493 de la Sexta Avenida, en el barrio de Chelsea, pero debía de ser antigua porque aparecía tachada con una nota manuscrita de mi puño y letra: «Trasladados a New Jersey; es un museo y tienda por Internet de artículos de magia».

Y de repente recordé como si fuera ayer el momento en que Lorraine entró un día en la habitación del hotel Caesars Palace de Las Vegas con una maleta de Martinka, la llevó hasta el vestidor y accionó la combinación numérica de la cerradura: la maleta pareció transformarse, adquiriendo mayor tamaño. Yo la observaba con disimulo desde la cama por el resquicio que dejaba la puerta entreabierta y vi cómo sacó varios fajos de dólares y los guardó en una bolsa. De nuevo accionó la combinación de la cerradura y la maleta volvió a su tamaño original. No le dije nada cuando ella se abalanzó sobre mí para abrazarme y cubrirme de besos. No tuve tiempo de decirle nada, porque aquella fue la última noche que pasé con Lorraine y el último día de su vida. Iba a cumplir veinticinco años.

Me serví una taza de café y me la llevé humeante con el dossier hasta la mesa del comedor. Descorrí las cortinas; me cegó momentáneamente la luminosidad de la calle. Los copos de nieve caían sin tregua como alfileres blanquecinos y cubrían las azoteas y los techos de los coches estacionados. Una camioneta quitanieves avanzaba sobre el hormigón parcheado de asfalto esparciendo sal por la zaga y despejaba la nevasca con la pala delantera, amontonándola en la acera. Tras ella, una fila de coches interminable hacía sonar los cláxones para que se hiciera a un lado. Los conductores neoyorquinos están acostumbrados a los temporales y no se dejan amilanar por una simple nevada.

Le di un sorbo al café y dejé la taza sobre la mesa al lado del maletín. Las dos cerraduras bañadas en oro refulgían con la luz del día que entraba por la ventana. Intenté girar las ruedecillas de la combinación numérica, pero estaba bloqueada con cuatro ceros en cada una de ellas y no encontré mecanismo alguno para liberarla. Abrí el maletín y extraje los papeles de su interior. Palpé en el forro azul marino de tela recia de la base y la tapa, y con la punta de los dedos fui buscando cualquier irregularidad en los bordes y recovecos que me permitiera accionar algún dispositivo disimulado que abriera un compartimento oculto. Pero no tuve éxito. Todo parecía normal en aquel maletín Martinka y, sin embargo, yo intuía que podía albergar alguna información de valor.

Astor se desperezó dando un largo bostezo y caminó con lentitud hacia mí. Rozó su lomo contra mi pierna y cayó a mi lado para acabar dormitando con un suspiro de complacencia. Al cerrar el maletín y darle la vuelta me fijé en que había una pequeña pestaña hendida en el lateral, de esas que sirven para etiquetar la maleta. Estaba vacía, pero al pasar el dedo sobre ella noté un relieve. Era una inscripción repujada sobre la piel del maletín. Estaba desgastada, aunque pude leer con claridad: «Ya no soy Angela».

¿Qué significado podía tener aquello?

Repasé de nuevo las notas sobre Martinka y descubrí una dirección en Milligan Place, en la calle Diez con la Sexta Avenida, muy cerca de donde había estado instalado hacía años el taller de magia. Tenía un nombre anotado: Tyler Whitbread. Recordé que lo había entrevistado para mi reportaje. Había sido uno de los últimos empleados de la tienda, antes de que se trasladara a New Jersey para convertirse en museo y negocio de venta de artefactos mágicos por Internet, y era un experto en trucos de ilusionismo. Quizás él pudiera aportarme alguna información acerca de aquel maletín y del significado de aquella inscripción. No sabía si seguiría viviendo en esa dirección, ni siquiera si estaba vivo, pero en cualquier caso tenía que hacerle una visita.

Sonó el timbre de la puerta. Era un mensajero de UPS con anorak y una gorra de visera por la que resbalaban copos de nieve derretidos. No le invité a pasar y sus zapatones desaguaron en la alfombrilla de la entrada, dejando un buen charco. Firmé en su *smartphone* y me entregó un sobre remitido por Eva Bentley. Lo abrí y comprobé que contenía la información sobre el accidente en el río Sena. Sin embargo, por el momento no quería leer aquellos documentos, ya habría tiempo; tenía que verme con Dan Barrymore y se me hacía tarde. Además, tuve la sensación de que me condicionarían una investigación que, al fin, había decidido emprender, aunque sabía que abría una puerta a un pasado doloroso, el de la señora Sullivan y su familia. Pero también el mío. Una puerta que yo había cerrado en falso y que necesitaba atrancar de una vez.

Capítulo 4

En la Torre Woolworth

*E*l metro me dejó en Park Place. El temporal de nieve había remitido, pero las secuelas eran un transporte subterráneo intermitente con los vagones de tren a rebosar y, en la superficie, un tráfico lento sobre las calles heladas de la ciudad. Tomar un taxi me hubiese llevado demasiado tiempo para llegar a la cita con Dan Barrymore.

El edificio Woolworth, de sesenta pisos y doscientos cuarenta metros de altura, se alzaba ante mí. Es lo más parecido a una catedral gótica con formato de rascacielos. Los rayos de sol que perforaban las nubes iluminaron su cúpula puntiaguda y la del ayuntamiento de la ciudad, a mi izquierda, pero no tenían la determinación suficiente como para remontar la temperatura por encima de los seis grados bajo cero que señalaba el termómetro.

Entré en el vestíbulo de tres plantas de altura, con los techos acristalados y una bóveda cubierta de mosaicos, que estaba bien climatizado. Tuve que desprenderme del abrigo y la bufanda para mitigar el acaloramiento que me sobrevino. Me dirigí a la conserjería para acreditarme y me franquearon el paso hasta uno de los ascensores, que me conduciría hasta la planta veintinueve, donde estaban las oficinas de Invertgold.

Había leído en el *Sentinel* que las treinta últimas plantas habían sido adquiridas por una inmobiliaria que las convertiría en apartamentos de trescientos metros cuadrados a un precio de siete millones de dólares, pero la guinda de la operación era el ático, que comenzaba en la planta cincuenta y llegaba hasta la cincuenta y ocho, en plena cúpula del edificio. Su precio de ciento diez millones de dólares lo convertiría en el piso más caro de Manhattan.

El panorama que me encontré en la recepción de Invertgold era de un lujo medido y bien estudiado. No se escatimaba el mármol veteado en las paredes y el suelo de la planta, pero el mobiliario era a la vez moderno, minimalista y funcional. Me pareció que querían dar una imagen de sobria elegancia a sus clientes. Al fin y al cabo eran inversores y actuaban con prácticas financieras similares a las de los bancos que habían sido cuestionados por sus oscuras políticas, las que provocaron la crisis económica.

Peggy me estaba esperando. Era más joven y atractiva de lo que había imaginado a través del teléfono. Tendría treinta y tantos. Me sonrió con la boca cerrada para disimular los hierros correctores de su dentadura, que quedaron al descubierto en cuanto la abrió para decirme que me conduciría hasta una sala de espera mientras su jefe terminaba una *conference call*.

La vista hacia el este desde el ventanal de la sala era impresionante. El ayuntamiento me pareció una casita de campo en medio del parque nevado y el puente de Brooklyn una reproducción en miniatura del original, por el que atravesaban cientos de hormigas con parsimonia.

Sobre un aparador minimalista de estilo japonés había un juego de café francés, de porcelana de Sèvres, y una cafetera de goteo americana, todo un muestrario mesurado de representación plurinacional. Me serví un café aguado y tomé de la repisa un ejemplar antiguo de *Forbes* que tenía una marca de lectura en su interior. Dan Barrymore aparecía fotografiado junto a Peggy Barrymore, su secretaria, que resultaba ser su hija. La revista lo describía como un magnate de las finanzas y la construcción que estaba diversificando sus negocios con el apoyo de su hija, de treinta y cinco años, formada en las mejores escuelas de negocios de Londres y Nueva York.

Las cifras del fondo Invertgold eran tan mareantes como el número de compañías en las que invertía. Barrymore tenía setenta y dos años, según la revista, y en la fotografía no los aparentaba. Conservaba una buena cabellera negra, era delgado y de facciones rectilíneas, y sus ojos despiertos le conferían una apariencia de hombre vivo e inteligente.

—Puede quedársela —dijo de pronto Peggy Barrymore, que irrumpió en la sala—. Mi padre le recibirá ahora, pero apenas tiene unos minutos para usted —añadió.

—¿Puedo? ¿De verdad? Es muy interesante. No suelo leer *Forbes* y no había reparado en la dimensión de esta compañía. 53

—Vamos a cumplir treinta años y sí, para los tiempos que corren no nos ha ido mal del todo. —Insinuó una mueca pícara y me invitó a seguirla hasta el despacho de su padre.

—¿Hace usted el trabajo de secretaria, señorita Barrymore? —le pregunté. Me arrepentí al instante, tras pensar que quizá la pregunta la pudiera incomodar.

—Entre otras cosas —rio—. Es la forma de estar pegada a él, conocer y aprender de sus decisiones y, sobre todo... de recibir a personajes ilustres como usted. Todo un periodista ganador de un Pulitzer —dijo con un punto de ironía. Peggy parecía estar de buen humor.

—Bueno, he leído en la revista que es usted una brillante financiera —le comenté mientras caminaba junto a ella por un pasillo donde se veían a ambos lados despachos y salas abiertas en los que trabajaban, frente a los ordenadores, decenas de empleados, ellos en mangas de camisa y encorbatados y ellas, en su mayoría, con traje de chaqueta.

—¡Jajaja! Nunca me habían llamado brillante. Señor Bennet, movemos cientos de millones de dólares de miles de inversores a través de nuestros fondos. Le aseguro que nuestros clientes no buscan la brillantez, les basta con que su dinero se multiplique. Les importa poco el tipo de negocio en el que lo pongamos. Todo vale, desde un campo de cultivo de patatas transgénicas hasta un lujoso edificio o un laboratorio tecnológico. A eso lo llamaría eficacia sin excesiva brillantez.

—Entiendo.

—Hemos llegado. Este es el despacho de Dan Barrymore. Si es tan amable, deme su abrigo y también su teléfono móvil. Desconéctelo, por favor, ¿le importa? Se trata, imagino, de una reunión informal y no de una entrevista. Mi padre se sentirá más cómodo si sabe que no le está grabando.

—Sí, claro. No hay problema. —Le entregué mis cosas, aunque me sorprendió la precaución que adoptaba. Oprimí la tecla para apagar el teléfono.

Dan Barrymore me invitó a tomar asiento en un sofá de piel negra de tres plazas mientras él lo hacía en un sillón. Encendió un puro y me ofreció la caja para que tomase uno.

—No, gracias, solo fumo cigarrillos y de vez en cuando.

—Puede encender uno, si le apetece. Esta zona está aislada y goza de extracción silenciosa de humos. El edificio es para no fumadores y nos arriesgamos a una multa... ¿No le parece que nos estamos pasando con las leyes? Este, antes, era un país libre. Ni siquiera en el parque de aquí abajo puedes dar una calada; a lo mejor las plantas sufren más con el humo del cigarrillo que con la nieve que está cayendo —bromeó.

—No puedo fumar un cigarrillo porque su hija ha requisado mis cosas antes de entrar —le dije en tono distendido.

—Peggy siempre está cuidándome... ¿Sabe? Cuando murió su madre, hace diez años, quiso dejar sus estudios para estar a mi lado. Me costó Dios y ayuda convencerla de que debía seguir en Europa y acabar su carrera. Es una buena chica y un día todo esto será suyo.

—Señor Barrymore, me han dicho que me concede solo unos minutos y si no le importa me gustaría hacerle algunas preguntas. Le agradezco que me haya recibido, aún no sé por qué lo ha hecho… estando como está tan ocupado.

—No tiene que darme las gracias. He seguido su trayectoria en el *Sentinel*. Greg Sullivan era mi amigo y me habló siempre muy bien de usted.

—¿Cuándo conoció al señor Sullivan?

—Hace más de cuarenta años. Antes de meterme en el mundo de las inversiones tenía un bufete de abogados y llevaba algunos asuntos personales de Greg. Era un buen tipo, un apasionado del periodismo. Siempre he envidiado a la gente que se entusiasma por algo. En mi negocio no le puedo tomar cariño a las cosas; invierto en un edificio como este y solo veo el momento de remozarlo para revenderlo a mejor precio. No suelo estar en un negocio más de tres o cuatro años, ese es el papel de un fondo de inversión. A fin de cuentas eso es lo que me apasiona, conocer cientos de actividades, participar en ellas y gestionarlas temporalmente para luego dejarlas en manos de terceros.

—Sacándole un buen partido económico, imagino… ¿Eso es lo que pretende hacer con el *Sentinel*? —Quería ir al grano ya que me iba a dedicar poco tiempo.

Dan Barrymore aspiró una bocanada de humo de su puro y la expulsó por la nariz con parsimonia. Parecía imperturbable. Tuve la sensación, desde el primer momento, de que el financiero sabía a qué había venido y que quizá por eso mismo me había recibido tan presto.

—No sé lo que le ha contado Martha Sullivan, pero yo le diré la verdad —dijo con seriedad.

—Estoy ansioso por oírla —le contesté. No me sorpren-

55

dió que Barrymore estuviera al corriente de mi encuentro con la editora; había hablado con ella la tarde anterior, según me dijo Eva Bentley.

—Ya le he dicho que Greg y yo éramos amigos. Hay asuntos de los que solo yo tenía conocimiento, confesiones que nos hacíamos más allá de nuestra relación profesional y que deben quedar en el secreto para no traicionar la confianza que ambos nos teníamos. Sin embargo, si eso pone en peligro la estabilidad de mi familia o perjudica a terceros, me puedo ver obligado a revelar alguna información. ¿Entiende?

—Pues la verdad es que no sé a lo que se refiere. Si no es más concreto... ¿Algo que tiene que ver con el *Sentinel*? A mí solo me interesa conocer el pacto que, al parecer, suscribió con su amigo Greg, según el cual al fallecer Martha Sullivan usted se quedará con todos sus bienes.

—Eso es así, no le quepa duda. Greg confiaba en mí. Cuando me dijo que necesitaba financiación para el periódico se la di al instante. No tenía liquidez y yo se la aporté para que pudiese seguir al frente de su negocio.

—Y a cambio usted garantizaba ese préstamo con todos los bienes de la familia Sullivan. A eso no le llamaría yo ser un buen amigo. ¿No cree que eso es usura? ¿De cuánto dinero estamos hablando?

—No fue mucho, señor Bennet, unos cien millones de dólares del año noventa. Hoy la deuda asciende a ciento sesenta millones.

—Pero el patrimonio de la familia está por encima de los mil millones. Obras de arte, inmuebles..., solo el edificio de Globe Communications ya vale más de doscientos millones, que usted puede convertir en quinientos si lo trocea en apartamentos. ¿Por qué no le permite a Martha Sullivan liquidar su deuda? Parece que puede hacer frente a ella.

—Ya veo que tiene usted información incorrecta, señor Bennet. —Dan Barrymore dejó el puro sobre un cenicero de plata, se retrepó en el sillón, entrelazó las manos y chasqueó los dedos para desperezarse—. Greg era el único que podía liquidar la deuda, y yo le hubiera dado todo tipo de facilidades. Desgraciadamente murió, y con él toda posibilidad de que su patrimonio fuera rescatado por su mujer, que es usufructuaria hasta el fin de sus días —añadió.

—No lo entiendo. No entiendo por qué Greg Sullivan acordaría algo así.

—Porque Greg no quería a su mujer. No solo no la quería, sino que la llegó a odiar con todas sus fuerzas. Él estaba inmerso en el trabajo del periódico y, cuando se dio cuenta, Martha casi le había arruinado con sus inversiones desmedidas en obras de arte y en actos de beneficencia que no se podían permitir. Greg no me pidió en realidad un préstamo: me pidió que a su muerte me quedara con todo su patrimonio. Era un rescate. Bajo ningún concepto quería que algún día lo pudiera llegar a gestionar su mujer. Confiaba en mí, ya se lo he dicho. Fui yo quien lo convencí de que le dejara el usufructo a Martha si él fallecía antes que ella. A cambio, tomé una participación en Globe Communications y controlé la administración de sus bienes. Martha Sullivan es en apariencia la editora, pero quienes gobernamos la nave del *Sentinel* somos nosotros.

No daba crédito a lo que estaba oyendo. Barrymore miraba su reloj y yo no podía dejarle escapar con ese argumento tan peregrino. Revolucioné mis neuronas para soltarle una batería de preguntas.

—Bien, admitamos que el administrador Maxwell del *Sentinel* es empleado suyo, que todos lo somos y no lo sabíamos. Que Greg y Martha Sullivan se llevaban fatal y que usted recibió de su amigo en herencia todos sus bienes. Pero ¿por qué no se separó el matrimonio Sullivan si tan mal estaban? ¿Por qué le pidió usted a Greg que sus bienes pasaran a Invertgold solo cuando faltara Martha? ¿Y qué hay de Angela, la hija de los Sullivan? Ella tiene derecho a esa herencia. En cuanto aparezca y la reclame, usted se quedará sin nada, ¿no es eso?

—Greg Sullivan no tuvo hijos. No podía tenerlos. Una enfermedad genética se lo impedía. No existe una hija heredera, señor Bennet, básicamente porque Greg era estéril. Creo que Martha le está confundiendo. Eso que le contó es una patraña y no va a encontrar una sola prueba de la existencia de esa hija —se alteró al hablar de la editora, pero al momento intentó disculparla—. La pobre está sufriendo una cruel enfermedad. Ayer la ingresaron en el hospital y tiene pocas posibilidades de salir de él con vida. Hace un rato he hablado con los médicos. No hay esperanzas.

Estaba perplejo. Si Barrymore decía la verdad, ¿por qué la editora estaba buscando a una hija fantasma? ¿Por qué me había metido a mí en medio de ese embrollo? ¿Y quién era la Angela que aparecía en los recortes de los diarios? Porque esos recortes eran reales... ¿O acaso era todo una ilusión o, peor, una treta de Martha Sullivan? ¿Con qué fin?

—No ha contestado a mis preguntas. ¿Por qué no pidió el divorcio Greg, si tanto odiaba a su mujer, y por qué le aconsejó a su amigo que la señora Sullivan mantuviera el usufructo del *Sentinel*? —No le pregunté por Angela Sullivan de nuevo, lo había notado convincente, e incluso malhumorado, cuando me habló de ello.

—Eso forma parte de las confidencias entre amigos de las que le hablé, pero, en cuanto a lo del usufructo, debe saber que no soy un canalla, no la iba a dejar en la calle... Al fin y al cabo, Invertgold tiene asegurada la propiedad y la gestión de sus bienes desde el fallecimiento de Greg. Si él no hubiese acudido a mí, el *Sentinel* habría quebrado hace años o estaría en manos de intereses mezquinos.

No me parecía que aquel financiero pudiera tener entre sus virtudes la de la compasión.

—¿Qué piensa hacer con el *Sentinel*?

—No lo sé todavía. Es cierto que sería más rentable vender la cabecera y quedarme con el edificio, pero tengo que evaluar pros y contras. El *Sentinel* no me trata mal —me hizo una mueca de complicidad—, y usted no es un novato y sabe perfectamente que eso es importante para alguien que hace negocios complejos en esta ciudad.

Dan Barrymore recibió una llamada avisándole de que le esperaban en la sala de juntas. Miró de nuevo el reloj y dio varias caladas a su puro para conseguir reavivarlo. Su cara quedó oculta por un momento por el humo grisáceo, que fue absorbido al instante por un silencioso extractor situado en el techo.

—Una última pregunta, ¿por qué me ha recibido y me ha contado todo esto?

—Ya le he dicho que Greg me habló muy bien de usted. Le he seguido y tenía razón, es usted un gran periodista que sabe conjugar la honestidad con los intereses de la empresa. —Me guiñó un ojo—. Greg me contó que supo sacarle del atolladero del caso de los ilusionistas. Para contar la verdad no se requiere acudir a los pequeños detalles, ¿verdad, señor Bennet? Solo la mentira debe estar bien hilvanada de prolijos pormenores para que resulte creíble. ¿Quién sabe? A lo mejor dentro de poco tengo que buscar un nuevo director… ¿Le apetecería dirigir el *Sentinel*, señor Bennet?

Barrymore no esperaba una respuesta. Aplastó el puro en el cenicero y antes de salir por la puerta me dijo, dándome una palmada en el hombro con una sonrisa socarrona:

—Tómese unas vacaciones con el dinero que le ha ofrecido Martha Sullivan. A la vuelta le vamos a necesitar.

Fueron los diez minutos de conversación más desconcertantes que recordaba haber tenido. Me sentí extrañamente preocupado.

Capítulo 5

Ilusionismo en The Little Branch

*L*a nieve había dado una tregua a la ciudad y me apetecía dar un paseo hasta Milligan Place. Debía ordenar mis pensamientos, y caminar una veintena de calles hacia el norte y varias avenidas al oeste era un buen método para conseguirlo.

Crucé la avenida de Broadway por Chambers Street y, subiendo por Church, me detuve en un *food truck* para encargar un *lobster roll* y una cerveza. No sentía el frío, o quizás es que me había aclimatado a él, pero no era cuestión de quedarse parado para comer acodado en la angosta barra de la camioneta de comida. Así que seguí andando y comiendo, vigilando para no resbalar con las placas de hielo que aún no habían sido derretidas por el sol y la sal.

Barrymore me había noqueado con su último golpe verbal. Parecía que demasiada gente conocía lo que se suponía que era un secreto entre Greg Sullivan y yo: que el reportaje con el que gané el Pulitzer tenía bastantes claroscuros. Recordé la conversación que mantuve con el editor en la primavera de 2001 poco antes de publicar el caso de los ilusionistas.

Me pidió que me acercara hasta su casa en la calle Sesenta y Siete a las diez de la noche. Greg Sullivan había adquirido recientemente una mansión de cinco pisos construida en 1868 y su mujer Martha la había renovado con lujo. Llamé al timbre, me abrieron la verja y atravesé un jardín exuberante a través de un pasillo de luces. En la puerta de la casa me esperaba el editor, que me invitó a entrar.

—Pasa, Christian. El servicio ya se ha retirado y Martha está en una de sus cenas benéficas.

—Tiene una casa increíble —dije nada más entrar en el amplio recibidor de estilo clásico y de considerable altura. Al fondo vi que serpenteaba una escalera de mármol que conducía a los pisos superiores, pero enseguida abrió una puerta en la planta baja que nos condujo a una espaciosa biblioteca donde los libros y las pinturas cubrían todas las paredes sin dejar resquicio alguno.

Nos sentamos frente a frente en dos sillones junto a la chimenea, que estaba encendida. La luz era tibia y se me antojó que el ambiente era del mismo tono de color que el del vaso de whisky que me sirvió sin haberlo pedido.

—Demasiado grande, la casa, para solo dos personas —dijo—, pero a Martha le encanta tener invitados y celebrar fiestas —añadió conformista mientras se servía su whisky.

—Debe de ser fácil perderse en una casa así —comenté—. Tiene una buena biblioteca —repasé con la vista los libros bien ordenados.

—Cada uno tiene sus espacios, incluso en los que son compartidos. Las pinturas son de mi mujer y los libros son míos. No entiendo de pintura, pero los cuadros no parecen llevarse mal con mis volúmenes. Conviven en cierta armonía —rio.

—Bueno, señor Sullivan, me dijo que quería comentar algún asunto de mi reportaje… —fui al grano.

—Sí, prefiero hacerlo aquí. El *Sentinel* a veces te marca un ritmo endiablado y no te da tiempo a reposar las cosas. Además, quería que lo habláramos antes tú y yo. Robson, como director, es quien lo pondrá en página, por supuesto, pero si ya lo hemos repasado aquí todo es más fácil, ¿no crees?

Generalmente Robson solía pasar de mí, como yo de él. El editor Sullivan me había ofrecido siempre línea directa, por tanto aquello no me parecía algo novedoso. Además, ya le había ido informando puntualmente de mis avances en la investigación sobre el caso de las licencias de juego en Las Vegas obtenidas con corruptelas a los políticos y funcionarios.

—Por descontado. ¿Hay algo que no le quede claro?

—No, todo está muy bien documentado. Es un gran tema, Christian, es la historia a la que a todo periodista le hubiese gustado hincar el diente. Cualquier editor sueña con publicar un asunto así. Es impecable, va más allá de lo que se le pide a esta profesión y de lo que un lector exige a su periódico. Esto no solo te prestigia a ti, sino que encumbra al *Sentinel*. Te veo con un Pulitzer debajo del brazo. Ya verás.

Me pareció que Greg hablaba con sinceridad, pero advertí que lo hacía sin excesiva pasión.

—Gracias, ha sido muy duro, pero ha valido la pena. Los políticos han hecho la vista gorda. En Las Vegas hay una mafia que está comprando sus voluntades y ello hace que prolifere la delincuencia. He visto prostíbulos en los que hay trata de blancas, chiringuitos de pornografía infantil, lugares de lujo donde la droga es el plato principal, casinos que explotan a sus clientes embargando sus bienes. La ilegalidad se compra con suma facilidad.

—Sí, es cierto. Votamos a nuestros representantes para que impidan los desmanes y hacen lo contrario por un puñado de dólares.

—No es un puñado de dólares. Hay mucho dinero a repartir detrás de esos negocios ilegales. La corrupción atraviesa la frontera de Nevada y entra en el mismo gobierno de la nación. Eso es lo que todavía me queda por afinar. Creo que hemos tirado de la manta, pero no lo suficiente.

—Lo que yo he leído me parece suficientemente grave. ¿Qué más puede haber?

—Bueno, pienso que el gobernador de Nueva York puede estar en la pomada. Mac Gideon podría tener intereses en algunos de esos negocios.

—¿Tú crees? ¿Qué es lo que has averiguado sobre el gobernador para pensar eso?

—No he entrado a investigarlo, de momento solo es una corazonada.

No sé si se le podía llamar corazonada a haber oído el nombre del gobernador pronunciado por aquellos asesinos del Caesars Palace, pero era base suficiente para investigarlo. Era algo que tenía pendiente con Lorraine y conmigo mismo. Había actuado como un cobarde al no acudir a la policía. ¿Qué me pasó? ¿Acaso creí que todo mi trabajo se iba a esfumar por los aires porque me iban a relacionar con la red mafiosa en la que colaboraba Lorraine? Mi prestigio se hubiese ido al traste, pero pasados unos días me sentía como un pusilánime que había cometido un tremendo error que debía intentar reparar. ¿Y si habían matado a Lorraine en nombre de Mac Gideon? ¿Por qué?

—Las corazonadas están bien para apostar en los casinos, pero no para narrar con precisión una historia. Lo que has contado está demostrado, lo has documentado a la perfección y va a hacer tambalear los cimientos de nuestra moral y hasta de nuestra democracia. No lo aliñes con especulaciones. Las conjeturas no son noticia. Hijo, me preocupa que estas intensas semanas de duro trabajo hayan podido afectarte en cierta manera. En el periodismo no debes cerrar un círculo con una línea recta o te quedará algo parecido a una pompa de jabón, imperfecta y etérea que se desvanece con el aire.

—No entiendo. Ya sé que no tengo base, pero oí ciertas cosas.

No estaba preparado, a pesar de la confianza que tenía puesta en mi editor, para confesarle lo que sucedió en el hotel de Las Vegas.

—Ya tienes una historia completa. Al gobernador nos interesa dejarlo fuera, no implicarlo por el momento...

—¿Nos interesa?

—Mira, hijo, llevas más de quince años conmigo y creo que no te he fallado, porque tú no me has dado motivos para ello. Eres mi preferido, un gran periodista y un buen tipo. Deberías hacerme caso y olvidarte.

—No puedo olvidar... —elevé la voz sin darme cuenta.

—Ajá, entonces es que hay algo que no me has contado, ¿verdad? ¿Es algo suficientemente importante que invalidaría toda tu historia?

64 —No es nada, nada que afecte a los artículos que vamos a publicar. Quizá son conjeturas, como usted dice —me amilané.

—Bien, pues hagamos un pacto. Yo no quiero saber nada de las conjeturas que pasan por tu cabeza y tú te olvidas del asunto Mac Gideon. Ya tenemos suficiente carnaza, ¿te parece justo?

—No sé si hacemos lo correcto.

—Hacemos todo lo posible, eso es periodismo.

—Pero ¿por qué...?

—Porque cuando se mezclan cuestiones íntimas y muy personales con una noticia la verdad no resplandece —me interrumpió—. Lo llamaremos el caso de los ilusionistas, por eso de tu nueva afición a los espectáculos de magia. Por eso y porque todo se inició con esos maletines mágicos de dinero y droga que corren por ahí... ¿Te gusta? —añadió cambiando de tercio la conversación.

—Es, es... un buen nombre —acerté a decir.

—Sí lo es, ¿acaso no han querido engañarnos a todos?

—¿Y yo?

—Tú no engañas a nadie que no quiera ser engañado. Soy tu editor y no te estoy pidiendo ser tu confesor. Déjalo. Olvídate y disfruta de tu éxito, Christian.

Allí dio por terminada la reunión sobre mis reportajes. Estuvimos hablando de trivialidades. Se interesó por los espectáculos de magia que había presenciado en Las Vegas y en Nueva York, me preguntó por los mejores magos y me pidió que le desvelara cómo hacían algunos de sus trucos. Parecía un adolescente, ávido de respuestas ante todo lo desconocido, que se sorprendía a cada cosa que le descubría.

Salí de la mansión de los Sullivan sabiendo que Greg había jugado conmigo al gato y al ratón, y que ninguno de los dos había ganado el juego. No supe hasta más tarde las razones que le llevaron a hacerlo.

No tenía pruebas de la implicación de Mac Gideon en el caso de los ilusionistas, aunque sí muchos indicios de ello. Sin embargo, cuando más tarde la Junta de la Universidad de Columbia me anunció la concesión del Pulitzer, ya me había llegado un soplo de que Greg Sullivan podría haber percibido prebendas del gobernador como pago por el silencio del *Sentinel*.

Aquel premio envenenado dio alas a mi carrera, pero dejé de contar toda la verdad y omití muchos detalles, que había intentado olvidar y que todavía no habían conseguido escapar de mi conciencia.

Me volvieron a la mente otras palabras del editor Sullivan: «La verdad es como el agua de la lluvia, que busca los resquicios para progresar entre los recodos más estrechos y se filtra por los gruesos muros de hormigón hasta dejar una mancha gris de humedad visible e imborrable». Sentía que esa mancha se había abierto en mis entrañas y estaba a punto de aflorar en mi piel.

Nada parecía ser una coincidencia. Que Martha Sullivan me hubiese puesto sobre la pista de una hija imaginaria que supuestamente se dedicaba al ilusionismo, que me diera tantas facilidades para investigar y que su presunto enemigo estuviera al tanto de todo. No, no era una casualidad. Me habían escogido para desenterrar algo de un pasado sin el cual era imposible conocer el presente. También mi propio porvenir estaba en juego. Pero eso aún no lo sabía.

Anduve callejeando algo más de una hora hasta situarme frente a la verja de Milligan Place, a pocas calles de donde había estado ubicada la tienda de magia de los hermanos Martinka. Consulté mis notas y llamé a uno de los apartamentos. Desde el exterior, contemplé la nieve sobre los arriates de flores de la plazoleta ajardinada y comprobé que los maceteros, que pendían de los muros de la docena de viviendas que la circundaban, habían sido protegidos del hielo con bolsas de plástico. Era un emplazamiento privilegiado y bien cuidado, uno de esos rincones tranquilos y amables que nadie diría que pudiese estar situado en medio de Manhattan. Un Gramercy Park reducido pero sin su ostentosa exclusividad.

—Busco a Tyler Whitbread.

—¿Quién pregunta por él? —dijo una voz femenina al otro lado del interfono.

—Soy un antiguo conocido, un periodista del *Sentinel*. Mi nombre es Christian Bennet.

—No está aquí. Hace poco que se ha ido a trabajar.

—¿Sabe dónde puedo encontrarle?

Segundos de silencio y de nuevo la voz.

—Bueno, supongo que no tendrá inconveniente en que se lo diga… Si se toma una copa en el Little Branch, lo encontrará. Trabaja en el bar. Abre a las siete, en menos de una hora. Está en el número veinte de la Séptima.

El sol se había puesto y la brisa que se levantó aumentó

en minutos la sensación térmica de frío. Conocía el Little Branch, aunque hacía tiempo que no lo frecuentaba; prefería los dry martini del King Cole, en el hotel St. Regis de la Cincuenta y Cinco. No era por el lujo modernista del bar, sino porque estaba a pie de calle y allí solía tener contacto con ejecutivos y altos funcionarios neoyorquinos que a la tercera copa me ofrecían más de un tema para mis artículos.

Sin embargo, mi fuente estaba hoy en el sótano de un bar casi clandestino, un *speakeasy* ruidoso situado en una esquina de la Séptima con Leroy, cuya pequeña puerta de entrada, metálica y con una mirilla en el centro, estaba custodiada por un portero que me impidió el paso porque faltaban diez minutos para abrir. Le extendí una tarjeta del *Sentinel* con mi nombre y le dije que tenía una cita con Tyler Whitbread.

El portero desapareció por el túnel descendente y oscuro de la escalera para subir al poco y franquearme el paso. Whitbread había consentido en verme. Detrás de mí se formó una disciplinada cola de clientes. Solo yo fui autorizado a entrar, al menos por el momento.

Una docena de escalones me condujo hasta la barra de bar, donde dos camareros preparaban los utensilios para los cócteles y llenaban de hielo las cubiteras. A sus espaldas, en las estanterías, reposaban decenas de botellas de licores para las combinaciones. En un rincón del mostrador dos ayudantes exprimían limones y licuaban las frutas, todo en un ambiente semioscuro, sin luz natural, bajo un techo ocre sin artesonado del que colgaban tres lámparas que competían en ínfima luminosidad con el neón rojizo que mostraba la salida de emergencia.

Los barmans llevaban tirantes sobre las camisas bien planchadas y arremangadas. No reconocí a Whitbread entre ellos. Eran más jóvenes que el antiguo empleado de la tienda Martinka.

Alguien me tocó en el hombro por la espalda.

—Buenas tardes, señor Bennet. Soy Tyler.

Lo miré y enseguida evoqué al amable dependiente de la tienda de magia que me había recibido con su bata de trabajo hacía quince años, solo que ahora tenía el cabello plateado y las arrugas cruzaban buena parte de su frente. Vestía un traje oscuro con camisa blanca y una pajarita anudada al cuello. Le estreché la mano, que sentí refinada, sin pliegues ni estrías.

—Sentémonos ahí. —Señaló una de las pocas mesas dispuestas en línea con bancos acolchados de dos plazas enfrentados entre sí.

—Es un placer volver a verle, Whitbread; ha pasado mucho tiempo.

—Llámeme Tyler, por favor. Sí, aquellos tiempos mágicos. No volverán. —Se rio.

—¿Ahora mezcla licores?

—¡No, ja,ja,ja, no estoy tras la barra! Cambié el mundo de los trucos por el de la música. Toco ese piano.

En un eclipsado rincón vi un piano de jazz, un contrabajo enfundado apoyado en la pared y una batería.

—En cierta manera sigo utilizando las manos para crear emociones —añadió Whitbread—. Este lugar es lo más parecido a una fábrica de trucos de magia que he encontrado.

—¿En qué sentido? —pregunté extrañado.

—Observe, señor Bennet. —Me pidió que mirara hacia el mostrador del bar. Llegaban los primeros clientes y se situaron frente a él. Los barmans entraban en acción—. Tras la barra del bar está el escenario donde se desarrolla el espectáculo. Los vasos de mezcla, los *jiggers* para medir las cantidades, el colador de gusanillo, las cubiteras, todo eso… son las herramientas mágicas. Con las botellas de licores crean el efecto de ilusionismo, lo mismo que si se tratara de naipes, cuerdas o esposas. El resultado es diferente depen-

68

diendo del barman que ejecute el número. Toni, el de la izquierda, es un mago efectista. Fíjese con qué destreza mueve la coctelera; en cambio, James utiliza la cuchara de espiral como varita mágica para mezclar adecuadamente los licores. Si se equivoca en la mezcla el combinado resultante es decepcionante. Un truco fallido. A ellos los llaman mixólogos y a los magos prestidigitadores. No hay mucha diferencia.

—Sí, ya veo. La gente presta atención a sus maniobras como harían frente a un mago en el escenario. Pero la diferencia es que aquí no hay mucha innovación. El mago debe reinventar sus efectos continuamente si quiere mantener vivo el espectáculo.

—¿Usted cree? La base de los trucos de ilusionismo cambia muy poco, se incorporan nuevas tecnologías, pero lo fundamental permanece. La mixología también ha adoptado nuevas técnicas para alterar el estado de la materia e incorporar nuevas texturas, sabores y colores a los cócteles. Cloruro de calcio, nitrógeno líquido, jeringas desechables, sifones especiales…, y no le digo nada acerca de la técnica de fabricación de los cubitos de hielo para que no alteren el sabor de la mezcla. —Whitbread alzó la mano y una camarera se acercó a la mesa—. Sally, el señor tomará…

—Un dry martini con ginebra 209, por favor.

—Para mí una cerveza negra. Ya ve que no predico con el ejemplo y no pido un combinado. Tengo que actuar en menos de media hora y no es cuestión de que pierda mi empleo por tocar bebido. —Sonrió a Sally, que corrió a interrumpir a uno de los barmans para que preparara al momento las bebidas y no tuviéramos que esperar ante la gente que se amontonaba en doble fila frente a la barra.

—¿Toca todos los días?

—No. Tres o cuatro veces a la semana. Estoy jubilado, cumplí los sesenta y siete hace unos días, pero esto mantiene mis dedos ágiles y despiertos. Con mis manos me he ganado la vida y no es cuestión de descuidarlas. Pero usted no ha venido hasta aquí para hablar de música, ¿verdad?

—No, es cierto. Hace quince años charlamos sobre la tienda Martinka donde usted trabajaba, ¿recuerda?

—Sí, claro, y leí sus reportajes. Enhorabuena por el Pulitzer. No tuve ocasión de verle después para felicitarle. Aquello fue el final de una etapa. En 2009 la tienda cerró y se convirtió en un museo en New Jersey. Venden un catálogo de trucos de magia por Internet a medio mundo, pero eso ya no es para mí... Después de todo llevaba cuarenta y cinco años trabajando en lo mismo. Entré de aprendiz.

—Siento mucho si le perjudicaron mis artículos.

—No, no debe disculparse. Martinka no tuvo nada que ver con aquella red de corruptos y estafadores: se sirvieron de sus invenciones, pero quiero pensar que sus propietarios no lo sabían. Las cosas habían cambiado mucho en la tienda. Nos trasladamos a la calle Treinta y Cuatro para conservar el mismo número de teléfono, aunque ya no fue lo mismo. La tienda había tenido diferentes propietarios en el pasado, desde Houdini, Frank Ducrot, Carter, *el Grande* y Al Flosso, *el Faquir de Coney Island*... Todos eran grandes magos, pero la nueva generación ya no. Creyeron que bastaba con mantener los antiguos artilugios en el escaparate para seguir siendo los mejores: el mono que silbaba cuando entrabas, las serpientes mecánicas que salían de la cesta y los conejos que se asomaban por las chisteras. Por allí pasaron estrellas como Woody Allen, David Copperfield o David Blane, pero ya nadie encargaba sus trucos a Martinka... Los grandes magos preferían trabajar con la discreción y el anonimato de fabricantes exclusivos. Recuerdo que teníamos colgado un letrero en latín que decía «*Mundus vult decipi, ergo decipiatur*». Algo así como «el mundo quiere ser engañado, pues engañémosle». Es cierto, si lo piensa bien, señor Bennet: a todos nos encanta evadirnos del mundo real; en cierta manera nos gusta la mentira, aunque parece que a los magos no tanto. Parece un contrasentido, ¿no?

Escuchaba a aquel hombre con atención. Whitbread no podía disimular que sentía pasión por su antiguo oficio. Me preguntaba si seguiría practicando la magia. Me lo imaginaba sentado a la mesa con sus amigos tras una cena sacando unos naipes «preparados» o haciendo desaparecer entre sus manos una servilleta a la vista de todos. Cuando lo entrevisté, hacía quince años, recuerdo que me dijo que solía practicar con los artefactos de ilusionismo que él mismo creaba. Nos sirvieron las bebidas y entrechocamos las copas para desearnos salud.

—Tyler, tengo un maletín fabricado por Martinka y necesitaría su ayuda —le dije tras darle un sorbo al dry martini, que me pareció que no tenía nada que envidiar a los del St. Regis.

—¿Uno de aquella época? —Puso cara de incredulidad.

—No, más moderno. Es de 2008. Un año antes de que la tienda cerrara.

La expresión de Whitbread fue de sorpresa.

—Hum, un Martinka de esa fecha debe de ser una pieza casi original. No creo que entonces fabricáramos más de tres o cuatro. ¿De qué color es y qué tipo de cerradura tiene?

—Es negro y tiene una cerradura de llavín y una de combinación numérica que está atascada en los ceros.

—¡No es posible! —exclamó nervioso, casi conmocionado.

—Es tal y como se lo digo. No he encontrado ningún mecanismo que me permita accionarlo para abrir un doble fondo oculto y…

—Ni lo encontrará —me interrumpió y bebió un buen trago de cerveza negra.

—¿Qué quiere decir?

—Ese maletín no tiene ningún mecanismo a la vista.

Quien lo ideó era alguien especial. ¿Cómo ha llegado hasta sus manos?

—Es un asunto largo de explicar. Creo que tiene que ver con una mujer, la ayudante de un ilusionista a la que estoy buscando.

—¿Una ayudante? Ese maletín lo diseñó la mejor maga que he conocido. Se llamaba Daisy. Créame, es la primera vez en mi vida que me he encontrado con que una ayudante es infinitamente mejor que el mago estrella. Ella era el alma del espectáculo, la que innovaba los números y los llevaba hasta el límite de lo increíble.

—¿Sabe dónde la puedo encontrar?

—No lo sé. Triunfó en Las Vegas e hizo una gira europea, creo recordar. Le perdí la pista.

—¿Su verdadero nombre era Angela?

—Tampoco le puedo decir. Se presentó como Daisy en la tienda. Vino a verme a Martinka y tenía muy claro lo que quería que le fabricáramos, algo novedoso hace siete años. Ese maletín que usted tiene únicamente puede accionarse con una clave personal que solo ella conoce.

—Pero ya le digo que el mecanismo de combinación está obstruido. Los números están trabados, es imposible moverlos.

—No necesita manipular esos números. Ni siquiera el llavín de la cerradura.

—¿Entonces? —Estaba perplejo.

—Ya he hablado bastante. No debería comentarle los pormenores. No, señor, estaría abusando de la confianza que depositó en mí la persona que lo encargó.

—Ha pasado suficiente tiempo, le aseguro que lo que le estoy pidiendo no es un capricho y le prometo que quedará entre usted y yo.

—Es usted periodista, ¿me va a proteger como lo haría con un informante, señor Bennet? —me dijo en tono jocoso.

—Por supuesto. No tiene nada que temer por mi parte. Es más, si quiere puede abrirlo usted mismo sin que yo lo vea. Solo me interesa saber si hay algo oculto en ese maletín —insistí.

Tyler Whitbread se lo estaba pensando. Me miró fijamente a los ojos y yo le aguanté la mirada. Parecía que con ello buscara examinarme para poder fiarse de mí. Esa mirada penetrante la había visto en los buenos ilusionistas cuando sacaban al escenario a alguien del público. Los ojos del mago eran fundamentales para que la gente no desviara la atención hacia algún punto que no interesara descubrir. En ese punto, precisamente, es donde se gestaba la manipulación para realizar el truco.

—Daisy vino a verme con un Furby de segunda generación, un muñeco que era un híbrido entre ratón, conejo y murciélago, y que había tenido un éxito enorme en medio mundo —dijo al fin—. Lo había fabricado la empresa Hasbro en Rhode Island y se habían agotado las existencias el primer día que lo distribuyeron en la juguetería Fao Schwartz de Nueva York. Estuvimos analizando su mecanismo y la forma de incorporarlo a un maletín. Pero ella tenía muy claro cómo lo debía hacer —añadió.

—Perdone, Tyler, pero no sé de lo que me está hablando. No sé lo que es un Furby.

—Un muñeco que gesticula y habla accionado por un sistema de reconocimiento de voz. El maletín de Daisy que fabricamos en Martinka, y que usted dice poseer, se activaba mediante la voz, algo que hoy en día es muy común en los electrodomésticos y en los coches pero que hace siete años no estaba tan perfeccionado.

—¿Me está diciendo que el mecanismo del maletín se ponía en marcha cuando le hablaba Angela, quiero decir, Daisy?

—No exactamente, reconoce cualquier voz humana que

73

le hable al micrófono que lleva incorporado pronunciando la palabra o la frase para la que se ha programado. Consiguió que el mecanismo funcionara independientemente del tono de voz. Ya le he dicho que Daisy era una joven muy preparada. Yo la vi actuar en el Radio City Music Hall en enero de 2009. Me envió un par de entradas en agradecimiento por mi colaboración. El espectáculo *Ilusionarium* era la mejor magia que se podía ver en aquel tiempo. Todo el mundo en la profesión sabía que Daisy era la verdadera artífice del montaje y, sin embargo, relegaba su papel al de mera ayudante de su pareja, ese mago argentino. Le aseguro que cualquier ilusionista que hubiese actuado con ella y seguido sus instrucciones habría triunfado. Me hubiera gustado ver cómo se las apañaba ese Larry con otra ayudante.

—Según parece rompieron su pareja artística en diciembre de 2009, tras una actuación en París. Pero, volviendo al maletín, me temo que estoy como al principio. Si no sé cuáles son «las palabras mágicas que lo abren»... ¡Un momento! —Recordé la frase grabada en un lateral—. ¡Ya no soy Angela! Eso es lo que tiene impreso en la piel el maletín.

—Puede ser una clave, pero no creo que sea la contraseña que lo accione. Demasiado fácil, ¿no le parece? Nadie pondría a la vista el código de su caja fuerte, y mucho menos un mago. ¿Y para qué necesitaría siquiera escribir un acertijo? Ella sabía de memoria qué palabras tenía que pronunciar y se las podría transmitir verbalmente a un tercero si quisiera.

—Sí, claro, ese maletín fue, seguramente, un regalo para alguien. Alguien que la conocía bien y al que podía confiar la clave que descubriera un espacio oculto en él.

—No le puedo ayudar, señor Bennet. Mi trabajo se limitó a engarzar las piezas que ella me facilitó: una placa con un emisor y receptor de infrarrojos, un micrófono minúsculo y poco más. La idea fue suya.

—Pero si no consigo dar con la contraseña sonora, ¿me ayudaría a desmontarlo? Solo usted sabe cómo hacerlo. Creo que en su interior hay algo que me puede dar una pista para encontrarla.

Tyler Whitbread arrugó el ceño.

—No lo puedo hacer, no, señor.

—Pero ¿por qué no? Le pagaré por su trabajo.

—No se trata de eso... —Noté que se incomodaba—. Hice un pacto de confidencialidad con ella que me lo impide. No me sentiría bien con mi conciencia.

—Tyler, Daisy ha desaparecido y puede estar en peligro, si es que no ha muerto —dije.

—¿Por qué la busca, señor Bennet? ¿Tiene que ver con aquellos reportajes del pasado?

—No lo sé, puede que tenga algo que ver, pero todavía no lo he averiguado. Tengo un encargo confidencial para encontrarla allá donde esté.

Whitbread se tomó de nuevo unos segundos para pensar.

—Si intenta desmontarlo no conseguirá nada. No le puedo decir más sin quebrantar el juramento que le hice.

—Si se trata de ese pacto que tienen entre magos para no revelar los trucos...

—No creo en esas tonterías —me cortó—, aunque es cierto que la magia acabaría por tierra si todos anduviésemos contando cómo creamos un efecto de ilusionismo. ¿O acaso usted va por ahí facilitando sus fuentes a otros periodistas para que le pisen una exclusiva?

—No es lo mismo, si yo creyera que revelando una fuente salvo la vida a alguien no me lo pensaría dos veces.

—Oiga, se está poniendo trágico. No tengo ni idea de qué es lo que se trae entre manos ni me interesa conocerlo. Daisy me caía bien, admiré su espectáculo y su capacidad para crear ilusiones. Me regaló un par de entradas y me pagó por mi trabajo. Yo a cambio le juré, como a otros tantos para

75

los que trabajé, que no explicaría jamás qué había detrás de un truco de magia; y a usted ya le he contado más de lo que debía contarle.

Un sonido metálico hizo que volviéramos la vista hacia los músicos que se habían instalado en el pequeño escenario. El de la batería sacó las baquetas de una caja de madera y armó los platillos. El del contrabajo lo desenfundó y comenzó a afinarlo. El Little Branch se había llenado a rebosar. Whitbread hizo ademán de levantarse.

—Bien, ya veo que no puede ayudarme. Siento haberle incomodado. Gracias por su tiempo. Me gustaría invitarle a la cerveza. Tiene mi tarjeta con mi teléfono por si cambia de opinión —le dije resignado.

—Quiero que me entienda, Christian: no tengo nada contra usted, creo que es un buen tipo. Hizo bien su trabajo en el caso de los ilusionistas y le prometo que no le guardo rencor por ello. Usted puso las cosas en su sitio. Yo era un artesano de la magia y mi tiempo ya pasó. Martinka es ahora una multinacional del ilusionismo que solo conserva de aquella época su nombre. Lo siento —se disculpó puesto en pie.

—Gracias de todas formas por atenderme. —Lo noté tocado.

Tyler Whitbread fue hacia el lugar de los músicos, pero de pronto se lo pensó y volvió decidido hacia mi mesa, donde yo apuraba mi último trago del dry martini. Sacó de su bolsillo una baraja de cartas y las extendió del reverso sobre la mesa formando un abanico de color negro.

—¿De qué color son?

—Negras —respondí.

—¿Está completamente seguro? Dele la vuelta a todas ellas para comprobar que el anverso contiene las cincuenta y dos cartas de cada palo del juego del póker. ¿Son naipes normales?

Volteé las cartas y verifiqué que todas ellas eran distintas y de diferente palo. Eran naipes convencionales. No sabía qué pretendía.

—Sí, lo son —afirmé.

Whitbread, con un gesto rápido, las replegó en un mazo con su mano izquierda y las volvió a desplegar en abanico sobre la mesa. Las cartas se volvieron de color rojo al instante ante mi atónita mirada.

—¿Cómo lo ha hecho? —pregunté extrañado, e hice el gesto para levantar una de las cartas para verificar el anverso. Él me lo impidió poniendo la mano encima de ella y las recogió con rapidez.

—Recuerde que «el mundo quiere ser engañado», señor Bennet. No quiera saber el porqué ni el cómo de la magia. Su maletín no tiene ningún espacio oculto, ningún doble fondo que se accione con un mecanismo, pero si Daisy ha escrito «Ya no soy Angela» es que dice la verdad. Usted sabrá cómo interpretar el mensaje, yo no quiero saberlo. No vuelva más por aquí, se lo pido por favor.

Me regaló la baraja y se fue hacia el piano. Sentí una mezcla de estupor y desazón. Examiné la baraja y aparentemente era normal. El reverso de las cartas volvía a ser negro como al principio del juego, quizá nunca había sido rojo.

Pagué la cuenta y me marché cuando sonaban los acordes de *What a Wonderful World* en el piano del mago Tyler.

Capítulo 6

Las palabras mágicas

*E*n apenas unas horas todo había cambiado abruptamente. Y desde luego para mal.

En el tiempo en que mi teléfono había permanecido apagado —desde que estuve en las oficinas de Dan Barrymore me había olvidado de conectarlo—, Martha Sullivan había empeorado, aunque podría verla al día siguiente. *Astor* estaba moribundo en el quirófano del veterinario y Laura Grant, la subdirectora del *Sentinel Digital*, quería verme a toda costa. En segundos, al activar el móvil cuando salí a la superficie desde el sótano del Little Branch, empezaron a llegar los avisos del teléfono, como tintineos letales.

El primero era el de Ahmed, que me decía que el veterinario le pedía autorización para ponerle una inyección de pentotal sódico a *Astor* para evitarle más sufrimiento. Me quedé absolutamente helado, si es que ello era posible. Mi viejo can, mi amigo, siempre a mi lado pese a todo... No era posible. Estaba gravemente herido tras haberse enfrentado a unos intrusos que entraron en mi apartamento... Pero ¿qué estaba pasando? ¿Qué era toda esa locura? No había salido de mi estupefacción y de la pena que me empezó a atenazar cuando escuché el segundo mensaje, este de

Eva Bentley, que, nerviosa, me anunciaba que la editora estaba consciente y que seguramente podría verla al día siguiente. El tercero y el cuarto eran de Laura, que se había personado en mi domicilio y se había encontrado con que la policía le impedía el paso. Estaba alterada y me preguntaba si me encontraba bien. Me pedía con insistencia que la llamara. La cabeza empezó a darme vueltas allí mismo, parado en medio de la calle. Después de unos minutos completamente bloqueado, recuperé el control y empecé a tomar decisiones por orden de prioridades.

Tras hablar con Ahmed, tomé un taxi hasta la clínica veterinaria. En el trayecto recibí una llamada de la policía: habían forzado la cerradura de casa y un individuo había entrado, lo había revuelto todo y había huido escaleras abajo al ser atacado por *Astor*. Una vecina, alarmada por el ruido, y al ver que mi pastor alemán estaba herido, llamó a Ahmed, que también era el paseador de su perro. *Astor*, al parecer, había resultado mortalmente herido en el vientre de una puñalada.

· —Ha tenido suerte, señor Bennet, el perro ha resultado disuasorio para el delincuente —me dijo un detective por teléfono—. Debería cambiar la cerradura y venir a la comisaría para realizar la denuncia cuando compruebe si echa en falta alguna cosa.

En apenas diez minutos llegué a la clínica. *Astor* yacía de costado sobre una mesa de acero, estaba sedado y jadeaba con gemidos intermitentes. Me acerqué a él y le acaricié la cabeza suavemente. Entreabrió los ojos con dificultad y me ofreció una mirada triste y agónica. Ahmed, bañado en lágrimas, estaba acuclillado en un rincón del quirófano, que desprendía un fuerte olor a lejía. El veterinario, a su lado, empuñó la jeringuilla con el pentotal sódico con una rutina mortífera que se me antojó tan fría como necesaria para acabar con el padecimiento del animal.

Busqué en *Astor* un gesto de aprobación, una mirada tranquilizadora y de resignada despedida. Quería su aquiescencia, una señal de aceptación de que había llegado la hora de nuestra separación después de quince años de fidelidad. Pero no la encontré. Sentí el dolor de la incomprensión, desgarrador. «La eutanasia es cosa de dos —pensé—, un contrato por el que dejas de padecer y yo me resigno a perderte para siempre, viejo amigo. Una señal, dame solo una señal de que aceptas que ya no puedo hacer nada por ti.»

Un aullido anunció que el dolor se le hacía insoportable y el veterinario me inquirió con impaciencia:

—¡Hay que inyectarle ya! Le han reventado los pulmones y el hígado... Es absurdo que esté horas padeciendo. No hay nada que hacer —me urgió.

Lo miré con rabia contenida por la impotencia y entonces *Astor*, como si adivinara mi tremenda desazón, me rindió un último servicio: cerró los ojos y expiró.

Le di a Ahmed doscientos dólares para que pagara al veterinario y ultimara los trámites para ocuparse del cadáver de *Astor*. Salí de la consulta aturdido. Noté que me faltaba la respiración y, sin embargo, encendí un cigarrillo en la calle antes de tomar un taxi hasta mi casa. Necesitaba relajarme. Solo cuando estaba llegando a ella pensé en qué interés podía tener un ladrón para entrar en un pequeño apartamento en el que no había cosas de valor. Me imaginé a *Astor*, con su menguada condición física, armándose de coraje para arremeter contra el intruso, una defensa tan inútil como innecesaria. Si yo hubiera estado en casa, con seguridad el perro me habría salvado la vida a cambio de la suya, pero todas y cada una de las cosas materiales de las que disponía eran canjeables por su incondicional y fiel compañía.

La soledad jamás me había incomodado hasta que fui consciente de que estaba realmente solo. En cuanto traspasé el umbral de la puerta, desvencijada por el intruso y precintada con cinta adhesiva por la policía, sentí la necesidad de huir, de despegarme del destierro en el que me había sumido los últimos quince años. Aquella violación de mi intimidad era una señal de que mi aislamiento voluntario había llegado a su fin. En las últimas horas había recibido serios avisos que me conducían a recuperar la iniciativa en mi vida, aunque para ello debiera asumir públicamente los errores que había cometido.

Un reguero de sangre de *Astor* recorría el pasillo desde la entrada al salón del comedor. Aparentemente la casa estaba ordenada y a simple vista no eché en falta nada, salvo el maletín de Martinka, que había dejado sobre la mesa y que encontré tirado en el suelo. Lo recogí y comprobé que habían rajado el forro, seguramente con el mismo cuchillo con el que hirieron mortalmente a *Astor*, pues vi rastros de sangre en su interior. La espuma que acolchaba la tapa y el fondo del maletín estaba esparcida por la mesa, lo mismo que los recortes de los diarios. Si habían encontrado algo se lo habían llevado. Recordé la conversación con Tyler Whitbread: «Su maletín no tiene nada oculto, ningún doble fondo que se accione con un mecanismo».

Sonó el teléfono. Era de nuevo Laura, esta vez llamando desde el periódico.

—¡Dios santo, Christian! ¿Estás bien?

—Sí. Estoy bien, no te preocupes. ¿Cómo has sabido…?

—La policía llamó al diario en cuanto se personó en tu casa. Te dejé varios mensajes y al ver que no respondías Maxwell me dio tu dirección y fui hasta allí, pero no estabas. He tenido que volver al periódico a cerrar la edición; en una hora acabo, si quieres nos vemos sobre las diez. Debes de estar preocupado. Siento lo de tu perro. ¿Se pondrá bien? —habló con atropello.

—No sé, Laura, ahora estoy confuso y cansado. Mi perro

81

no ha podido superar las heridas y… ha muerto. Quizá será mejor que nos veamos mañana. Necesito descansar.

—Lo siento mucho, pobrecillo. Bueno, como tú creas, pero llámame. Te enviaré un mensaje con mi número de teléfono. Y si cambias de opinión podemos tomar algo esta noche y hablamos —insistió.

—Así lo haré… Gracias por todo, Laura.

—Llámame, por favor —lo dijo en un tono que se me antojó suplicante.

Al cortar la comunicación sentí la necesidad de su compañía, pero no estaba en el mejor momento emocional para verme con ella. Sabía de los sentimientos de Laura hacia mí y no quería complicarlos con los míos, que se debatían entre la cólera y la zozobra por cómo estaban transcurriendo los hechos desde que asumí el encargo de la editora del *Sentinel*.

En el fondo lo que me incomodaba era esa admiración que Laura mostraba por mí, una admiración que yo había alimentado contándole medias verdades y escondiéndole las interioridades de mi forma de hacer periodismo. Me sentía en falso con ella. El Pulitzer deslumbraba a cualquiera que estuviese a mi alrededor y, sin embargo, era consciente de que para conseguirlo había arrojado por la borda muchas de mis convicciones personales. Había un antes y un después de aquel premio. En el antes cabían la ilusión, el riesgo, la duda y, sobre todo, la búsqueda de la verdad. El después estaba lleno de reproches y oscuridad, de pactos acomodaticios y de falta de entusiasmo.

Había subido la montaña y alcanzado la cumbre donde solo llegan las nubes. Había sentido la satisfacción de la conquista y me había faltado el aire para respirar en la altura. Pero había ocultado que el ascenso lo hice por el sendero más fácil, sorteando las peligrosas vías de escalada, y me invadía un permanente sentimiento de fraude y de frustración. «Lo importante en el periodismo no es llegar a la cima de una historia, sino por qué camino se llega hasta ella», repetía en muchas de las conferencias para las que fui requerido tras ganar el Pulitzer, como si repitiéndolo quisiera expiar mi sentimiento de culpabilidad.

Llamé a Eva Bentley, que me dijo que la editora estaba descansando y que podría visitarla unos minutos a partir de las doce de la mañana en la Unidad de Cuidados Intensivos del hospital. Seguía muy grave, pero había conseguido una autorización de los médicos para que pudiera verla.

Me serví un vaso de *bourbon* sin hielo y le di un buen trago. Noté un sabor dulzón en la lengua y al poco el escozor del líquido dorado al pasar por la garganta, que me reanimó. No me había quitado aún el abrigo y al hacerlo hundí la mano en el bolsillo y saqué la baraja de naipes que me había dado Tyler Whitbread. La puse sobre la mesa y la examiné a conciencia. Era una baraja normal con el reverso negro y tenía las cartas con los palos completos, incluidos los comodines. Supuse que ese mazo de cartas no era el que el mago del Little Branch había utilizado para hacerme el truco del cambio de color. Seguramente tenía dos juegos de naipes y hábilmente los había intercambiado, o quizá solo fuera uno, que estaba trucado y que se había guardado en su chaqueta.

Intenté recordar lo que me había dicho. Sabía que los magos utilizaban las palabras con tanta habilidad como sus dedos. El misterio de su magia está en lo que dicen y en cómo lo dicen para crear un ambiente especial en el espectador, de modo que el efecto de la ilusión surja de forma sencilla y a la vez impredecible. «La gente quiere ser engañada, pues engañémosla» y «Si dice ya no soy Angela es que es verdad». ¿Cómo se interpretaban esas palabras en el truco de un maletín que no tenía doble fondo y que ahora estaba descompuesto? ¿Y a qué venía el efecto de prestidigitación de cambiar las cartas de color negro al rojo?

Fijé la mirada en el maletín con tanta decisión que por un momento me pareció que podría accionarse tan solo por el efecto de mi concentración. De repente lo vi claro: únicamente las palabras podían manipular el mecanismo, lo mismo que estas accionaban el movimiento y la conversación del famoso muñeco del que había hablado Whitbread.

«"Ya no soy Angela" porque ahora eres Daisy, ¿no es eso? Dices la verdad y tu nuevo nombre es Daisy. Lo mismo que el color de la baraja cambió del negro al rojo, tú te transformaste de Angela en Daisy.»

Estaba excitado. Le di un nuevo sorbo al *bourbon*, esta vez para autoconvencerme y pronunciar en voz alta: «Soy Daisy». Entonces oí un chasquido, seguido de un zumbido que advertía de la puesta en marcha de una grabación. Acerqué el oído a la cerradura del maletín y pude escuchar con claridad una voz femenina que decía «Pregunta en Le Double Fond de París».

Capítulo 7

Escapismo en el Sena

$\mathcal{A}$ las siete de la mañana llegó Ahmed con la señora de la limpieza para recomponer la puerta y limpiar la casa. Traía una caja de herramientas y una cerradura nueva.

—A *Astor* lo quemarán hoy —me dijo cabizbajo tendiéndome un juego de llaves nuevo.

—¿Qué?... Ah, ya, lo incinerarán.

—Sí. Pagué a doctor cien dólares y ochenta por hospital animales. Le debo veinte dólares.

—Déjalo, Ahmed, ya me dirás cuánto cuestan la cerradura y tu trabajo.

—Señor Bennet, ya no necesita de mí. ¿Comprar otro perro?

No me había pasado por la cabeza reemplazar a *Astor*.

—No. Ahmed, *Astor* era especial, no se puede sustituir, ¿no crees?

—Sí, claro. Pero usted muy solo en casa. Necesitará compañía —me insistió.

—Bajaré a tomar un café. —Obvié su comentario—. Necesito concentrarme y seguro que vas a hacer bastante ruido.

—Será una hora de trabajo. En una hora listo.

—Está bien. Voy a bajar al Starbucks de la esquina a desayunar.

Cogí el sobre que me había enviado Eva Bentley sobre el accidente de Angela Sullivan en el río Sena y me lo llevé bajo el brazo para estudiarlo. Antes guardé el maletín en el armario y anoté en mi libreta las palabras de la grabación: «Pregunta en el Double Fond de París». «El doble fondo», me repetía.

La señora de la limpieza encendió el televisor y se oyó la sintonía del canal de meteorología de la NBC mientras pasaba con ahínco la fregona sobre los lamparones de sangre reseca de *Astor*. Hacía un día soleado y por el cielo azul de Manhattan viajaban unas pocas nubes deshilachadas empujadas a gran velocidad por el viento del Este. El clima estaba siendo tan cambiante en cuestión de horas que se entendía que tuvieran tanta audiencia los programas de televisión que informaban sobre el tiempo, haciendo predicciones sobre la velocidad del viento, los minutos de sol, los litros de agua y las pulgadas de nieve que caerían sobre la ciudad. Yo mismo solía dejar encendido el televisor sintonizado en alguno de ellos como música de fondo mientras leía un libro o remataba una pieza para el *Sentinel*.

A aquella temprana hora se había formado una cola considerable en el mostrador del Starbucks, aunque había mesas desocupadas. La gente iba con prisa a su trabajo y se llevaba las bebidas calientes a la calle. Hice la cola y pedí un *cappuccino* y un bizcocho de naranja con trozos de chocolate. Me senté a una mesa junto a la ventana que daba a la calle y abrí el sobre de Eva Bentley.

Como me había adelantado, contenía el informe de la prefectura de la policía del distrito cuarto de París, y estaba firmado por el inspector Pierre Dervaux. En él se detallaba que un coche Peugeot modelo 206 había caído al río Sena a las dos de la madrugada de la Navidad de 2009. Al parecer, era una zona de tránsito de vehículos que no estaba vallada, situada a pocos metros del puente Marie. El aviso lo había dado el dueño de una embarcación amarrada a pocos metros de donde se produjo el accidente. El patrón, Jean Roucheron, un hombre de setenta y cinco años, declaró que había visto a una mujer en el interior aferrada al volante mientras el vehículo se hundía en el Sena. Cuando llegaron la policía y los bomberos, el coche ya descansaba en el fondo del río.

Junto al informe de la policía encontré el del equipo de submarinistas de los bomberos, en el que se decía que no habían hallado a ninguna persona en el interior del vehículo pero que tenía las cinco puertas, incluida la del maletero, cerradas. Tampoco las ventanillas estaban abiertas. Si había alguien en el coche en el momento de precipitarse al agua se desconocía por dónde podría haber salido de él.

El rastreo comenzó en las inmediaciones del río al amanecer, según rezaba el informe policial. Varias embarcaciones y buzos participaron en la búsqueda de la posible víctima, sin resultado positivo. También se detallaba que el automóvil fue izado por la grúa a las 6.15 de la mañana y que de la documentación encontrada se desprendía que era un coche de alquiler a nombre de Darío Escobar. Consulté mis notas y comprobé que se trataba del compañero artístico de Angela.

En el maletero encontraron el equipaje de una mujer. La policía detallaba con minuciosidad las piezas de ropa femenina que contenía, cada uno de los productos de higiene y maquillaje del neceser, así como el número de pasaporte americano a nombre de Angela Sullivan que encontraron en el interior. Parecía que Angela iba a emprender un viaje en automóvil a alguna parte. La investigación recogía que desde su última actuación en el Lido de París, hacía tan solo una semana, nadie la había vuelto a ver. El atestado policial relataba el interrogatorio a Darío Escobar, como esposo de Angela Sullivan, que no aportaba gran cosa: «El marido manifiesta que estuvo toda la noche en el hotel Le Petit Moulin de la calle Poitou, donde se alojaba. La recepcionista, Marie Lanson, confirmó el hecho.» «El marido manifiesta que estaban gestionando los trámites de divorcio.» «El marido manifiesta que su mujer sufría desequilibrios emocionales.»

La única prueba de que Angela Sullivan pudiera haber estado en el interior del vehículo era un jirón de vestido que quedó atrapado en la puerta. El marido lo reconoció como uno de los que utilizaba ella en sus actuaciones.

En una circular se ordenaba alertar a la policía de los aeropuertos por si Angela Sullivan viajaba en avión, pues según el marido tenía también un pasaporte argentino.

El atestado era simple. En tres días cesó la búsqueda del cuerpo y el caso quedó cerrado en 2010, un año después. Nadie había denunciado la desaparición de Angela Sullivan excepto su marido, que fue autorizado a viajar a Barcelona, donde tenía que cumplir con un compromiso artístico.

Extraje del sobre el recorte de *Le Parisien* que había fotocopiado Eva Bentley. Estaba ilustrado con una fotografía en blanco y negro de un utilitario suspendido en el aire que, izado por una grúa, vertía agua por los cuatro costados. También contenía una infografía en la que se reproducía la trayectoria que debió de llevar el Peugeot hasta caer al río desde la vía Georges Pompidou, una de las pocas que no tenía quitamiedos de protección para los vehículos. En diferentes croquis se recreaba lo que podía haber sucedido: los minutos que habría tardado el Peugeot en sumergirse del todo, la temperatura del agua del Sena, que esos días era de doce grados, y la profundidad, que en esa zona del río era de cinco metros, según el periódico.

El reportaje explicaba la imposibilidad de abrir la puerta de un vehículo para escapar de él bajo el agua hasta que esta no entrara por completo en el interior del coche e igualara la presión del habitáculo con la del exterior. Solo en ese momento se podría abrir una puerta sin resistencia y salir nadando hasta la superficie, pero eso le habría demorado algún tiempo y la ocupante habría tenido que contener la respiración por espacio de entre sesenta y noventa segundos soportando la temperatura del agua helada. Reparaba en que las puertas del vehículo estaban cerradas, lo que significaba que la ocupante, que según el testigo estaba en el asiento del conductor, la habría cerrado tras salir del vehículo. Todo un absurdo: ¿quién iba a perder el tiempo cerrando la puerta cuando se debía poner a salvo y le faltaba el aire para respirar?

«Nada que no hubiera podido realizar una especialista en escapismo como Daisy —pensé—; incluso atada con esposas, como lo hacía Houdini en sus históricas actuaciones.» El asunto no estaba en el cómo lo había hecho sino en el por qué lo había hecho, porque empezaba a dudar de que lo de Angela hubiese sido un accidente.

Le di un sorbo al *cappuccino*, meditabundo.

Daisy había dejado las huellas de su vida hasta aquel día en un maletín para que las siguiera un padre que resultaba no serlo, según Dan Barrymore, y había desaparecido engullida por la corriente de las aguas del Sena hacía seis años, desde aquella Navidad de 2009 en la que también falleció Greg Sullivan. Si no había muerto ahogada seguro que estaría oculta bajo otro nombre, otra Daisy en la que se habría reencarnado para protegerse de algo o de alguien. «Ya no eres Angela y tampoco Daisy, ¿quién eres ahora? ¿Estará la respuesta en Le Double Fond de París, en el doble fondo?», me preguntaba.

De la misma manera que teorizaba en un sentido me asaltaban las dudas y pensaba en el contrario. Todo podía ser también una quimera, un engaño absurdo de la vieja editora, que estaba moribunda y que quizá ya no regía con cor-

89

dura. O puede que peor, que todo fuera una trampa que me habían tendido para remover en mi pasado, en aquella historia de los ilusionistas en la que oculté información, y que pretendían desenterrar con no se sabía qué intención.

En cualquier caso tenía la necesidad de llegar hasta el fondo de ese juego de pistas, un juego que parecía conducirme a rememorar el abismo de culpa en el que me sumergí hacía tantos años, cuando Lorraine desapareció violentamente de mi vida y nada volvió a ser igual.

Capítulo 8

El truco de la moneda

El taxista conducía a gran velocidad por la avenida Franklin D. Roosevelt, junto al East River. No lo detuvo ningún semáforo hasta que dobló por la calle Sesenta y Uno para tomar la avenida York. Dejó la Rockefeller University a la derecha para encontrarse al frente con el edificio del Memorial Sloan Kettering Cancer Center. El trayecto me había demorado doce minutos de reloj desde mi casa. Eran las 11:52, y llegaba puntual para ver a Martha Sullivan.

El Memorial era un hospital dedicado exclusivamente al tratamiento del cáncer en cualquiera de sus variantes, y desde los sótanos hasta el piso veintiuno todos los departamentos estaban implicados en la curación de la enfermedad. Decían que los laboratorios, salas de espera y hasta los gimnasios para los pacientes estaban especializados en esa tarea. Su fama era internacional, y junto con el M.D. Anderson de Houston estaba considerado el mejor hospital del mundo en el tratamiento del cáncer. Desde hacía unos años estaba dirigido por un prestigioso oncólogo español.

En la entrada esperaba Eva Bentley, que me libró de los controles de seguridad y me condujo a través de pasillos y ascensores hasta la UCI, tan solo mostrando una tarjeta que llevaba colgada al cuello.

—La señora Sullivan es mecenas del Memorial —me dijo adivinando mi extrañeza porque pudiéramos movernos por el interior del hospital sin problemas.

—¿Cómo sigue? —pregunté.

—Muy grave. Dicen que ha pasado buena noche, pero está muy débil. Respira por sí misma aunque precisa de oxígeno de vez en cuando. Han conseguido estabilizarle la presión y el ritmo cardíaco, pero todo puede cambiar por momentos. —Me dio todo un parte médico por respuesta.

—No estaré mucho tiempo. Necesito hacerle algunas preguntas.

—No le dejarán verla más de diez minutos. Tenga, póngase esto. —Me ofreció una bata verde, un gorro y unas zapatillas de tela que se ajustaban con una goma al calzado.

—¿Es necesario?

—Sí, lo es. Sin esto no podrá entrar en el box. Es el número cinco. Los médicos lo hacen por usted más que por los pacientes. Dicen que en los boxes de la UCI es donde se cogen más infecciones. Le recomiendo que se ponga el gel desinfectante en las manos, lo verá al entrar en un expendedor colgado de la pared.

—No tengo inconveniente en que entre conmigo.

—No es posible. Solo dejan entrar a una persona y no más de diez minutos. Eso es lo que dictaminan los médicos. Le esperaré aquí fuera.

Me enfundé en el traje de color verde y me sentí ridículo. Seguramente a Eva Bentley también se lo pareció, pues por primera vez dibujó una media sonrisa bajo su gran ojo escrutador.

Nunca había visitado una unidad de cuidados intensivos. Cuando falleció mi madre lo hizo en casa, después de que le colocarán en la clínica un aparato portátil que le bombeaba morfina para paliar los dolores que le producía la esclerosis múltiple que acabó con su vida. Procuraba evitar las visitas a los enfermos en los hospitales. Cuando operaron de una hernia discal a Robson, el director del *Sentinel*, apenas estuve cinco minutos en la habitación. No se trataba de aprensión, sino de incomodidad por tener que hablar con alguien que tenía el hándicap de estar convaleciente en la cama con una vía de suero en la vena.

Entré en la UCI y una enfermera me acompañó hasta el box número cinco, situado frente a una sala abierta donde el personal sanitario monitorizaba a los pacientes a través de pantallas de ordenadores y complejos aparatos electrónicos que escupían gráficas sin solución de continuidad. La asepsia de aquel lugar era tal que me pareció que entraba en una cápsula esterilizada e inodora, como si hubiesen aislado del ambiente las partículas odoríferas, incluso como si a la habitación la hubieran vaciado de aire y sometido a una atmósfera ingrávida.

Martha Sullivan estaba recostada en una cama articulada con la cabeza hacia un lado apoyada sobre dos almohadas. No me vio entrar. Las palmas de las manos descansaban sobre las sábanas y de ellas salían las conexiones hacia la medicación intravenosa y los monitores de control.

—Tiene visita, señora Sullivan —dijo en voz alta la enfermera al tiempo que levantaba el respaldo de la cama eléctrica con el mando.

Me pareció más diminuta y frágil, parecía haber encogido desde que la viera la última vez, y apenas habían transcurrido dos días. Me miró con parsimonia haciendo esfuerzos por despertar de su letargo. Llevaba un pañuelo sobre la cabeza que la enfermera le recompuso. Le habían quitado la peluca y le habían cubierto la cabeza con él. No pude evitar pensar en cuánto tenía en común aquella escena con la de los últimos días de vida de mi madre.

—Les dejo unos minutos a solas. Si necesitan algo solo

93

tienen que apretar el botón. —Señaló un avisador que estaba en un lateral de la cama eléctrica.

—Hola, Christian —musitó con la voz rota—. Gracias por venir a verme —añadió con una difícil sonrisa.

—Hola, señora Sullivan… —dije con toda la dulzura que fui capaz de reunir. No sabía cómo actuar con ella. Me parecía que preguntarle cómo se encontraba, viendo su estado, era poco menos que una burla, y darle ánimos y esperanzas una absurda temeridad. Ella me facilitó las cosas.

—Estoy mejor, Christian, pero en mi situación eso significa poca cosa. Son muy buenos profesionales los de este hospital, posiblemente en otro lugar ya no hubiera sobrevivido, pero aquí tampoco pueden hacer milagros. En ninguna parte los hacen.

—Ya. Dicen que es el mejor hospital del mundo…

—Hace tiempo que estoy preparada para morir, aunque si le dijera que no tengo miedo no sería sincera del todo, a pesar de que aquí también saben cómo facilitarte ese trance. Todas esas gráficas que ve tienen un límite que no se puede rebasar, mi cabeza dice que debo engañarlas, pero mi corazón no creo que esté por la labor… Bien, dejemos de hablar de lo inevitable. ¿Ha avanzado en el encargo que le hice?

—Quisiera hacerle algunas preguntas sobre ello, si está en disposición de contestar.

—Si no ha entrado nadie para sacarle de estas cuatro paredes estrechas es que las gráficas lo permiten. —Volvió a esbozar una sonrisa—. Adelante antes de que se vuelvan a alterar.

—Señora Sullivan, he estado hablando con Dan Barrymore en Invertgold. Sé que tuvo también una conversación con usted…

—Es un mal bicho, ya se lo dije. No debe dejarse embaucar por él. —Se retrepó en la cama con asombrosa agilidad.

Comprobé que sus delgadas piernas marcaban un escaso relieve bajo las sábanas.

—Me dijo que su marido no podía tener hijos, señora Sullivan. Necesito saber la verdad o me va a costar encontrar a Angela, si es que existe.

—Barrymore me llamó amenazante para decirme que si me empeñaba en buscar a mi hija cerraría el diario en menos de veinticuatro horas. Lo puede hacer, señor Bennet, él puede ejecutar la deuda en cualquier momento.

—¿Y qué ganaría cerrando un diario que, según me dijo, ya gobierna él? Usted es una mera usufructuaria por el pacto que hizo con su marido.

—Ya veo que le ha puesto al corriente de la situación. Soy mera usufructuaria salvo que aparezca mi hija y ella se haga cargo de la propiedad y liquide la puñetera deuda a ese gusano.

—Mire, esto se está convirtiendo en un rompecabezas. ¿Existe Angela Sullivan? ¿Es hija de su marido?

—Claro que existe y estoy convencida de que está viva.

—No me ha respondido del todo. ¿Es hija de su marido? —volví a preguntar con contundencia, obviando que Martha Sullivan se estaba alterando y empezaba a respirar con dificultad.

—Tuve a Angela en el año 79, cuatro años después de casarme con Greg —hablaba pausada y meditativa—. Es cierto que Greg no es el padre natural de Angela. Él tenía una enfermedad genética y era estéril. Ambos estábamos pensando en que deberíamos adoptar un bebé, pero...

—Siga, por favor.

—Christian, esto es muy difícil para mí. Jamás se lo he contado a nadie.

—Necesito saber toda la verdad.

—Me quedé embarazada de otro hombre. Eran tiempos muy difíciles en nuestro matrimonio. Ambos estábamos frustrados por la paternidad y Greg estaba todo el día metido en el periódico. Se encerraba en él y yo me sentía muy sola. Fue una época horrible. Cuando Greg supo que estaba embarazada estuvimos a punto de divorciarnos, pero cuando di a luz reconoció a Angela como hija suya y la acabó queriendo. Jamás me perdonó aquella infidelidad, pero hicimos un pacto implícito: yo me refugié en mis pinturas y en las obras de beneficencia, y llevamos una vida de matrimonio solo frente a terceros. Angela lo adoraba y Greg la quería, no tengo ninguna duda.

—Pero me dijo que Angela se fue de casa con dieciocho años y que su marido no se llevaba bien con ella porque se quería dedicar al ilusionismo… ¿Me ha estado mintiendo?

—No. No le mentí. A los dieciocho años Angela se enteró de que Greg no era su padre natural y se puso furiosa con los dos, pero sobre todo conmigo. Se sintió engañada. Mi hija era una mujer muy sensible e inteligente, tenía dotes de artista; de pequeña estaba todo el día representando funciones teatrales en casa, creando sus propios decorados y libretos. Un día, Greg le regaló un juego de magia y a cada rato estaba haciéndonos trucos. Tenía diez años. Cuando recibíamos invitados, en la sobremesa, Greg la animaba a hacerlos y se sentía orgulloso de ella. Les pedía una moneda y la hacía desaparecer de su mano con una facilidad asombrosa sin que nadie supiera cómo lo había hecho. Cuando Greg le pidió que le enseñara cómo hacía el truco yo fingí estar leyendo un libro mientras los miraba de soslayo, y recuerdo que le dijo que la magia no tiene «cómos» ni «porqués», pero ante su insistencia le mostró un anillo magnético que llevaba en su dedo. Con un hábil movimiento, la moneda quedó imantada y oculta en el reverso de la palma de su mano. Le parecerá absurdo, pero pensé que enseñarle a su padre ese simple efecto mágico era un grado de confianza que no hubiera tenido conmigo. Es cierto que, sin querer, Greg estaba alimentando su afición por el ilusionismo y la alejaba de la posibilidad de que un día asumiera la gestión de sus negocios, de su periódico. Sin embargo, recuerdo que se quedaba embelesada cuando Greg le explicaba cómo habían tratado una información o cómo habían conseguido tirar del hilo de una noticia. Ella tenía interés por el periodismo y sentía pasión por su padre. Estaban muy compenetrados.

—Pero parece que les perdonó, porque le hizo llegar los recortes de los diarios a su marido. Quería que supiese que estaba bien… ¿Tuvieron algún contacto después de que ella se marchara de casa?

—Yo no lo tuve y con Greg no hablamos de ello. Nuestra relación era tensa, y tras la marcha de Angela se enfrió si cabe aún más. Ante sus reiteradas negativas a hablar sobre ella finalmente desistí, a pesar del dolor que la ausencia y el silencio de mi hija me provocaban. Ya le dije que encontré el maletín entre sus pertenencias, al poco de morir. Cuando Greg firmó aquel contrato con Dan Barrymore puso la condición de que la propiedad solo pasaría a su fondo de inversión si no aparecía un descendiente legal. Confiaba en que Angela volviera un día y supiese cómo manejar el *Sentinel*. Barrymore no tiene ningún interés en que eso suceda, se va a oponer a ello con todas sus fuerzas.

—¿Por qué la dejó como usufructuaria? Dan Barrymore me dijo que fue él quien se lo pidió a su marido.

—¿Eso le dijo? No fue así. Fue una exigencia de Greg. Si él fallecía yo sería usufructuaria hasta mi muerte. Lo hizo para garantizar que Angela accediera a la propiedad después de que ambos falleciéramos, pero si yo muero y Angela no reclama antes de un mes sus derechos todo pasará a manos de Barrymore. Era una fórmula para que el *Sentinel* no quedara sin gobierno tras nuestra desaparición.

—Al parecer Greg y Barrymore eran buenos amigos antes de realizar la operación.

97

—¿Buenos amigos? Le aseguro que tenían una relación de conveniencia. En cierto modo fui yo quien los presentó. Dan era un abogado afamado que había reunido una pequeña colección de arte que vino a tasar con los expertos de nuestra fundación. Hizo un buen negocio con cuadros de Eva Hesse y de De Kooning que le compramos a buen precio, los había adquirido embargando a algún deudor al que había embaucado. El dinero lo invirtó en apartamentos. Tenía una sensibilidad nula, prefería los ladrillos al arte.

—¿Por qué me ocultó que había recibido un recorte de periódico en el que aparecía el coche de Angela hundido en el Sena?

—Sé que ese recorte me lo hizo llegar Dan Barrymore. No tengo ninguna prueba, pero estoy convencida de ello. No quiere que siga investigando el paradero de mi hija. Si se lo hubiera dado, usted no habría aceptado mi encargo. Tuve miedo.

Martha Sullivan estaba fatigada, pero me pareció que no quería dar por terminada la conversación. Me pidió que le acercara una mascarilla y que regulase el botón que abría el oxígeno. Se la acerqué y reparé que en cuanto dio un par de bocanadas de aire por la nariz el monitor que controlaba la ventilación de sus pulmones subió siete puntos, hasta situarse en 96.

—Señora Sullivan, no tenemos ninguna garantía de que su hija esté viva, y creo que averiguarlo se va a convertir en algo complejo y hasta peligroso. —No quise comentarle el asalto a mi apartamento para no preocuparla.

—Le voy a contar algo, Christian, aunque a lo mejor es una tontería sin importancia. Cuando murió Greg, Angela no estuvo en el entierro…, o quizá sí. Ya no sé qué pensar. Lo cierto es que los de la funeraria, cuando iban a incinerar el cadáver, repararon en que había algo en el ataúd que aseguraron que no estaba cuando prepararon la mortaja. Era un anillo pequeño que alguien había colocado en el dedo meñique de Greg. No se explicaban cómo era posible que alguien lo hubiera puesto allí cuando la caja estuvo cerrada y controlada en todo momento. Cuando me lo entregaron, supe que se trataba del anillo magnético que Angela empleaba para hacer su truco con la moneda.

Me imaginé a Daisy caracterizada para no ser reconocida en el funeral, rindiéndole un último homenaje a su padre con un efecto de ilusionismo, y me pregunté por qué no querría ser vista por su propia madre. Me pareció simplemente disparatado, aunque todo era posible para alguien como Angela, que vivía de engañar a los demás.

—Enterraron a Greg el 26 de diciembre. ¡Hum! Y el coche cayó el día anterior al Sena… Tuvo tiempo de tomar un avión y llegar al funeral… —Me quedé unos instantes pensativo, cavilando diversas posibilidades—. Tendré que ausentarme unos días para ir a París. Creo que mañana mismo tomaré un avión. Voy a intentar descubrir dónde está su hija, señora Sullivan —dije con decisión.

—No sabe cuánto se lo agradezco —casi susurró con la voz ahuecada por la mascarilla de oxígeno—. Yo intentaré resistir a toda costa. No voy a tirar la toalla. Me gustaría tanto ver a mi hija antes de morir… No quiero irme sin pedirle perdón. No fui una buena madre. —Derramó una lágrima, que se deslizó por la mascarilla de plástico.

—No debe culparse de un pasado en el que seguro que debieron de influir muchas otras circunstancias —le dije para reconfortarla.

—¿No lo hace usted también, Christian? Hijo, creo que usted también se atormenta por el pasado, y eso no se puede arreglar sin que se pida perdón. Muchas veces es más difícil perdonarse uno mismo a que lo hagan los demás a los que hemos herido, ¿no cree? Es usted una buena persona y creo que encontrar a mi hija va a ayudarle también a usted.

99

Estaba tocado. Intenté sobreponerme a esas enigmáticas palabras de la editora. Me preguntaba qué sabía realmente sobre mí. Cada vez tenía más claro que la señora Sullivan no me había elegido al azar para llevar a cabo esa misión. Y, dado que resultaba evidente que no pensaba desvelarme sus verdaderos motivos, decidí descubrirlos yo mismo.

Capítulo 9

Una cena en el Kyclades

*L*aura lucía muy atractiva con aquel vestido corto con transparencias a la altura de los hombros y el escote. «Demasiado elegante para cenar en la sencilla taberna del Kyclades», pensé cuando la contemplé al despojarse del abrigo y se sentó a la mesa donde la esperaba. Algo parecido debieron de pensar los clientes que se volvieron sin disimulo para mirarla.

—O sea que este es tu restaurante preferido… Huele muy bien.

—Suelo cenar aquí. Tienen buen pescado y me pilla al lado de casa. Ya sé que es sencillo, pero…

—Está muy bien. Un griego es una buena alternativa a tanto japonés como se ha puesto de moda en la ciudad. De verdad que tiene buena pinta. —Miró en derredor sonriente.

—Me alegro de que te guste. Tiene el nombre de unas islas griegas muy bonitas: las Cícladas. Nunca he estado en ellas, pero quién sabe…

—Sí, algo he leído sobre ellas… Las Cícladas se componen de más de doscientas islas en el mar Egeo, dispuestas en círculo, en torno a la isla de Delos, donde habitó el dios Apolo. Es que me encanta la mitología griega, con todas esas historias. ¿Sabías que Apolo era el dios de la purificación y la verdad? Era el patrón de las musas, aunque tendía al mal genio y podía enviar plagas y destrucción ante la malignidad humana; también era capaz de curar las enfermedades y proteger a los débiles.

—Vaya, espero que nos ilumine para pedir una buena cena —dije riendo ante tal demostración de conocimientos—. Te agradezco que hayas aceptado la invitación. Ayer no fue mi mejor día y no me apetecía ver a nadie.

—Lo entiendo, Christian, no debes disculparte. A mí me hubiera pasado igual. Siento lo de tu perro. ¿Sabes por qué lo hicieron? ¿La policía ha averiguado algo?

No había reparado hasta entonces en los ojos de Laura, que eran de un intenso azul, como el mar de las fotografías de las islas griegas que pendían de las paredes de la taberna del Kyclades, y que me miraban con vehemencia. Me sentí admirado por la gesticulación de sus labios, la calidez de su voz y el juego nervioso de sus manos sobre la mesa, buscando aproximarse a las mías. Esa noche estaba especialmente atractiva, y decidí por unas horas dejar a un lado mis prevenciones. Lo cierto es que me gustaba, y mucho, aunque me lo quisiera negar a mí mismo.

—No sé nada todavía. Debería ir a la comisaría, pero no he tenido tiempo. Además, tengo que salir de viaje.

—¿Adónde vas? Robson dijo que te habían dado unas semanas de permiso. Tiene que ver con tu reunión con Martha Sullivan, ¿verdad?

No sabía si explicarle el lío en el que me había metido, pero por otra parte era consciente de que iba a necesitar ayuda para desentrañar el misterio de la desaparición de la hija de la editora. Me dio una tregua Helios, el *maître* del restaurante, al interrumpirnos con los menús y recitarnos de memoria el pescado fresco que tenía fuera de carta. Encargamos una ensalada griega, unas almejas y una lubina con salsa de limón, que pedí que no cocinaran mucho. Conocía la costumbre de la cocina griega de asar los pescados en exceso hasta casi carbonizarlos. Pedí, también, una botella de Kourtaki, un vino blanco de *retsina* que me gustaba beber.

—A lo mejor no te gusta, tiene un sabor especial. Los griegos elaboraban este vino blanco desde hace dos mil años y lo escanciaban en ánforas que sellaban con resina de pino de Alepo. No es tan antiguo como tu dios Apolo, pero imagino que debe de inspirar tanto como las musas si te tomas un par de copas —le dije bromeando—. Supongo que ahora deben de hacerlo con un proceso más industrial.

—Sí que es especial, pero está muy bueno. Y es cierto que huele a pino —murmuró hundiendo su nariz respingona en la copa.

—Me voy a París —dije de pronto.

—¿París? ¿Por qué? ¿Para algo en especial?

—Yo nací allí. Pero no es por eso. Hace muchos años que no he estado en Francia. En cierta manera voy por trabajo…, un encargo de la editora.

—¿Un reportaje encargado desde arriba? Suena interesante. Corren rumores de que la señora Sullivan está hospitalizada.

—Sí, la he visitado esta mañana. Está muy enferma.

— Pobre mujer. Bueno, ¿y me lo vas a contar?

—A lo mejor necesito que me eches una mano, aunque quizás es mejor que no lo sepas todo. No quisiera meterte en problemas.

—Ya entiendo. Necesitas una becaria que te haga el trabajo de documentación sin hacer preguntas. —Hizo un mohín.

—No es eso, pero creo que me estoy metiendo en un asunto muy complejo y no quiero implicar a nadie.

—Puedes contar conmigo. Me quedan diez días de vacaciones y qué mejor que emplearlos en una investigación que valga la pena. Además, colaborar con todo un premio Pulitzer tiene más atractivo que ir a la casa de mis padres en Long Island. —Rio divertida.

—No deberías pensar que un premio Pulitzer implica que su autor sea un gran periodista, ni siquiera una buena persona, como decía Kapuscinski que había que ser para ejercer el periodismo.

—Eres demasiado modesto, Christian. He leído tus artículos a fondo. Tan a fondo que los desmenucé en mi trabajo final de carrera sobre el periodismo de investigación. Tienes esa capacidad de poner la distancia suficiente entre tus ideas y la historia que cuentas. A mí me resultaría difícil no tomar partido por los hechos que considero injustos, y reconozco que eso a veces hace que lo que cuentes sea poco creíble. Es como si para acercarte a la verdad tuvieras que hacerlo libre de todo compromiso y prejuicios. Es lo que hiciste con el caso de los ilusionistas: tendiste una red con sigilo y sin trampas, a plena luz del día, y los peces quedaron atrapados en ella sin darse cuenta.

104 —A veces también te quedas atrapado en esa red sin ser consciente de ello. Cuando pescas en una ciénaga es difícil que no te salpique el barro. Laura, lo que quiero decir es que no todo lo que apareció en esos reportajes era verdad, por lo menos no toda la verdad que un periodista debería haber contado. —Era la primera vez que hablaba en voz alta de lo que ocurrió con aquel reportaje y con lo que en él descubrí al mundo, más allá de lo que compartí con Greg Sullivan. Sentía la necesidad de repartir mi carga, hacía mucho que la sentía, pero al tiempo dudaba de que estuviera haciendo lo correcto al traspasársela precisamente a ella. Noté su expresión de desconcierto. Laura estaba desorientada.

—¿Qué significa que no contaste toda la verdad? —preguntó extrañada.

Le di un sorbo al vino y me recreé aspirando el aroma acerbo y fresco de la resina mientras buscaba las palabras para responderle.

—Me impliqué en exceso al mezclarme con peces gordos

del gobierno, con empresarios poderosos de los casinos y hasta con criminales corruptos de baja estofa; entré en lo más profundo de la organización, la conocí desde abajo y llegué a hacerme pasar por uno de ellos...

—Eso estuvo genial. Debió de ser peligroso, pero te dio un conocimiento de primera mano que permitió que cayeran como moscas. No veo nada malo en estar «empotrado» en una organización criminal para desenmascarar a unos delincuentes. Gracias a ello, además, muchas mujeres que estaban siendo prostituidas se liberaron de los abusos. ¿Qué más podías contar? Claro que contaste toda la verdad, y esta fue muy dura: evadían impuestos, traficaban con drogas, sobornaban a políticos, ejercían el proxenetismo..., y todo eso quedó al descubierto.

—No quedó todo al descubierto, Laura. La cabeza de la organización, el máximo responsable, quedó fuera de la historia. No interesaba implicarlo.

—¿Tenías las pruebas para hacerlo?

—Tenía la certeza y debía haber investigado hasta el fondo. Después de publicar los reportajes lo supe, pero ya era demasiado tarde.

—Eso te exime de toda responsabilidad. No deberías sentirte mal por ello. Si no puedes probar algo no debes publicarlo. Es así en este negocio nuestro, ¿no? Pero has dicho que no interesaba implicarlo... ¿a quién no le interesaba?

Había iniciado un proceso de confesión que se me antojaba que no tenía vuelta atrás, y lo cierto era que no me sentía incómodo. No me importaba que Laura cambiara radicalmente la opinión mitificada que tenía sobre mí. Por un momento pensé que, si se lo contaba todo, se levantaría de la mesa y le faltaría tiempo para correr a difundirlo a través de las redes sociales que tan bien dominaba. La conocía poco, pero si actuaba de esa manera quizá resolviera dos situaciones a la vez: al final todos sabrían la verdad de aquella historia y Laura dejaría de interesarse por mí. Sin embargo, estaba más preocupado por esto último: fuera por su mirada entregada, por su interés por mí, que parecía tan sincero, o por ese escote de vértigo cubierto de encaje, lo cierto era que me estaba empezando a sentir realmente atraído por ella.

—No quiero escudarme en nada ni en nadie. La responsabilidad fue mía. El editor, Greg Sullivan, tenía intereses con esa persona, pero fui yo el responsable de dejarlo fuera de mis investigaciones... En el fondo tuve miedo, ¿lo entiendes, Laura? Me entró pánico porque yo tampoco estaba libre de compromisos, no estaba limpio para acercarme a la verdad y contarla sin tapujos.

—Cuéntame qué pasó. Puedes confiar en mí. —Me tomó la mano sobre la mesa y me miró achinando los ojos con una sonrisa abierta para darme confianza.

—Me enamoré de una mujer como jamás lo he vuelto a hacer. Se llamaba Lorraine. Era mucho más joven que yo..., tendría tu edad, y la conocí en una de las cenas con espectáculo que se daban en Las Vegas. Fue lo que se llama un amor a primera vista. Bueno, perdona la expresión, ya sé que es un poco manida y trasnochada, pero fue exactamente lo que me pasó.

—Me gusta cómo lo dices, no debes disculparte. Sigue, por favor.

—Bien. Estuvimos durante tres semanas juntos en Las Vegas y también coincidimos en Nueva York, donde ella estaba acabando sus estudios de arte dramático..., o eso fue lo que me dijo, yo qué sé. Resultó que a los pocos días descubrí que actuaba como una especie de correo para la organización criminal que estaba investigando: transportaba el dinero en metálico en unos maletines. No tuve valor para desenmascararla y no le dije nada, creía que si lo hacía la perdería. Estaba muy enamorado de ella. Además, pensé que debía acabar mis reportajes, que tras la publicación también acabaría con su trabajo y entonces nos iríamos a vivir juntos a Nueva York y todo quedaría olvidado.

Sirvieron los primeros platos y en el restaurante se iba elevando el nivel de las voces a la vez que los clientes apuraban las botellas de vino y cerveza.

—Bueno, ¿y qué sucedió? —preguntó en un susurro imperceptible. Estaba intrigada y quería conocer toda la historia.

—La asesinaron.

—¡Dios mío! —exclamó horrorizada llevándose las manos a la boca.

Lo solté como un exabrupto. No había calculado el impacto que esas palabras tendrían en Laura. Era la primera vez que las pronunciaba, aunque las tenía engastadas en mi cerebro; el hecho de que saliesen de mi boca hizo que me sintiera mejor.

Así que continué:

—Entraron de madrugada en nuestra habitación y la lanzaron por una ventana desde el piso diecinueve del Caesars Palace. Mientras dos hombres forcejeaban con ella otros dos me dieron una paliza. Antes de que perdiera la consciencia les oí pronunciar el nombre de Mac Gideon... Este era por entonces el gobernador del estado de Nueva York. Cuando recobré el conocimiento, varias horas después, bajé dolorido hasta el patio del hotel donde había caído Lorraine. Encontré restos de sangre, pero el cadáver había desaparecido. Imaginé que los responsables habrían hecho desaparecer el cuerpo, y me asusté de verdad, tanto que decidí callarme. Nadie denunció aquel asesinato. La policía y la prensa lo taparon; en el hotel no sabían nada... Eres la primera persona a quien se lo cuento, ni siquiera se lo dije a Greg Sullivan cuando me recomendó que dejara fuera de la historia a Mac Gideon. Después del Pulitzer investigué por mi cuenta y supe que el gobernador había donado dinero para sostener el *Sentinel*; posiblemente proveniente de la misma organización criminal que compró las voluntades de los políticos de Las Vegas y de Nueva York, pero ya no hice nada para que esa historia saliera a la luz. Sentí que Lorraine había muerto por mi culpa. Habían descubierto mis intenciones y ella pagó con su vida mi gran reportaje. Ese Pulitzer, mi Pulitzer, está teñido de sangre. Eso es todo.

— A Laura le brillaban sus ojos azules. Se quedó en silencio. Hacía esfuerzos por no romper a llorar, pero el rímel diluido en una lágrima se le escapó por la comisura de los ojos. Se levantó de la mesa y corrió hacia el baño del restaurante.

Me juzgué un canalla por descargar mi conciencia sobre esa frágil joven que tenía depositada una confianza ciega en mí. La sabía enamorada, y con seguridad había quebrado todas sus ilusiones con semejantes historias. No me importaba lo que pudiera suceder a partir de ese momento, mi vida de andrómina y embuste permanente debía llegar a su fin.

Tuve la impresión de que no volvería, pero se había dejado el abrigo sobre el respaldo de la silla. Helios pasó por la mesa para interesarse por si iba todo bien con el servicio. Asentí con un gesto. Pensé que el *maître* griego también se sentiría decepcionado cuando se enterara de que su cliente de muchos años, al que no disimulaba su veneración, era un farsante. Hasta las decenas de ojos del restaurante me parecía que tenían puesta la mirada en mí. El *maître* me llenó la copa de vino y lo dejó sobre la cubitera. Al fondo vi llegar a Laura y Helios le retiró la silla para que pudiera sentarse, en un gesto servicial que no le había visto hacer nunca con ninguna otra clienta.

—Disculpa —dijo Laura, que se había maquillado y trataba de corregir su semblante serio apretando los labios silueteados por el carmín.

—¿Te encuentras bien?

—Sí, estoy bien. Es solo que lo que me has contado es

muy fuerte. No esperaba una cosa así. Pobre Christian, debes de haberlo pasado muy mal.

No parecía estar enfadada, ni siquiera decepcionada, por la historia que le había contado; al contrario: ahora me miraba con ternura, y creo que ambos sentimos la necesidad de abrazarnos. Lo habríamos hecho de no estar rodeados de tanta gente.

—Siento haber sido tan brusco. Las últimas horas han resultado muy duras para mí y tenía necesidad de sacar lo que llevo dentro desde hace tanto tiempo. Te ha tocado a ti y es injusto. Perdóname. ¿Serás capaz de hacerlo?

—No tengo que perdonarte nada. Te agradezco la confianza... Para eso están los amigos, ¿no? Sabes que me tienes a tu lado.

—Pero le he fallado a mucha gente y... también a mí mismo.

—No es verdad. En aquella situación tan crítica cualquiera habría reaccionado así, incluso muchos periodistas no hubieran publicado una sola línea. Tus denuncias acabaron con la red mafiosa de los «ilusionistas», eso es lo que importa. —Se detuvo unos instantes y se mordió el labio para preguntarme—. La querías, ¿verdad?

—Era una buena chica, sí, la quería..., nos queríamos.

—¿Quieres hablarme de ella?

—No sé, es algo difícil de explicar. Solo estuvimos unas semanas juntos y, pese a no saber prácticamente nada sobre su vida, sentí como si formara parte de la mía desde el primer momento. Tenía veinticinco años y yo pasaba de los cuarenta, fue todo tan rápido que no me dio tiempo a pensar que eso hubiera sido un problema de haber continuado la relación..., bueno, de no haber fallecido...

—¿Crees que los años son un problema para que una relación funcione? Yo creo que la diferencia de edad no importa si los sentimientos son sinceros. Cuando un hombre o una mujer ponen la edad como barrera para acabar con una relación me suena a una excusa como cualquier otra para no decir la verdad: «Oye ¿sabes qué?, que ya no te quiero».

—Bueno, sí, posiblemente sea así. Pero yo le fallé.

—No le fallaste, Christian, tú la quisiste, a pesar de que os conocisteis en medio de una tormenta. No pudiste hacer nada frente a esos criminales.

—Los podía haber denunciado, y no solo ante la policía. El miedo me paralizó y no conté lo que había pasado. Fui un cobarde. Además, siempre me quedó la duda de por qué no acabaron también conmigo, de por qué a ella la mataron y a mí me dejaron con vida…

—Quizá su idea no fuera matarla, sino solo asustaros a los dos, pero se les fue la mano con ella. En cualquier caso, seguro que si hubieras contado todo lo que sabías te habrían matado, Christian, y nadie te hubiese defendido; ni siquiera tu propio editor hubiera estado dispuesto a hacerlo, estoy segura de ello.

—No lo sé. Solo sé que Lorraine ya no está y cada día me culpo por ello. Fui un egoísta.

Laura me tomó la mano y me miró fijamente.

—¿Por eso me rehuías? Cortaste nuestros encuentros en Central Park…

—No creo que sea buena idea que te intereses por alguien como yo. Lo digo en serio. No quiero hacerte daño. Eres una chica demasiado guapa e inteligente como para que desperdicies tu tiempo conmigo. Tendrás cientos de pretendientes…, y seguro que más jóvenes.

Le solté la mano y le di un sorbo al vino. Se puso seria.

—¿Sabes? Pareces más inmaduro que muchos de esos guaperas que intentan ligar conmigo en las discotecas. Deberías dejar de lamentarte por algo que pasó hace quince años y que, desgraciadamente, ya no tiene remedio. Fue muy duro, sí. Seguramente no estabas en condiciones de reaccionar como te hubiera gustado hacerlo, bien, pero ¿no crees que ya va siendo hora de olvidar y de vivir sin remordimientos? —Me estaba regañando como a un niño—. Y otra cosa. Hay algo que también deberías saber: tengo treinta años, casi treinta menos que tú, pero eso no significa que no pueda tomar mis propias decisiones sobre mis sentimientos. No necesito que una persona supuestamente madura y equilibrada me dé consejos sobre con quién debo estar —añadió.

Me quedé descolocado ante la reprimenda. Sabía que tenía razón y que si me había vaciado anímicamente con Laura era porque le tenía algo más que confianza. La atracción que sentía por ella, y que yo quería negarme, se había reforzado esa noche, tras una conversación en cierto modo liberadora que sin duda nos había acercado. Su calidez y su complicidad hicieron tambalear mis defensas, unas defensas armadas a lo largo de todo ese tiempo vivido al borde del delirio.

—Tienes razón, no soy el más indicado para darte lecciones. Si he puesto distancia entre nosotros hasta ahora no ha sido por culpa tuya. El recuerdo de Lorraine me ha marcado desde hace quince años, y no he querido abrirme a nadie, y menos a una mujer que me pueda recordar a ella. Pero no soy justo, y menos contigo. Empecemos de cero, tengo la sensación de que debo hacerlo con muchas cosas en mi vida. No te prometo nada; me gustas, pero necesito algo de tiempo. Para empezar, ¿aceptas colaborar conmigo?

—A ver si lo entiendes: no te pido nada. No quiero promesas ni compromisos, no espero nada que no surja de manera espontánea y natural, pero estoy convencida de que eres una buena persona y un buen periodista. Lo que me has contado no cambia en nada mi opinión sobre ti, y estoy dispuesta a ayudarte en lo que precises. Si me preguntas el porqué, no sabría darte una respuesta, pero me apetece, o sea que si quieres puedes disponer de mí. De entrada, puedo dedicarte mis diez días de vacaciones a cambio de nada.

—Está bien, me parece un buen punto de partida.

—Perfecto, pues ahora cuéntame de qué va esa historia que estás investigando… ¿Qué te ha encargado Martha Sullivan?

Le conté el encargo de la editora y la puse al corriente de mis entrevistas con Dan Barrymore en el edificio Woolworth y con Tyler Whitbread en el Little Branch. Sonreí cuando vi que Laura tomaba notas en su *smartphone*, utilizando con agilidad pasmosa los dedos de ambas manos. Cuando le dije lo que descubrí en el maletín de Martinka y le expliqué el episodio de la desaparición de Angela en el Sena no disimuló su asombro. No paraba de teclear en su móvil.

—Le Double Fond… ¿Puede ser un café-teatro de París? —dijo leyendo en la pantalla de su *smartphone*.

—Sí. Se trata de un café en Le Marais donde hacen espectáculos de magia. Es lo que tiene Google, nada escapa a su control. Les haré una visita; muy cerca de ahí es donde cayó el coche de Angela Sullivan.

—Aquí dice que desde 1988 en Le Double Fond hacen espectáculos de magia *close up*… ¿Qué es eso?

—La magia de cerca se hace utilizando naipes, cuerdas, monedas…, en fin, siempre a pocos metros del espectador. Angela la practicaba en sus inicios, pero acabó representando espectáculos con grandes trucos de escenario, parece que era muy buena. *Ilusionarium* era de lo mejor que se podía ver hace unos años.

—Me gustaría ir contigo a París.

—No sé si es una buena idea. Necesito saber algo más acerca de Angela, y ni siquiera dispongo de una fotografía de ella en la que se la pueda identificar con claridad. En las de los recortes de diarios y en Internet no se le ve la cara completa, siempre va cubierta con una máscara, y en la de la fotocopia del informe policial se la ve borrosa. Puedes ayudarme con eso desde aquí. También necesitaría tener más información sobre Dan Barrymore y su fondo de inversión, creo que hay algo que no me ha contado. Y en cuanto a la editora del *Sentinel*, me resulta extraña la nula relación que ha mantenido estos años con su hija, tan distinta a la que dice que esta mantuvo con su padre adoptivo.

—Sí, es todo un misterio ¿Crees que Martha Sullivan te ha elegido a ti porque la desaparición de su hija puede tener que ver con el antiguo reportaje de los ilusionistas?

—He pensado en ello y es posible que sea así, pero no encuentro el hilo conductor, más allá de que Greg Sullivan y yo trabajáramos juntos por aquel entonces. No me consta que Angela estuviera inmersa en esa trama. Ella actuaba en Las Vegas en aquel tiempo, pero lo hacía en pequeños cabarets independientes que no estaban en la órbita de los grandes casinos. Actuó en ellos más tarde, cuando triunfó con su pareja, Larry, con *Ilusionarium*.

—En París se pueden encontrar respuestas. Pediré permiso mañana a Robson, me debe diez días... Me llevaré mi ordenador, puedo acceder con facilidad a los buscadores y hasta a la hemeroteca del *Sentinel*. Déjame que vaya a París contigo —me imploró con vehemencia.

—Está bien, lo pensaré, pero debes saber que esto no es un juego. Entraron en mi casa para buscar algo o quizá para intimidarme. Es posible que estén siguiendo mis pasos y no quisiera que te vieras envuelta en problemas. Es evidente que a alguien no le interesa que aparezca Angela.

Laura no se mostró preocupada. Revisó sus notas.

—Por lo que me has contado, a Barrymore se le acabaría el negocio si apareciera una heredera del *Sentinel*. Él debe ser nuestro primer sospechoso. Luego está la pareja de Daisy, ese argentino llamado Larry, debemos localizarlo. Es muy extraño que ella no compareciera en la rueda de prensa en la que anunciaron su ruptura y que desde la noche de la actuación en el Lido no se supiera más acerca de su paradero hasta que su coche apareció en el fondo del Sena. ¿Crees que Angela, o como se llame ahora, está viva?

—Si lo está debe tener alguna razón de peso para ocultarse. Quizá se siente amenazada por alguien, es la primera conclusión a la que llego. No lo sé. He llegado a pensar también que puede que acabara ahogada en el Sena y su cuerpo fuera arrastrado por la corriente, aunque también puede que esté muy cerca de aquí. Si fue ella quien colocó el anillo en el dedo del cadáver de su padre, Angela podría estar en la ciudad.

—¿Para quién crees que era el mensaje del maletín?

—Los recortes de diarios que había en su interior llegan hasta el año 2009, cuando desaparece Angela y muere su padre; se supone que la grabación es de ese año. Martha Sullivan lo encontró tras la muerte de su marido, y todo apunta a que Angela quería estar en contacto con Greg Sullivan. Sin embargo…

114 —¿Qué estás pensando?

—Que ella inició la gira europea en 2009. Fue en París, en diciembre de ese año, cuando debió de hacerle llegar el maletín a su padre.

—¿Crees que los recortes de diarios los enviaba año tras año y el maletín se lo hizo llegar poco antes de su muerte?

—No lo sé, Laura. Creo que si Angela está viva quizá necesite ayuda.

—Tiene sentido. Pienso lo mismo.

Apuramos el vino y al salir del Kyclades Laura me tomó del brazo. Caminamos en silencio. La noche era fría y se percibían los efluvios húmedos del East River, pero yo solo olía su perfume. Cuando llegamos a la puerta de mi apartamento, ella me besó con pasión. Aquel beso acabó de derrumbar todas mis barreras.

Sin despegarme de ella, le quité el abrigo y bajé la cremallera del vestido de encaje. Hicimos el amor, y fue la primera ocasión en muchos años que no pensé en Lorraine.

Capítulo 10

Cómo hacer bien el mal

*L*e Petit Moulin, en la Rue de Poitou, es un hotel situado en la parte alta del barrio de Le Marais, cuyas laberínticas habitaciones habían sido diseñadas por Christian Lacroix. Estaba a pocos minutos caminando del Pont de Marie, de la comisaría de policía del IV distrito y hasta del café-teatro Le Double Fond. Pero sobre todo lo escogí porque era el hotel donde se había alojado el marido de Angela Sullivan, según el informe policial. No tenía pensado quedarme mucho tiempo en París, así que hice una reserva inicialmente para tres días.

Convencí a Laura para que se quedara en Nueva York haciendo averiguaciones. Ella no estuvo muy conforme con mi decisión, pero la persuadí diciéndole que el tiempo jugaba en contra: la editora seguía muy grave y en cualquier momento podía fallecer. Finalmente Laura destinaría sus vacaciones a colaborar en la búsqueda de Angela Sullivan. Quería también marcar cierta distancia tras una noche de sexo que podía condicionar mis verdaderos sentimientos, todavía bastante confusos, a pesar de lo mucho que me gustaba; Laura no parecía tener duda de los suyos.

El recepcionista fotocopió mi pasaporte y me entregó la llave de la habitación y un mapa del centro de París. Pregunté por Marie Lanson, la joven de la recepción que había ratificado en 2009 la coartada de Darío Escobar afirmando que el mago estuvo en la habitación cuando el coche de Angela cayó al río de madrugada. El joven me dijo que esa semana Marie tenía el turno de noche y que llegaría a las ocho de la tarde. Miré el reloj, eran las seis. Me apetecía darme una ducha tras el largo viaje desde Nueva York.

La habitación, en el primer piso, no era muy grande, y gran parte de la superficie de las paredes estaba decorada con grabados modernistas que representaban el París de principios del siglo XX. El cabezal de la cama tenía dibujos de claveles gigantes y el suelo estaba tapizado con una moqueta de cenefas acebradas. Toda una mezcla explosiva al contemplarla en su conjunto, pero que me resultó peculiar al observar aisladamente cada pieza del cuarto. Sobre una mesita situada en el centro de dos sillones forrados con colores vivos había una cafetera eléctrica, varias dosis de café y de té y dos tazas con sus platillos que me recordaron a los que había visto en las oficinas de Dan Barrymore. Me preparé una taza de café y comprobé que, efectivamente, era también de porcelana de Sèvres, como las de la salita de Invertgold.

Me di una ducha y repasé tumbado en la cama las visitas que iba a realizar al día siguiente. Pasaría por el puente de Marie e intentaría ver al inspector Dervaux, que había llevado la investigación del río Sena; la prefectura de policía estaba muy cerca de La Bastille. Tracé una línea sobre el mapa que me habían dado en recepción y marqué con círculos ambos lugares.

Deshice la maleta y miré por la ventana a la oscuridad de la calle: un grupo de jóvenes bulliciosos bromeaba haciéndose fotografías con el móvil en las proximidades del hotel; iban disfrazados, ellos de vampiros y ellas de brujas. Caí en la cuenta de que al día siguiente era la noche de Halloween. La globalización es una mancha que se extiende con el arte y las costumbres, como la porcelana de Sèvres o la víspera de Todos los Santos, recuerdo que pensé.

Eran cerca de las ocho cuando bajé a la recepción.

—¿Todo de su agrado en la habitación, monsieur? —me preguntó el recepcionista.

—Sí, todo ok.

—¿Desea alguna reserva para cenar? En el hotel solo servimos desayunos. No tenemos tampoco servicio de habitaciones. —Me indicó con la vista, alzando el cuello por encima del mostrador, una pequeña sala a pocos metros donde se divisaban varias mesas y una barra de bar.

—Sí, me gustaría cenar algo por aquí cerca, quisiera pasear un rato. ¿Me aconseja algún restaurante?

—Para mí, el mejor es Chez Robert et Louise, tienen buena carne que asan a la leña, y a buen precio. Es un poco pequeño y suele estar lleno, pero llamaré para que le hagan un hueco. Está muy cerca de aquí, en el 64 de la Rue Vielle du Temple. —Sacó un plano y me señaló el emplazamiento del hotel y el del restaurante, a apenas trescientos metros.

—Ese estará bien.

Llamó por teléfono y, tras unos segundos de espera, me dijo que podría ir en cuanto quisiera, que el encargado me guardaba una mesa.

—Muchas gracias. Por cierto, ¿ha llegado madame Lanson?

—Mademoiselle Lanson —me corrigió— está aquí, pero está hablando con la gobernanta del hotel. Si quiere verla será mejor que lo haga a la vuelta de su cena, estará toda la noche. No quisiera que perdiese su mesa en Chez Robert et Louise. Tiene usted un buen acento francés para ser americano, monsieur Bennet, si me lo permite.

—Gracias. Es usted muy amable, será mejor que vaya entonces hacia el restaurante.

Desde que había llegado al control de aduanas y tomado

un taxi hasta el hotel apenas había ejercitado mi francés, y debo reconocer que me sentí halagado por el comentario del recepcionista, aunque seguramente estaba buscando una propina. Rebusqué en el bolsillo y le alargué un billete de diez euros que hizo que la media sonrisa permanente del empleado del hotel fuera completa.

Era viernes y había un ambiente festivo en las calles de Le Marais. Aunque las modernas tiendas comenzaban a cerrar sus escaparates, los bares estaban repletos y la música acompañaba a los clientes con sus copas hasta la acera, mientras otros estaban sentados en las mesas del exterior de los bistrós para cenar al calor de las estufas. Hacía frío, pero no era comparable con la temperatura gélida del Nueva York que había dejado hacía tan solo unas horas.

Me imaginé que a lo mejor había vivido cerca de ese barrio. Mi madre no me había contado gran cosa de mi infancia en París, solo tenía el vago recuerdo de unas casas pintadas de colores en una calle sin asfaltar y el del sonido de los silbatos de los trenes que debían de pasar cerca de allí. El mapa me indicaba que la estación más cercana era la Gare de Lyon, y eso quedaba a unos treinta minutos caminando desde el centro de Le Marais. Colores y sonidos eran todas las reminiscencias de mi niñez, cuando con seis años mi padre desapareció vestido con un uniforme azul en un coche que hacía sonar una sirena, o quizá no fue así del todo. Mi madre me dijo, tiempo después, que era policía y que se había ido con otra mujer, pero de eso hacía más de cincuenta años, cuando me subí con ella a un avión rumbo a Nueva York.

Yo era parisino, como muchos de los que deambulaban a mi alrededor, pero no tenía en esa ciudad ni raíces ni pasado, y tampoco había querido hurgar en él. Cuando lo intenté, al principio, fui consciente de que mi madre había borrado las huellas de aquella ciudad en nuestras vidas. Ni una fotografía, ni siquiera un recuerdo del colegio ni, por descontado, de mi padre; tampoco una palabra sobre él. Yo había nacido con seis años en Manhattan, y esa era la mejor manera que mi madre había encontrado para mitigar la tristeza que la acompañó durante buena parte de su vida. Por respeto a ella, decidí no indagar en el pasado.

Llegué al número 64 de la Rue Vielle du Temple. Las cortinas a cuadros rojos y blancos que cubrían parcialmente los ventanales de Chez Robert et Louise y la puerta de madera pintada de granate oscuro le conferían un aire casero ya desde el exterior. En el interior, el restaurante era bullicioso y las mesas, entre las que apenas había espacio, estaban ocupadas. Vi al fondo una barbacoa, de ladrillo y obra vista como todo el revestimiento del local, donde se asaban las carnes a la brasa. En una barra atestada de clientes estaba sentado en una esquina un francés orondo y con bigote que me condujo escaleras abajo hasta el sótano del restaurante. Las paredes de piedra y las cazuelas y sartenes colgadas del techo recordaban a una antigua cocina francesa de mitad del siglo XX.

En el sótano abovedado no vi espacio para sentarme, pero una señora menuda ataviada con delantal me hizo un hueco cerca de un matrimonio francés. Las ensaladas, patés, chuletones y costillas de cordero corrían sobre las bandejas de dos camareras que atravesaban con dificultad la bodega.

—Pida el chuletón con patatas asadas y se lo acompañarán con una ensalada —me sugirió el hombre, de mediana edad, que estaba junto a su esposa y al que no parecía importarle que me hubieran sentado a dos palmos de ellos. Debió de adivinar que estaba algo perdido entre toda aquella algarabía culinaria.

—Sí, es buena idea, seguiré su consejo.

—¿Americano? —dijo ella, una rubia rolliza y algo más joven que su marido.

—Sí, se nota en mi acento, supongo.

—No, no es eso. ¿De Nueva York? —siguió preguntando.

—¿Cómo lo sabe?

—Pues por su forma de mirar, su americana de corte neoyorquino, esas zapatillas Jordan..., y sobre todo por esto —dijo sonriendo al entregarme el comprobante de la tarjeta de embarque, que se me había caído del bolsillo al sentarme en la mesa.

—No le haga caso, mi mujer es psicóloga y una bromista, ahora estudia criminología. Imagine qué panorama tengo en mi casa; todo el día observando mi comportamiento.—Se rio—. Mi nombre es Charles y ella es Louise, como la antigua propietaria de este restaurante.

Me parecieron una pareja de lo más agradable, y opté por entretenerme charlando con ellos mientras me servían.

—Encantado, me llamo Christian Bennet y soy de Manhattan, aunque de hecho nací en París.

—La criminología no es una ciencia exacta —dijo Louise—. Deje que adivine, es usted... escritor.

—Soy periodista.

—Tampoco el periodismo es una ciencia exacta, ¿no? ¿Está aquí para escribir un reportaje, señor Bennet? —preguntó Louise—. Y perdone si le parezco indiscreta, es simple curiosidad femenina, ya sabe —añadió, guiñándome un ojo ante la mirada resignada de su marido, a buen seguro conocedor de la locuacidad de su mujer.

—En cierto modo, sí. Estaré tres o cuatro días.

—Ha escogido el buen tiempo, aunque mañana lloverá algo. París es mejor en primavera. Claro que usted lo debe de conocer bien si la visita con frecuencia. Yo soy de Marsella y allí el clima es más llevadero —dijo Charles.

—Hace más de cincuenta años que me fui de aquí y no había vuelto hasta hoy. No recuerdo la ciudad. Es un milagro que conserve el idioma. Mi madre se empeñó en que no lo perdiera y me obligó a estudiarlo durante un tiempo. Soy un turista más que no recuerda siquiera donde está la Torre Eiffel.

La camarera anotó el encargo de un chuletón con patatas, tal como me había sugerido Charles.

—No ha cambiado tanto esta ciudad, ¿verdad, Charles? Se mantienen los mismos palacios y esculturas en pie, lo único que ha empeorado es el tráfico y el humor de la gente —matizó Louise.

—¿Viven en Le Marais?

—No, esto está de moda y se ha convertido en un barrio carísimo. Aquí encontrará las tiendas más *fashion* y los gays lo están colonizando a marchas forzadas, poco queda ya del ambiente del antiguo barrio judío. Es difícil encontrar un apartamento pequeño por menos de medio millón de euros…, aunque supongo que a usted eso no le asusta, en Manhattan los precios están más altos que los rascacielos. Vivimos en Les Quinze-Vingts, muy cerca de aquí, es un barrio fronterizo con este, donde están el hospital y…

—Y las casas de colores —dije de pronto, sin saber bien por qué.

—Eso es, pero ¿no decía que no conocía París? Poca gente va más allá de La Bastille, salvo que vaya de camino a la Gare de Lyon. Nosotros vivimos en la Rue de Charenton, y las casas de colores están en la Rue Crémieux, a poca distancia de nuestra casa.

De no representar nada para mí, la Rue Crémieux adquiría un significado confuso al venirme a la mente las imágenes de un portal con macetas de flores a los pies de una fachada azulona, frente a unos charcos de agua que formaban pequeñas lagunas de barro donde salpicaban las gotas de lluvia, el griterío de los niños jugando al fútbol… y una herida abrasadora en la rodilla al resbalar sobre la tierra. Mi madre corriendo conmigo de la mano hacia el hospital para que me suturaran la herida… Todo eso inundó mi mente de golpe, con la simple mención de Les Quinze-Vingts. Como si una ráfaga de viento hubiera abierto la puerta de mis recuerdos infantiles. En un gesto inconsciente, me toqué la rodilla en la que los puntos de sutura habían dejado uno de los pocos e imperceptibles vestigios de mi pasado.

—Yo viví ahí, o eso creo —dije.

—Ahora esa calle es peatonal, tiene un pequeño hotel y conserva las casitas bajas de siempre. Un lugar muy tranquilo. Un buen sitio para vivir. ¿Se alojará allí? —preguntó Louise.

—No, estoy cerca de aquí, en el hotel Le Petit Moulin. Dejamos la casa cuando nos marchamos a Nueva York.

—A lo mejor tiene tiempo de darse una vuelta por Crémieux. Frontignan decía que quien no buscaba en su pasado no entendía su presente, y si usted hace tanto que no visita su antiguo barrio… Bueno, no quisiera parecerle indiscreta.

—Cariño, creo que estamos molestando al señor Bennet, Frontignan dijo que quien «no comprende su pasado no comprende su presente», y en cualquier caso eso es cosa suya. Ha venido a trabajar para su periódico. —Charles reprendió cariñosamente a Louise.

—No, no me molesta. Al contrario, he creído recordar cosas que antes no me habían venido a la mente. Pero es posible que esté equivocado, tenía solo seis años cuando dejé París. Sin embargo, desde que he llegado tengo la absurda sensación de que todo me es familiar.

—¿Y se puede saber de qué va su reportaje?

—Louiseeee… — Charles reconvino a su esposa, parlanchina como ella sola.

—No se preocupe, Charles. La verdad, Louise, es que todavía no lo sé; estoy buscando a alguien que a lo mejor no existe.

—¿El fantasma del Louvre? —especuló riendo Louise—.

Disculpe, disculpe, debe de ser el vino que he tomado. Lo siento, no pretendía faltarle al respeto.

—En cierta manera busco a un fantasma: una mujer que desapareció por arte de magia. Cayó en las aguas del Sena y jamás volvió a ser vista. La buscaron en el fondo del río durante días y no encontraron ni rastro de ella, salvo un trozo de su vestido. Algunos dicen que su espíritu reapareció en Nueva York en el funeral de su padre, pero nadie la vio —pronuncié mis palabras poniendo todo el énfasis de misterio y seriedad del que fui capaz. Louise y Charles se quedaron boquiabiertos. Había conseguido impresionarles.

Me trajeron el vino y la carne. El matrimonio pidió unos cafés y los tomaron en silencio. Tuve la sensación de que había destemplado el ambiente con mi respuesta y me sentí incómodo por ello. Al fin y al cabo, se trataba de una pareja amable que solo buscaba conversación.

—Realmente esta carne está muy buena —dije con una sonrisa—, ha sido una buena elección.

—Me alegro de que le guste, y discúlpenos por nuestro atrevimiento. En esta *brasserie* estamos tan apiñados que se presta a la conversación. No hemos pretendido molestarle, le deseamos una feliz estancia en París —dijo Charles mientras hacía ademán de levantarse de la mesa.

Se despidieron y se marcharon escaleras arriba.

Cuando salí del restaurante la calle seguía animada. No tenía sueño, el *jet lag* me jugaba una mala pasada, pero tampoco me apetecía acodarme solo en la barra de un bar para tomarme una copa. Caminé hacia el hotel. Marie estaba sentada en la recepción; era una mujer cincuentona, morena y de rasgos hindúes.

—*Bonsoir*, ¿mister Bennet?

—Usted debe de ser la señorita Lanson. *Bonsoir.*

—*Oui*, ¿en qué puedo ayudarle? Mi compañero Jean me ha dicho que ha preguntado por mí.

123

—El caso es que estoy buscando el paradero de una persona, una mujer que al parecer desapareció en un accidente de coche muy cerca de aquí, en el río Sena a su paso por el puente Marie. Eso fue hace seis años, en la Navidad de 2009.

—Sí, recuerdo ese accidente, pero dijeron que no había nadie en el interior del coche; su marido se alojó con nosotros aquí.

—Leí los informes de la policía donde constaba su declaración. ¿Llegó a conocer a la mujer del señor Escobar? ¿Se alojaba con él en Le Petit Moulin?

—No llegué a verla, ese mes también tenía el turno de noche y el señor Escobar siempre llegaba solo al hotel. No supe que estaba casado hasta que pasó lo del accidente. Era un hombre muy educado y diría que hasta divertido. Actuó en el Lido en un espectáculo de ilusionismo, era conocido como Mago Larry, y cada vez que venía a por la llave de la habitación solía hacerme un truco de magia. No sé cómo demonios lo hacía, pero era capaz de hacer desaparecer la llave delante de mis narices y me volvía loca diciéndome que no se la había dado. —Rio—. Recuerdo que me decía: «Mademoiselle Lanson, está jugando conmigo, haga el favor de buscar de nuevo la llave en el casillero del cuarto y comprobará que sigue ahí». Le juro que yo se la había entregado, y sin embargo allí estaba de nuevo la llave. Se alojó una semana con nosotros y luego se fue de París; tenía otros compromisos artísticos, me dijo.

—¿Y cómo reaccionó cuando la policía le avisó de la desaparición de su mujer?

—Bueno, serían sobre las siete de la mañana, yo estaba a punto de acabar mi turno de noche y llamé al señor Escobar por el teléfono interior, pero no debió de oírlo. La policía me pidió que abriera la habitación con la llave maestra. La abrí y entraron dos agentes. Estaba en el baño dándose una ducha y salió en cuanto nos oyó. Lo registraron todo, no le

124

dejaron tocar nada, y le pidieron que los acompañara a comisaría para tomarle declaración. Me dijo mi compañero que a las pocas horas regresó al hotel. Eso es todo.

—¿Seguro que pasó toda la noche en la habitación?

—Yo misma le di la llave a las diez de la noche. No me ausenté de mi puesto, y además los gendarmes repasaron las filmaciones. —Me mostró una cámara de videovigilancia que pendía del techo y que controlaba la puerta de entrada al hotel—. Seguro que no salió de su cuarto.

—¡Hum! Ya veo que lo tiene claro... —Lo debí de decir con poco convencimiento y Marie Lanson lo notó.

—Es que fue así, no lo dude, ¿o cree acaso que fue de otro modo? —preguntó molesta.

—No, disculpe, no quisiera ponerla en entredicho, solo estaba pensando que alguien que puede engañarla con la llave de su habitación haciéndola desaparecer de su vista y colocándola en el casillero sin que usted lo note, quizá pudiera hacerlo igual consigo mismo. Algo así como un truco de escapismo. El Mago Larry era un experto en eso...

Marie Lanson se puso en guardia, parecía haberse ofendido.

—¡Oiga, señor Bennet, no soy tonta! Darío no salió de su cuarto porque... —Se mordió la lengua.

Había llamado al mago por su nombre de pila.

—¿Por qué no salió Darío de su habitación?

—Porque yo le subí una taza de té a medianoche —contestó nerviosa.

—Me dijo su compañero Jean que no hay servicio de habitaciones en el hotel. Además, he visto que en la mía hay un juego completo para prepararse un té o un café.

—Ya se lo conté todo a la policía, eso pasó hace seis años. No recuerdo exactamente si fue esa noche... Con su interrogatorio me está confundiendo, señor Bennet. Le ruego que lo dejemos, tengo mucho trabajo.

—Sí, desde luego. No soy policía y solo quiero conocer el paradero de Angela Sullivan. No tengo ningún interés en crearle problemas, pero para mi investigación, y confidencialmente, podría resultar de vital importancia saber si usted y Darío Escobar estuvieron juntos aquella noche y a qué hora salió de su habitación..., digamos que tras prepararle el té.

—Entiéndalo, me hubieran despedido y yo no había hecho nada malo. Era Nochebuena y la mayoría de los huéspedes estaban fuera del hotel. Darío, quiero decir, el señor Escobar, estaba solo y yo también. Me invitó a subir a su habitación y descorchó una botella de champán... Bebí solo un sorbo, no me gusta el champán... Acabamos acostándonos.

—La recepcionista bajó la mirada, ruborizada.

—No se lo diré a nadie, se lo prometo, pero es importante saber si pasaron buena parte de la noche juntos.

126

—No, no creo que fuera ni una hora. Subí a medianoche y a la una ya estaba en la recepción. Él se quedó dormido. Yo tenía un avisador por si llegaba algún cliente..., sí, seguro, a la una de la madrugada bajé de la habitación. No sabía que estaba casado...

Noté que Marie enrojecía de vergüenza al recordar aquel episodio y traté de restarle importancia.

—Lo entiendo. No debe preocuparse. Claro está que si las cámaras no vieron al señor Escobar salir de madrugada es que debió de seguir en la habitación. Su mujer, Angela, tuvo el accidente a las dos de la madrugada, según el informe policial.

—No salió por aquí, seguro.

—Bueno, salvo que haya otra salida. ¿La hay?

—No la hay.

—Bien, entonces estuvo toda la noche en su cuarto y cuando usted entró con la policía a la siete de la mañana no vio nada anormal...

—Yo estaba desconcertada, no tenía idea de que tenía mujer. Me enteré por los gendarmes: dijeron que habían encontrado la documentación de su esposa en un coche alquilado a su nombre y eso les debió de conducir hasta aquí. Tenemos un registro de clientes que se envía a la policía, ya sabe cómo están las cosas con la delincuencia y el terrorismo... Si hubiera sabido que tenía esposa... —Marie Lanson seguía justificándose.

—Para mí usted estuvo esa noche en la habitación tomando champán, no hay nada malo en ello. Solo quiero saber si cuando entró en ella por la mañana estaba todo tal y como usted lo había dejado a medianoche ¿No vio nada que le llamara la atención?

—Sí, todo estaba igual. No entiendo a qué se refiere. Yo solo abrí la puerta a los gendarmes y eché una ojeada al interior para buscar a Darío, que salió del baño; luego la policía me hizo salir de la habitación y, bueno, sucedió que..., pero no tiene importancia.

—Dígamelo, cualquier detalle puede ser relevante.

—La copa de champán... Estoy convencida de que bajé las dos copas al bar cuando salí de su habitación, las había tomado prestadas de allí y no quería que se dieran cuenta de que faltaban. Sin embargo, cuando subí por la mañana con la policía, sobre la mesita de noche apareció una de las copas y la botella estaba vacía. No le había dado más que un sorbo y él tampoco bebió mientras estuve allí..., solo brindamos.

—¿Está segura de ello?

—Ya no sé lo que es estar segura, señor Bennet; estaba muy nerviosa, preocupada por el registro y porque llegaran a averiguar que estuve en el cuarto de un cliente, pero fui yo quien subió las copas, las cogí del bar y cuando bajé las repuse en su sitio después de lavarlas. Seguro.

Llegó una pareja con sendas maletas y Marie Lanson fue

127

a atenderlos. La recepcionista se sintió reconfortada por tener que interrumpir la conversación conmigo.

—*Bonne nuit*, señor Bennet, que tenga un feliz descanso —me dijo en voz alta delante de los clientes recién llegados.

—Buenos noches, Marie, ¿hará el favor de darme la llave?

—Disculpe, pensaba que se la había entregado.

—Mire en el casillero, creo que sigue ahí. —Le hice una mueca de complicidad.

Fui hasta el ascensor, pero antes me detuve contemplando un rincón del hotel en el que había un gran sillón granate y, tras él, un mural que representaba una estantería con cientos de libros fotografiados. En los lomos de los libros se podían leer títulos en francés y en inglés. La vista se me fue tras uno de ellos, que tenía como autor a Harry Houdini y cuyo título rezaba: *Cómo hacer bien el mal.*

Capítulo 11

La magia de la muerte

Crucé la Rue de Rivoli, dejando atrás los edificios medievales de Le Marais. Las torres de la catedral de Notre Dame, iluminadas por el sol, crecían ante mi vista conforme me acercaba a la margen derecha del Sena. Llegué al puente de Marie, que une la Île de Saint Louis con el distrito IV, y me quedé contemplando los cinco arcos de piedra que anclaban sus pilares en el río. Había leído en algún lugar que lo habían reconstruido a mitad del siglo XVII cuando una riada se lo llevó por delante, treinta y cinco años después de haber sido levantado por el ingeniero Christopher Marie.

Era uno de los puentes más antiguos de París. Reparé en las hornacinas vacías, seguramente preparadas para albergar imágenes de santos que nunca fueron instaladas, y tomé unas fotografías con el teléfono móvil desde el pretil; luego bajé por las escaleras laterales hasta el cauce del río.

El tráfico era intenso en la vía Georges Pompidou, que transcurría paralela al Sena. Vi, efectivamente, que no había vallas protectoras en ese tramo, solo una acera de adoquines de unos cinco metros por la que discurrían los peatones. Carecía de información sobre el lugar exacto en que había caído el Peugeot de Angela, pero comprobé que era fácil subirse a la acera desde la calzada con el coche y acabar en el río.

En el dique de contención, junto a la base del puente, había amarrada una embarcación de paseo para turistas, de dos pisos. El superior, a la intemperie, estaba ajardinado con palmeras enanas y en el inferior se veían, a través de los ventanales, las mesas dispuestas para servir los almuerzos. No parecía estar todavía en funcionamiento. Dos tripulantes estaban lustrando los candeleros y un hombre menudo, que parecía el patrón, aceleraba el ralentí del motor para comprobar su correcto funcionamiento. El agua verduzca del Sena se convertía en espuma de color blanco y ocre al ser centrifugada por las hélices.

Me dirigí al patrón:

—Buenos días, capitán —dije elevando la voz para hacerme oír por encima del estrépito del motor.

130 El patrón desaceleró de mala gana y me lanzó una mirada poco amable.

—No zarpamos hasta las doce, en tres horas. Si quiere coger los billetes vaya a la oficina de Batostar. —Me indicó con el índice una caseta de la compañía naviera a pocos metros, que aparecía cerrada.

—No quiero un billete, me gustaría hacerle unas preguntas, si es posible.

—¿Unas preguntas? —dijo sorprendido.

—Soy periodista. Estoy haciendo un reportaje sobre lugares peculiares de París. Tengo entendido que esto fue un puerto donde antiguamente amarraban las embarcaciones. —Volví la vista hacia las anillas que colgaban del muro junto a la avenida. Me lo había inventado, pero me pareció que era una buena manera de atraer la atención del patrón, que paró el motor y bajó de la cabina de mando.

—Eso dicen, aunque no puedo ayudarle mucho. Creo que esas anillas tienen más de cien años. Estaban ahí antes de que se construyera la calzada. Hay varias de ellas en los aledaños de otros puentes de París. ¿Está interesado en las anillas de hierro? —inquirió con sorna.

—No exactamente, estoy siguiendo la evolución histórica de los puentes sobre el Sena.

—Hacemos un *tour* guiado bajo ellos a las doce y servimos un almuerzo.

—Es posible que lo tome otro día, gracias. ¿Lleva mucho tiempo navegando con este barco?

—Hará diez años, ¿monsieur...?

—Bennet.

El patrón saltó al muelle y me estrechó la mano.

—Renoir, Auguste Renoir.

—¡Oh, vaya! —no pude evitar exclamar.

—Sí, puede ahorrarse el comentario, muchas gracias —dijo aludiendo al nombre que compartía con el famoso pintor impresionista—. Fue cosa de mi madre, ya ve usted.

—Claro, claro... Y, oiga, ¿siempre atraca aquí el barco?

—La mayoría de los cruceros salen del puente del Alma, pero esta compañía tiene su base en el puente Marie, e iniciamos el recorrido desde aquí. Es más barato que los *bateaux-mouches*. Puede comprobar las tarifas.

—Sí, le creo. Me han hablado bien de su crucero. La comida es más que correcta y tiene una buena vista panorámica desde el interior, eso dicen los comentarios en Internet. —Fingí haberme informado.

—¿Lo va a poner en su reportaje? Si quiere puede citarme, a lo mejor me aumentan el sueldo de una vez. En primavera y verano hay mucho trabajo, y tenemos una comisión por el número de turistas que suben, pero ahora hay menos gente y...

—Sí, seguramente le citaré. —Saqué una libreta del bolsillo e hice ver que apuntaba su nombre—. Seguro que tiene mil historias que contar con tanto turista y de tantas nacionalidades subiendo a su barco —añadí para ganarme su confianza.

—He visto de todo, sí, señor —rio por lo bajini—, desde una pareja de japoneses que me pidieron que los casara al pasar por la Torre Eiffel hasta unos rusos que querían comprar el barco y me dieron una buena propina y una lata de caviar… También los hay que se marean nada más entrar y te echan la culpa por lo mal que lo han pasado. Te dan ganas de tirarlos al río.

—Hablando de caerse al río, leí en un periódico que hace seis años cayó un coche por esta zona del puente.

—Sí, una cosa extraña. Cayó por ahí. —Señaló en dirección a unos diez metros de la proa del barco—. No se supo a ciencia cierta si había alguien dentro del coche o lo empujaron al agua sin más.

—Creía que otro patrón —consulté mis notas en la libreta—, un tal Jean Roucheron, vio que una mujer estaba al volante.

—El pobre Jean. Él no era el patrón. Estaba jubilado y la compañía le encargaba tareas de vigilancia nocturna en el barco. Dijo que vio a una mujer, es cierto, pero…

—¿No fue así?

—Mire, no quiero hablar mal del pobre Jean, murió el año pasado. Pero le daba un poco a la bebida… Cuando estaba sereno era una buena persona. No supo llevar bien su retiro.

—¿Le contó cómo sucedió el accidente?

—Sí, siempre mantuvo que no fue un accidente. Según Jean, el coche iba a poca velocidad. Lo vio venir desde la vía Georges Pompidou y se subió a la acera con lentitud para colocarse frente a la popa del barco; nos contó que iba sin luces y que maniobró a oscuras para situarse a diez metros de la proa. Se detuvo unos segundos, encendió las luces para cegarlo y aceleró para caer al Sena, justo aquí. —Volvió a señalar el lugar exacto donde Angela se habría precipitado con el Peugeot al río—. Aún se puede apreciar la marca que dejó el bastidor al rozar con el muelle.

Vi una marca, un arañazo sobre la piedra oscura.

—¿Cómo pudo ver a la ocupante si estaba oscuro? Había apagado las luces.

—Jean me dijo que en cuanto vio el movimiento sospechoso del coche aproximándose al barco, cogió una linterna y la enfocó hacia el parabrisas. Jura que vio a una mujer rubia al volante, aunque fue incapaz de identificarla porque sus ojos emitían un haz de luz que lo deslumbró. Fue él quien avisó a la policía, pero no encontraron a nadie dentro del Peugeot. Me confesó que había bebido solo un par de tragos de ron y que estaba completamente seguro de que había una rubia dentro. Sus ojos lo deslumbraron…, ya ve, sería un fantasma. —Soltó una carcajada.

Recordé la máscara de lentejuelas que Angela solía utilizar en sus actuaciones. Si la llevaba puesta podría haber refulgido por el haz de luz de la linterna.

—Ya, ¿y no vio a nadie más? ¿No le dijo su compañero si vio a un hombre cerca del coche?

—Oiga, no sé a qué viene ese interés por el maldito accidente. Me ha dicho que está haciendo un reportaje sobre la historia de los puentes y lleva un rato con esa vieja historia. Esto es muy raro y yo tengo trabajo que hacer. —Frunció el ceño y se dio media vuelta.

—Espere, espere, no era mi intención molestarle. Tiene razón, lo siento… Estoy intentando averiguar el paradero de la mujer que iba en ese coche, no es cierto que esté haciendo un reportaje sobre los puentes. Trabajo para un diario de Nueva York, la persona que iba en el Peugeot era americana.

Auguste Renoir se volvió y avanzó unos pasos hacia mí.

—¿Y por qué no me lo ha dicho antes? Ustedes los americanos son un poco retorcidos. Tienen un presidente que es un premio Nobel de la Paz y están en todas las guerras posibles... No les entiendo. O sea, que no va a publicar mi nombre en su reportaje y quiere que le cuente los detalles de una loca suicida que se tiró al Sena la madrugada del 25 de diciembre... Pues no sé nada más y no tengo nada más que contarle. Vaya a la policía, la comisaría central está cerca de La Bastille, a veinte minutos de aquí; ellos le podrán facilitar la información que precise.

—Sí, pensaba hacerlo esta mañana, solo quería ver antes el sitio donde cayó el coche y conocer de primera mano qué pudo pasar. Siento haberle robado su tiempo. —Busqué en mi cartera y le ofrecí un billete de veinte euros.

—¿Mi tiempo? Mi tiempo no se compra, señor Bennet. —Rechazó con ambas manos el dinero—. Cuando suba a mi barco, si le gusta la excursión puede dejar una propina para la tripulación, pero le voy a decir algo: esa Navidad hacía mucho frío en París, los puentes estaban cubiertos de nieve y el Sena había crecido más de un metro, la corriente era tremenda. Si alguien salió de ese coche seguro que fue arrastrado en cuestión de minutos bien lejos de este lugar, y si consiguió no ahogarse murió por hipotermia. La mujer que busca no pudo sobrevivir.

El patrón subió a la embarcación y yo tomé un par de fotos del puente y de la marca que había dejado el coche al rozar con el muelle. Miré en el plano de la ciudad y localicé la comisaría central de policía de La Bastille-Le Marais, en el número 27 del Boulevard Bourdon. Al pasar el dedo por el mapa, a solo unas calles de la prefectura, vi la Rue Crémieux.

La comisaría estaba en la parte oeste de París, cerca de La Bastille y sobre el Port de l'Arsenal, creado mediante una esclusa que desviaba la corriente del Sena y amansaba las aguas para que decenas de embarcaciones amarraran a ambos lados del Boulevard Bourdon y el de La Bastille.

A esa hora los restaurantes de pescado del puerto sacaban sus mesas a la calle. Había poca gente paseando. Varios coches de la policía estaban aparcados a lo largo de la acera del boulevard. Calculé que la distancia que había recorrido a pie en treinta minutos desde el Pont Marie no demoraría a una patrulla en coche, en sentido contrario, más allá de seis o siete minutos.

En la entrada de la comisaría me pidieron la identificación y opté por entregar mi pasaporte francés en vez del americano, junto con la tarjeta de periodista del *Sentinel*. Pensé que eso me facilitaría los trámites para llegar hasta el inspector Pierre Dervaux. Me condujeron hasta una salita de espera. Había tranquilidad en las dependencias policiales y al poco estaba sentado frente a un hombre sesentón, repeinado para disimular su calvicie. Tenía un semblante afable y una nariz prominente, como debía corresponder a un viejo sabueso de la policía. El despacho olía a tabaco. Sobre la mesa llena de papeles había una placa que indicaba que era comisario de policía.

—*Bonjour*, monsieur Dervaux, gracias por atenderme tan rápido. Acabo de llegar de Nueva York y la verdad es que pensé en llamarle antes de tomar mi avión hasta París, pero todo ha sido un poco precipitado.

—¿Es usted francés, señor Arbois?

—Nací en París, pero utilizo el apellido de mi madre, Bennet.

—Ya lo vi en su tarjeta del *Sentinel* —se la puso delante de su gran nariz—, Christian A. Bennet. ¡Hum! —Se quedó ensimismado con mi tarjeta en la mano.

—De niño me marché a Nueva York y no había vuelto a París.

—Tiene que ser usted uno de los pocos franceses que están dispuestos a renunciar a su apellido, ya sabe la fama de chovinistas que nos cuelgan por ahí, pero, claro, no debe

135

de ser lo mismo pudiendo elegir entre ser francés o norteamericano como usted. —Sonrió y dejó al descubierto una dentadura amarillenta por el tabaco.

—No tengo nada en contra de los franceses, ya ve que hablo su idioma…

—No se justifique, solo estaba bromeando. Dígame, ¿qué le trae por aquí?

Saqué de mi mochila el informe policial sobre el caso de Angela Sullivan firmado por el propio Dervaux. Este le dio un rápido vistazo y lo dejó sobre la mesa.

—Ya veo. Enviamos este informe hace unos días a su alcalde en Nueva York, nos llegó una orden de la prefectura de París.

—Sí, lo sabía. La editora del *Sentinel* es la que intercedió con el alcalde De Blasio, la mujer que desapareció en el Sena es su hija; la estoy buscando.

—Entiendo. El caso se cerró en 2010. No se halló rastro alguno de Angela Sullivan y tampoco supimos si iba dentro de ese coche. Me temo que no le voy a poder dar mucha más información que la que contiene ese informe. Yo personalmente llevé ese asunto.

—¿Qué opina usted? Quiero decir, ¿cuál es su parecer más allá de ese informe, comisario?

—Actuamos con suma rapidez. Desde que se recibió la llamada del vigilante del barco que vio caer el coche al agua hasta que llegamos al Pont Marie transcurrieron menos de diez minutos. Los bomberos de la Rue de Sévigné llegaron al mismo tiempo que nuestras patrullas, la fluvial y la de la calle. Es cierto que los buzos tardaron diez minutos más, pero le aseguro que cuando el coche debió de tocar fondo ya estaban los submarinistas en el agua. Si alguien hubiera estado dentro de él o en los alrededores lo habrían visto.

—Al parecer había mucha corriente.

—Es cierto, había llovido mucho y luego nevó, las aguas

iban crecidas. No se puede descartar del todo que se la tragara el río, pero el testimonio de...

—Jean Roucheron, el vigilante del barco de turistas —le apoyé.

—A ese testimonio hay que darle escasa credibilidad. Había bebido. En fin, todo es posible. En los últimos veinte años hemos tenido más de una docena de supuestos ahogamientos en el Sena cuyos cadáveres no han aparecido jamás. Esto no es el mar, pero el río tiene mucho peligro.

—¿Y qué piensa del marido de Angela?

—¿El mago? Él no sabía nada. Cuando entré en la habitación del hotel salía de la ducha. Todavía estaba resacoso, se había bebido una botella de champán él solo para celebrar la Nochebuena. Tenía la botella vacía en su cama y la recepcionista atestiguó que no había salido de la habitación. Lo estuve investigando; era un pobre tipo que debía de transformarse en el escenario. Le afectó mucho que su mujer le pidiera el divorcio, pero no tanto como para asesinarla fingiendo un accidente; no tenía agallas, era un pobre hombre desorientado e infeliz. Estoy convencido de que debe de andar medio retirado de la magia, porque todos decían que la verdadera artífice de su éxito era su mujer; a él le faltaba carácter, eso me pareció.

137

Tenía el pálpito de que lo de Larry y la botella de champán era una maniobra de distracción en la que nada era lo que parecía, pero no me quería precipitar, quizás estuviera elucubrando demasiado. Tampoco creí conveniente decirle lo que me había contado Marie Lanson. Sin embargo, una idea empezó a cobrar forma en mi mente. Una de las máximas del ilusionismo es que nada es lo que parece. Y me daba a mí que en ese accidente había más de lo que parecía.

—¿Le dijo por qué le pidió el divorcio?

—Mi trabajo no consiste en recabar chismes, lo único que me importaba era llevar a cabo una investigación en toda regla y dar con la señora Sullivan... Pero, entre nosotros, ese Escobar era una mosquita muerta, un tío que se apalancó en su mujer para dar el salto profesional, que pasó de ser un mago mediocre a disputarse las luces de neón con los más grandes artistas del Lido. Ella debió de cansarse de él. A veces pasa eso, ¿no? Detrás de un hombre gris y vulgar hay una mujer que destaca y lo ilumina con su brillo. Lo único que me contó es que habían quedado como amigos y que habían pactado que su última actuación juntos sería en París; también me dijo que ella se sentía celosa de una ayudante que él contrató para actuar en algunas ocasiones. Tampoco me extrañaría que un tipo pusilánime como ese se hubiera liado con otra mujer y ella hubiese descubierto el pastel.

—¿Le dijo el nombre de esa mujer?

—¿Qué importancia tenía preguntarle por eso? Si esa ayudante hubiese estado en París lo habría hecho, por supuesto, pero no actuó en el espectáculo del Lido, creo que lo llamaban *Ilusionarium*.

—Perdone, pero ¿cómo sabe que no actuó?

—Porque lo comprobé en el propio cabaret y me tragué un vídeo que se grabó con ocasión de la actuación en París. Solo actuaron Larry y Daisy, o Darío Escobar y Angela Sullivan, como usted quiera llamarles.

—¿Tiene esa grabación?

—Estará en el archivo de pruebas de la prefectura, una especie de almacén de objetos perdidos en el que se custodia lo que se recoge de las escenas de los crímenes. Ahí guardarán también, supongo, las pertenencias de la señora Sullivan que encontramos en el maletero.

—¿Podría autorizarme a ver esos objetos?

—Me temo que eso es imposible si no existe una orden judicial y, además, para conseguirla debería pedirla la familia. En cuanto al vídeo, seguro que puede conseguir alguno en alguna tienda especializada, o quizá en el propio Lido.

—Estoy trabajando contra reloj; esa petición se demoraría semanas o meses, y la señora Sullivan no dispone de tanto tiempo, está muy grave en un hospital.

—En ese caso no le puedo ayudar, señor Arbois o Bennet, como prefiera que le llame. Lo siento, de verdad, me cae usted bien, pero no puedo saltarme las normas.

—¿Y si reabriera la investigación? Si lo hiciera podría volver a examinar esas pruebas y yo…

—Oiga, monsieur Arbois, esto no funciona así, por lo menos en Francia, no sé en su país. Solo puedo reabrir un caso si hay alguna nueva prueba o un indicio relevante que no se hubiera tenido en cuenta en aquel momento, y por lo que a mí me concierne no lo hay y el caso está cerrado.

—Tengo la impresión de que hay algo que no se tuvo en cuenta…

Dervaux encendió un cigarrillo y entreabrió la ventana que tenía a su espalda. Se volvió hacia mí dando un soplido e inclinó su narizota hasta ponérmela a menos de un metro.

—¿Ah sí? ¿Y se puede saber qué es?

—No lo sé con exactitud, pero creo probable que Angela llevara a cabo una actuación de escapismo en el Sena, quizá para ocultarse de alguien para siempre. Como si quisiera que la diesen por muerta. —Por fin solté la idea que hacía rato me rondaba—. Y para hacerlo posiblemente debió de requerir la ayuda de su compañero. Habría que preguntar de nuevo al mago Larry.

—¡Ah, ya veo! Quiere decir que Larry y Daisy se rieron de todos nosotros haciendo un último truco de magia escapista delante de nuestras narices. —Volvió a resoplar—. Pues si es así tuvo poca gracia: hicieron la mitad del truco, tengo entendido que un mago debe reaparecer en el escenario después de esfumarse de él. Además, si todo fue un puro efecto de ilusionismo no veo delito en ello, amigo Arbois.

—Al parecer Daisy reapareció a las pocas horas en Nueva York. «*Mundus vult decipi, ergo decipiatur.*»

—¿Qué cojones...?

—«El mundo quiere ser engañado, pues engañémosle.» Es una frase antigua que se atribuye a Petronio y que está inscrita en algunas barajas de cartas que utilizan los magos.

—Oiga, no me hable en clave, si tiene pruebas de que apareció en Nueva York no estaría de más que las aportara.

—Las pruebas que usted precisaría no están a mi alcance, pero al parecer estuvo en el funeral de su padre en Nueva York un día después de la Navidad del año 2009, al cabo de unas horas de que se la tragara el río. Nadie la vio, pero dejó una señal de su presencia.

—¿Qué señal?

—Un anillo que le pertenecía. Lo encontraron en el ataúd de su padre.

—¿Me está diciendo que debería reabrir un caso porque un anillo de la desaparecida, que ni siquiera tiene en su poder, apareció a seis mil kilómetros de mi circunscripción? —El semblante de Dervaux enrojeció, en especial su gran nariz.

—Solo le estoy pidiendo que me deje ver los efectos personales de Angela Sullivan, porque podrían llevarme a alguna pista sobre su paradero. Ni siquiera tengo una fotografía de ella. La que aparece en la fotocopia de su pasaporte está borrosa.

—Convendrá conmigo en que todo lo que me está contando no tiene ningún fundamento. Creo que ha perdido su tiempo viniendo desde tan lejos. Hágame caso y olvide este asunto. Se lo dice alguien a quien le hubiese gustado cerrar el suceso encontrando con vida a la señora Sullivan.

—Aún puede hacerlo —insistí—. ¿Cuántas veces en su vida se ha dejado llevar por el instinto? Estoy convencido de que varias. Alguien como usted, que necesita armar un puzle en el que encajen todas las piezas para que se esclarezca la verdad, habrá utilizado su intuición y sus presentimientos en decenas de situaciones. En el caso de la desaparición de Angela Sullivan le faltan un par de piezas para completar ese rompecabezas: ¿por qué lanzó su coche al río? ¿Y dónde está ella ahora?

—Señor Bennet, no me filosofe. Le podría sugerir dos respuestas para sus preguntas: esa mujer se suicidó y su cuerpo desapareció en el Sena, o bien tiene usted razón y fue un número de magia de mal gusto que solo tuvo como público a un vigilante borracho.

—Se equivoca, comisario. Desapareció a los ojos de todo el mundo. —Le mostré la página de *Le Parisien*—. ¿A usted también le interesa ser engañado?

Dervaux pareció meditar la respuesta. Dio una calada al cigarrillo y avisó a alguien por teléfono. Estuvimos en silencio durante un buen rato, el comisario parecía absorto leyendo la noticia del periódico.

—Salió en todos los diarios y en los informativos de las televisiones, es cierto, pero duró lo que tardamos en desmontar el operativo de la búsqueda. Recuerdo que lo llamaron «el caso de la maga desaparecida»… Nada original, ¿no? Las noticias se prolongan poco en el tiempo, una sustituye a otra y relega al olvido la anterior. Eso debe de ser lo normal en el periodismo, pero no parece ser así en su caso, señor Bennet. Es usted muy persistente.

Alguien llamó a la puerta de la oficina de Dervaux.

—Monsieur Arbois, le presento a la oficial Margaux Devy.

Estreché la mano a una mujer enjuta y menuda que me pareció de la edad de Dervaux o incluso algo mayor que él. Ella se quedó mirándome como si examinase una estatua en un museo. El comisario se apercibió de ello.

—¿Conoces al señor Arbois?

—No, no lo creo, pero conocí a un policía que se llamaba

Arbois... —La mujer se me quedó mirando fijamente—. Es curioso, tiene usted un enorme parecido con él.

—Mi padre era policía —dije secamente.

—El hombre que yo le digo se llama Michel Arbois, y tiene más de ochenta años. Se retiró hace veinticinco...

—Es mi padre —solté de manera cortante.

—Joder, monsieur Arbois, podía haber empezado por ahí —dijo sonriente el comisario Dervaux—. Entre familiares de colegas este asunto tiene otro tratamiento.

—De verdad que son ustedes iguales, cuando he entrado en el despacho del comisario me ha parecido ver a su padre como era hace treinta años. Me dio clases en la Escuela de Policía de París hasta que se jubiló. Por favor, dele muchos recuerdos de Margaux cuando lo vea, ¿Cómo está, por cierto?

—No lo sé, hace cincuenta años que no lo veo. No sé siquiera si está vivo —dije sin demasiadas ganas de tocar ese asunto, que de repente parecía escocerme.

—Seguro que lo está. Hace poco más de un año lo visité en la Rue Crémieux. Un grupo de alumnos de la promoción de 1975 montamos una cena y fuimos hasta su casa para invitarle, pero rehusó... Iba en silla de ruedas, había sufrido una operación de cadera, nos dijo, aunque goza de buena salud y memoria. Estuvimos repasando fotografías de aquella época.

Por un momento sentí que me iba a estallar la cabeza e intenté dominarme. No era posible que de repente el pasado se me pegara a los talones y me abrazase con tanta fuerza para no soltarme. Quise pensar en otra cosa, zafarme de la realidad y recrearme en algo disparatado. Mi cerebro trabajaba a destajo para rebuscar entre mis neuronas un espacio de evasión. Esas ideas absurdas que me solía traer la mente y que me reconfortaban cuando me enfrentaba a algo incierto y desconocido no aparecían ahora, y no era posible deshacerse del caleidoscopio de sensaciones difusas, de colores y sonidos. Las casas coloreadas de la Rue Crémieux, el sonido del silbato del tren, mi madre cantando el *Hymne à l'amour* de Edith Piaf y mi padre... De mi padre solo un fogonazo de amargura y la nada. Me debatía entre preguntarle a la oficial por él o dejarlo correr: ¿estaría casado? ¿Tendría más hijos? Y qué importaba eso. La oficial debió de adivinar mi falta de interés y solo añadió:

—Le daré su dirección —dijo.

—Bien —terció Dervaux—, si alguien le puede ayudar en su investigación es Margaux. Y por lo que veo también en su vida familiar, si me permite.

—¿De qué se trata, comisario? —preguntó Margaux Devy.

Le tendió a la oficial el informe policial de Angela Sullivan que estaba sobre la mesa.

—Monsieur Arbois piensa que la maga Daisy está viva y la está buscando. Me ha pedido poder ver los efectos personales que llevaba en el maletero del coche. Tú tienes mano en el archivo, ¿verdad?

—Es posible.

—Solo quisiera ver sus pertenencias y a lo sumo tomar algunas fotos —dije.

—Llamaré a Philippe, pero mañana es el día de Todos los Santos, tendrá que ir pasado mañana.

—Puedo ir esta tarde —la apremié.

—El sargento Philippe tiene el turno de mañana, así que no puede ser, pero esté tranquilo que las pruebas no se van a mover de su sitio. No entiendo tanta prisa, esta mujer lleva desaparecida seis años.

—Sí, claro, disculpe. Iré pasado mañana.

—Venga conmigo a mi oficina, llamaremos a Philippe y le daré una nota para él. ¿Desea algo más, comisario? —dijo la mujer.

—No, eso es todo. Gracias, Margaux. Y en cuanto a us-

143

ted, señor Bennet, no se deje engañar por las apariencias. Hace un tiempo un forense me dijo que la magia de la vida está en la muerte. No sabemos cuándo morimos ni por qué, eso solo lo saben los suicidas. De todas formas si la encuentra dígamelo, me gustaría saber cómo hizo ese truco de escapismo que usted aventura.

—Gracias por todo, comisario Dervaux. Tendrá noticias mías. Pero sepa que en la magia no es importante el cómo, y a veces tampoco tiene que haber un porqué.

Salimos del despacho y fui tras los pasos de la menuda Margaux, que me condujo con diligencia hasta su oficina. Me redactó una nota manuscrita para Philippe Clairon y la firmó. Luego la metió en un sobre, junto con una tarjeta en la que escribió a mano una dirección de la Rue Crémieux.

—Bueno, aquí la tiene, monsieur Arbois. Luego llamaré a Philippe, puede estar en esa dirección a las nueve de la mañana. Tendrá una hora para ver las pertenencias de Angela Sullivan. Ojalá tenga suerte en su investigación.

—Muchas gracias, oficial Devy.

Me dio la mano y guardé el sobre en la mochila. Cuando me iba a marchar me dijo:

—Su padre no tiene más hijos, tampoco vive con ninguna mujer. Hace muchos años me contó que había perdido a su familia por culpa suya. Creo que no fue feliz después de que usted se marchara a Nueva York. No se olvide de darle recuerdos de mi parte si lo llega a ver. —Me sonrió y me pareció que me guiñaba un ojo.

Capítulo 12

Le Double Fond

*L*a Place du Marché de Sainte-Catherine estaba rodeada de bistrós, pero sobre todos ellos destacaba el rótulo del Café Theatre de La Magie, impreso en letras doradas sobre una lona granate que cubría el techo y los laterales del café-espectáculo Le Double Fond.

Había comprado por Internet las entradas para la sesión de las nueve de la noche, pero no había caído en la cuenta de reservar la cena. La terraza exterior, con pequeñas mesas redondas, estaba ocupada en su totalidad. Me hicieron un sitio en el interior, donde el ambiente era de gente joven, algunos disfrazados para Halloween; había pocos extranjeros. Aquel lugar de vigas de madera y paredes rojizas en las que colgaban fotografías de los ilusionistas que actuaban en la sala respiraba magia por los cuatro costados. En el lado opuesto de la barra de bar había unas escaleras de piedra que descendían hasta el sótano, donde estaba situado el escenario.

Pero el ilusionismo comenzaba en las mesas de arriba. Desde la mía vi cómo un mago de cabello largo, teñido por las canas, se paseaba entre los comensales haciendo trucos con los naipes y las monedas.

—Es Jean Pierre —me dijo una joven camarera que se acercó a mi mesa y me dejó un menú—. Lleva aquí desde la apertura del local en 1988. Le cuento: solo servimos canapés, *sushi* y bebidas, no ponemos cubiertos y todo se come con las manos, con las mismas que se hacen los efectos de ilusionismo. —Me mostró la palma de sus manos vacías y con un movimiento rápido apareció en una de ellas un bolígrafo para tomar nota de la comanda. Luego tocó varias veces con el bolígrafo en la palma de su mano y este desapareció.

—Está bien, tomaré un Sauvignon blanc y el plato de *sushi*. Por cierto, ¿quiénes son esos dos personajes? —Tenía enfrente un cuadro más grande que los demás con la fotografía de un hombre y una mujer sonrientes tocados con un sombrero de copa.

—Madame y monsieur Devivier, los propietarios del local. Alexandra es su hija, quiero decir que son padre e hija. Tiene suerte, hoy van a actuar, son realmente buenos y un encanto. ¿Es usted de París?

—Sí, en cierto modo. Dígame, ¿le suenan los nombres de Angela Sullivan o de Larry y Daisy?

—No, no me suenan. Llevo aquí solo dos años, soy la más nueva. Trabajo en el restaurante y también me ocupo de las entradas y de la comunicación. Dominique Duvalier y su hija Alexandra me han enseñado varios trucos. —Rio.

—Sí, ya lo he visto, lo ha hecho muy bien. No me he dado cuenta de que tenía un bolígrafo extensible plegado en el dorso de la mano. El truco ha quedado muy natural, y mire que es difícil realizarlo tan de cerca.

—Jajaja, ¿así es como cree que lo he hecho? Realmente se fija usted en todo, no hay quien le engañe.

La camarera se mostró ufana y sonriente porque no le había descubierto el efecto mágico, pero en realidad sí lo había hecho: el bolígrafo lo tenía sobre su oreja, escondido entre la melena, y lo había tomado hábilmente con un gesto rápido para hacerlo aparecer y desaparecer después. En cierto modo había querido ser galante con ella. Me dije que iba a disfrutar del espectáculo, aunque mi misión era averiguar por qué Angela me había conducido hasta ahí mediante la grabación del maletín de Martinka.

Vi que Jean Pierre se acodaba en la barra y conversaba con la camarera discretamente; supuse, por la mirada disimulada de ella, que hablaban de mí. Esta le preparó un pastís diluido en agua y el mago le dio un sorbo. Me fijé cómo tanteaba en sus bolsillos, seguramente preparando algún nuevo truco. Finalmente el mago se acercó a mi mesa.

—*Bonsoir*, monsieur. ¿Es usted mago?

Me sorprendió la pregunta, pero enseguida reparé en que me estaba tanteando para escoger el truco que me iba a hacer.

—No, no lo soy. Soy periodista, aunque a veces tenemos que utilizar los mismos efectos de ilusionismo de un mago para atrapar a los lectores, que desaparecen como las monedas entre los dedos.

—Ya. Internet está acabando con los lectores, ¿verdad? Hay que reinventar el periodismo como nosotros intentamos mejorar los trucos de toda la vida. ¿Está escribiendo para algún diario de París?

El mago Jean Pierre se mostraba cauteloso y me pareció que quería quedar bien con un periodista que posiblemente estuviera ahí para escribir sobre Le Double Fond.

—No. Trabajo para el *Sentinel*, un diario de Nueva York, y estoy buscando a alguien que me ha traído hasta aquí, o eso creo.

—¿Desde Nueva York? Hum… ¿Y quién es, si se puede saber?

—Es una ilusionista. La maga Daisy, Angela Sullivan.

—¡No es posible! —Jean Pierre dejó caer los brazos y se le escapó una de las monedas que tenía entre los dedos, que rodó por la mesa.

—¿La conoce?

147

—¿Quién es usted? —preguntó visiblemente alterado.

—Christian Bennet, del *Sentinel*. —Le entregué una tarjeta de presentación.

—Ahora no podemos hablar, en quince minutos empieza el espectáculo, será mejor que nos veamos después... Daisy era una buena persona y una gran ilusionista. Luego nos vemos.

Jean Pierre volvió al mostrador del bar, se tomó de un trago el pastís e hizo ensayos gesticulares con el cuello y la boca para recuperar una sonrisa amable. Parecía un buen profesional y todavía tenía que acudir a varias mesas para ilusionar a los clientes con sus trucos de cerca antes de que comenzara el espectáculo en el sótano de Le Double Fond.

Dominique y su hija Alexandra pasaron por delante de mi mesa, ambos vestidos de negro: él, pelo corto y blanco, vestía con una americana refulgente, y ella, rubia y de cabello largo, con una minifalda de lentejuelas doradas que dejaba al descubierto unas piernas largas y estilizadas. Se perdieron por el fondo en dirección a las escaleras.

Pasados cinco minutos la camarera invitó a los clientes a seguirla hasta el sótano. Al descender por los peldaños estrechos de piedra gris, como las paredes y el techo oscuros que me rodeaban, tuve la sensación de que me adentraba en una gruta. La empleada cortó los tickets y nos indicó los asientos, aunque estos no estaban numerados. A pesar de que pretendía evadirme no dejé de pensar en que si lo hacía era por alguna razón. Cuando llegó mi turno, me sonrió y me susurró al oído que el truco del bolígrafo no era exactamente como yo se lo había contado. Fueron unos segundos, pero suficientes para que advirtiera que me estaba metiendo algo en el bolsillo.

La sala, calculé, tendría una capacidad para unas ochenta personas, estaba pintada de negro y tenía dispuestas sillas y taburetes en semicírculo frente a un escenario mínimo, con una mesa en el centro también semicircular; sobre ella una pantalla de televisión y tras ella los cortinajes rojizos que cubrían el *backstage*. Estaba preparada con focos en el techo y aparatos de proyección. Contenía todos los elementos en el mínimo espacio para representar un espectáculo de *close up* con cierta intimidad.

Dominique y Alexandra salieron de detrás del cortinaje, uno de cada extremo del escenario, y se juntaron en el centro, delante de la mesa. El público prorrumpió en aplausos. Sin decir siquiera buenas noches, al son de una música circense, Dominique hizo aparecer hasta cuatro bolas rojas entre los dedos de su mano izquierda y después otras cuatro más en su mano derecha, luego las hizo desaparecer una a una con la misma agilidad con que las había creado de la nada. Se quedó con una, que le lanzó a su hija Alexandra. Esta la atrapó con su mano derecha y la fue multiplicando entre los dedos de ambas manos hasta obtener ocho bolas rojas entre ambas. Después repitió hábilmente el proceso de desaparición hasta que no quedó ninguna. En apenas un minuto habían conseguido un efecto espectacular y captar la atención de los espectadores, que estaban asombrados.

Apenas hubo tiempo para aplaudir, porque Dominique ya estaba haciendo aparecer cartas de la nada y las lanzaba al interior de su sombrero de copa, que había dejado sobre la mesa. Alexandra, con un gesto cómico de enfado, intentó imitarle aunque no lo conseguía. Sin embargo, en un santiamén reprodujo el efecto, solo que con ambas manos y formando abanicos con los naipes. La sensación era que decenas de naipes nacían de los dedos de los magos y llenaban el sombrero sin solución de continuidad. La pantalla de televisión que estaba sobre ellos reproducía en directo y de cerca el efecto.

Cuando acabaron con las cartas, Alexandra cogió el sombrero de su padre y lo volteó con fuerza hacia el público para

149

lanzar las cartas sobre él, pero del sombrero solo salió confeti: los naipes habían desaparecido.

Eran realmente buenos, y a pesar de que había visto decenas de veces ejecutar esos trucos y conocía cómo los llevaban a cabo no dejó de sorprenderme la habilidad y empatía que mostraba la pareja de magos. La vis cómica de ambos resultaba tan natural y espontánea como la destreza con la que desempeñaban la prestidigitación a cuatro manos.

Realizaron el truco de los tres cubiletes en línea con tres fichas de casino que cambiaban de posición a velocidad de vértigo y se multiplicaban hasta convertirse en seis, luego en nueve, doce... para ir menguando hasta quedar solo una y al final ninguna. Los ojos de los espectadores estaban abiertos como platos buscando dónde habrían ido a parar las fichas. Las manos de los magos estaban vacías y sus antebrazos desnudos. Alexandra se dirigió a los espectadores regañándolos.

150

—No podemos continuar con nuestro espectáculo si no nos devuelven las fichas. Sabemos que se gastan ustedes el dinero en el casino, pero es de muy mal gusto que nos las roben delante de nuestras propias narices.

La gente se removía en las sillas con risitas nerviosas y mirando al vecino de al lado. Supe entonces que la camarera había introducido una de las fichas en mi bolsillo.

—Pero Alexandra, ¿estás diciendo que entre nuestro amable público tenemos ladrones? ¡Por favor, discúlpenla, está muy nerviosa! Si se han sentido ofendidos les devolveremos el dinero —dijo bromeando.

—He visto cómo con disimulo algunos caballeros escondían sus fichas en el bolsillo... Usted —se dirigió a mí—, haga el favor de mirar en su americana.

Tanteé con la mano en el bolsillo de la chaqueta y saqué una ficha de color rojo por valor de quinientos euros. La mostré ante el público y la gente rio con ganas.

—Miren en sus bolsillos todos los que están en primera fila y pónganse en pie —ordenó Alexandra.

Se hizo un murmullo entre el público, que estallaba en carcajadas cuando los espectadores más cercanos al escenario iban sacando, incrédulos, sendas fichas de casino de sus bolsillos.

—Está bien, por esta vez no les denunciaré, aunque ha estado muy feo lo que han hecho. Pueden quedárselas como recuerdo; como pueden comprobar en el anverso, llevan una inscripción de Le Double Fond. Sin embargo, uno de ustedes va a tener que acompañarme al escenario. Usted mismo. —Volvió a señalarme.

Me acerqué al escenario. Alexandra me dio dos besos y Dominique me tendió la mano.

—Haga el favor de situarse sobre este punto y tome en sus manos esta escopeta. Examínela, por favor, no se preocupe, no está cargada... todavía —me pidió Dominique.

La examiné, consciente de que estaban preparando el famoso truco de la bala atrapada entre los dientes. Se trataba de un modelo de arma antiguo que se cargaba por el cañón. Sabía que me harían disparar a Alexandra, que se alejó hasta el fondo del escenario y se parapetó tras un panel de cristal.

Dominique dijo en voz alta que primero íbamos a probar el funcionamiento de la escopeta y mi puntería; para ello había dispuesto una diana a tres o cuatro metros de distancia en dirección opuesta a donde se encontraba la maga Alexandra.

—¿Seguro que dará en la diana?, ¿quiere acercarse más? Bien, la voy a cargar.

Cogió un cuerno polvorera y llenó el cañón del mosquetón; luego mostró una bala al público, la introdujo por el mismo orificio y utilizó una baqueta para presionarla hasta el fondo.

—Bien, ¿señor...?

151

—Christian.

—Bien, Christian, ahora el arma está cargada; solo tiene que apuntar a la diana y apretar el gatillo cuando crea que vaya a hacer puntería.

Iba a disparar, sabedor de que del cañón de aquella reliquia no iba a salir ningún proyectil, pero seguí adelante con el juego. Sabía que era uno de los trucos que provocaban más misterio entre los espectadores y que más polémica por su paternidad creativa había suscitado entre los magos. Uno de los que lo practicó a comienzos del siglo XX, el mago Chung Ling Soo, había muerto como consecuencia de un fallo en su ejecución, según se decía. Luego surgió una leyenda que hablaba de diez o doce ilusionistas fallecidos al realizar el truco.

Apreté el gatillo y un ruido ensordecedor llenó la sala. Del cañón salió humo y un fuerte olor a pólvora. El mago Dominique fue hasta la diana.

—Muy bien, Christian, ha funcionado. Estas escopetas antiguas no son muy precisas, pero ha estado muy cerca de la diana, ha rozado el ocho. —Mostró la diana perforada por lo que debía de ser una bala y hurgó en el agujero para sacarla de él y mostrarla al público—. El único problema es que debe ser más preciso con el segundo disparo. Debe apuntar a la boca de Alexandra para que ella pueda coger la bala entre sus dientes. Si se equivoca por milímetros podría dejarme sin hija y es la única que tengo.

Los espectadores estaban asombrados y se mantenían rígidos y expectantes en sus asientos.

Dominique repitió la operación para cargar el mosquetón, solo que esta vez mostró la bala de cerca, le hizo una muesca en forma de cruz y la pintó de rojo para identificarla.

—Quiero que vean que la bala que voy a introducir en este mosquetón es la misma que una vez disparada por el señor Christian atravesará el cristal y Alexandra intentará atrapar con los dientes.

Comprimió la bala con la baqueta en el cañón y fue tras el panel de cristal para vendar los ojos a la chica como si tratase de emular un fusilamiento.

—Bien, ahora, cuando yo cuente hasta tres, dispare a través del cristal apuntando al centro de la boca de Alexandra, ¿está preparado?

—Bueno, es la segunda vez que disparo en mi vida y al parecer, según ha podido comprobar, la primera no se me ha dado mal del todo… Mientras no me acusen de homicidio si fallo… A lo mejor podría escoger a otro tirador —bromeé.

—Noto cierta tensión en usted. A lo mejor alguien de nuestra concurrencia quiere reemplazar a Christian y disparar por él —se dirigió jocoso al público—. ¿Hay alguien en la sala que sea campeón olímpico de tiro? —Silencio absoluto—. ¿Alguien que sea campeón de Francia, de su región, de su club de tiro…? ¿Alguien que haya disparado más de dos veces? —De nuevo silencio y desvío de miradas hacia el techo por parte del público—. Ya ve, señor Christian, no tenemos más opciones. Deberá ser certero. No tiene más remedio. Estos señores han pagado por un espectáculo en el que actúan dos magos, no puede dejarlos sin uno de ellos.

Un haz de luz proveniente del techo iluminó la cara de Alexandra.

—¿Preparado?

Sonó un redoble de tambor. Había visto cómo Dominique depositaba, con disimulo, la bala marcada en la boca de Alexandra cuando había ido hacia ella para taparle los ojos. Me había fijado también en cómo la había sacado previamente de la recámara del cañón con la baqueta imantada en su punta y sabía que el falso disparo que iba a realizar, activado por las baterías que hacían explotar la pólvora al accionar el gatillo, acabaría rompiendo el delgado cristal tras el que se parapetaba Alexandra, pero no precisamente por el disparo del mosquetón, sino por un dispositivo de carga explosiva situado en el cristal que accionaría a distancia Dominique en el momento en que yo apretara el gatillo. Sabía cómo ejecutarían el truco y, sin embargo, sentí una rara excitación por que todo saliese bien. Mi falta de inocencia y mi incredibilidad se tambaleaban sobre aquel pequeño escenario. Todos esperaban ser engañados y quizá también yo estaba deseando la sorpresa de la mentira.

Estaba secundando la falsedad y el fraude frente a inocentes que se entregaban sin ambages a una treta bien urdida, pero que en el fondo querían ser embaucados. Sabían que todo lo que sucedía allí era un truco inocente, aunque se tratara de disparar contra una persona. Pero entonces, ¿por qué me sentía extrañamente incómodo?

154 ⸺ No pude evitar pensar que en el caso de Angela Sullivan yo también formaba parte del espectáculo, era uno más de la *troupe* de *Ilusionarium*. Me habían subido hasta el escenario de mi vida para que representara un truco de escapismo con mi pasado y quizá lo de menos era encontrar a una maga que a lo mejor ni siquiera era quien decían que era. El mundo quiere ser engañado, pero yo no podía seguir fingiendo, me repetía una voz interior que me martilleaba la sien como el insistente redoble de tambor de Le Double Fond.

—Uno... dos... y... tres. ¡Fuego! —gritó el mago.

Un fogonazo precedió a un trueno retumbante. El cristal que tenía delante de mí se hizo añicos y la maga contorsionó la cabeza hacia atrás y adelante, simulando que recibía el fuerte impacto del proyectil. Parecía estar viva. Se quitó la venda de los ojos y de su boca salió una bala marcada con la señal que momentos antes le había practicado Dominique. Sin embargo nadie aplaudió. No había apuntado en la dirección correcta, en el último instante había disparado la escopeta hacia el techo y todos los presentes se habían percatado de ello. Todos menos Dominique, que había estado pendiente de la explosión de la pólvora accionada por el gatillo, y de la pobre Alexandra, que mostraba ilusa la bala y hacía reverencias a un público mudo y desorientado.

Dejé la escopeta en el suelo y abandoné aturdido la sala. Los espectadores me miraban consternados, entre murmullos, mientras Dominique gritaba: «¡No ha pasado nada, un minuto de música y volvemos con ustedes, continúa el espectáculo!». Todo un alarde de profesionalidad.

Jean Pierre me esperaba acodado en la barra de Le Double Fond. Había presenciado por el circuito cerrado de televisión el número fallido de la bala y me lanzó una sonrisa cómplice. No parecía estar enfadado por haber arruinado el espectáculo con mi absurdo comportamiento. Me pidió que nos viéramos en una hora en el Bistró de la Place, frente a Le Double Fond.

Las farolas de la Place du Marché de Sainte-Catherine la iluminaban quedamente. Entre los árboles vi el restaurante en el que me citó. Tenía varias llamadas perdidas en mi móvil, todas de Laura. La llamé mientras esperaba a Jean Pierre.

—¿Va todo bien en París? —me preguntó con su voz cálida y juvenil.

—No he progresado mucho, pero sí, todo bien. ¿Y tú, has podido averiguar algo?

—He estado indagando en las empresas de Barrymore. Sus inversiones son un castillo de naipes, la mayoría han resultado fallidas y está endeudado hasta las cejas. Tengo un contacto en el Tesoro que lo conoce bien, me dio un extracto de sus cuentas bancarias y están a cero. Está en ban-

155

carrota. Si se queda el *Sentinel* y los bienes de los Sullivan solo le servirá para tapar agujeros; debe más de dos mil millones de dólares.

—No decía eso la revista *Forbes*...

—¿Qué?

—No, nada, leí que le iba muy bien con la diversificación de sus fondos de inversión. Va a construir en la Torre Woolworth.

—La torre está a nombre de su hija, Peggy Barrymore, y parece que es lo único que no tienen hipotecado.

—Bien, eso demuestra que necesitan hacerse con el patrimonio de los Sullivan a toda costa. Me dio la sensación de que tenían un imperio, pero si están al borde de la ruina mil millones no son una bagatela. Calculo que esa debe de ser la fortuna de la editora, que pasaría a sus manos si no aparece Angela. ¿Has podido saber algo más sobre ella?

—Me dije que lo mejor sería empezar desde el principio y pedí una partida de nacimiento de Angela Sullivan en la oficina del Registro Civil de Nueva York. No me la querían dar si no aportaba una identificación de ella o de la familia, pero al final convencí al jefe del servicio. Me he comprometido a hacer un reportaje en la web sobre el departamento de Salud e Higiene Mental, del que·depende la oficina. Se sienten olvidados. —Rio—. Bueno, el caso es que Angela Sullivan existe. Nació el 15 de diciembre de 1979 en el hospital Bellevue de Manhattan. Sus padres son Greg y Martha. La inscribieron a los quince días del alumbramiento en el hospital.

—El Bellevue es un hospital público, ¿no es así? Uno de esos que admiten a todo tipo de personas, sea cual sea su nacionalidad y raza, incluso sin seguro médico.

—Sí, siempre lo ha sido. Imagino que era más discreto dar a luz en el Bellevue que en una clínica privada, aunque los Sullivan se la podían pagar ya en aquel tiempo. Si el padre natural no era Greg Sullivan, como te dijo la editora, supongo que quisieron mantener el nacimiento en la intimidad. Creo que pasaré por el hospital, aunque será difícil encontrar alguna información después de treinta y cinco años..., bueno, Angela cumplirá treinta y seis en quince días.

—Has hecho un buen trabajo, Laura.

—Gracias, Christian, pero hay algo que todavía no he podido comprobar: el viaje de Angela de París a Nueva York para el entierro de su padre. Eso me puede llevar un tiempo. Un amigo que trabaja en el servicio de aduanas me está buscando datos de entrada en los aeropuertos JFK y Newark desde el 25 de diciembre de aquel año, y de momento no he tenido suerte.

—¿Cómo sigue Martha Sullivan?

—Estable, eso me ha dicho Eva Bentley. Le dije que estamos trabajando en equipo y me mantiene al corriente. Sigue en la UCI, su estado es muy grave.

157

No le había dicho nada a la secretaria de la señora Sullivan, pero me di cuenta de que no hacía falta; periodistas como Laura eran capaces de establecer por sí solas los contactos adecuados y husmear sin límites en los lugares precisos.

—Bien, si te parece hablamos mañana, ahora tengo que verme con alguien. Acabo de estar en Le Double Fond y creo que he establecido un buen contacto.

—Christian, me gustaría estar contigo en París. Lo de la otra noche fue genial. No te preocupes, no busco nada en concreto, simplemente quería decirte que me gustas, y eso no significa nada más que me apetece estar junto a ti.

—Yo también me sentí bien, Laura, solo me gustaría que me dieras algo de tiempo. Ahora estamos embarcados los dos en un asunto que debemos resolver y es más productivo que lo hagamos por separado.

—Sí, tienes razón. Hablaremos mañana sobre esta hora... Te envío un beso. Cuídate.

—Otro para ti.

Colgué y me mordí el labio maldiciéndome por haber empleado la palabra «productivo». No alcanzaba a entenderme. Trataba de construir un muro en la relación con Laura y, sin embargo, sentía algo especial por ella.

Jean Pierre saludó al barman del bistró, que le preparó un pastís nada más verlo entrar. Me pidió que nos sentáramos a una mesa que estaba libre en un rincón.

—¿Por qué lo ha hecho, señor Bennet?

Buena pregunta. No tenía una respuesta concreta que justificara mi comportamiento en el escenario. A lo mejor estaba harto de tanto engaño, pero esa no era razón para desquitarme con aquella pareja de magos que, por otra parte, me caían bien. Lo cierto es que cuando apunté a Alexandra a través del cristal no tuve duda de que el truco saldría perfecto. Había visto los preparativos de Dominique y nada podía fallar.

158

Pero había mirado a los ojos vendados de Alexandra y me había sentido culpable de formar parte de aquella farsa. Eso es lo que pasó por mi mente. Fue un error que me hicieran salir al escenario; un mago debe saber de antemano a quién del público puede pedirle su colaboración, y si no es así es que le falta ese punto de psicología tan necesario para que todo funcione con naturalidad. No dejaba de ser una excusa; podía haberme negado a salir con cualquier pretexto, muchos lo hacen, lo había visto en decenas de espectáculos de magia, aunque los magos se empeñan en insistir a los que se muestran más reacios y timoratos y suelen descartar a los voluntarios.

—Fue un error. No me gustan las sorpresas, no suelo participar en ellas. Lo tenían que haber adivinado —acerté a decir.

—Usted sabe de qué va esto. No puede cometer errores. Lo noté desde el principio. Debe de ser uno de esos a los que les gusta ir revelando los efectos de los ilusionistas. ¿Qué gana con ello?

—Está equivocado. Lo siento mucho. No era mi intención reventar nada, todo lo contrario, supongo que me pudo el miedo escénico, al fin y al cabo estaba disparando un arma contra una joven —me excusé de manera poco convincente.

¿Qué más podía decirle? Jean Pierre no parecía molesto sino más bien confundido.

—Pues no parece que usted padezca de pánico escénico, monsieur Bennet. ¿Puedo preguntarle a qué ha venido a París?

—Ya le dije que estoy buscando a Angela Sullivan, una ilusionista que actuaba bajo el nombre artístico de Daisy. Estuvo actuando en el Lido en diciembre de 2009 y no se ha vuelto a saber de ella.

—Yo la vi en el Lido un 17 de diciembre, no lo olvidaré mientras viva. Fue un espectáculo excepcional… ¿Y por qué la busca?

—Su madre se está muriendo en Nueva York, es la editora de mi diario.

—¡Vaya! Sí que lo siento.

Jean Pierre parecía sincero.

—Dígame, ¿sabe dónde puedo encontrarla? Conozco lo del accidente con su coche en el río Sena, pero tengo el convencimiento de que sobrevivió.

—Ojalá fuera así. Me gustaría ayudarle, aunque yo creo que se ahogó en el río… O quizá la ahogaron en él.

—¿Cree que alguien quiso asesinarla? —Me puse en alerta de inmediato, allí parecía surgir un hilo del que tirar.

—No estoy seguro, pero que huía de alguien eso sí lo sé.

—¿Cómo lo sabe?

—Porque me pidió que la escondiera unos días en Le Double Fond.

—Explíquese, por favor.

Le dio un buen trago al pastís. Le notaba con ganas de hablar. Colocó ambas manos en los bolsillos y sacó algo de ellos; sus dedos ágiles y rápidos empezaron a hacer cabriolas con unas monedas. No se trataba de un truco, quise pensar, sino de un ejercicio para aplacar su nerviosismo.

—Como le dije, fui al Lido. Aquella noche me presenté en su camerino una hora antes de la actuación. Conocía al director de escena del local, que me invitó al espectáculo en nombre de Daisy y me consiguió una cita con ella. Venía con referencias magníficas de Las Vegas y de Nueva York, era la reina del escapismo. Para mí era un honor que hubiera reparado en un pobre mago y que me invitase a conocerla. Solo quería verla, nada más.

»Recuerdo que era muy bella. Me recibió con simpatía, aunque me pareció que en ella había algo de tristeza; llevaba un antifaz que solía utilizar en sus actuaciones, se acababa de maquillar para el espectáculo. Su marido estaba en otro camerino, luego supe que las cosas no iban bien entre ellos.

»El caso es que simpatizamos y le dije lo mucho que la admiraba. Estuvimos hablando largo rato y una corriente de empatía pareció establecerse entre nosotros. Me pareció que necesitaba sincerarse con alguien. ¿Sabe? Solo los que nos dedicamos al mundo de la magia sabemos apreciar quién es el verdadero artífice de los efectos de ilusión. En ese caso no había duda de que Daisy era la que manejaba la trastienda de los trucos y brillaba en la función, aunque su papel pareciera el de mera ayudante de Larry. He de reconocerle que sentí envidia por ese mago. Daisy podía iluminar a cualquier mago gris, incluso yo hubiese triunfado a su lado. —Sonrió avergonzado y dejó de mover las monedas entre los dedos.

—Sí, eso tengo entendido. Conocí a un mago de Nueva York que también me habló muy bien de ella. —Pensé en Tyler Whitbread.

—¿Muy bien? Era la mejor. Bueno, el caso es que me dijo que esa iba a ser su última actuación en París. Yo me quedé de piedra, tenían programado un mes y seguro que el Lido, que estaba a rebosar esa noche, les hubiera pedido prorrogar. Entonces me contó que necesitaba salir de ahí esa noche sin ser vista, que quería empezar una nueva vida y desaparecer durante un tiempo de los escenarios. No entendía nada, de repente me estaba implicando en un juego de magia con ella, porque no le quepa duda que de eso se trataba. A lo mejor fui un inconsciente, visto lo que pasó con Daisy después...

—Siga, por favor. —Noté que la copa de Jean Pierre estaba vacía y le pedí otra al camarero.

—Voy a hacer como usted esta noche en Le Double Fond y por primera vez en mi vida profesional voy a revelarle un truco: el efecto final de *Ilusionarium* consistía en algo así como una «teletransportación» de Daisy desde el escenario hasta el centro de la platea del Lido en pocos segundos. Ella solía hacerlo subida a un armazón, una especie de jaula en la que Larry la ataba de pies y manos, y que luego cubría con una cortina negra. Al momento descubría la cortina dando un tirón para mostrar que la jaula estaba vacía, que Daisy había desaparecido. Cómo lo hacía forma parte de su secreto, pero esa noche lo ejecutó de una manera diferente: me pidió que la esperara en las bambalinas detrás de la jaula ya que ella aparecería dentro de un baúl que estaba en la tramoya. Yo debía mover el baúl hasta una salida de emergencia que había en la parte posterior del teatro, abrirlo y llevármela conmigo en su coche, que estaba en el parking del teatro. Para que no la reconocieran, dentro del baúl tendría preparada ropa masculina con la que se disfrazaría con rapidez. Así fue, todo salió como ella lo había planeado y nos marchamos en su Peugeot, ella disfrazada de hombre y yo con la adrenalina a tope.

—Pero entonces, ¿quién apareció en la platea del teatro?

—Sencillo: una doble de Angela. Y me temo que ese precisamente era parte del problema. Según me contó ella, había descubierto que esa mujer tenía un *affaire* con su marido.

—Eso es imposible. Estuve en la comisaría de policía y me dijeron que habían comprobado que no había actuado una tercera persona en el Lido.

—No se le puede llamar actuación a aparecer al final del espectáculo entre el público, ¿no cree? Esa doble debió de estar allí todo el tiempo esperando a hacer el último número, en una de las mesas de detrás de la platea…, incluso debió de entrar con los espectadores, solo tuvo que quitarse un falso traje para que apareciera debajo el mismo que vestía Angela y así convertirse en Daisy; si a una mujer que se parece físicamente a otra le pones un antifaz y la tiñes de rubio la confundes seguro, sobre todo en medio de un efecto de luces y sonido espectacular. Fue así de fácil. La policía no reparó en ello.

—Sigo sin entender por qué quería huir y de quién, ¿de la amante de su marido?

—O de ambos, nunca me lo llegó a decir, pero se sentía en peligro, eso es seguro. Quería tomar un vuelo a Nueva York porque su padre estaba muy grave en el hospital y su marido se lo impedía. Le había llegado a esconder el pasaporte.

—Su pasaporte estaba en el maletero del coche cuando lo sacaron del río.

No entendía nada. Angela programó sobre la marcha un truco de escapismo con la colaboración de Jean Pierre, al que apenas conocía, y con la propia amante de su marido para escapar del Lido, y al cabo de unos días el coche con el que había huido acabó en el Sena. Incomprensible.

—No sé lo que pasó en el accidente del Sena. Daisy estuvo unos días escondida en una de las habitaciones que tenemos en el piso superior de Le Double Fond. Me dijo que estaba haciendo trámites con alguien en Nueva York para que le enviara un nuevo pasaporte. Yo me encargué de guardar su coche en el aparcamiento de un amigo y le entregué las llaves. En Nochebuena llamé a su habitación por si quería que cenáramos juntos y ya no la encontré. Había desaparecido.

—¿Y usted no le dijo nada a la policía cuando se enteró de lo del accidente?

—No dije nada. Estuve dudando, pero tenía miedo de que me implicaran, al fin y al cabo podrían decir que fui yo quien la retuvo. Pensé que podrían acusarme de secuestro y hasta de su desaparición en el Sena. Ella no quería saber nada de la policía francesa. Le sugerí que fuésemos a la embajada norteamericana para hacerse el pasaporte y tampoco quiso. Lo iba a resolver de otra manera con su contacto en Nueva York; estaba muy asustada.

Ciertamente me parecía que Jean Pierre podría ser sospechoso de la desaparición de Angela. Era, posiblemente, el último que la había visto con vida, la había escondido en el Café Teatro de la Magia y su coche tendría sus huellas. ¿Debía creerle, o estaba contándome una historia tan falsa como las monedas con las que hacía sus trucos?

—¿Y durante el tiempo que estuvo alojada en esa habitación no le contó nada que pueda darme una pista sobre su paradero? Haga memoria, por favor.

—Hablábamos de magia, de Las Vegas y de Nueva York, sentía añoranza de su país, de su padre enfermo… Me pidió que le enviara un paquete por DHL urgente a Nueva York. Era un maletín que no sé lo que contenía, pero no quiso hablarme de quién o de qué se escondía. Yo respeté siempre sus silencios.

—El maletín de Martinka —dije en voz alta—. ¿Recuerda a quién iba dirigido ese maletín?

—No recuerdo ahora y no sé si conservo el recibo, va a hacer seis años de eso…

163

—¿Pero podría ser al señor Sullivan, Greg Sullivan?

—Era un apellido americano, aunque no me suena ese. Lo miraré y le llamaré enseguida si encuentro algo.

—¿Por qué me cuenta todo esto? Podría ir a la policía y hacer que reabrieran el caso de Angela Sullivan.

—Sí, ya lo sé. Corro el riesgo, pero lo que le he contado es la pura verdad. Pienso que alguien como usted, que se rebela contra el engaño, no me va a delatar. No es un truco que deba desmontar, señor Bennet. No es como la treta de la bala. Yo también quiero que encuentre a Daisy si está viva. Era una gran mujer, y yo la admiraba mucho. Por eso hice lo que hice, ¿entiende?

Capítulo 13

Las casas de colores

*E*l número 22 de la Rue Crémieux era una casa de dos plantas teñida de azul cielo, al lado de otra de color amarillo limón y frente a una añil y otra verde. Ambas aceras estaban llenas de maceteros con camelias, mimosas, arbustos y plantas trepadoras que, dispuestas a lo largo de la calle empedrada, dejaban poco espacio para transitar entre ellas.

Me paré dubitativo frente a la puerta de la casa de fachada azul cielo. Me sobresaltó el silbato de un tren que salía de la Gare de Lyon, a poca distancia del lugar. Estaba en tensión. Me había acercado hasta allí sin saber bien por qué, pues la mayoría de las decisiones que había tomado por impulso en mi vida habían resultado fallidas. La más reciente era mi lamentable actuación en el número de la bala atrapada con la boca, pero podía relatar una docena de ellas, desde haber puesto en peligro a Lorraine sin pensar que irían a por ella, hasta mi vehemencia al aceptar que Greg Sullivan me nombrara jefe de reporteros de investigación. Duré tres meses, hasta que los seis periodistas a mi cargo se quejaron al director de que no les hacía puñetero caso. El periodismo es una actividad solitaria, dependes de ti mismo, nadie te va a sacar las castañas del fuego, y a mí nadie me dice lo que debo o no debo hacer, y mucho menos acepto que me marquen objetivos y me obliguen a coordinarme con no sé qué equipo. No hice más que aplicar mi propio método. Lo cierto es que no debo de valer para jefe. Greg Sullivan era el único que me entendía, eso creo. Me dejaba solo, como un ermitaño en medio del desierto de la noticia, y jamás me dijo «esto tiene que ir por aquí o por allá», o «deberías contrastar tal o cual fuente, indagar en este agujero o sobrevolar aquella azotea»... Nada. Solo sus sentencias, lanzadas al aire como palomitas recién tostadas: cogías las que podías al vuelo, aunque algunas te quemaran en las manos. Seguramente por eso aprendí de él.

Llevaba un buen rato en la puerta mirando el botón del intercomunicador. La gente paseaba indiferente y se tomaba fotos frente a las puertas coloreadas. Olía a guiso casero en la calle. Miré el reloj, eran las doce. No recordaba aquella puerta, a lo mejor no era de color azul entonces, cuando yo vivía allí. La calzada me confundía, estaba asfaltada con adoquines; imposible jugar a la pelota en ese pavimento irregular con el que cubrieron la tierra siempre húmeda por la lluvia y por los cubos de agua con detergente de la colada lanzados desde los balcones; las plantas que emergían de las aceras se debieron de amustiar cientos de veces, las cambiaron por otras, pero seguían siendo plantas. Las flores no cambian, se transforman, mueren y vuelven a nacer, incluso en otra parte, para volver a esas aceras de toda la vida.

No me reconocía en el lugar de mis orígenes. Tendría amigos de mi edad entre los vecinos. Quizás el hombre trajeado que abría la puerta de color amarillo fuese uno de ellos, a lo mejor era incluso el que me hizo la zancadilla que dio con mi rodilla en la tierra y en el hospital. Si lo era, no tenía ningún vínculo con él; no le recriminaba nada, ni siquiera esa muesca sonrosada que quedó en mi pierna. Nada. ¿Qué hacía allí?

¿Y si dentro de la casa tampoco había nada?

Al fin toqué el botón del portero automático, sin convicción, y una voz de mujer preguntó quién era. Le dije que Christian Arbois y cuando pronuncié el apellido de mi padre me sonó extraño, hacía mucho tiempo que era Bennet, como mi madre, y sin embargo últimamente solo oía el de Arbois, que no tenía un significado especial para mí. En un tiempo lejano pudo tenerlo, pero entonces todo era una nube de tristeza contagiada por la amargura de mi madre. Luego vino el olvido, más cómodo, menos doloroso.

Tardó un buen rato en abrir la puerta de la calle, a través del interfono oía murmullos. Subí las escaleras y en el descansillo, junto a la puerta, me esperaba una mujer menuda y morena.

—El señor Arbois le espera en el comedor —dijo con acento sudamericano, y me hizo seguirla a través de un recibidor clásico por el pasillo; entornó la puerta de la cocina, donde parecía estar preparando la comida.

167

No reconocí nada en aquella casa hasta que llegué al comedor. La luz de la calle entraba por la ventana e iluminaba una mesa ovalada con cuatro sillas de madera y un sofá de tres plazas frente a un televisor encajado entre estanterías atiborradas de libros y de marcos con fotografías. Por un momento, me vi sentado en aquella mesa mirando la ventana, auscultando en silencio la llegada de los trenes y aguardando la algarabía infantil de la calle, que era la señal para bajar a jugar.

Mi padre estaba en una silla de ruedas, a un lado de la ventana. Se volvió hacia mí y tuve la impresión de mirarme en un espejo deformado, de esos que empequeñecen tu imagen pero muestran perfectamente tus facciones. Tenía razón la oficial Margaux, nuestro parecido era asombroso.

Me quedé en silencio, mirándole. Tenía una manta a cuadros rojos y negros sobre las rodillas y sus ojos azules, como los míos, brillaban húmedos. Pasó sobre ellos un pañuelo blanco. Me había reconocido al instante.

—Acércate, Christian, dame la mano —me dijo. Su voz sonó vigorosa.

Le tendí la mano y la apretó con una fuerza inesperada. La cocinera cerró la puerta de cristal emplomado y nos dejó a solas.

—Margaux Devy me dijo que le podía encontrar aquí. Me dio muchos recuerdos para usted. —Me pareció la mejor manera de iniciar la conversación.

—Ya, buena chica. Tienes muy buen aspecto, hijo, ¿te van bien las cosas?

Las cosas me iban todo lo bien que podían irme. No me podía quejar, pero a lo mejor me lo preguntaba por si necesitaba ayuda. Volver cincuenta años después a reunirte con tu padre podía llevarle a pensar a aquel anciano que lo hacía por interés, y la verdad es que todavía no había encontrado ninguna razón convincente para aquella visita.

—Todo va bien. Tengo un buen trabajo, soy periodista y me gano bien la vida —contesté para tranquilizarle.

—De niño eras un chico listo —sonrió y dijo—: Mira, Christian, esto es muy difícil para mí, y supongo que también para ti. No sé por qué has venido a verme, después de tanto tiempo… Quiero decir que estoy en el final de mi vida y no me esperaba esto. Tienes que disculparme si me muestro un poco confundido.

—Lo entiendo, si se siente incómodo me iré. Yo también tengo una sensación extraña al estar aquí. No vengo a reprocharle ni a pedirle nada, es solo que estaba en París por un asunto y casualmente me encontré con la oficial Margaux.

—Deberías empezar por tutearme. Te quedarás a comer, ¿verdad?

Comer con un desconocido y en su casa, una casa que durante pocos años fue también la mía, no estaba en mi agenda

del día, que, por otra parte, estaba por rellenar. Era Halloween y hasta el día siguiente no podría ir a ver al sargento
Philippe Clairon, que custodiaba las pertenencias de Angela
Sullivan. Sin embargo, una vez roto el hielo con el que durante seis años fue mi padre, tenía curiosidad por entender
siquiera algo de por qué mi madre había sufrido tanto por
culpa de aquel hombre. Me sentía frío y distante, no era capaz de percibir siquiera un sentimiento de recriminación,
pero tampoco de afecto o apego hacia él.

—No quisiera molestar —le dije.

—No es molestia, qué va. Dulce nos preparará la mesa. ¡Te
quedas a comer! —ordenó mi padre, que parecía conservar
en su carácter la vena autoritaria de sus años como policía.

—Está bien.

Tocó una campanilla que había sobre la mesa y Dulce acudió al instante. Le ordenó que pusiera dos cubiertos en la mesa.

Paseé la vista por las estanterías del comedor. La mayoría
de las fotografías eran de la policía: un joven Michel Arbois
graduándose en la Academia junto con un grupo de gendarmes, dándole la mano al presidente Giscard d'Estaing; otra,
más grande, con los que parecían ser alumnos de una promoción de agentes junto a él, como profesor de la Academia de
Policía, en la que me pareció ver a una jovencita y menuda
Margaux, la oficial de la comisaría central de Le Marais; otra
en la que le imponían una distinción en la solapa…

—Mi vida está reflejada en esa decena de fotos —dijo al
verme curiosearlas.

—Ya veo que has tenido una buena carrera en la policía.
—Le tuteé y no me sentí incómodo por ello.

—Esta profesión te absorbe, no hay horas que no debas
destinar al servicio de la comunidad. Supongo que a un periodista como tú le debe de pasar lo mismo; las noticias no
cesan de producirse, lo mismo que la delincuencia no da tregua —afirmó categórico.

169

—Sí, supongo que es así.

Reparé en una fotografía que de pronto me resultó familiar. Él subido a un coche de patrulla, que parecía recién estrenado, junto a otro agente; ambos sonreían mirando hacia la cámara. Aquella era una escena que recordaba: mi padre subiéndose a ese Renault y desapareciendo para siempre de mi vida hasta el día de hoy.

Cogí del estante el marco con la fotografía para mirarla de cerca. Avanzó hacia mí con la silla de ruedas.

—Te gustaba que te diera una vuelta a la manzana con el coche —dijo—. Te ponía entre mis rodillas y te dejaba accionar la sirena. Pensé que un día llegarías a ser policía como yo. La vida da muchas vueltas... —Se quedó pensativo.

No lo recordaba, o a lo mejor sí. Que siguiera impresionándome y volviendo la vista hacia el ensordecedor ruido de las sirenas de los bomberos y policías ululando continuamente por Manhattan quizá fuera un gesto procedente de mi niñez.

Dejé la foto en su sitio. Junto a ella había otra de una mujer de mediana edad, vestida de uniforme policial.

—Me casé con Rose diez años después de separarme de tu madre. Murió hace veinte años, una enfermedad cruel se la llevó —dijo.

No había en aquellas estanterías ninguna imagen de mi madre o de mí. Parecía como si mis padres hubiesen adoptado la misma decisión: eliminar el rastro de su pasado en común.

—Abre ese cajón. Encontrarás un álbum de fotos. Cógelo y ponlo sobre la mesa —ordenó de nuevo.

Le obedecí. En la portada había una inscripción a rotulador: «Avec Alice et Christian». Al ver el nombre de mi madre junto al mío tragué saliva, no sabía si era buena idea abrir aquel álbum que contendría buena parte de lo que se me había arrebatado de mi pasado. Debió de notar mi indecisión.

—Si quieres te lo puedes llevar, es tuyo. No es necesario

que removamos aquí y ahora algo que puede resultar difícil para los dos.

Por primera vez su voz sonó cálida. Valoré lo que me estaba ofreciendo, y de lo más profundo de mi ser surgió el verdadero motivo por el que había llegado hasta allí: ¿por qué alguien podía abandonar a su familia de repente? ¿Qué parte de culpa podía tener yo para que se me ocultaran mis orígenes?

—Si no te importa, me gustaría mirar las fotos contigo —dije de pronto.

—Está bien, siéntate a mi lado. —Me ofreció una silla en la mesa y acomodó la suya de ruedas junto a mí.

Estuvimos viendo las fotografías como quien repasa su vida al filo de la muerte, porque todo lo que habían recogido esas instantáneas ya estaba marchito y lleno de ausencias: mis padres sonriendo felices en el Campo de Marte y con el fondo de la Torre Eiffel, en una foto-recuerdo para turistas; mi madre conmigo recién nacido en sus brazos; los tres en una excursión por un campo de amapolas que me cubrían hasta la cintura; yo soplando una tarta con seis velas; yo abriendo los regalos bajo un árbol de Navidad; en el colegio en fila india con mis compañeros ataviados con batas a cuadros azules y blancos...

Mi padre iba explicándome cada instante captado por la cámara buscando en su memoria y yo notaba que su voz se quebraba por la emoción. Todo era demasiado hermoso y placentero para encontrar una explicación a aquella ruptura.

De pronto, se detuvo en una fotografía de mi madre en la que aparecía posando con una blusa blanca y una falda por encima de la rodilla. Estaba muy elegante, era una mujer con clase y muy hermosa. Mi padre me contó que se conocieron en París en 1955, cuando ella llegó de Nueva York para estudiar diseño de moda. Coincidieron en un desfile de moda de Dior, ella intentaba colarse en el evento cuando él estaba en la puerta controlando la entrada y la seguridad de las autoridades. Le impidió el paso, pero la vio tan bella y resuelta que la coló por una puerta lateral y la esperó al acabar el desfile. Estuvieron juntos hasta la madrugada, primero en un café de Saint-Germain-des-Prés y después paseando sin rumbo por la ciudad.

—Iba vestido de uniforme y ella a mi lado con sus tacones y su bolso de charol. ¡Menuda pareja!, debía de decir la gente. —Rio por primera vez.

—Era muy guapa —dije.

—Sí, lo era... ¿Cómo está?

Me miró con temor adivinando la respuesta.

—Murió hace once años. Tenía una esclerosis múltiple, creo que no sufrió demasiado.

Mi padre hizo un esfuerzo por contener sus sentimientos. Miró hacia otro lado y cerró el álbum de fotos. No entendía la reacción de aquel hombre fuerte y rudo. Hacía años que no la veía; la había dejado por otra mujer... ¿Era posible que siguiera acordándose de ella? ¿O quizá solo era que mi visita había reabierto un capítulo de su vida del que se sentía culpable?

Estuvo un buen rato callado. Dulce colocó la vajilla con dos cubiertos sobre la mesa y lo miró para buscar su aprobación para servir el almuerzo. Le hizo un gesto afirmativo con la mano.

Miré por la ventana a la calle, tuve la sensación de que de la cocina llegaba el canturreo melancólico de mi madre interpretando a Édith Piaf: «Si un día la vida te arranca de mi lado, si un día mueres lejos de mí, no me importa si me amas, yo también moriría y tendríamos la eternidad para nosotros...». La cantó durante toda su vida y la acompañó en su funeral.

Tomamos la sopa en silencio. Dicen que solo las personas que se compenetran no necesitan hablar entre ellas mientras comen. El mutismo es también una forma de decirse cosas sin decirse nada. No me sentía violento por ello, aunque tampoco quería ser el primero en romperlo.

—Yo la quería, Christian, os quería mucho a los dos. No tengas la menor duda, ahora que ya no está entre nosotros es más difícil entenderlo. Siento lo que pasó, pero la vida a veces no te da la oportunidad de volver atrás.

—No he venido a pedirte explicaciones. Ella lo pasó mal durante los primeros años en Nueva York. Jamás quiso hablar de ello, lo que pasara entre vosotros dos quedará entre ambos.

No oyó lo que le decía.

—Yo estaba dispuesto a olvidar lo que pasó, pero ella no se sentía bien conmigo, no supo perdonarse. Eso es lo que la obligó a marcharse de París. Fue muy duro perderla, perderos.

No entendía a qué se refería… ¿Perdonarla? ¿Perdonarse ella? ¿De qué? Era él quien se había enamorado de otra y se marchó de casa para no volver. Mi madre no quería seguir cerca de él, ni siquiera vivir en París; hizo las maletas y me llevó consigo a Nueva York huyendo de él.

—Creo que fuiste tú quien no supo pedir perdón —dije acusándole.

—Ha pasado mucho tiempo, Christian, eso ahora no tiene importancia. Alice, tu madre, era especial. Hay pocas mujeres en el mundo como ella, tan sensibles y al mismo tiempo tan decididas y consecuentes con sus actuaciones. Yo la perdoné, te lo juro. Ella no se perdonó, creo que jamás en su vida lo hizo.

—¿Qué quieres decir?

—No quiero hablar de ello. No quisiera que te llevases una opinión de ella equivocada.

—Pero ¿qué estás diciendo? Mi madre fue la única que se ocupó de mí, que me dio estudios y me educó. No he tenido padre nunca, estas fotos que me has enseñado son solo una estafa. —Estaba reventando por dentro la bolsa de bilis que había acumulado durante años.

173

—Tienes razón, ella lo quiso así y yo me equivoqué, pensaba que un día volvería... Pero no lo hizo.

—¿Que lo quiso así? Mira, será mejor que me vaya... Ha sido un error venir hasta aquí. —Me estaba irritando y no era capaz de controlarme.

—¡No! No volveré a cometer el mismo error —dijo de nuevo con firmeza—. No vas a ir a ninguna parte. No sin escucharme. Te perdí hace cincuenta años y, aunque te parezca egoísta, ahora que me queda poco de vida no voy a permitir que te vayas de nuevo con odio de esta casa.

—No sé si me apetece oírte...

—Pues hazlo sin que te apetezca. Te voy a decir algo: en la vida cometemos muchos errores, pero el mayor de todos es no intentar corregirlos cuando somos conscientes de ellos. Eso es lo que yo hice. Tu madre no tiene ninguna culpa. ¿Lo entiendes? Si en esto hay un culpable ese soy yo, aunque eso no quita que me hayas dado la oportunidad, viniendo hasta mí, de liberarme de una carga que me ha acompañado durante los últimos cincuenta años. A lo mejor no me sirve de nada, pero quizá a ti sí que te ayude. No lo sé.

—Está bien, adelante.

—Tu madre y yo éramos felices, a veces teníamos algún desencuentro porque nos veíamos poco, yo tenía horarios difíciles; ella diseñaba sus vestidos y yo quería hacer oposiciones para intentar acceder a un puesto de profesor en la Academia de Policía, que me permitiría dedicarme más a la familia. Las cosas nos iban bien, tú eras un buen chico y no dabas ningún problema. Patrullar por las noches es muy duro cuando tienes familia. A mi compañero, Vincent, le costó el divorcio..., es ese de la foto el día que estrenamos el Renault 8. —Señaló la que había cogido momentos antes del estante—. Vincent y yo estábamos muy unidos. Tienes que estarlo cuando pasas tantas horas junto a un compañero y vives el peligro de cerca. Era mi mejor amigo, un tipo encantador, culto e inteligente, que leía libros de los clásicos franceses, Balzac, Diderot..., escuchaba música clásica... Bueno, más que amigo era un hermano. Solía venir a casa, y cuando librábamos cenaba con nosotros, sobre todo después de su separación; iba incluso a buscarte algunas veces al colegio cuando tu madre o yo no podíamos hacerlo.

»El caso es que tu madre se enamoró de Vincent. No sé si de él o de su sensibilidad por la música y la literatura, quizá de ambas cosas. Llevaba un tiempo en que la notaba extraña y distante, hasta que un día me lo confesó. Recuerdo que no supe cómo reaccionar, me sentí dolido, pero incapaz de odiar a tu madre. Estaba más jodido con Vincent por haberlo tenido a mi lado cada noche sin que me hubiese dicho nada... La noche tiene algo de especial intimidad que permite ser más sincero que a la luz del día... Bien, el caso es que me equivoqué y reaccioné de mala manera.

—¿Qué hiciste? —Estaba alucinando con la historia que me contaba.

—Le investigué. Quizás ese compañero, ese hermano con el que me jugaba muchas veces la vida no era como aparentaba ser, así que quise desenmascararlo frente a Alice. Supe que Vincent se había separado de su mujer porque ella había descubierto que se veía con tu madre mucho antes de que yo lo supiera. Pero supe, además, que Vincent tenía una cuenta bancaria con más de cien mil francos franceses, algo imposible para alguien que vivía del sueldo de la policía. Lo seguí, lo acosé y lo denuncié anónimamente de estar en connivencia con las mafias de la prostitución. Era falso, pero me las apañé para que aquel bulo llegara hasta nuestros superiores. Le hicieron la vida imposible y un buen día se disparó un tiro en la boca con su arma reglamentaria. Tu madre descubrió que era yo quien había urdido esa calumnia. Fui el culpable de su suicidio y ella no me lo perdonó.

»Yo no la quería perder, pero el amor es un sentimiento

175

irrefrenable al que no vale la pena ponerle obstáculos porque los supera sin necesidad de aplicar la razón. Eso fue lo que pasó. Más tarde se supo que el dinero provenía de la herencia de un familiar. Vincent era un tipo honesto y sensible que cometió el error de enamorarse de mi mujer y ella de él.

»Alice no quiso seguir conmigo, me había comportado como un canalla. Perdí a mi mejor amigo y la perdí a ella.

—No me dijo nunca nada, creía que eras tú quien se había enamorado de otra mujer y nos abandonaste por ella.

—Tiré la toalla, mi comportamiento fue mezquino y entendí que tu madre no quisiera saber nada de mí. Yo mismo no me reconocía en lo que había hecho. Fabriqué una historia falsa sobre mi amigo.

De nuevo el silencio, solo interrumpido por el silbato grave y prolongado de un tren; en la calle de las casas de colores todo era quietud, todavía no se oía el vocerío de los niños corriendo tras la pelota que daba la señal para levantarme de la mesa y salir corriendo escaleras abajo. Miré a mi padre para obtener su permiso, pero estaba enfrascado en una discusión con mi madre. Ella le decía que se iba de París, que lo abandonaba y que me llevaba consigo, que no podía dejarme con alguien a quien no reconocía, alguien que se había comportado como un criminal.

Comenzó a llover como aquel día, solo que la calle ya no se embarraba; el agua rebosaba por encima de las macetas de las aceras y se precipitaba por las alcantarillas llevándose las hojas y los pétalos de las flores con la misma rapidez con que se van los recuerdos de un tiempo que aparentemente fue feliz.

Mi padre me regaló aquel álbum que reconstruía mi niñez y me marché dejándolo en su silla de ruedas con una súplica en sus ojos, azules como los míos, para que le perdonara. Pero no tuve el valor de hacerlo. En el fondo creo que me hubiera gustado seguir engañado.

Capítulo 14

Efectos personales

El sargento Philippe Clairon era todo amabilidad. Me facilitó una salita para que pudiera consultar con tranquilidad los efectos que se encontraron en el coche de Angela Sullivan. Philippe tenía pinta de bibliotecario antiguo, pero en lugar de archivar libros custodiaba bienes decomisados en los delitos en aquel almacén judicial a las afueras de París.

Me miró vivaracho por encima de sus gafitas redondas pasadas de moda, me ofreció una taza de café y depositó dos contenedores de plástico sobre la mesa. Me pidió que manejara los objetos con cuidado y que procurase no desprender las etiquetas con las que estaban numerados. En la salita había cámaras de vigilancia y me lo advirtió. Tenía una hora para poder tomar notas y fotografías si lo deseaba.

Vacié el primer contenedor y repasé la lista con el inventario de objetos. Se trataba de los enseres personales de Angela: un neceser con pintalabios, maquillaje, pintaúñas, un frasco de colonia francesa, desodorante en spray, cepillo y pasta de dientes, algodones... Nada que a simple vista me revelara algo; claro que no sabía lo que buscaba en concreto. El neceser estaba algo enmohecido, a pesar de que la sala donde guardaban las pruebas policiales estaba aclimatada con humidificadores. Tomé una foto del estuche y olí la fragancia de la colonia, que me recordó la de Laura. Seguro que no era capaz de distinguir entre diferentes aromas y se trataba de mi imaginación. Laura no me había llamado la noche anterior como habíamos convenido y yo estuve tentado de hacerlo.

La ropa interior estaba etiquetada dentro de una bolsa transparente. Según el inventario, contenía tres braguitas de la talla 38, dos sujetadores de la 90, un par de medias y un camisón de seda de talla mediana. No la saqué de la bolsa, me dio cierto pudor. A través del plástico transparente vi que por la etiqueta se trataba de ropa francesa; una de las piezas debía de estar sin estrenar porque aún llevaba colgado el precio de los almacenes Printemps de París.

Pasé a repasar la lista de la ropa: dos vestidos, una falda, una chaqueta de cuero, dos vaqueros..., estaba todo bien doblado en bolsas.

También había unos zapatos de tacones de la marca Louis Vuitton y unas zapatillas de deporte Nike. Reparé en que estaban sin usar: las suelas estaban limpias como una patena y las zapatillas llevaban una etiqueta adhesiva en el interior, también de Printemps.

Volví a remover en los efectos del neceser y me pareció que estos tampoco habían sido usados: el pintalabios, las cremas, el cepillo de dientes..., todo era nuevo. Si Angela iba a viajar lo debió de comprar todo poco antes en aquellos almacenes, incluso los vestidos y los vaqueros.

En otra lista, bajo el nombre de «evidencias de la escena», estaba el pasaporte de Angela, así como un bolso vacío, un billetero con trescientos dólares americanos y doscientos euros. No había tarjetas de crédito ni monedas. También contenía la documentación del coche de alquiler, pero no encontré el permiso de conducir entre los efectos personales.

El trozo de tela negro del vestido que quedó atrapado en

la puerta del coche estaba deshilachado. Imposible determinar si pertenecía a una prenda de vestir o era un simple trapo.

Examiné el pasaporte, que estaba a nombre de Angela Sullivan. Aunque la tinta estaba corrida porque se había mojado, en la fotografía plastificada y algo cuarteada aparecía una joven rubia sonriente, que no aparentaba los treinta años que calculé tendría en 2009, cuando cayó el coche al río; parecía más cerca de los veinte. Estaba convencido de que aquella fotografía se había tomado años antes de hacerse el documento, que resultó haber sido expedido pocos días antes de que apareciera en el fondo del Sena.

Era extraño pero concordaba con lo que me había contado Jean Pierre, el mago de Le Double Fond, acerca de que Daisy estaba realizando trámites con alguien en Nueva York para que le enviaran un nuevo pasaporte. Sin embargo, pensé que le resultaría imposible obtenerlo si no era a través de la embajada y acudiendo en persona para identificarse. ¿Quién le podía facilitar un pasaporte saltándose todas las formalidades? Lógicamente no había registro de entrada en Francia y ningún sello de la aduana de Estados Unidos. Las páginas del documento amarilleaban pero estaban impolutas y, como todas las pertenencias de Angela Sullivan, nuevo y sin estrenar.

«Todas no», me dije al ver la maleta que contenía sus efectos personales, desgastada por el uso y con algunos arañazos. Las ruedecillas para facilitar el transporte estaban también raídas. Los cierres estaban algo oxidados, pero quedaba bien visible la marca de la maleta: era una Martinka como la que solía llevar Lorraine en sus viajes de Nueva York a Las Vegas, solo que le habían extraído el compartimiento de doble fondo o yo no lo supe encontrar.

Capítulo 15

Sincronía

*E*staba tumbado vestido en la cama del hotel. No me apetecía cenar…, la verdad es que no me apetecía hacer nada. La imagen difuminada y apócrifa que hasta la fecha había tenido de mi padre se había ido al traste, y la de mi madre, ahora, era la de la fotografía de aquel maldito álbum en la que sonreía enamorada abrazada a su marido con el fondo de la Torre Eiffel. Ambos me habían engañado y habían jugado conmigo a su juego de falsedad. Me sentía traicionado, me habían ocultado la verdad casi toda mi vida.

Durante años mi madre sufrió por un amante muerto y mi padre por su mala conciencia; yo, de haberlo sabido, no sé cómo hubiese reaccionado. Pero ¿qué importancia tenía eso ahora? ¿Acaso lo que era hoy venía de un germen del pasado? ¿Yo no los había engañado también a todos? No era muy diferente de aquel Michel Arbois que había urdido una trama ficticia y fallida para recuperar a su mujer. Éramos iguales los tres, y sin embargo no creía que tuviésemos nada en común. Las partes no hacen el todo. Un padre, una madre y un hijo no constituyen una verdadera familia si son gente extraña entre sí, como Cleopatra no era hermosa a pesar de tener la mayor belleza en cada una de las facciones de su rostro.

Dejé a un lado el álbum y repasé mis notas buscando los puntos inconexos de mi, por ahora, pobre investigación sobre el paradero de Daisy. Eran muchos, y los agrupé inconscientemente en mi libreta bajo el nombre de «Ilusionarium»: ¿a quién se dirigía Daisy con el mensaje de su maletín? Difícilmente podría ser a su padre si sabía que estaba muy grave en el hospital, como le dijo al mago de Le Double Fond. ¿Era a la misma persona a la que le pidió ayuda en Nueva York para que le facilitara un pasaporte? ¿Por qué Larry no quería dejar viajar a Daisy a Nueva York para ver a su padre enfermo y le llegó a retener el pasaporte? ¿Y quién era esa amante, esa doble que facilitó el número de escapismo de Daisy en el Lido? ¿De quién huía Daisy? ¿De Larry? ¿De Dan Barrymore, que, arruinado, no tenía interés en que apareciera y se hiciera cargo del *Sentinel*? ¿Y qué hacía una maleta de Martinka preparada con efectos personales recién adquiridos en el maletero de un coche en el fondo del Sena? Eran demasiadas preguntas y muy pocos indicios fiables para obtener respuestas.

Iba a llamar a Laura cuando el teléfono vibró sobre la mesita de noche. Era ella.

—¿Qué tal van las cosas por ahí, Christian?

—Bien, se puede decir que tengo muchos porqués todavía sin respuesta. ¿Y a ti cómo te va? No llamaste anoche.

—¿Me echaste de menos? —Se rio.

—Bueno, habíamos quedado en que hablaríamos… —dije con timidez. Laura me turbaba incluso a través del teléfono.

—Mi móvil sufrió un accidente y ha estado en la UCI de Apple, al final me han dado otro nuevo esta mañana. Te mandé un correo donde te lo contaba, pero, claro, no debes de abrirlos. Yo también te echo de menos —dijo con intención—. Podría ir a París y lo hablamos mejor.

—Aquí está todo controlado —repliqué con torpeza—, quiero decir que no creo que esté mucho tiempo más —me corregí.

—Ya veo que quieres ir al grano, señor periodista. Pues te cuento: como te dije, fui a hacer una visita al hospital Bellevue; estuve hablando con el director y conseguí que rebuscara en los archivos. Afortunadamente lo tienen todo digitalizado desde mediados de los años cincuenta hasta hoy. La ficha de Angela Sullivan estaba ahí, coincidía con lo que me dieron en el Registro Civil; pero lo curioso es que quien hizo la reserva en una habitación especial y en una planta discreta fue el responsable de la administración de los hospitales públicos del Estado...

—No veo nada anormal, el matrimonio Sullivan tenía sus influencias...

—Sí, sí, eso mismo pienso yo, pero el caso es que... ¿sabes quién era en esa época dicho personaje?

—No, pero me lo vas a decir, intrépida reportera.

—Mac Gideon, el que luego fue gobernador del estado de Nueva York y ahora senador republicano. Es el que me dijiste que estaba detrás de la trama de los ilusionistas y que no llegaste a desenmascarar, ¿no es eso?

No podía creer lo que estaba oyendo: Mac Gideon aparecía de nuevo y ahora relacionado con los Sullivan, pero ¿qué significado podía tener eso, aparte de que tuviera amistad con el matrimonio?

—¿Seguro que es el mismo Mac Gideon?

—No tengo duda. Dio indicaciones precisas de que se la tratara como una vip, la ficha lo recoge así. Es más, hasta pagó la cuenta del hospital, aunque no él directamente. La factura de seiscientos dólares de aquella época la asumió el propio hospital por indicación de él, así consta en los recibos que se libraron por ocupar un ala privada del hospital público.

—¡Joder, le pagó el parto a Martha Sullivan! Pero ¿este tío quién se creía que era? ¿El padre? ¡El padre! ¡Joder, Laura! A lo mejor estoy loco, pero Greg Sullivan no era el padre natural de Angela... ¡Podría serlo Gideon! —dije excitado.

—Christian, creo que no hay motivo para deducir...

La interrumpí, la cabeza me iba a mil por hora.

—Greg Sullivan lo sabía, tenía interés en que no implicara a Mac Gideon en los reportajes porque debían de tener un acuerdo más allá del económico.

—Creo que te estás pasando, estás planteando conjeturas desorbitadas. Podrían haber tenido solo una relación de amistad, o de puro interés y punto. El Bellevue le garantizaba la privacidad a los Sullivan, y ya sabes que entre la gente poderosa se hacen favores.

—En 1979 Mac Gideon no era tan poderoso, solo era el responsable de la sanidad pública. No fue gobernador hasta treinta años después. Creo que tenía una relación especial con Martha Sullivan que habrá que confirmar con ella.

—Pues eso va a resultar imposible. Me dijo Eva Bentley que te envió un correo diciéndote que la editora está en coma y que parece que es irreversible. Tuvo una crisis y está con respiración artificial. No sé lo que harán los médicos, pero creo que tendrías que volver por aquí pronto. Lo siento, esto se precipita.

—¡Mierda!, necesito algo de tiempo. Llamaré a Eva Bentley, pero ahora tengo que localizar a Larry, el marido de Angela —consulté mi libreta—, que ahora se hace llamar Spooky. A lo mejor tú lo puedes rastrear en la red. Al poco de desaparecer Angela se fue a Barcelona, donde al parecer tenía concertada alguna actuación, pero de eso hace seis años.

—¿Spooky? ¿El mago fantasma? No debe de ser fácil localizarlo en la red... Perdona la broma, lo buscaré, pero insisto en que creo que te precipitas con lo del padre de Angela. Mac Gideon era ya entonces un tipo millonario e influyente, me imagino que alguien que tiene a su cargo una treintena de hospitales debe de tratar con laboratorios farmacéuticos, fabricantes de material médico... En fin, que según lo que he averiguado el senador tenía ya entonces una buena colección de arte y de billetes de cien dólares. Es posible que con los Sullivan le uniera el arte, aparte del dinero, pero de ahí a ser el padre de Angela hay un largo trecho.

—Es posible, es posible. Quizás estoy precipitándome, como dices, pero tengo una corazonada...

—¿Ah, sí? ¿Y la puedes compartir?

—Te diré algo en cuanto haga una comprobación.

—Ya, una becaria no tiene por qué conocer todos los entresijos de la historia, basta con que busque en Google, salga a la calle y redacte sin faltas sus informes para que el maestro periodista se lleve los méritos de contarla. Por lo menos compartirás tu próximo Pulitzer conmigo, ¿no? —dijo con retintín, y al momento deploró haberlo dicho—. Perdona, perdona... No me hagas caso, no quería herirte. Es solo que me gustaría estar ahí contigo.

Entendía a Laura, me estaba haciendo un gran favor y yo no la estaba valorando. Estaba acostumbrado a ser un lobo solitario del periodismo y cuando por una vez necesitaba de ayuda me comportaba como un egoísta recalcitrante.

—No tienes que disculparte. Llevas razón, pero solo te pido que confíes en mí. Tenemos todos los cabos sueltos y hay que empezar a atarlos, o este asunto me va a volver loco. Sin tu ayuda no seré capaz de resolver esta historia, no te quepa duda.

—Cuenta conmigo, ya sabes que puedes hacerlo.

—Está bien. Pronto nos veremos.

—Sí, eso espero. Me pongo a buscar a ese fantasma y

volvemos a hablar mañana. Pero mira tu correo de vez en cuando, eso de ir apuntando en una libreta es de niño de párvulos.

—O de persona mayor que es incapaz de modernizarse —bromeé.

—Bueno, hasta mañana, viejo. Un beso.

—Espera, espera... ¿Hay algo nuevo de tu amigo de aduanas? ¿Pudo comprobar todas las entradas en Nueva York entre el 24 y el 26 de diciembre de 2009?

—No ha habido suerte. Si Angela Sullivan entró en Nueva York lo debió de hacer utilizando la magia, porque no consta ningún pasaporte chequeado con su nombre.

—No descartes lo de la magia. Hasta mañana.

Abrí el ordenador y borré muchos correos sin ni siquiera abrirlos. Entre las marcas publicitarias a las que mi tarjeta de crédito había vendido mi dirección electrónica y las alertas de los diarios digitales, debían de ser más de un centenar los que arrastré hasta el símbolo de la papelera. Vi el de Laura, donde me explicaba que su teléfono había rodado en la lavadora durante cerca de una hora escondido en el bolsillo del pantalón. Me contaba lo del Bellevue y me adjuntaba escaneados los documentos del hospital, como si quisiera demostrarme que no se había inventado la información que me dio.

El de Eva Bentley era de nuevo un parte médico de la editora. Me quedé con la idea de que su estado era irreversible y pensé qué objeto tenía seguir adelante con aquello. Si Angela aparecía sería ya muy tarde para que su madre le pidiese perdón, como era su última voluntad; ni siquiera la podría reconocer.

Pero hacía tiempo que no buscaba a Angela solo por cumplir con el encargo de la editora, ni por rescatar al *Sen-*

tinel de las garras del depredador Barrymore. Lo hacía por mí. Encontrar al fantasma Larry y a su compañera Daisy no era el objetivo, era solo el medio para llegar a todos los fantasmas que se me estaban apareciendo desde que Martha Sullivan me envió al pasado. Esa mujer parecía manejar los hilos de mi vida igual que la suya era controlada por la máquina a la que estaba conectada.

Estaba agotado, pero tenía que comprobar mi corazonada. Eran las nueve de la noche cuando salí del Petit Moulin en dirección a Le Double Fond.

Capítulo 16

Mentalismo

Jean Pierre se paseaba entre las mesas de la terraza cubierta de Le Double Fond troceando cuerdas que luego aparecían unidas ante las miradas atónitas de los clientes. Me vio entrar; por su expresión, noté que no le gustó mi presencia. Fui hasta la barra para esperarle allí. Sabía que iría a repostar su pastís.

Parecía que esa noche no actuaban los Duvalier, lo hacía un mentalista que se hacía llamar Le Sage Prophète, el sabio profeta. Mejor así, no me apetecía cruzarme con Dominique y su hija después de haberles arruinado el número de la bala. Jean Pierre se acercó a la barra; la camarera le sirvió en una copa el pastís y le dejó al lado una jarrita de agua para diluirlo.

—Le iba a llamar, monsieur Bennet. No era necesario que viniese hasta aquí —dijo el mago, mirando alrededor con prevención. Estaba en alerta.

—Será solo un minuto.

—Ya, pero no conviene que nos vean juntos. El otro día fui sincero con usted, incluso creo que me excedí dándole explicaciones, y no quisiera complicarme la vida. Espero que no le revele nada a la policía…

—No tema por ello, le agradezco la información que me dio y no le volveré a molestar —le tranquilicé. Entendía las dudas que podía tener sobre alguien que andaba desvelando los trucos de ilusionismo.

—Bien, anduve rebuscando entre mis agendas. Suelo conservar los dietarios de los últimos veinte años. Es una costumbre tonta, si quiere, pero hubo un tiempo en que pensé que si un día llegaba a ser un mago famoso quizá podría interesarle a alguien mi biografía... Pero, ya ve, todavía ando en el primer escalón de la celebridad —sonrió avergonzado.

—Es usted un buen mago, Jean Pierre, y seguro que una buena persona.

—¿Aunque vaya engañando a la gente, monsieur Bennet?

—La gente quiere ser engañada. No hay nada malo en darles la dosis de ilusión que ambicionan.

—Eso pienso, eso pienso.

—No lo dude, solo nos rebelamos contra la falsedad malintencionada, contra la traición y la calumnia... Sé de lo que le hablo. La mentira no siempre lleva implícita maldad, y engañarse es una buena manera de sobrevivir a muchas circunstancias de la vida.

Jean Pierre me caía bien; aquel honesto ilusionista y el ambiente de ese lugar mágico me hacían reflexionar en voz alta lo que muchas veces era incapaz de aceptar.

—Bueno, dejemos la filosofía para otro momento. El caso es que tengo la dirección a la que Daisy me pidió que le enviara el maletín. Se la he anotado.

Abrió la billetera y sacó un sobrecito de ella. El Sabio Profeta se acercó a Jean Pierre para saludarle antes de bajar al escenario.

—Monsieur Bennet, este es Gilbert, un gran mentalista. El señor Bennet es periodista.

—*Enchanté* —dijo Gilbert—. ¿Ha venido a ver mi espectáculo?

—Me temo que no podré quedarme. Quizás en otra ocasión.

Puso cara de circunstancias y se marchó, parecía disgustado.

—Es un poco agrio de carácter, no se preocupe. En el escenario se transforma.

—Debería haber adivinado que no presenciaría su espectáculo —le dije sonriendo.

—Bueno, abra el sobre a ver si el nombre le dice algo. Me gustaría saber qué fue de Daisy, si algún día la encuentra no deje de llamarme.

—Creo que el maletín se lo envió a Mac Gideon, ¿no es eso? —dije sin abrir el sobre.

—¿Cómo lo ha sabido?

—¿Mentalismo?

Abrí el sobrecito con el ceremonial del mago que comprueba que ha acertado en su predicción y espera recibir los aplausos del sorprendido público. Efectivamente, ahí estaba la dirección del senador Mac Gideon, el destinatario del maletín Martinka.

189

/ Caminé por las calles de Le Marais hasta la Rue de Rivoli y la seguí en dirección al Louvre. Necesitaba ordenar mis ideas, pero una y otra vez concluía que solo Martha Sullivan podía resolver mis incógnitas.

Mac Gideon, cuyo nombre había aparecido en boca de los asesinos de Lorraine, estaba estrechamente vinculado a la editora, tan estrechamente que seguía pensando que bien podría ser el padre de Angela, a quien esta le habría pedido ayuda en 2009 cuando quería regresar a Nueva York. Seguramente fue a Mac Gideon a quien Angela le pidió que tramitara para ella el pasaporte. Solo alguien como él podía conseguirlo sin dificultad, era un senador con múltiples contactos. Conforme le daba vueltas a esas suposiciones iba pensando que Martha Sullivan no me había querido contar toda la verdad por alguna razón que desconocía.

Estaba a la altura del jardín de Las Tullerías cuando instintivamente marqué el teléfono de Laura.

—Hola, jefe —contestó enseguida—, todavía no he encontrado al fantasma Spooky, no me has dado tiempo. Ya sé que soy una becaria poco avezada... —bromeó.

—No, no es eso. Creo que deberías pedirle a tu amigo de aduanas que busque en el registro de autoridades.

—¿Registro de autoridades?

—Sí, que compruebe si en esas fechas el senador Mac Gideon estuvo en el aeropuerto JFK o en el de Newark. Si Angela no utilizó su pasaporte él pudo hacer la gestión para que saliera de Francia y volara a Nueva York sin él. Seguramente la iría a esperar al aeropuerto. Eso creo.

—Nadie puede salir de Francia sin un pasaporte.

—Nadie que no tenga un padre que sea senador americano. Compruébalo, por favor, y llámame a la hora que sea.

—Está bien, pero eso es imposible.

—¿Crees que Snowden salió de Hong Kong con un pasaporte? Hay miles de casos que por razones de seguridad o por ser refugiados lo hacen sin él. Solo quiero que tu amigo lo compruebe. Es posible que Mac Gideon la esperara en el aeropuerto para asegurarle a Angela la entrada.

Llamé a Eva Bentley para interesarme por el estado de Martha Sullivan. La editora seguía con respiración artificial y en coma, pero los médicos todavía detectaban actividad cerebral y sus riñones, corazón e hígado funcionaban. Eso es lo que deduje del prolijo parte médico que me ofreció la secretaria.

—Entonces, ¿tiene alguna posibilidad de recuperar la consciencia? —pregunté.

—Los médicos creen que es difícil. Lo importante es que parece que no sufre, aunque yo no quiero... No soy quién para tomar la decisión de que la desconecten de la máquina. No tiene familia, señor Bennet, nadie que la acompañe en estos momentos. —Eva Bentley parecía agobiada por la situación.

—La comprendo. Ella es fuerte, quizá salga de esta —le dije para tranquilizarla.

—No lo creo. Dicen los médicos que si recupera la consciencia los daños cerebrales pueden ser irreversibles. Aquí debería estar su hija. ¿Ha avanzado algo en la búsqueda?

—Estoy en ello, señorita Bentley. No es un asunto fácil, aunque estoy convencido de que Angela Sullivan está viva. Espero estar en unos días en Nueva York...

—No tenemos días —dijo la secretaria—. Sé que está colaborando con usted la subdirectora Grant, estuvo por aquí haciéndome preguntas.

—Sí, le pedí ayuda. Eso me permite a mí ir avanzando sobre el terreno.

—Bueno, no sé si es lo mejor para la investigación, pero usted sabrá... —¿Ojo Saltón-Cadera Ampulosa pretendía decirme algo?

—No la entiendo, señorita Bentley.

—Usted es un hombre serio y un buen periodista, y suele trabajar solo, quizá por ello recibió el encargo de la editora. Además, de Laura Grant ya sabe lo que se dice en algunos círculos del *Sentinel*...

—Pues la verdad es que no lo sé. ¿A qué se refiere? —Me estaba intrigando.

—Que es capaz de todo, de absolutamente todo, por tener protagonismo y trepar hasta arriba, ya me entiende. Solo le quería advertir.

No entendía nada. El tono de voz de la normalmente discreta secretaria era acusador.

—Será mejor que me lo cuente, por favor, no se ande con rodeos, ¿qué pasa con Laura Grant?

—Yo no digo que sea una mala periodista, pero si ha llegado tan joven hasta ese puesto no es solo por sus dotes profesionales; digamos que ha utilizado sus encantos para seducir a más de uno, Robson incluido. Mire, señor Bennet, me siento avergonzada por estar contándole esto, pero si lo hago es porque no quiero que fracase bajo ningún motivo en su misión.

—¿Robson, el director del *Sentinel*? ¿Qué tiene que ver él con este asunto?

—La señorita Grant es la amante de Robson. Martha Sullivan lo sabía y le advirtió al director de que no se lo iba a consentir. La editora conoce a la mujer de Robson y a sus hijos... Y no ha sido el único caso.

192 —¿Que no ha sido el único caso? —Estaba aturdido y al mismo tiempo receloso, pero aquella mujer que era todo prudencia y un dechado de discreción no parecía tener por costumbre lanzar bulos descalificadores, o eso me parecía.

—Ella siempre ha sabido arrimarse a la mejor sombra para crecer —continuó—. Dicen que hizo lo propio con Greg Sullivan para que la fichara en plantilla en el *Sentinel* al poco de entrar como becaria. Con esto no le digo que no sea buena en lo suyo, pero vaya con cuidado, solo eso.

—Mi relación es estrictamente profesional y está haciendo un buen trabajo —mentí en lo primero.

—Bien, pero no está de más que sea prudente, ya ve por lo que le cuento que ella no lo es mucho.

—Está bien, está bien, ya la he entendido —dije molesto antes de cambiar de tema—. Dígame una cosa, ¿le suena un tal Mac Gideon? ¿Sabe si tenía alguna relación con Martha Sullivan?

Hubo un largo silencio.

—¿El senador Mac Gideon? No sabía que tuvieran relación hasta el día de ayer, en que vino a visitar a la señora Sullivan. ¿Por qué me lo pregunta?

Vaya, Mac Gideon había reaparecido en la vida de Martha Sullivan, al final de su vida. Intenté no mostrar mi sorpresa.

—Por nada en especial. Creo que hicieron negocios de arte cuando usted estaba al frente de la Fundación Sullivan. ¿Estuvo en la UCI?

—No me suena, seguramente lo recordaría. Me dijeron las enfermeras que estuvo muy cariñoso con ella, pero la pobre no se debió de enterar de nada.

—Está bien, gracias, sobre todo por sus consejos —le dije con algo de retranca. Me había puesto de mal humor con sus comentarios sobre Laura y además no creía que fuera capaz de aportar respuestas a mis preguntas, así que colgué el teléfono.

Me quedé meditando en lo que me había dicho Eva Bentley. ¿Qué interés podía tener ella en desprestigiar a Laura?

En el fondo, trabajar en solitario y de espaldas a la redacción tenía la desventaja de que no me enteraba de los chismes que se cocían en ella. Por otro lado, con Laura Grant no había habido más que una noche de sexo, y eso no era motivo para pedirle que me contara su pasado y me jurase fidelidad en el futuro. A lo mejor había sido un estúpido al pensar que se había enamorado de mí y que adoraba mi forma de hacer periodismo... Pero si todo era fingido, ¿por qué motivo lo hacía? ¿Qué esperaba conseguir de mí?

En el fondo tendría que haberlo pensado antes: no era normal que una mujer guapa y treinta años más joven se dejara encandilar por un tipo solitario y aburrido como yo, si no había otra razón que se me escapaba. ¡Qué fácil resultaba engañar a un casi sesentón que sentía latir su ego más fuerte que su propio corazón!

Quería creer que no pasó lo mismo con Lorraine, aunque entonces yo tuviera quince años menos y ella solo veinticinco. Lo llegué a considerar en aquel tiempo, pero cuando tuvo lugar su asesinato creí que nadie se jugaba la vida si no era por un verdadero amor. Ella sabía que estaba investigando el caso de los ilusionistas y yo que ella formaba parte de aquella trama. No nos aprovechamos el uno del otro; yo la dejé fuera de los artículos y Lorraine... A ella no me dio tiempo de convencerla de que lo dejara. La estaban utilizando. Eso creía, pero no tenía razones para creer nada.

¿Qué sabía de Lorraine? Nada. ¿Tenía familia?, ¿amigos? ¿Nadie la echó en falta cuando cayó mortalmente al vacío? Ni siquiera sabía su apellido. Las pocas semanas que estuve con ella rehusé preguntarle por su vida, tenía la sensación de que si lo hacía podía acabarse nuestro idilio y si me llegaba a contar algo seguramente no sería la verdad. El misterio que envolvía a Lorraine era quizá parte de mi enamoramiento. Habíamos pactado implícitamente, sin ni siquiera hablarlo, que nuestros encuentros estuvieran envueltos en el secretismo; ambos sabíamos que lo que hacíamos al ocultarnos nuestra vida era preservar nuestra relación, nuestra corta pero intensa relación.

Intentaba ser frío y no dejarme llevar por el sentimentalismo de la incipiente relación con Laura; sin embargo, reconocía estar tocado. Mis aventuras con otras mujeres habían sido esporádicas y poco duraderas. Quizás había tenido suerte de encontrar en el sexo femenino la horma de mi zapato: poderlas amar sin comprometerme. No recordaba un solo caso en que no hubiera dejado a una mujer cinco minutos antes de que lo tuviera previsto hacer ella. No conservaba grandes amigas, aunque tampoco había dejado adversarias en el camino. Era un juego limpio en el que había más sinceridad que en todas las parejas estables que veía a mi alrededor, incluida la de mis padres.

Lo de Laura Grant era la confirmación de que no debía desviarme de mi camino; pero no se trataba de romper con ella ni de descubrirle lo que me había contado Eva Bentley: la necesitaba, y si me tenía que comportar como un egoísta al fin y al cabo no jugaría otro papel diferente al de ella.

Que Mac Gideon visitara a la editora en la UCI me reafirmó en mi tesis sobre el vínculo de este con Martha Sullivan y con su hija Angela. Seguía siendo una teoría no comprobada, pero era una hipótesis a la que me agarraba. Seguramente el senador fue a despedirse de la madre de su hija.

Fui conformando en mi mente la idea de que iba a dedicar todos mis esfuerzos a investigar a Mac Gideon para desenmascararle y contar sin ambages lo que había rehusado averiguar en mis artículos del Pulitzer. Investigaría su papel en toda aquella sórdida trama y haría por fin justicia. Costara lo que costase, publicaría hasta la última línea sobre el asesinato de Lorraine y su implicación en él. No me importaba que mi prestigio se resintiera, ni que el *Sentinel* no me diera la cobertura necesaria. Encontraría dónde contarlo si me ponían impedimentos.

195

Capítulo 17

De fantasmas y despedidas

*E*l teléfono sonó a las seis de la mañana. Llevaba varios minutos de duermevela y no me costó esfuerzo espabilarme. Era Laura.

—Ya sé que es pronto ahí, ya lo sé, no te enfades conmigo, ¿eh, cariño?, pero es que tengo noticias y creí que no debía esperar... ¿Estás ahí?

Estaba excitada y hablaba atropelladamente. Noté que era la primera vez que me llamaba cariño y eso me puso en alerta.

—Sí, estoy aquí. Dime, ¿qué has descubierto?

—Tengo al fantasma localizado. El mago Spooky actúa en Barcelona. Tiene una página web en la que ofrece sus servicios como mago para fiestas de empresas y celebraciones de cumpleaños.

—No puede ser el mismo Darío Escobar que actuaba en el Lido. Habrá otro Spooky por ahí.

—¡Que sí, que es él! Lo he comprobado. Tiene unos bolos esta semana en un pequeño teatro en el centro de la ciudad, en El Rey de la Magia. Te acabo de pasar los enlaces por *mail* y puedes comprobar que es cierto. También da clases de magia en el local. Si miras la web de El Rey de la Magia aparece como Darío Escobar, el mago *Spooky*.

Solo me falta llamar a ese sitio, pero abren solo por la tarde; lo puedes hacer tú mismo.

Me sorprendía: el gran Larry se había convertido en un mago de actuaciones caseras en tan solo seis años, desde que actuara en el Lido. Menudo declive, desde luego.

—Está bien, llamaré a ese sitio y ahora abriré el correo; si es así, creo que daré un salto a Barcelona antes de volver a Nueva York. Aquí, en París, no creo que vaya a encontrar más pistas.

—Voy contigo a Barcelona. Hay vuelos directos y podría estar allí en veinticuatro horas —dijo decidida—. Va, por favor, di que sí —suplicó.

—Espera, espera…, ahora lo hablamos, pero antes dime, ¿ha encontrado algo tu amigo de aduanas en el registro de autoridades?

—Tengo una mala noticia: el senador Mac Gideon no pasó esas fechas por allí. Siento torpedear tu corazonada.

—¿Seguro?

—Tan seguro como que Escobar está en Barcelona. ¿Y ahora qué? ¿Me dejas ir contigo a Barcelona?

—Estaré solo un par de días y para ti sería una paliza de viaje. Volveré enseguida a Nueva York, en pocos días nos veremos en Manhattan. Sería una locura desplazarte así para tan poco tiempo.

—Sí, a lo mejor tienes razón —dijo con un hilo de voz—, es que tengo ganas de verte.

Estaba desconcertado. Esa chiquilla me estaba descolocando con su interés por mí. Si fingía habría que reconocerle que estaba bordando una brillante actuación.

—Además, creo que el senador Mac Gideon es nuestro hombre. Ayer estuvo visitando a Martha Sullivan en el hospital y el maletín de Martinka que me dio la editora le llegó a él por encargo de Angela. Todo lo que te digo está comprobado, necesitaría que abrieras una investigación acerca de

197

ese tipo. Debo establecer las conexiones entre él y la familia Sullivan. Necesito saberlo todo acerca de él.

—Vale, seguiré haciendo de becaria para ti. No me importa, aunque creo que tienes una obsesión con el senador. Entiendo que no le implicaras en la trama del caso de los ilusionistas y siento lo que pasó con tu novia en Las Vegas; sin embargo, lo estás llevando muy lejos. No tienes pruebas de que participara en el homicidio de Lorraine. Y que interviniese en el nacimiento de Angela y que ahora visite a la editora cuando se está muriendo no es razón para pensar que sea el padre de su hija. Estás mezclando sentimientos, quizá.

—A lo mejor estoy equivocado, pero sé que hay que investigarlo a fondo.

—Oídoooo, no te preocupes. ¿Cuándo irás a Barcelona?

—Si hay vuelos, esta misma tarde. Antes tengo que hacer una visita. Si todo va bien en un par de días estaré en Nueva York.

—Ok, llámame desde Barcelona.

—Lo haré.

—Un beso.

Colgué. Tenía que volver a la casita de color azul cielo de la Rue Crémieux antes de dejar París.

Mi padre estaba absorto, con la silla de ruedas pegada a la ventana y la mirada perdida en algún punto de la calle. Tuve la sensación de que lo había dejado en la misma posición hacía cuarenta y ocho horas. Sin embargo, me había oído llegar.

—Es curioso, tantos años alejados y ahora nos vemos casi cada día —dijo con humor.

—Vengo a despedirme —le repliqué.

—Ya, imagino que tienes que volver a Nueva York. No

me dijiste qué te trajo hasta aquí. Ni siquiera te pregunté qué hacías con la oficial Margaux Devy. He perdido mi instinto de policía. —Sonrió.

—Estoy buscando a una persona y eso me ha llevado hasta la comisaría central de Le Marais.

—¿Un reportaje sobre una persona desaparecida?

—Algo así. Un encargo de mi diario algo difícil de llevar a cabo. Me marcho a Barcelona y después a Nueva York.

—Seguir las pistas es la parte menos emocionante en la investigación de un detective, pero es imprescindible para resolver un caso. Si dejas pasar por alto el más leve vestigio o te dejas llevar solo por tus corazonadas acabas en un camino sin salida. A veces en un pequeño detalle está la respuesta a lo que buscas. Pero, bueno, no hagas caso de este viejo policía que añora un tiempo que ya no volverá.

—Te he traído el álbum, creo que es mejor que se quede aquí contigo. —Para mí representaba un tiempo que no volvería y lo había estado meditando: pensaba que solo al final del camino es cuando te detienes a rememorar cómo lo has recorrido—. No quiero hurtar tus recuerdos. Y quiero que sepas que no te guardo ningún rencor. Seguro que fuimos felices juntos hace muchos años, pero yo no lo recordaba, no lo recuerdo. Reconstruir el pasado no me va a ayudar a recorrer mi camino, padre; en cambio a ti es posible que sí.

—¿De verdad que no me odias por lo que hice contigo y con tu madre?

—De verdad. Y creo que ella tampoco lo hizo al final.

—¿Ella me perdonó?

—Seguro que sí —le mentí, y mi padre abrió el álbum en su regazo con la vista puesta en la foto de mi madre—. Puedes colocar las fotografías en la estantería junto con las de tus recuerdos de la policía. No tienes nada de qué avergonzarte —le dije.

—Yo la quería... Os quería.

—Seguro.

—¿Volverás algún día?

—Es posible.

—¿Me das un abrazo?

Nos abrazamos. Ambos quisimos ser fuertes para no derrumbarnos pensando en que quizá sería la última vez que lo haríamos, y sin embargo, cuando bajé las escaleras y salí a la calle de las casitas de colores, rompí a llorar como no recordaba haberlo hecho nunca antes.

Capítulo 18

El Rey de la Magia

*F*ue fácil obtener una entrada para el espectáculo del mago Spooky en el teatro-museo de El Rey de La Magia de Barcelona. Aquella noche apenas acudieron una veintena de personas, que se sentaron a las mesas dispuestas frente al escenario, donde un camarero servía cervezas y frutos secos. Lo primero que me llamó la atención era que la decoración tenía algo en común con la de Le Double Fond de París; quizá fuera el color rojizo de las cortinas y las paredes, y los pósters de magos clásicos, entre los que no faltaba el del genial Houdini, lo que me recordaba al ambiente del parisino. Parecía que se hubieran puesto de acuerdo en que el color rojo acompañaba bien al esoterismo y la magia.

El emblema de El Rey de la Magia era la efigie de una especie de faquir con un diamante luminoso en el centro del turbante envuelto en un signo de interrogación. Al parecer era la imagen algo distorsionada de uno de sus antiguos propietarios, El Gran Carlston, un barcelonés de origen suizo que triunfó en los años cincuenta con su espectáculo *Misterios de la India*. Había leído también que la tienda de productos de magia que los nuevos propietarios del teatro, un matrimonio barcelonés, poseía en la calle de la Princesa, en el barrio del Born, era la más antigua de Europa y se remontaba a 1811.

La sala estaba en penumbra para favorecer que los focos concentrados en las cortinas causaran la sensación de misterio por descubrir qué se ocultaba tras ellas. Los altavoces amenizaban los prolegómenos del espectáculo con la canción *The Man I Love* de Ella Fitzgerald. Me vino a la memoria que la cantante había actuado por primera vez en el Apolo de Nueva York, lo mismo que Angela Sullivan, que luego se convertiría en Daisy.

Me senté en una esquina del local, en diagonal al centro de la tarima de la escena, dispuesto a presenciar el show de *close up* de Darío Escobar, *Spooky*, y antes el mago Larry, pareja de Daisy. Era un buen asiento para un espectador avezado que quisiera ver cómo se manejaba un prestidigitador que buscaría siempre la perpendicularidad con el público para esconder sus trucos. En esa ocasión no quería abandonarme a la ilusión y descubrir cuán bueno podía ser Spooky, si lo observaba desde un ángulo incómodo para la realización de sus efectos ilusionistas.

La iluminación de la sala bajó aún más hasta hacerse casi oscura y un cañón de luz iluminó la sombra del mago tras las cortinas que se abrieron a ambos lados para dejarle al descubierto, de espaldas al público.

Spooky vestía de frac. Me pareció que la cola de la levita estaba algo desgastada y hasta raída. Aquel traje había vivido a buen seguro muchos años de representaciones.

Con los brazos en cruz y las palmas de las manos abiertas se dio la vuelta para mostrarse de cara al público, y en ambas manos, sendos abanicos de cartas aparecieron de la nada. No le di importancia a que una de ellas cayera al suelo al intentar replegarlas en un solo mazo con sus dedos. Me había quedado impresionado por el aspecto desaliñado y enfermizo que ofrecía Darío Escobar. Su barba descuidada cubría buena parte de las arrugas de la cara delgada, famélica, como los nervudos dedos de las manos y todo su cuerpo enjuto que bailaba en el frac.

Debía de tener sesenta años, más o menos mi edad, pero aparentaba muchos más.

El primer truco fallido no le desanimó e intentó imponer un gesto de vis cómica a su error, pero el público no parecía estar en la misma onda que Spooky y se oyeron los primeros murmullos en la sala.

El cañón de luz lo siguió hasta una mesa donde estaba sentada una joven pareja. De la manga del frac advertí cómo apareció una rosa que comenzó a levitar frente a la chica, ante el asombro, o más bien temor, de su acompañante, que por un momento pensó que le sacaría un ojo con ella. Jamás había visto ejecutar tan burdamente el truco de levitación de objetos con el hilo invisible, pero es que a Darío Escobar le temblaban las manos y los movimientos de la rosa en el aire eran convulsos, casi espasmódicos. Cuando le entregó la rosa a la joven no solo yo me di cuenta en la sala de cómo le arrancó el celo que la unía al hilo que a su vez pendía de detrás de la oreja del mago sujeta con otro celo transparente.

No podía ser que aquel mago, tan famoso antaño con su espectáculo *Ilusionarium*, hubiera degradado hasta tal punto sus efectos de ilusión y, sobre todo, que los ejecutara con tanta tosquedad, sin delicadeza. No había pronunciado una sola palabra, pero los gestos de mímica tampoco eran los más afortunados.

Creo que Spooky también debió de advertir que no era su noche y me dio la sensación de que decidió interrumpir su rutina de magia de cerca y volver al escenario, donde le esperaba el número de la mujer cortada por la mitad. Al subir los tres peldaños hacia el tablado noté que lo hacía con torpeza y tambaleándose; parecía estar bebido.

203

Una ayudante con poca ropa se introdujo en la caja horizontal, colocada sobre un soporte con ruedas, dejando al descubierto a ambos extremos la cabeza y los pies con las uñas pintadas de rojo. Cerró la tapa de la caja y Spooky tomó dos planchas, que hizo chocar entre sí para que se comprobara su factura metálica. Seccionó de cuajo un melón por la mitad para demostrar que eran cortantes y, por último, ante un estruendo de redobles, colocó con parsimonia las dos planchas en una hendidura atravesando con ellas el centro de la caja. La ayudante sonreía y movía los pies, incluso cuando retiró las planchas y abrió unos cierres que dejaron la caja dividida en dos partes.

El cuerpo estaba aparentemente seccionado en dos, pero alguien como yo, que esa noche no estaba dispuesto a dejarse llevar por la ilusión de los trucos de Spooky, y que escudriñaba el mínimo detalle de su actuación, no pasó por alto que los dedos de los pies de la caja no eran los de la ayudante que se había introducido en ella. El efecto de separar el cuerpo lo había llevado a cabo con dos chicas contorsionistas que eran capaces de ocupar cada una de ellas el espacio de cada mitad de la caja.

Volvió a unir las mitades y tampoco supo sincronizar que al abrir la tapa de la caja desaparecieran los pies en el mismo instante en que se levantaba la tapa para que saliese sonriente la ayudante y saludara sana y salva al público. Todo un desastre de número que desconcertó a los asistentes, que no sabían cómo se efectuaba el truco pero notaron algo extraño en él. Se oyeron unos tímidos aplausos. Aquello iba de mal en peor.

Llegué a sentir compasión por Darío Escobar, que debía de estar deseando acabar con su actuación y huir de aquella debacle.

Tuvo algo más de suerte con los trucos con cuerdas, que seguramente tenía más ensayados, aunque el temblor de sus manos era constante. El número con la carta elegida y firmada por un espectador que escogió al azar de entre el público llegó a engañar a la sala cuando esta apareció bajo las posaderas de una mujer «conchabada» con el mago.

Siempre me había llamado la atención la capacidad que los magos tenían de «forzar» una carta a una persona del público. Los espectadores de una sesión de magia creen que eligen libremente una carta de la baraja y sin embargo están escogiendo la que el mago desea. Esa carta es la que le permite, con su habilidad, colocarla en el lugar adecuado del mazo para tenerla controlada en todo momento, a pesar de que aparente mezclarla varias veces.

En la vida pasa algo similar: crees que tus decisiones son libres y exentas de condicionantes, y sin embargo, si lo analizas bien, siempre estás mediatizado por alguien o algo que acaba por influirte y llevarte en una dirección determinada. Martha Sullivan había forzado la elección de mi carta con su actuación sobre el «escapismo» de su hija, me había supeditado a su interés y me estaba influenciando a cada paso que daba. Parecía que supiese de antemano cómo iba a manejarme en el caso de la desaparición de su hija. No había sido casualidad que me escogiera entre el público como voluntario para colaborar en el truco de su vida. Jugaba con la ventaja de que, por alguna razón, me conocía bien.

Detrás de mi mesa, muy cerca de mí, un personaje con traje negro y cabello largo y cano se acodó en la barra del bar. Oí como le decía al barman:

—Se acabó. Es la última vez que lo contrato. Hoy encima ha venido borracho. Te dije que no le ofrecieras ninguna copa antes de la función.

Deduje que se trataba del dueño del teatro.

Cuando acabó el espectáculo y la gente salió a la calle, me quedé en la sala esperando abordar a Darío Escobar. Tras las bambalinas, oí como el dueño del Rey de la Magia le abroncaba y le ordenaba recoger sus artilugios mágicos en menos de veinticuatro horas. Lo estaba despidiendo.

El camarero cerró el teatro y esperé al desgraciado mago en la acera, frente a la puerta de entrada.

Cuando al poco salió, lo hizo vestido con vaqueros y una cazadora de cuero desgastada. Su aspecto sin el frac era, si cabe, más desaliñado.

—Señor Escobar, soy Christian Bennet, he visto su actuación hace unos minutos —le dije en inglés.

Me miró ladeando la cabeza con un gesto contrariado.

—¿Qué quiere? Déjeme en paz. —Hizo ademán de irse.

—Espere un momento. ¿Le apetece tomar algo? Quisiera hablar con usted.

—¿Tomar algo? ¿Y hablar de qué?

Se detuvo, y supe que era una señal de que le apetecía más lo primero que lo segundo.

—Me gustaría hablar de *Ilusionarium* —dije—. Y además le invito a cenar —añadí.

—¿Quién es usted? —preguntó algo menos huraño.

—Soy periodista, ya le he dicho que mi nombre es Christian.

—*Ilusionarium* ya no existe. Hace años que se acabó.

—Fue de lo mejor que se podía ver en espectáculos de magia.

—Posiblemente. ¿Dónde me va a invitar a cenar?

—Donde usted quiera.

—¿Marisco?

—Lo que le apetezca.

—Está bien, aquí abajo, en Via Laietana, hay un buen sitio.

Caminamos desde la calle Jonqueras unos doscientos

metros en dirección al puerto de Barcelona, hasta el restaurante Neyras, muy cerca de una comisaría de policía.

Había una actuación de música en directo y pedí una mesa apartada para poder hablar. Spooky eligió una parrillada de marisco completa para dos y el vino que quiso; me pareció que era el vino blanco más caro de la carta. Mi tarjeta de crédito del *Sentinel* seguro que podría con aquella cuenta.

—Usted no es inglés, ¿verdad?

—No, soy neoyorquino. Trabajo en el *Sentinel*.

—Hicieron una buena crítica de *Más allá de Houdini* cuando actuamos en el Radio City.

—Eran muy buenos…

—Sí que lo éramos. Supimos innovar, y en este negocio eso no es fácil. Todos hacemos lo mismo, pero en la ejecución está la diferencia. Es como este restaurante, tiene fama de que cocina pescado fresco, aunque eso lo hacen cientos, miles… El secreto es qué grado de cocción le dan y cómo lo condimentan. Hoy no he estado bien, siento que haya visto tan pobre espectáculo.

—No me ha parecido tan malo —dije piadosamente.

—Entonces es que a usted no le gusta comer bien. La actuación ha sido una puta mierda —dijo con rabia—. Me han echado.

—¿Qué ha pasado para que en poco más de seis años haya decidido dedicarse a espectáculos minoritarios y, digamos, más elementales?

—¿Decidir? —Se rio con fuerza—. La vida es así. Artrosis en las manos, dolores reumáticos, vértigos sin diagnosticar, malas compañías que acabaron por estafarme, empresarios sin escrúpulos que me tiraron a la cuneta… ¿Quiere que siga con el cúmulo de decisiones?

—Lo siento.

—No lo sienta y sírvame un poco de vino, no vaya a ser

que derrame la copa con mis torpes manos. Dígame, ¿qué se cuenta por Nueva York?

Era una pregunta tan inconcreta que no sabía qué responder, aunque me daba pie para entrar en materia.

—Broadway sigue en alza. Los teatros siempre están llenos y los espectáculos aguantan varias temporadas. No parece que haya crisis como en Europa, por lo menos en ese aspecto. Oiga, ¿por qué se vinieron a Europa? En Las Vegas y en Manhattan les fue muy bien.

—Había que probarlo. Y además, la gira que proyecté era solo de tres meses, a lo sumo seis…, aunque está claro que no se me da bien lo de planificar mi vida. Me separé de mi pareja artística y a partir de ahí todo fue cuesta abajo.

—¿Daisy?

—Sí, Daisy. Era un complemento estupendo para la magia de escenario, una mujer que me entendía y se coordinaba perfectamente conmigo. Una ayudante como jamás he tenido.

Era la primera vez que oía hablar de Daisy como un complemento o una ayudante, y lo hacía precisamente su exmarido, cuando todos decían que ella era la verdadera artífice del espectáculo. Prefería seguir la conversación tanteándolo sin contradecirle.

—¿Qué pasó entre ustedes dos?

—A Daisy la conocí en Maine; yo acababa de actuar en Brooklyn, estaba recién llegado de Argentina, y me tomé unos días de descanso antes de preparar mi siguiente espectáculo. Ella tenía veintiún años y yo estaba a punto de cumplir los cincuenta. La vi hacer trucos de *close up* en un café nocturno y pensé que sería de gran ayuda para mi debut, en unos meses, en el Radio City Music Hall. Así es que le propuse que fuera mi ayudante. Sintonizamos muy rápido y creamos *Más allá de Houdini*, un nombre muy pretencioso para un espectáculo que no podía defraudar a la gente y a la crítica. Los números de escapismo tenían que ser excepcionales, nunca vistos. Daisy tenía una agilidad especial, era algo más que una estupenda contorsionista, sus límites estaban por explorar... Era capaz de esconderse en una taza de té... ¡Increíble! Ella quería que ahondáramos en los límites del cerebro humano, un asunto muy complejo para jugársela en un escenario, aunque debo reconocer que sabía de lo que hablaba.

—¿A qué se refiere?

—A un tipo de ilusionismo creado por nuestras propias neuronas. Contrastes de colores, luces y movimientos que permiten que los objetos y las personas desaparezcan a la vista de los espectadores. Nuestro cerebro nos engaña, solo es cuestión de aprovecharse de esas apariencias. Si cubro un escenario de fondo negro con telas de tul negras, tras las cuales escondo objetos, es muy fácil que al quitar o poner las sábanas de tul surjan o desaparezcan las cosas que estaban invisibles a la vista del público. Nuestra retina se acostumbra a la oscuridad y la uniformiza, la vista no distingue el negro sobre el fondo negro; lo demás es cuestión de una buena iluminación y de los movimientos adecuados en el escenario para que todo parezca natural.

—Entiendo. La famosa caja negra de la magia. También los movimientos que esperamos que se produzcan resultan engañosos, por eso nos sorprende la levitación de las cosas o de las personas.

—Exacto. Si va a las cataratas del Niágara y mira fijamente durante unos minutos cómo cae el agua desde la altura hasta el fondo del barranco y luego vuelve la mirada hacia las rocas, tendrá la sensación de que estas se mueven hacia arriba. Las neuronas que captan el sentido descendente del agua se relajan al cambiar la posición de los ojos y entran en juego las que nos informan de que las cosas se elevan.

»Los ilusionistas sabemos que eso es así, no nos importa

por qué pasa. Nos aprovechamos de que a la gente la engaña su propio cerebro. Angela y yo teníamos un don especial para sorprender al público con efectos provocados por su propia mente. Era como utilizar la fuerza de la corriente de un río para transportar en una balsa un pesado elefante.

—Ya, ¿y Daisy era una especialista en ese tipo de engaños mentales?

—Ambos lo éramos, pero ella quería indagar en territorios complejos y desconocidos. Digamos que yo era más pragmático. A mí esta profesión me parece honesta, a pesar de que vive del truco y del fraude, pero debe reconocerme que el público sabe de antemano que le vamos a engañar. Creo que ella quería superar ese pacto con el espectador, quería que nadie pensara que había habido fraude… Algo así como la magia negra, que puede influir a distancia en la vida de una persona sin que se sepa por qué.

210   Darío Escobar ya se había servido dos copas de vino, que se bebió como el agua, y le llené la tercera. Estaba locuaz aunque no parecía ebrio, y sin embargo yo no conseguía centrar el asunto, así que insistí:

—¿Por qué lo dejaron en París?

—Para mí Europa era un reto que a ella nunca le convenció. Yo me cansé de Las Vegas y…, bueno, las cosas no nos iban bien como pareja. Me pareció que tomar un nuevo rumbo, cambiar de aires, nos podía ayudar, pero no fue así. Poco antes del espectáculo en el Lido me dijo que lo dejaba, que se quería tomar un tiempo de reflexión, esas cosas que dicen las mujeres para endulzarte una separación definitiva. Creo que la diferencia de edad jugó en contra. Ella tenía treinta y yo estaba a punto de cumplir los sesenta.

—¿La ha vuelto a ver?

—No.

—Estuve en París y supe lo de su accidente en el Sena…

—Estaba esperando que sacara ese asunto. Ustedes los

periodistas no invitan a cenar marisco porque sí. De eso prefiero no hablar, señor Bennet.

Me pareció que tenía que jugármela e ir al grano.

—Estoy buscando a su exmujer Angela Sullivan, a Daisy. Su madre se está muriendo.

—No es asunto mío —dijo contrariado antes de beber otro trago de vino.

—Entiendo, pero no creo que la policía se quede con los brazos cruzados si llega a saber que usted participó en la mascarada del accidente en el Sena.

—¿Cómo dice? Usted no tiene ni idea de nada. Además, no tiene pruebas de ello.

—Tengo pruebas de que mintió en su declaración. Aquella Nochebuena de 2009 usted abandonó el hotel poco antes de que el coche cayera al río y volvió de madrugada. Tuvo tiempo de preparar el número del fatal percance. No tengo duda de que le acusarían de ser sospechoso del homicidio de Angela Sullivan.

A Darío Escobar le temblaban las manos sobre la mesa.

—Eso pasó hace seis años... Y yo estuve en el hotel toda la noche, tengo testigos. Ya estuve declarando en la prefectura de París... ¿Qué le hace pensar que intervine en ese suceso?

—Usted no me contará cómo se hace un truco, pero yo soy capaz de descubrirlo. Lo mismo que hoy le he visto manejar el hilo invisible con la rosa o he detectado que ha utilizado una doble cuando ha seccionado por la mitad a su ayudante.

—¡Paparruchas!

—Necesitaba una cómplice para realizar su truco de magia de escapismo, y esa era Marie Lanson, la recepcionista de Le Petit Moulin, aunque ella no lo sabía. Flirteó con Marie durante unos días, embaucándola con su simpatía y sus trucos de magia, a la espera de que llegara la noche de su actua-

211

ción. Entonces la haría subir hasta el escenario, hasta su cama. Sabía que la cómplice no le delataría porque se jugaba su puesto de trabajo y que le seguiría la corriente. De hecho, la señorita Lanson creyó que no salió de la habitación en toda la noche, salvo porque usted le quiso dar un efecto más creíble a su truco y se pasó de frenada, allí estuvo el fallo: la recepcionista bajó a la una de la madrugada y se llevó las copas de champán que compartieron, que guardó de nuevo en el bar para que cuando volviese el camarero no las echara en falta. Sin embargo, cuando llegó la policía una de las copas estaba sobre su mesita de noche. Con ello quería dar la sensación de que había estado bebiendo en la habitación y se había quedado dormido toda la noche, que es lo que le contó al inspector Dervaux de la policía y lo que corroboró su cómplice involuntaria, Marie Lanson. ¿Quiere que le diga cómo lo hizo?

212   Escobar no respondió, así que proseguí:

—Cuando Marie Lanson se marchó de su cuarto, sobre la una de la madrugada, usted se deslizó por la ventana hasta la calle. Comprobé que desde el primer piso apenas hay cuatro metros de altura y además por el exterior de su habitación pasan los tubos metálicos de canalización del agua. Resulta fácil descender y trepar por ellos, y a pie de calle hay una ventana que da a la despensa del bar donde guardan las copas. Para un mago escapista no resultaría difícil abrirla y entrar por ella para coger una de las copas. Ese recorrido no está controlado por las cámaras de vigilancia, que solo cubren la recepción. Ahora, Larry, solo falta que me cuente por qué lo hizo.

—Me ofende, ningún mago que se precie de serlo huye por la parte trasera del escenario deslizándose por una tubería.

—No importa cómo lo hizo, la cuestión es que lo hizo. Colaboró con Angela para hundir el coche en el río y engañar a todo el mundo con su desaparición, haciendo ver que había sido arrastrada por la corriente. ¿De quién se quería esconder Angela? ¿Por qué lo hicieron?

—¿Pretende que le explique un efecto de ilusionismo a cambio de una simple mariscada?

—¿Cuánto quiere? —dije echándome la mano a la cartera.

—Ya veo que va al grano, periodista. No corra tanto. Yo no he reconocido nada. Si lo que pretende es reabrir ese caso, no cuente conmigo, pero tampoco le admito que me infravalore solo porque me ve en mis peores momentos. Larry fue muy grande, de los mejores, si no el mejor. A Spooky le ha ido peor, ha tenido que luchar en solitario contra la incomprensión de la gente. No sabe lo duro que es hacer ilusionismo en fiestas de empresas o en despedidas de solteros en las que todo el mundo va borracho y se ríe de los trucos de prestidigitación; o esos niños malcriados a los que sus papás les regalan un mago payaso para las celebraciones de cumpleaños al que no le prestan la mínima atención.

»Todo resultó ser un fracaso estrepitoso cuando me dejó Daisy. Mi salud, mi profesión artística… Tengo pánico a subir a un escenario pequeño. Yo que me sentía cómodo en el teatro de un gran hotel de Las Vegas, o en los escenarios de Broadway, incluso en los platós de televisión, y ahora estoy inseguro, mis dedos no me responden, la vista y los reflejos me fallan… Daisy me hizo mucho daño, pero ya la perdoné hace tiempo.

—Darío, yo puedo ayudarle. No tengo interés en que la policía reabra el caso. Le puedo ofrecer dinero a cambio de que me cuente qué pasó aquella Nochebuena en París. Conozco la historia hasta que Angela desapareció por la parte trasera del Lido al finalizar la actuación y se alojó durante unos días en Le Double Fond, ayudada por un mago del café-teatro. Revisé los objetos que se encontraron en el coche de

213

alquiler en el fondo del Sena: todos eran nuevos, recién adquiridos, para completar el efecto del coche sumergido que querían crear; hasta el pasaporte que usted le escondió a Angela y que tuvo que renovar para salir del país...

—No sabe nada —me interrumpió secamente—. ¿De cuánto dinero hablamos?

—¿Qué le parecen diez mil?

—¿Euros?

—Dólares.

—Eso es lo que cobraba hace quince años en Las Vegas por una sola actuación.

—Pero en la de hoy la recaudación no creo que haya llegado a cuatrocientos euros —le dije, calculando que la entrada era de veinte euros y apenas habíamos asistido una veintena de personas.

—Ya veo que se quiere aprovechar de Spooky, como todos.

—Le daré doce mil euros si me cuenta toda la verdad.

—Sigue siendo barato para una gran revelación de trucos de magia.

Hice ademán de levantarme y me detuvo agarrándome con fuerza el brazo con su mano temblorosa.

—De acuerdo, doce mil y la parrillada de marisco. —Esbozó una sonrisa.

—Adelante, espero que me descubra cómo y por qué lo hicieron.

—¿Me jura que esto quedará entre usted y yo? Nada de policía, ¿eh?

—Se lo prometo, tiene mi palabra.

—Para empezar, el detalle de la copa de champán es un punto a su favor. Es un buen observador. Es cierto que no era necesario para elaborar el truco, pero me pareció que resultaría más convincente que me bebiese una botella entera de champán y que la policía me encontrara con resaca en la habitación al día siguiente. Si me lo hubiera bebido de la botella o en la taza de té de la habitación hubiese valido, pero no era un montaje tan perfecto a los ojos de la poli que lo revisó todo. A veces no hay que rizar el rizo, por si acaso. Sabía que la pobre Marie Lanson sufría por miedo a que la descubrieran, eso le llevó a guardar las copas en su sitio, pobrecilla.

»La tenía de mi lado sin querer: yo guardaba el secreto de que había subido a mi habitación y ella atestiguaría a cambio que yo no había salido del cuarto en toda la noche. A ambos nos convenía la misma versión.

»En cuanto a cómo salí sin ser visto, se lo he contado al principio de nuestra conversación. Había una cámara de vigilancia que enfocaba a la puerta de entrada del hotel. Era una cámara de poca resolución y contraste que está conectada a un ordenador. Digamos que resulta tan fácil engañarla como al cerebro humano. Solo se trata de que tenga la luz adecuada y que enfoque a un color determinado. Me fijé en días anteriores, cuando me ganaba a mi futura cómplice con trucos sencillos, en que el hotel apagaba las luces a partir de la una de la madrugada y solo quedaba una pequeña lámpara para la recepcionista, y que la imagen que ofrecía la cámara era muy difusa. La cámara era fácil de engañar porque la oscuridad de la calle no ofrecía una imagen nítida salvo que se abriera la puerta. No fue difícil sortearla con un tul oscuro, como la noche, tras el que yo estaba oculto. Si abría la puerta del hotel para salir, lo hacía tras el tul, que tenía el mismo tono que el exterior al que enfocaba, y así cubría el movimiento de la puerta. El objetivo de la cámara, como la retina de un ojo, no vio nada anormal, solo era cuestión de esperar a que Marie abandonara unos minutos su puesto en la recepción para ir al baño, cosa que la pobre hizo repetidas veces durante la noche porque en la copa de champán le puse una solución diurética.

»A mi regreso hice como usted adivinó, efectivamente, abriendo la ventana del restaurante y subiendo las escaleras con sigilo hasta mi cuarto. Ahí es donde se me ocurrió coger la copa. Debía subir por el interior y no volver a atravesar la puerta del hotel, porque el truco de la sábana de seda no funcionaba en sentido contrario y la cámara me habría delatado al detectar la imagen de la puerta abriéndose desde el exterior.

Escobar estaba orgulloso del famoso truco de la caja negra que engañaba al ojo humano y hasta a una sencilla cámara de hotel sin contraste. Intenté mostrarme sorprendido, noté que eso le halagaba, y prosiguió con su explicación:

—Luego caminé hasta la esquina donde me esperaba mi segunda cómplice de la noche, con el coche a pocos metros del hotel; coloqué la valija en el maletero y ella condujo hasta la dársena del río, junto al puente. Allí también la oscuridad fue nuestra aliada. Había un marinero en uno de los barcos, estaba medio adormilado con una botella de alcohol en la mano; le hicimos luces con los faros y lo deslumbramos. Luego apagamos las luces y precipitamos el coche al río con la puerta del conductor abierta y atrancada con una cuña para que no se cerrara; eso permitiría que el agua entrara con mayor facilidad en el auto y que este se hundiese en menos tiempo. Ella solo tenía que salir por la puerta y, para mayor seguridad, llevaba atado un cabo a la cintura que yo sostenía desde fuera y que anudé hasta la argolla de las escaleras por donde subió hasta el dique. Para mejorar el efecto de ilusionismo, cuando el coche estuvo lleno de agua cerró la puerta como se cierra la trampilla de un submarino, casi sin resistencia. Era una buena nadadora, aunque tomamos precauciones. Todo fue ideado por Angela, debo reconocerlo.

—Está muy bien, les felicito a ambos, pero sigo sin entender por qué lo hicieron. ¿Qué necesidad había de mon-

216

tar ese número arriesgando la vida de Angela?, ¿con qué intención?

—Ciertamente, señor Bennet, no lo entiende. La que iba en el coche que cayó al río no era Angela Sullivan. Ella nunca estuvo en París. Era mi cómplice.

—¿Entonces quién…? —No disimulé mi sorpresa, y me lo debió de notar porque se recreaba en sí mismo y en su capacidad de manipulación y engaño.

—Le dije que Angela no quería venir a Europa. La gira no le apetecía por varias razones: habíamos acabado *Ilusionarium* en Las Vegas y en enero de 2009 *Más allá de Houdini* con un éxito enorme, y nos tomamos unas vacaciones. Creía que la tenía convencida, porque más tarde estuvimos preparando lo del Lido con nuevos trucos. Incluso incorporamos a una ayudante para ejecutar algunos de ellos. La estuvimos aleccionando durante varios meses, construimos nuevos artilugios bajo la dirección de Angela…, pero cuando por fin llegó el día en que debíamos hacer las maletas para viajar a París me dejó plantado. La excusa fue que su padre había sufrido una embolia pulmonar y estaba grave en una clínica de Nueva York. Intenté convencerla de que podría hablar con nuestro representante e intentar que el Lido pospusiera nuestra actuación, pero en el fondo nunca quiso seguirme.

—Entonces, ¿quién estaba dentro del coche del Sena?

—La nueva ayudante, Margaret. Ella hizo de Daisy en la representación del Lido y ella estuvo en Le Double Fond con Jean Pierre. Todo lo organizó Angela cuando se negó a viajar a Europa. Al poco murió su padre y me llamó desde Nueva York para que le echara una mano. Estaba muy apurada, presionada por alguien; me llegó a decir que se sentía perseguida y que quería dar la sensación de que se encontraba fuera del país; quería esconderse de alguien en Nueva York y la mejor manera de hacerlo era aparecer en París para aca-

217

bar desapareciendo para siempre en el fondo del Sena. Los medios darían publicidad a su accidente y su cuerpo no se encontraría jamás. La darían por desaparecida.

—¿Angela lo orquestó todo desde Nueva York?

—Era buena para componer un truco de escapismo, aunque fuera a distancia. Jean Pierre, de Le Double Fond, colaboró en la estratagema sin saberlo. Siempre pensó que a quien había rescatado del Lido era a Daisy, y en cierta manera era así, solo que la Daisy que alojó en su teatro no era Angela, sino Margaret. Ambas tenían un gran parecido, por ello la escogimos. Angela la entrenó muy bien durante meses.

—Siempre se ocultaba tras una máscara…

—Y tenía gran capacidad para transformarse. Creo que desde que salió de Nueva York, con dieciocho años, estuvo huyendo de algo. En eso era hermética, nunca me explicó sus temores. Pero los tenía, se lo aseguro. No quiso que conociera a su familia, durante mucho tiempo me engañó diciendo que sus padres habían muerto en un accidente de tráfico. Si usted me dice que su madre se está muriendo me lo creo, pero no sabía que la tuviera. Cuando me dijo que su padre estaba grave tampoco me lo podía creer.

—No era su padre natural, pero era al que quería, estoy convencido. Sin embargo, la Daisy de Le Double Fond hizo que Jean Pierre enviara un maletín a una persona en Nueva York, a Mac Gideon. También le pidió a Gideon que le confeccionara un nuevo pasaporte para poder salir de Francia, es el que se encontró en el coche con los efectos personales de Daisy.

—Todo estaba en el guion de Angela. El maletín de Martinka que me traje a París me lo dio en Nueva York, con los recortes de periódicos; el pasaporte nuevo también me lo entregó antes de viajar a París. Nosotros, con la ayuda de Margaret y la involuntaria de Jean Pierre, solo hicimos lo que nos ordenó: hacer el envío a la dirección de Mac Gideon, colocar el pasaporte en la maleta y comprar la ropa de las tallas que me indicó. Se preparó el efecto del Sena como si fuera Angela la que iba dentro del Peugeot.

—¿Y por qué la ayudó a realizar esa farsa si ya se habían separado?

—Buena pregunta. Porque también me engañó a mí, lo mismo que a todos. Cuando nos despedimos en Nueva York me prometió que volveríamos a estar juntos, que se reuniría conmigo en unas semanas y que debía confiar en ella ciegamente. Debo reconocer que sentía una gran dependencia de ella…, era muy buena, inigualable, la mejor maga que podía soñar como pareja artística. Si me hubiera pedido cualquier cosa lo habría hecho sin dudarlo, pero no quise ver que la pareja se había acabado personal y artísticamente. Larry y Daisy ya no volverían a pisar los escenarios juntos. No volví a saber de ella. Nunca más.

Spooky pronunció las últimas palabras con melancolía. Reconocía, al fin, que Angela Sullivan había sido decisiva para su carrera de ilusionista. Una carrera que había tocado fondo seis años después de que ella le abandonara y esa mujer había hecho de él un gran mago, pero le había manipulado por algún motivo que yo no alcanzaba a comprender. Por lo que parecía, tampoco él.

—¿Y Margaret, la ayudante que se hizo pasar por Angela? ¿Qué fue de ella?

—Creo que regresó a Nueva York. Tenía un novio bróker, me dijo, uno de esos que ganaban una pasta por hacer operaciones en la bolsa, y se quería casar con él.

—Todo lo que le contó a la policía sobre que Angela le había dejado por liarse con una amante era también falso.

—Formaba parte de la misma treta que urdió Angela. Y resultó convincente, lo mismo que Jean Pierre se creyó que yo no la quería dejar salir del país.

219

Υ

Spooky había vaciado una botella de vino y acometía unas gambas con sus manos temblorosas. Pedí otra. La cantante del restaurante entonó los primeros compases de *What a Wonderful World* y sentí que me alejaba de allí, sobrevolando los árboles verdes, las nubes blancas y el cielo azul. Aquella canción me perseguía como una terapia mágica. Imaginé el campo de amapolas que me cubría hasta la cintura y vi a mis padres sonreír mientras me tomaban de la mano. Todo era falsamente maravilloso.

Capítulo 19

Adiós al *Sentinel*

*E*l vuelo de Delta me devolvía a Manhattan dos días después de haber recalado en Barcelona. Le había pagado los doce mil euros a Spooky por una información que me había situado en el punto de partida, o eso creía. Repasando mis notas mientras sobrevolaba el Atlántico, todo me conducía a que si Angela estaba viva tenía que encontrarse en Estados Unidos, pero siempre llegaba a la conclusión de que si se escondía, si temía por alguien, tenía que ser por Dan Barrymore.

Por otra parte, se había apoyado en Mac Gideon, pero a la vez le había engañado, como a mí, enviándole a través de la asistente Margaret el maletín para que creyera que seguía en París. ¿Era realmente así?

Ni el inspector Dervaux había comprobado que Angela Sullivan no llegó a entrar nunca en Francia, ni Mac Gideon ni Barrymore debieron de conocer que nunca dejó los Estados Unidos. Barrymore pensaría que estaba desaparecida en el Sena y eso le franqueaba la entrada en el *Sentinel*. Y Mac Gideon... Para este no estaba claro. Si era su padre natural, como yo sospechaba, ¿qué relación tenía con su hija para que ella le tuviera al tanto de su vida a través de aquellos recortes de periódicos?

Recordé de nuevo las palabras de Tyler Whitbread en el Little Branch: «No quiera saber el cómo ni el porqué». Y sin embargo esa era mi única fijación.

No tenía noticias de Laura, no me había llamado desde hacía tres días, tampoco lo había hecho yo. La vería en unas horas y no sabía cómo enfrentarme a ella. Tampoco sabía nada de Eva Bentley, que dijo que me avisaría si se producía alguna novedad en el estado de salud de Martha Sullivan.

Aterricé en el aeropuerto JFK con todas las dudas del mundo y sin haber pegado ojo durante el vuelo. Solía coger el metro desde el aeropuerto, pero esta vez tomé un taxi; pagaba la editora, como había pagado a su desconocido yerno Spooky por su confesión y, por supuesto, había corrido con todos mis gastos. Maxwell, el administrador del *Sentinel*, se pondría de los nervios cuando viera la cuenta de la tarjeta de crédito.

222   Cuando llegué a mi apartamento me crucé con Ahmed, que venía de pasear a cuatro perros del vecindario a la vez. Solo entonces caí en la cuenta de que *Astor* ya no me esperaría nunca más con su alicaído entusiasmo. No me había preocupado por averiguar quién exactamente estaba detrás del asalto a mi apartamento y de la muerte de mi fiel compañero de los últimos quince años. Intuí enseguida que solo Barrymore o Mac Gideon podrían ser los que enviaran a sus sicarios para realizar aquella tropelía y estaba decidido a concentrar todos mis esfuerzos en investigarlos a ambos.

Ahmed insistió en que podía conseguirme un pastor alemán joven de la perrera municipal, pero yo no estaba por la labor de reemplazar a *Astor*. Le invité a que subiera a casa a tomar una cerveza pero rehusó: tenía que pasear a otros perros del edificio y tuve la impresión de que mi relación con Ahmed solo se sustentaba en *Astor* y que, con él desaparecido, esta se había quebrado.

Dejé la maleta en la habitación y llamé a Laura, pero no me cogió el teléfono, así que le dejé un mensaje de voz.

Eran poco más de las tres de la tarde cuando llamé a Eva Bentley.

—Me alegro de oírle, señor Bennet.

—¿Qué tal está la señora Sullivan?

—Sigue igual. No recupera la consciencia. Los médicos dicen que es cuestión de horas.

—¿Está usted en el hospital?

—No, he vuelto al periódico. Las cosas por aquí andan revueltas: Barrymore ha dado órdenes de que su hija ocupe el despacho de la señora Sullivan. No le va a dar el tiempo ni a que se muera, la pobre; ya está tomando el mando. Es horrible —dijo entre sollozos.

—Será mejor que vaya hacia allí. En media hora llegaré.

—No sé si es buena idea, señor Bennet; me acaban de despedir y estoy recogiendo mis cosas.

No entendía esa precipitación de Barrymore por tener bajo control el periódico cuando la pobre editora ya no podía intervenir en él con sus decisiones.

—¿Qué dice Robson?

—El director se ha entrevistado por espacio de una hora con Peggy Barrymore y no ha trascendido nada de la reunión, pero parece ser que está confirmado en el puesto, al menos de momento. Rupert Maxwell está ahora con ella, ese gusano…, perdóneme la expresión, es un rastrero que siempre ha trabajado para los Barrymore.

Me sorprendió que Eva Bentley utilizara la palabra gusano. La noté enfadada y alicaída a la vez.

—¿Y qué hay de Laura Grant? No consigo conectar con ella desde hace un par de días.

—La vi ayer en el periódico. Me dijo que está investigando para usted, parecía muy atareada haciendo llamadas. ¿Puede ser que la enviaran a Las Vegas? No me contó nada, pero creo que Maxwell le autorizó un viaje hasta allí.

—¿Las Vegas? Teóricamente está de vacaciones... Y yo no le pedí nada. Creo que iré al diario, no entiendo lo que está pasando.

—Está bien, no sé si seguiré aquí cuando llegue, Christian, pero estaremos en contacto.

Cuando llegué a la puerta del *Sentinel* vi un lujoso coche negro estacionado en la acera y a un chófer apoyado sobre el capó que parecía aguardar a su cliente. Manuel, el limpiabotas mexicano, me lanzó una mirada cómplice, como si quisiera advertirme de que algo se estaba cociendo dentro del periódico. Le saludé con un gesto y entré en el vestíbulo.

Mick, el conserje, me detuvo junto al ascensor.

—Antes de subir, debería firmar en esta hoja y poner su número de identificación, señor Bennet.

—¿Firmar?

Era la primera vez que lo hacía. Estaba perplejo.

—Nuevas órdenes. Me limito a cumplirlas. Parece que van a poner un aparato para fichar y controlar el acceso. Entre tanto hay que firmar en estas hojas —insistió.

Firmé de mala gana en la cuartilla que me dio Mick y subí a la planta de redacción. Robson no estaba en su despacho y tampoco lo vi por la sala. Pregunté a Cynthia, su secretaria, que me contó que le habían llamado de la planta veintiuno para asistir a una reunión con el nuevo editor, Dan Barrymore. Lo dijo en voz baja: parecía tener miedo de darme la información, porque enseguida me advirtió de que no se me ocurriera subir.

Había un extraño silencio entre mis compañeros, que no levantaban la nariz del teclado del ordenador; solo Thompson, de economía, alargó el cuello para otear con disimulo en mi dirección. Maxwell salió de su jaula y dejó caer unos papeles sobre la mesa; Thompson, asustadizo, se encogió como un resorte.

El administrador me miró y corrió a encerrarse de nuevo en su despacho. Todo aquello era muy extraño. Me senté en una de las sillas de confidente a esperar a Robson y cogí de su mesa el ejemplar del día del *Sentinel*.

El titular de portada, a cinco columnas, fue como una puñalada en la espalda: «El senador Mac Gideon, detenido en Las Vegas». Lo que seguía era un artículo firmado por Laura Grant en el que se relataban los hechos citando fuentes del FBI. Al parecer se le imputaba un delito de corrupción a gran escala. Se había encontrado en la habitación del hotel Bellagio, donde se hospedaba, un maletín con documentación comprometedora que supuestamente le implicaba en una trama de tráfico de drogas en los casinos de Las Vegas. En su teléfono móvil aparecían varios mensajes a «sospechosos» de cohecho en el otorgamiento de licencias y no se descartaba que se produjeran varias detenciones por ese motivo.

Laura explicaba que se trataba de la punta del iceberg de lo que el periodista Christian Bennet había relatado hacía quince años en sus premiados reportajes con el Pulitzer. «El caso de los ilusionistas se cerró en falso.» «Christian Bennet no lo contó todo… o no pudo contarlo.» «¿Qué y quién había verdaderamente detrás de esa trama? Parece claro que Mac Gideon fue entonces el responsable…» Laura prometía desvelar próximamente a sus lectores los detalles de toda esa trama.

En mi aturdimiento no me di cuenta de que Robson estaba detrás de mí hasta que carraspeó para advertírmelo. Cuando me volví hacia él, lo vi con los brazos en jarras y el semblante circunspecto. Hice ademán de levantarme, pero apoyó su mano con fuerza sobre mi hombro para impedírmelo.

—Ya ves que en tu ausencia hemos cazado una buena exclusiva —dijo aún con el semblante serio.

225

—¿Qué hace Laura Grant en Las Vegas?

—Tenía un hilo del que tirar y me pareció que debía llegar hasta la madeja, pero este se rompió antes de que Mac Gideon le concediera una entrevista. Esto es muy gordo, Christian, y tiene consecuencias para la imagen de este diario...

—¿De qué estás hablando?

—Bueno, Laura cree que te dejaste en el tintero buena parte de tu historia de los ilusionistas. Por los datos de que disponemos, la mafia, con Mac Gideon al frente, siguió campando a sus anchas. Tus reportajes no solo no hicieron mella en la organización corrupta, sino que le permitieron reorganizarse..., digamos que con mayor eficacia. Hurgaste en la herida, pero no la cerraste.

—Soy periodista, no tengo que resolver los asuntos de la corrupción, no me corresponde a mí. Yo solo tengo que contarlos —le dije alterado.

—Si remueves en un avispero debes ocuparte de quemar bien el panal, de lo contrario acabas con picaduras en todo el cuerpo. No podemos permitir que esto nos salpique a todos...

—¿Nos salpique? ¡Venga, Robson! ¿Adónde coño quieres llegar? Me habéis tendido una trampa, todavía no sé por qué. A Laura Grant le conté lo de mis reportajes. Fui un ingenuo y caí en sus brazos, como al parecer has caído tú entre sus bonitas piernas, y ella ahora está buscando la fama con su nuevo e inteligente periodismo. ¿Por qué no me avisaste de que estabais tras la pista de Mac Gideon? ¿Por qué no se me dijo nada de un caso que era mío?

—¿Tuyo? Siempre tuve la sospecha de que tu maldito Pulitzer era una farsa. Greg Sullivan te llevaba entre algodones, eras su chico caprichoso que quería trabajar en solitario para que nadie se enterara de lo que llevabas entre manos: manipular la información a tu antojo. Estás muerto,

Christian, ya no tienes credibilidad ni espacio en este diario.

Las últimas palabras las pronunció en voz alta con la intención de que resonaran en medio del silencio sepulcral de la redacción.

—¿Me estás despidiendo? ¿Es eso lo que quieres decirme?

—He hablado con Barrymore y ambos estamos de acuerdo en que no puedes seguir ni un minuto más formando parte del *Sentinel*. Ya va a ser difícil limpiar la mancha que has creado en el periódico como para encima dejar que se siga extendiendo con tu presencia. Me he puesto en contacto también con los de la Columbia y están considerando retirarte el Pulitzer.

—Muy bien, veo que no has perdido el tiempo. Parece que con Barrymore se abre una etapa de periodismo sincero y comprometido —dije con sorna—. Un tipo que desguaza pisos e invierte en transgénicos debe de ser un gran editor. ¿Te ha subido el sueldo? —añadí cabreado.

—¡No me toques los cojones, Christian! Esto no es fácil para mí. Yo no tengo la culpa de que los Sullivan dejaran la sucesión sin atar. Hay que subsistir, y si Barrymore está dispuesto a invertir y tirar del carro me encontrará a su lado empujando.

—Siempre fuiste un buen burro de carga, no te costará tirar de ese carro.

—No te lo tendré en cuenta, entiendo que estés molesto.

—¿Molesto? No te preocupes, no seguiría en esta pocilga ni un día más. Ah, y diles a los de la Columbia que se metan el Pulitzer por donde les quepa. Mejor aún, que se lo den a tu amiguita Laura Grant. Está haciendo méritos para ello.

Elevé el tono de voz para asegurarme de que lo oían en la otra punta de la sala. A Robson se le subió la sangre a la cabeza y las venas parecían a punto de estallarle. Me di media

227

vuelta, salí del despacho de una zancada y lo dejé con la palabra en la boca.

Fui a la oficina del administrador Maxwell, abrí la puerta sin previo aviso y le lancé sobre la mesa la tarjeta de crédito que me había dado para mis gastos. Sobresaltado, tuvo un gesto cobarde: inclinó la silla hacia atrás e hizo ademán de cubrirse la cara con el brazo como si esperara repeler una agresión física por mi parte. Aquel hombretón maleducado y tantas veces despiadado con los redactores, que se jactaba de conducir con mano firme las cuentas del *Sentinel*, parecía un niño asustadizo.

—Esto es tuyo, Maxwell; parece que no voy a necesitar la tarjeta, aunque imagino que la habrás anulado ya. Todos os estáis dando prisa por perderme de vista.

—No es eso, Bennet, no es eso... No tengo nada en tu contra —balbuceó—. Además, el señor Barrymore ha pedido que se te trate bien —añadió.

—¿Ah sí? ¿Cómo de bien?

Rupert Maxwell puso cara de complacencia, seguro de tener una buena baza para contentarme. Para él solo podía consistir en una oferta económica y la lanzó convencido de que hacía una canasta triple.

—Tengo instrucciones de ofrecerte un año de salario, mantener tu seguro médico hasta la jubilación y añadir una cantidad de cien mil dólares libres de impuestos.

—Sí que parece generosa —le dije irónicamente, esperando que llegaran los condicionantes. Los soltó al momento.

—Claro está que para ello has de firmar un acuerdo de no competencia... Un simple contrato por el que aceptas que no te vas a ir a otro periódico de la ciudad y además esas cosas que se dicen, ya sabes: confidencialidad, respeto a la imagen del *Sentinel*... Nada que no sea lo usual en estos casos.

—Sí, ya imagino. Lo usual: comprar mi silencio, no denunciar los manejos del nuevo editor y dejarme dar por el culo cada vez que publiquéis en el periódico un artículo contra mí, como la saga de reportajes que habéis iniciado hoy. Es un buen acuerdo, Rupert, es tan bueno que no quiero aprovecharme del editor. Prefiero pelear, haceros la competencia y defenderme atacando cada vez que mintáis a favor de los intereses del nuevo propietario. Puedes decirle a Barrymore que te has ahorrado una pasta con mi indemnización, seguro que te sacará de este agujero y te situará cerca de él para que puedas lamerle sus caros zapatos.

—Pe… ro… eso… no… no… es po… po… si… ble —tartamudeó mostrándome un cheque que ya tenía preparado.

Disfrutaba enfrentándome a Maxwell, aunque no tenía claro cómo iba a encarar mi vida sin el *Sentinel*. Desde los veinte años había estado ligado a esa sábana de papel impreso y no resultaría fácil sustituir mi adicción al periódico.

Cerré la puerta y tras ella quedó un Maxwell cariacontecido y desorientado blandiendo el cheque en el aire, al que yo había renunciado. Subí hasta la planta veinte. La veintiuno, donde estaba la alta dirección, solo era accesible a través del ascensor privado. Desde el elevador de los empleados había que tomar unas escaleras y llamar al timbre de una puerta. Lo apreté y la abrió un tipo fornido con nariz de boxeador; iba trajeado y con gafas oscuras, todo un arquetipo de guardaespaldas clásico y malcarado.

Me identifiqué y pregunté por Dan Barrymore. Una voz femenina situada unos metros tras él le ordenó que me dejara pasar, cosa que el tipo fornido hizo de mala gana con una mirada de perdonavidas.

Peggy Barrymore se acercó a mí y me tendió la mano; no se podía decir que me la estrechara, más bien la dejó caer como una pluma sobre la mía. Era algo que me producía repelús; las personas que daban la mano con flacidez y sin convicción me parecían poco fiables. Y solo me faltaba ese gesto para ponerme todavía más a la defensiva.

—Pase, Christian, por favor —me dijo con amabilidad.

El guardaespaldas me seguía a pocos metros y se quedó con los brazos cruzados en la antesala del despacho que había sido de Martha Sullivan hasta hacía pocos días.

Peggy Barrymore llevaba un traje de chaqueta azul y una blusa blanca que le trasparentaba el sujetador. Estaba muy atractiva y sonriente. Se sentó en el sofá, cruzó las piernas y mostró buena parte de sus muslos enfundados en unas medias trasparentes. Parecía estar feliz y ufana de tomar posesión de la oficina de la vieja editora. Afortunadamente no me invitó a sentarme en la incómoda butaca francesa de muelles destensados. Lo hice en una de las piezas del sofá, frente a ella.

—Ya me ha dicho el administrador que no acepta nuestra oferta. Piénselo, Christian, no debería rechazar una propuesta así.

A Maxwell le había faltado tiempo para llamarla.

—¿No debería? ¿Por qué?

—Porque va a ser difícil que alguien le contrate en sus condiciones. Quiero decir que ese asunto del Pulitzer tiene mala pinta. Nadie va a arriesgarse a contratar a un periodista al que su propio diario pone en tela de juicio. Hágame caso, coja ese dinero y olvídese del periodismo.

Peggy hablaba con la tranquilidad de quien se siente en posesión de la verdad, pero yo estaba cada vez más inquieto. Tenía necesidad de darle la vuelta a todo aquello de la manera más rápida posible. Sabía que al día siguiente Laura escribiría en el *Sentinel* nuevos reportajes contra mí, poniendo en duda mi honestidad.

—Necesito ver a su padre, señorita Barrymore. Creo que esto debo solucionarlo con él.

Peggy frunció el ceño, pero enseguida recuperó su compostura flemática, que me empezaba a sacar de quicio.

—Mi padre no está aquí. Tiene un vuelo a Londres esta noche. Ha estado unos minutos en una reunión con Robson y se ha marchado. Yo estoy a cargo del diario, no hay nada que yo no pueda decidir, Christian, y nada que me pueda contar a mí que no tenga el mismo efecto que si se lo contara a él.

—¿Por qué han tomado posesión del diario sin ni siquiera esperar a que fallezca Martha Sullivan? ¿Qué es lo que está pasando? ¿Y por qué han abierto una campaña contra mí?

—Tranquilícese. ¿Quiere que le pida un té? ¿Algo más fuerte?

—No quiero nada, solo respuestas. No pienso irme así como así de este diario. Y déjeme que le diga algo: no creo que usted y su padre se salgan con la suya. Martha Sullivan tiene una heredera. Su hija Angela acabará apareciendo y todo este montaje se les vendrá abajo.

—Ya me dijo mi padre que está usted obsesionado con esa historia que le contó la señora Sullivan ¿No cree que a estas alturas debería abandonar su investigación? ¿Acaso ha conseguido algo en París o en Barcelona?

—¿Cómo sabe…?

—Lo sé. Es mi obligación conocer los gastos de este diario —me interrumpió—. Le hemos pagado el hotel en París y en Barcelona, sus viajes, sus comidas y hasta los doce mil euros en efectivo que sacó del banco con la tarjeta… ¿Para qué quería tanto dinero, Christian? ¿Le ha llevado a alguna parte su investigación o, por el contrario, ha llegado a la conclusión de que Angela Sullivan no ha existido jamás? Porque esa es la verdad, Christian Bennet, no hay hija de Martha y Greg Sullivan, esa tal heredera del *Sentinel* no existe.

Maxwell la había puesto al día de los movimientos con la tarjeta de crédito y eso le había permitido seguirme la pista. Tenía que estar alerta y no contarle detalles de mis investi-

231

gaciones; no debía cometer más imprudencias como las que había cometido con Laura Grant. Por otra parte no podía descartar que Laura le hubiese contado a Peggy todas nuestras pesquisas. Sin embargo, debía averiguar qué sabían los Barrymore de Angela y por qué se habían precipitado en coger las riendas del periódico.

—Estoy convencido de que Angela Sullivan está en Estados Unidos y creo que su padre y usted lo saben bien. No sé, todavía, qué o quién le impide aparecer, pero lo averiguaré. También pienso que el senador Mac Gideon tiene algo que ver con ello, ¿no es así?

Le había soltado lo del senador dando un palo de ciego al aire, pero me pareció que surgía algún efecto. Peggy dio la impresión de perder la calma que mantenía hasta el momento.

—Es usted irritante, señor Bennet. ¿Adónde quiere ir a parar? ¿A qué viene lo de Mac Gideon?... Ah, ya entiendo, está mezclándolo todo para salvar su reputación, ¿es eso? Mac Gideon es un corrupto y usted lo sabía, pero lo dejó inmaculado en sus famosos artículos sobre el caso de los ilusionistas. Ahora toda la porquería saldrá a flote y con ella su propia torpeza y falsedad. Está tan acabado como el propio senador, que será condenado a prisión.

—Mac Gideon apoyó financieramente a este periódico en la época de Greg Sullivan y no me extrañaría que tuviera negocios con su fondo de inversión Invertgold. No me costará encontrar las conexiones.

Seguía lanzando conjeturas que parecían hacer mella en Peggy Barrymore. Puso la mano en uno de sus bolsillos y cogió dos monedas que hizo rodar sobre los nudillos de los dedos; supuse que era una rutina para tranquilizarse, pero me pareció que lo hacía con tanta habilidad como la del mago Jean Pierre de Le Double Fond.

—Ya le dije que tenemos miles de inversores en nuestros

productos financieros. ¿Qué demostraría eso y qué tiene que ver con la supuesta hija de los Sullivan que está buscando?

Ahora quería sacarme una información que, por otra parte, no tenía.

—Martha Sullivan y Mac Gideon tenían una relación muy especial, tanta como para que se hiciera cargo de los gastos del parto de la editora.

—Oiga, creo que ya he oído suficiente. Le insisto en que debería coger el dinero que le ofrecemos y salir del *Sentinel* inmediatamente.

—Van a echarle toda la mierda a Mac Gideon y también a mí. Eso es lo que van a hacer con los reportajes de Laura Grant en el *Sentinel*. Es una buena manera de que nadie investigue la relación que tienen con el senador: si reabren el caso de los ilusionistas lo harán dejando la imagen de ustedes a salvo, ¿no es cierto? El gran diario independiente que se atreve a publicar la verdad que no se contó en su momento. Muy edificante, los lectores se lo tragarán hasta el fondo y los nuevos editores aparecerán como unos valientes, unos paladines de la independencia que no se casan con nadie.

Las piruetas con las monedas las hacía ahora con los dedos de ambas manos.

—¿Qué es lo que quiere, Christian?

—Saber la verdad sobre Angela Sullivan.

—No le puedo ayudar. Busca a un fantasma, alguien que no existe. En mi opinión es todo una invención de Martha Sullivan, ya se lo he dicho.

—¿Dónde aprendió a manejar así las monedas?

Se miró las manos sorprendida, como si no hubiera reparado en que llevaba un buen rato manipulándolas con agilidad automática.

—Yo…, bueno, hice un curso de *close up*.

—Magia de cerca, hum, ¿dónde?

—En Alemania, mi madre era alemana, de Colonia. Es una diversión..., no soy muy buena.

—A mí me parece que lo hace muy bien.

Guardó las monedas, nerviosa, en el bolsillo de la chaqueta.

—No sé a qué viene eso ahora. Por última vez, ¿acepta nuestras condiciones para dejar el *Sentinel*?

—Creo que no, señorita Barrymore. Su padre me llegó a ofrecer la dirección del periódico y, vista la oferta que me hacen, prefiero esperar —dije con ironía.

—En ese caso...

—En ese caso, buenas tardes. Tengo trabajo que hacer. Nos volveremos a ver.

Capítulo 20

Una nueva pista en la yincana

*E*va Bentley estaba aguardando la hora de entrar en la sala de la UCI del hospital. Cuando me vio pareció alegrarse. Relajó su adustez y acudió a darme un fuerte abrazo. Creí que eso la reconfortaría y apreté ligeramente su espalda contra mi pecho. Noté sus senos duros y abultados contra mi torso, seguramente por el corsé que debía de llevar, que más bien parecía una armadura, como la faja que intentaba recoger sus caderas y que no hacía otra cosa que pronunciar su trasero.

—Me alegro de verle, señor Bennet.

—Puede llamarme Christian, Eva. Ahora ambos tenemos algo en común: hemos sido despedidos del *Sentinel* —le dije bromeando.

—No pude esperarle en el periódico, todo se precipitó y los de seguridad me invitaron a marcharme sin ni siquiera recoger mis cosas. Fue terrible. —Intentó contener un sollozo.

—¿Cómo sigue?

—Igual, lo cual es peor según los médicos. No hay posibilidad de que salga del coma.

—Ya, tengo tantas preguntas para ella…

—¿Ha visto lo del senador Mac Gideon?

—Sí, lo he leído en el diario. Me dijo que visitó a Martha Sullivan, ¿sabe por qué?

—No lo sé, pero hice algo que quizá no debería... —Se sonrojó.

—¿Qué es?

—Tengo el teléfono móvil de la señora Sullivan y he revisado sus llamadas. Hizo varias al senador en los últimos días antes de entrar en el hospital. Compruébelo usted mismo. —Sacó del bolso un teléfono y vi que efectivamente habían hablado entre ellos varias veces. Memoricé el número.

—Eva, necesito saber por qué me escogió Martha Sullivan para encargarme la búsqueda de su hija. Desde que la inicié se ha abierto la caja de Pandora, nada está bajo control... Es como si quisiera que saliese al descubierto la trama oculta de su vida. Y también la de la mía. Ella debía de conocerme bien, dirigió mis pasos por donde quería que condujese la investigación. El maletín que me dio me llevó hasta París, de ahí a Barcelona, para volver de nuevo aquí. Y a todo esto, ¿qué tengo? Jirones del pasado que no tienen ningún sentido. Una hija que seguramente nunca estuvo en París y que lleva media vida ocultándose de todo el mundo, incluida su madre, por alguna razón que desconozco. Creo que usted sabe más de lo que dice saber.

—Yo no...

—Usted me hizo llegar la documentación de la policía sobre el accidente del Sena, me puso en contacto con los Barrymore en un santiamén y me previno de las «artes interesadas» de Laura Grant. Ahora me enseña las llamadas de la señora Sullivan a Gideon... ¿No cree que ya es hora de que se sincere conmigo y me cuente todo lo que sabe acerca de este embrollo en el que me han metido? En cierta manera también está usted guiando mis pasos.

Eva Bentley enrojeció del todo. Nos sentamos en unas sillas de plástico colocadas en hilera frente a la UCI y fue incapaz de sostenerme la mirada.

—No sé nada, no le oculto nada… No sé cómo le puedo ayudar, siento por lo que está pasando. Supongo que es libre de dejarlo, ella está muriéndose, usted ha perdido su empleo y yo…

—¿Y usted qué gana con que lo deje? También ha perdido su empleo. ¿O no es así? ¿No será que está en connivencia con los nuevos propietarios, señorita Bentley?

La tomé del brazo para girarla hacia mí y la miré buscando sus grandes ojos a través de los cristales gruesos de sus lentes. De cerca aprecié su cutis maquillado en exceso y comprobé que las canas habían ganado espacio en su melena que no llevaba recogida en una coleta como la última vez que la vi. Parecía haber envejecido en pocos días. La forma de vestir con esas medias tupidas… Todo tan excesivamente tosco. Por un instante me la imaginé desprovista de tanto elemento postizo como acarreaba su cuerpo, en el interior y el exterior, y pensé que resultaría más bella al natural. Eva Bentley tenía, seguro, muchos complejos.

—No sé cómo puede llegar a pensar eso de mí, Christian. Quiero a la señora Sullivan, jamás la traicionaría, y solo busco colaborar con usted para que se esclarezca lo de Angela.

—Ya, pero me dijo que ni siquiera sabía que tenía una hija y creo que me mintió.

—Admito que sabía que tenía una hija fuera del matrimonio. Ella me lo contó, pero me pidió que lo guardara en secreto.

—¿Y qué más confidencias le hizo? Se está muriendo, ya no respira por sus propios medios… ¿No cree que me lo debería contar?

—No sé.

—¿No sabe?

—Bueno, le eligió a usted porque creía que usted la comprendería…

237

—¿Qué debía comprender?

—Usted tiene un padre al que no ve desde hace muchos años, lo estuvimos averiguando. La señora Sullivan pensó que alguien que tenía una deuda pendiente con su pasado, como ella con su hija, sería una persona que difícilmente abandonaría la misión ante cualquier obstáculo..., se trataba solo de una intuición de mi jefa. Pesó también en su decisión que su marido le hubiera confesado que se fiaba de usted; Greg le dijo en más de una ocasión que era capaz de enfrentarse a todo y a todos, pero también que tenía la sensibilidad para pactar razonablemente. No es usted un loco, conocíamos el acuerdo al que llegó con el editor para no lesionar los intereses del *Sentinel* en el caso de los ilusionistas. Usted no es de los que se arredran ante los Barrymore aunque le hagan la vida imposible, ¿verdad?

238

—Ya entiendo, jugó conmigo como con un niño...

—No es cierto. Usted aceptó el encargo, nadie le ha utilizado; si se le ocultó algo fue para ponerlo a prueba. Christian, usted ha demostrado que quiere llegar al fondo de este asunto, ahora más que nunca. Le va en ello su prestigio y también su honestidad.

—Ahora que me han despedido quieren valerse de mi resentimiento hacia los Barrymore, ¿no es verdad?

—Supongo que eso no le dejará impasible, pero si quiere abandonar está en su derecho.

No me dejaba impasible, era cierto, pero me sentía acorralado, sin capacidad de reaccionar con libertad. Me habían implicado en la conspiración por la propiedad del *Sentinel* y se tejía frente a mis narices una maquinación contra mí que no sabía cómo controlar. Eso me desorientaba y me impedía pensar con claridad. No podía confiar en nadie y hasta mi periódico, mi único medio hasta la fecha para poder contar lo que estaba pasando, me había cerrado las puertas. No tenía defensas a las que asirme, estaba completamente solo. Más solo que nunca.

Eva Bentley debió de notar mi desconcierto.

—Creo que debería ir a Las Vegas —dijo.

—Ya. ¿Es un nuevo tramo de esta yincana donde me han inscrito? Supongo que ahora me dará alguna pista para superar la nueva prueba... Porque va de eso, ¿no? De superar pruebas.

—Puede pensar lo que quiera, pero debería impedir que Laura Grant manipule la realidad con sus artículos. Tiene que defenderse, eso es tan importante como conseguir que un día Angela Sullivan esté al frente del *Sentinel*... Quizá todo tenga que ver.

—No parece una pista muy clara. ¿Se trata de un acertijo?

—Creo que si descubre el paradero de Angela no será fácil demostrar que es quien dice ser, y aún será más complejo demostrar que tiene los derechos de propiedad que en su día se pactaron en el convenio con los Barrymore. Estoy convencida de que la respuesta está en Las Vegas; Mac Gideon era una pieza importante para esclarecer el asunto y ahora está detenido...

De repente Eva Bentley parecía tener mucha información y la soltaba a cuentagotas y desordenadamente.

—Ahora vamos por buen camino. ¿Qué era Mac Gideon para Martha Sullivan? ¿Su amante? Era el padre de Angela, ¿verdad? Llegó a un acuerdo con Greg Sullivan para que lo sacara del caso de los ilusionistas. Greg aguantó la infidelidad de su mujer con Mac Gideon, acogió a Angela como su verdadera hija y a cambio recibió el apoyo económico del senador.

Eva Bentley se mordió el labio pensativa, valorando lo que me quería decir.

—Mac Gideon es hermano de Martha Sullivan. ¿Lo en-

239

tiende ahora, Christian? Si me disculpa, voy a entrar, es la hora de la visita.

Eva Bentley desapareció con rapidez por el fondo de la sala. Entró en la UCI y tras ella se oyó un portazo metálico. Yo era incapaz de reaccionar.

Capítulo 21

Ilusionarium

*I*ba caminando en dirección sur por la Primera Avenida buscando llegar a mi casa con las ideas ordenadas si era posible. Anochecía por momentos a cada calle que cruzaba.

Laura seguía sin atender mis llamadas. No podía dejar de pensar que me había dejado embaucar por ella como un becario inexperto; le había proporcionado la información que quería y la estaba utilizando contra mí. Aunque fui consciente de que eso podía pasar cuando le conté mi historia en la cena del Kyclades, tenía que reconocer que mi orgullo estaba herido, porque en el fondo había llegado a pensar que sentía un verdadero interés por mí. ¡Qué iluso fui al pensar que yo le atraía! Hasta los encuentros en Central Park debían de estar perfectamente planificados por aquella mujer sin escrúpulos cuyo único afán era conseguir una exclusiva que la encumbrara.

Rememoré su actitud de entrega absoluta cuando hicimos el amor: sus ojos enamorados, su delicada manera de recorrer con sus senos mi cuerpo entre gemidos, su balanceo sutil al montarse sobre mí, las caricias de sus dedos en mi torso y los besos mordisqueando mis labios. Aquel acto sexual pareció sincero y tierno, y no el mero polvo de trámite que debió de ser para ella. Era francamente buena disimulando sus emociones y provocando sentimientos fatuos en los demás con sus encantos.

Me maldecía por haber resultado tan ingenuo y no me consolaba la excusa de que me hubiera cogido bajo de defensas por el hecho de que pocas horas antes hubiesen entrado en mi casa y acabado con la vida de *Astor*. Debía dejar de lamentarme y tomar la iniciativa. Seguro que esta pasaba por ir a Las Vegas, al encuentro de Laura, para averiguar qué había de cierto en lo de Mac Gideon. Pero esa decisión de nuevo no era enteramente mía: era una carta marcada por Eva Bentley, como casi todos mis movimientos en los últimos días.

Debía comprobar, de entrada, lo que me había contado en el hospital. Que Mac Gideon fuera el hermano de Martha Sullivan me llevó poco tiempo averiguarlo: su apellido de soltera apareció en el buscador de Google en mi móvil, a la tercera búsqueda y de forma casual. Resultó que en su biografía constaba que se había licenciado en bellas artes en el Massachusetts College. Entré en la página web de esa institución y luego en la de Facebook; alguien había colgado la foto de la orla de la promoción del año 1962 y ahí estaba la imagen de una veinteañera llamada Martha Mac Gideon Bolley que coincidía con los dos apellidos del senador. Al momento pensé que ese detalle lo conocería con seguridad Laura; lo debió de saber desde el principio, cuando simuló que estaba colaborando conmigo para descubrir el paradero de Angela y averiguó que Mac Gideon se había hecho cargo de los gastos hospitalarios de su hermana Martha. Laura me había dado la información suficiente para que yo no sospechara que en realidad estaba trabajando para su causa. Pero la culpa era mía por no haber indagado en el pasado de la vida de Mac Gideon cuando había sospechado de él.

Ahora entendía, más si cabía, que Greg Sullivan me hubiera aconsejado dejar fuera de la investigación de mis reportajes al senador cuando era gobernador de Nueva York: Mac Gideon era su cuñado. También entraba en la lógica que le hubiese ayudado económicamente en momentos de dificultad del diario. Pero lo que no me encajaba era el papel que jugó en la trama de los ilusionistas. Estaba seguro de haber oído el nombre de Mac Gideon en boca de aquellos asesinos hacía quince años en el hotel de Las Vegas en el que tras darme una paliza acabaron con la vida de Lorraine. Lo oí aquella noche y lo oía cada día cuando recordaba el durísimo episodio que viví.

Me vino a la cabeza la imagen de Peggy Barrymore realizando cabriolas con las monedas entre sus dedos de manera inconsciente. No era fácil para alguien que no estuviera bien entrenado o que no fuese un profesional de la magia de cerca ejecutar aquellos movimientos. ¿Acaso había un vínculo entre Angela Sullivan, la gran ilusionista, y Peggy? ¿O era mera casualidad?

243

Caminaba tan ensimismado que no vi un camión que estuvo a punto de embestirme. El conductor hizo sonar el claxon emitiendo un tremendo bocinazo y me esquivó con un golpe de volante. Di un salto para subirme a la acera y reparé en que la luz de los peatones estaba en rojo. No tenía conciencia de haberme fijado en los semáforos atravesando las calles hasta llegar a ese cruce, y lo peor era que había descendido una treintena de ellas y estaba en la Nueve con la Primera, cuatro travesías por debajo de mi casa; había pasado por delante de ella sin darme cuenta.

La adrenalina que liberé por el incidente me despejó y me hizo notar que quizá también estaba mirando en otra dirección en el caso de Angela Sullivan, posiblemente en la dirección en que alguien tenía interés en que mirara para no descubrir el truco de ilusionismo que estaba haciendo conmigo.

Υ

Me pareció que la llamada de Brad Hudson sonaba subida de decibelios en mi móvil. Me había quedado dormido en el sofá y el *jet lag* por el viaje a París y Barcelona ralentizaba los reflejos de mi cerebro, que parecía una caja de resonancia. Me tomé un tiempo para oprimir el botón y contestar.

—Hola —dije con voz plúmbea.

—Christian, ¿estás ahí? —Debió de notar mi aturdimiento.

Brad Hudson era el redactor jefe de investigación del *New York Times* y adjunto al director, un hombre de confianza del editor que llevaba más de treinta años en el periódico. Era también un elegante sabueso que merodeaba por el Saint Regis husmeando entre la *jet set* neoyorquina y sus adláteres, que solían reírle sus ocurrencias, temerosos de su afilada pluma. Decían que dos de cada tres editoriales del *Times* eran de su cosecha.

—Hola, Hudson, me pillas en mal momento —le dije. No me apetecía hablar con él ni con nadie.

—Me he enterado de la putada que te han hecho en el *Sentinel* y me he dicho «llámale». Con los amigos hay que estar a las duras…

No sabía que Hudson se considerara mi amigo.

—Sí. En mi diario se viven momentos convulsos, pero espero que todo vuelva a su cauce —atiné a decirle, restándole importancia con el afán de que me dejara en paz.

—¿Convulsos? Joder, Christian, te han puesto a caer de un burro, ¿qué le han dado a Robson para almorzar este mediodía?

—No te entiendo…

—¿No has visto la página web del *Sentinel*? Ya imagino que no. Tú eres de los que sigue envolviendo el sándwich con el papel del diario después de leerlo. —Lanzó una sonora carcajada que resonó en mi tímpano.

—No, no la he visto ¿Qué dicen?

—Pues lo de menos es que se disculpan ante los lectores por haber tenido tantos años a un tipo como tú en su redacción, que les ha engañado, y cito textualmente: «y defraudado profesionalmente jugando con los intereses de los lectores, a quienes el *Sentinel* debe toda la consideración y respeto...». Y sigue con lindezas como «un periodista que obtuvo un Pulitzer basado en la ocultación de la verdad no tiene cabida en la nueva singladura editorial del *Sentinel*, que comienza con la autocrítica y la transparencia informativa»... En fin, bla, bla, bla, y sigue todo un dechado de obviedades sobre el periodismo comprometido e independiente... ¡Joder, Christian les has tenido que tocar mucho los huevos a los Barrymore para que arremetan de esa forma contigo!

245

—Eso parece. Te agradezco la llamada, pero acabo de llegar de viaje y estoy muerto.

Pensé que lo estaba en el sentido literal de la palabra. Me habían eliminado. Ejecutado sin conocer la sentencia por la que me condenaban a muerte.

—De eso nada, un periodista de raza nunca está cansado y nunca muere sin dar la batalla. Te invito a una copa en el Saint Regis. ¿Has cenado?

—No sé qué hora es...

—Son las ocho, date una ducha y te espero a las nueve en el King Cole; reservaré una mesa a mi nombre.

El King Cole era el bar del lujoso hotel Saint Regis, en la Cincuenta y Cinco con la Quinta Avenida, y era el último sitio donde debía aparecer. En esos momentos todos los que lo frecuentaban debían de estar al corriente de la noticia de mi defenestración y estarían especulando sobre ella. El propio Hudson seguramente tendría la intención de sonsacarme información para su columna. Era un buitre merodeando sobre mi cadáver y no iba a permitirle que se alimentara de mis despojos. Iba a rechazar su oferta cuando insistió:

—Christian, tenemos que hablar en serio. Se está cociendo algo importante y quiero que sepas que en el *Times* contamos contigo. No me creo esa patraña que cuentan sobre ti —dijo con tono firme.

¿Me estaba haciendo una oferta para trabajar en su diario? Parecía que mis neuronas recuperaban soltura, aunque seguía desconfiando de Hudson.

—Está bien, en una hora estaré allí, pero nada de trucos, ¿eh? No pienso soltar prenda para que me utilices...

—Entiendo cómo te sientes. Nada de trucos. A las nueve. —Colgó.

No me fiaba de Brad. Debía mantenerme en guardia.

Entré por la puerta del hotel que comunicaba con el bar, que estaba atestado de gente. Hudson había reservado una mesa en el salón, fuera de la barra del King Cole, junto a la ventana que daba a la calle Cincuenta y Cinco. Richard, el pianista, me saludó sonriente con un gesto con la cabeza mientras tocaba los acordes de *As Time Goes By*, de la película *Casablanca*. Se la había oído tocar cientos de veces con un dry martini en la mano y todas y cada una de ellas me asaltaba cierta melancolía; esta vez me sentía tenso y descolocado.

Hudson se levantó de la mesa y me tendió la mano con fuerza.

—Tienes buen aspecto, Christian, para no haber dormido tras tu viaje —me dijo en voz alta. Acompañó su efusivo saludo con una palmada en mi hombro. Se diría que no eludía que nos vieran juntos, al contrario. Tenía un dry martini con una aceituna gigante en su copa y yo le pedí otro al camarero que nos dejó el menú sobre la mesa.

—Tú también te conservas bien para tu edad —le dije bromeando para destensarme. Él se rio.

Brad Hudson era un tipo alto y fornido, lo había conocido con treinta años y ya tenía el cabello blanco. Su cara sonrosada le confería un aspecto saludable y jovial a pesar de que debía de rayar los sesenta.

—¿Pedimos y hablamos? —Al parecer quería ir al grano.

—Tomaré una hamburguesa poco hecha —le dije.

—Bueno, yo pediré unas ostras. Se tiene que notar la diferencia entre un tipo del *Times* y uno del *Sentinel* —bromeó antes de ordenar al camarero una docena de ostras y la hamburguesa.

—Brad, te agradezco tu interés por mí, pero este es un asunto que debo resolver yo solo. Demostraré que no soy un farsante. Toda mi vida he hecho periodismo y no estoy dispuesto a que unos advenedizos echen por tierra mi reputación de tantos años.

—Eres un buen periodista, Christian, lo sé. No te casas con nadie y te merecías el Pulitzer que ahora te quieren quitar. Formo parte de la Junta de la Columbia y nos ha llegado la petición de tu periódico para que invalidemos tu premio de periodismo nacional por el caso de los ilusionistas. La Junta es muy cobarde, ya sabes, no quieren problemas ni rumores, quieren ser limpios y hasta parecerlo. Lo van a estudiar.

—A la mierda el Pulitzer. Esa no es ahora mi preocupación.

—Quiero que sepas que si toman esa medida abandonaré la Junta. Llevo años dando clases en la universidad y no voy a seguir si adoptan una decisión con la que no estoy de acuerdo.

—¿Por qué quieres ayudarme, Brad?

—Por interés.

—¿Qué tipo de interés?

247

—Tengo interés en que cuentes tu historia en el *New York Times*. Estoy autorizado para ofrecerte un puesto de redactor en mi diario. Trabajarías solo, sin ataduras. Tú únicamente tienes que traerme la historia que busco desde hace tiempo.

—¿Y qué es lo que buscas? ¿Cómo sabes que yo tengo esa historia?

—Lo sé. No creo lo de Mac Gideon. Le han tendido una trampa para dejarlo fuera de juego. No digo que el senador sea un alma cándida, pero tenemos informaciones de que iba a por la mafia del juego y le han cortado las alas.

—¿Quiénes?

—Eso es lo que has de averiguar. Tú tienes los contactos para poner el dedo en la llaga y hacer saltar por los aires la corrupción que embadurna todo el sistema de concesión de licencias del juego y la organización criminal que maneja millones de dólares y está conectada con la droga y la prostitución. Tiene que ponerse al descubierto de una vez. Cuéntalo para nosotros, cuéntalo también por ti. Tu viejo periódico no lo va a hacer, está desviando el asunto, no tiene interés en que aflore esa historia y por eso te han dejado fuera de juego.

—¿Estás sugiriendo que los Barrymore tienen algún tipo de conexión con esa mafia?

—Yo no he dicho eso, pero sabemos que por lo menos un par de sus fondos de inversión tienen intereses en Las Vegas. Esos fondos podrían estar lavando dinero de sus inversores y hay unos cuantos nombres entre sus accionistas que, de demostrarse su participación, pondrían en jaque a la administración del Estado. Si aceptas el puesto te pasaré la información. Es la reproducción a gran escala de lo que denunciaste en tus artículos sobre el caso de los ilusionistas, solo que hace quince años, cuando les descubriste el pastel, cambiaron sus collares. Pero siguen siendo los mismos perros.

—El dinero de aquella mafia no se requisó, ni siquiera los jueces que condenaron a los mandos intermedios de la administración consiguieron que pagaran las cuantiosas multas que les impusieron; se declararon insolventes... y el dinero se blanqueó con inversiones que fueron a parar a los fondos de Barrymore. Ahora este, indirectamente, controla buena parte del negocio de Las Vegas, ¿es eso, no? —Lancé esa hipótesis basándome en todas las informaciones e indicios que había ido recopilando a lo largo de los años. Y di en la diana.

—Yo no lo hubiera explicado mejor. Solo que, como todo en nuestro negocio, hay que demostrarlo. No resultará fácil. Más aún con el *Sentinel* y otros medios afines desviando la atención hacia otro lado.

—¿Qué sabes de Mac Gideon? Creo que él tuvo algo que ver con el caso hace quince años.

—Esa es la teoría de tu viejo diario. Esa periodista... Laura Grant, mantiene que tú no lo denunciaste en su momento y que sigue al frente de la organización.

—Pero ¿tú qué piensas?

—Vaya, no paras de preguntar, pareces periodista. Se trata de que seas tú quien haga el reportaje. El *Times* no te va a pagar quince mil dólares al mes para que te escriba yo la historia. —Soltó una sonora carcajada que se sobrepuso a los murmullos del bar.

—Todavía no he aceptado tu oferta.

—Está bien. A Mac Gideon lo conozco desde hace tiempo, cuando era congresista, incluso de antes. Diría que lo conozco bien. Es un tipo ambicioso pero honesto, dentro del amplio margen de error que da la palabra honradez aplicada a un político. Cuando llevaba la sección de política me echó una mano. Mi padre trabajó un tiempo con él en Sanidad y de vez en cuando aparecía por casa. No es que tuviera una relación estrecha, pero sí lo suficiente como para saber que no estaba implicado en el caso de los ilusionistas. Creo que él sabía lo que se cocía por otro motivo: su hija se metió en problemas, estaba vinculada a la organización de los ilusionistas y cuando tuvo conocimiento de ello la apartó de la basura. Ese es el verdadero motivo por el que pudo parecer que actuó de manera poco contundente cuando era gobernador del Estado. Quiso proteger a su hija.

—Es hermano de Martha Sullivan, ¿lo sabías?

—Sí, lo sé. También sé que la pobre está muy enferma. No debes lamentarte por no haber acusado a Mac Gideon en tus reportajes, como ahora te reclaman en tu viejo diario; de haberlo hecho hubieras errado el tiro. Mac Gideon intentó luchar contra esa mafia aunque estaba atado de pies y manos porque su hija estaba metida de lleno en ella. Ninguno lo contamos, ni siquiera yo mismo, que lo sabía. Hay veces que también tenemos que ser comprensivos. En periodismo no toda la verdad es relevante, ¿no crees? Greg y Martha Sullivan tenían, digamos, la obligación de taparlo. Al fin y al cabo se trataba de su sobrina. ¿Tenía acaso importancia para los hechos que contaste que la hija del gobernador fuera un correo de la mafia del juego? Yo creo que no.

Mi corazón dio un vuelco, parecía que había dejado de latir por unos segundos. Brad se estaba sincerando conmigo y por eso me atreví a preguntarle:

—¿La hija de Mac Gideon se llamaba Lorraine?

Cuando se lo pregunté no estaba seguro de querer saber la respuesta.

—Sí, Lorraine, así se llama. Afortunadamente encarriló su vida. La llevó a estudiar fuera de Estados Unidos, creo que vive en París.

—¿Vive? ¿Quieres decir que está viva? —Me quedé absolutamente estupefacto, pero traté de disimular como pude ante Brad.

—Sí, claro. ¿A qué viene eso?

—No, a nada.

250

¡Lorraine vivía! Yo la había visto caer por la ventana de la habitación del hotel de Las Vegas impulsada por aquellos esbirros que me dieron una paliza, y su cadáver se había esfumado dejando un rastro de sangre en el patio interior, a la vista de todos, entre la jauría de máquinas tragaperras y mesas de juego que no se detenían nunca. ¡Estaba viva! Y yo creyéndola muerta y con la carga en mi conciencia durante quince años por no haber denunciado un asesinato que no existió más que en mi mente. Pero no era posible, yo la vi caer con mis propios ojos hasta que perdí el conocimiento. ¿Quiénes eran aquellos esbirros que citaron el nombre de Mac Gideon? ¿Por qué hicieron aquello? ¿O es que quizá solo simularon hacerlo? Pero la sangre que yo vi en la calle… No entendía nada.

—Bueno, entonces, ¿aceptas la oferta?

—Acepto. Necesitaré un billete para Las Vegas para mañana por la mañana.

—Hecho. —Sonrió satisfecho y me tendió la mano—. Te espero en el *Times* a las ocho. Llamaré para que tengan preparado tu billete de avión.

Sirvieron la hamburguesa y las ostras. Le cogí una ostra, me apetecía más que la hamburguesa. Mi dry martini estaba sin tocar. Lo apuré casi de golpe ante la mirada sorprendida de Brad. Necesitaba eso y más para procesar la impactante noticia que acababa de recibir y para decidir mis siguientes pasos.

Capítulo 22

Desmontando mentiras en Las Vegas

Llegué al aeropuerto McCarran de Las Vegas a primera hora de la tarde. Hudson me había puesto al día por la mañana con la información de que disponía y que me había adelantado durante la cena. Desayunamos con el director del *New York Times* y firmé un contrato por quince mil dólares al mes. Conseguí convencerles de que no hicieran público mi fichaje por el *Times* por lo menos hasta que tuviera algo sólido que publicar. Aunque a ambas partes nos apetecía darles en las narices a los nuevos propietarios del *Sentinel*, me pareció que era más inteligente que no se molestaran por mí y pasar desapercibido; quizás eso me permitiría trabajar con mayor libertad. Así que me tragué toda la sarta de falsedades que mi antiguo diario había publicado sobre mí esa mañana en la edición impresa y las pullas que me lanzaba entre líneas Laura Grant en su nuevo reportaje, que seguía en la línea de ataque contra Mac Gideon. Laura debía de estar en su salsa porque Robson le había dado la portada y la página tres del diario.

En el *New York Times* me habían reservado una habitación en el Bellagio, donde se hospedaba Mac Gideon, y, por lo que leí en el *Sentinel*, también Laura Grant, a la que le gustaba describir en su crónica que se hallaba a pocos metros de la habitación del senador, quien estaba en libertad vigilada en la *suite* del hotel hasta que el juez tomara una decisión.

Pedí cambiar el Bellagio por el Flamingo, más sencillo y algo más discreto, si es que la mesura y la discreción tenían cabida en una ciudad como Las Vegas. También rechacé un chófer para trasladarme desde el aeropuerto y lo hice en autobús. El Flamingo era más antiguo, pero estaba a poca distancia y enfrente respectivamente del Caesars Palace y del Bellagio. No quería, de entrada, que Laura o la gente del *Sentinel* me vieran en Las Vegas. Ya llegaría la hora de pasar cuentas con mi amiguita, la reportera enamoradiza.

Había dormido muy poco durante la noche. La imagen de Lorraine cayendo al vacío por la ventana del Caesars Palace me seguía persiguiendo. No entendía qué había pasado aquella noche y entre mis prioridades estaba el averiguarlo. 253

Me instalé en una habitación del piso veintiséis, que estaba habilitado para fumadores. Aunque por ley en Las Vegas estaba permitido fumar en los amplios *halls* de los hoteles-casino atestados de máquinas tragaperras y mesas de juego, no quería arriesgarme a encender un cigarrillo en una habitación de no fumador y que saltaran las alarmas. Las normas se habían hecho a medida de los jugadores para que estos se concentraran en perder su dinero sin causarles más estrés del necesario con prohibiciones. El alcohol circulaba como el agua y los apostantes recibían sus dosis gratuitas con el único afán de que no dejaran su puesto de juego ni un solo segundo.

Se me ocurrió algo tan pueril como posiblemente práctico. Tenía el teléfono privado de Mac Gideon. Lo había memorizado cuando Eva Bentley me enseñó las llamadas que este había hecho al móvil de su hermana. Aunque supuse que sus llamadas estarían intervenidas —si es que la policía no le había requisado el móvil— marqué el número de Mac Gideon desde el teléfono fijo del hotel. Contestó al momento. Estaba claro que era más práctico para la policía investigarle pinchando su teléfono.

—Senador Mac Gideon, soy periodista, estoy en Las Vegas, trabajo para *The New York Times* y creemos en su inocencia —le dije de corrido por si conseguía atraer su atención y evitar que me colgara.

—¿Periodista? No puedo hablar con la prensa, lo siento —dijo tajante.

—Soy además amigo de su hermana Martha. Tengo un encargo de ella —me apresuré a decir.

—Oiga, tengo que colgarle. Estoy bajo vigilancia y mis abogados me prohíben hablar con nadie. —Colgó.

Volví a llamar y lo volvió a coger.

—Soy yo de nuevo, sé lo que pasó con su hija hace quince años. Yo estaba con ella, con Lorraine.

Esta vez pareció interesado en escucharme.

—¿Quién es usted? ¿Cuál es su nombre?

—No puedo decírselo, por el momento. He de ganar tiempo antes de que me localicen los que están escuchando esta conversación.

—¿Y qué quiere de mí?

—Estoy buscando a Angela, su sobrina, y también a... su hija Lorraine.

—No va a poder ayudar a Martha. Ya no lo necesita. Me acaban de llamar del hospital. Mi hermana ha fallecido. Mis abogados están gestionando una autorización para que pueda asistir al entierro pasado mañana.

No por ser una noticia esperada dejó de afectarme. La pobre editora había luchado contra la muerte con todas sus fuerzas, pero sobre todo me dolió especialmente porque había sido incapaz de llevarle hasta su lado a su hija antes de fallecer.

—Lo siento mucho, era una buena persona. Ya sé que no debería confiar en un extraño que le llama por teléfono en su situación, pero necesito saber qué pasó con Lorraine aquella noche en el Caesars Palace hace quince años. Yo la vi caer desde un décimo piso.

—Usted cree que la vio caer... No puedo decirle más. He hablado con ella, posiblemente venga para el entierro de su tía Martha. Si asiste usted al funeral puede que Lorraine le aclare lo que pasó.

¿Qué quería decir Mac Gideon con que creí verla caer? Vi cómo la zarandeaban entre dos matones, vi cómo abrieron la ventana utilizando una llave especial que la desbloqueó, vi cómo la agarraron de los brazos y la tomaron por la cintura para soltarla por el ventanal como un fardo cualquiera y la oí gritar mientras caía al vacío y yo perdía la consciencia por los golpes que me propinaron los otros dos matones... ¿Estábamos hablando de la misma mujer? Y si era la misma Lorraine, tanto Hudson como Mac Gideon decían que estaba viva. No era posible.

—¿Y Angela? Sé que estuvo en contacto con usted. Le hizo llegar un maletín desde París... ¿Por qué urdió todo ese montaje para luego desaparecer hasta la fecha?

—Señor periodista..., como se llame, veo que está bien informado acerca de la familia, pero no debería ver nada extraño en la desaparición de alguien cuyo trabajo consiste en eso precisamente. Angela es una brillante escapista, una gran ilusionista.

—¿Dónde está ahora?

—No lo sé, hace tiempo que le perdí la pista. Ese maletín al que usted se refiere me lo enviaron desde París, es cierto. Yo sabía cómo manipularlo, pero no me lo envió Angela. Ella nunca estuvo en Francia.

—¿Y cómo es que el maletín fue a parar a su hermana Martha? Ella pensaba que Angela se había estado comuni-

255

cando con su marido Greg a través de los recortes de periódicos que contenía.

—Esos recortes los puse yo en su interior. Simulé que ese extraño maletín había aparecido en casa de mi cuñado. Quizá cometí un error, pero quería consolar a mi hermana de alguna manera. Su marido había muerto y su hija llevaba años desaparecida... Era como decirle: tranquila, Martha, tu hija vive, está bien y triunfando en todo el país, incluso en París. Un día aparecerá y estará a tu lado. No sé por qué le cuento esto.

—Porque su hermana me encargó buscar a su hija y todo se inició con ese maldito maletín. ¿Cómo dio con la clave del maletín? ¿Con Le Double Fond?

—Eso me permitirá que no se lo cuente por teléfono. Creo que los amigos que nos están escuchando están perdidos con nuestra conversación, pero deberíamos seguir dejándoles con la intriga. —Se rio—. Ellos esperan que hablemos de comisiones y corruptelas que solo existen en su jodida mente. Quieren hundirme. La familia Mac Gideon parece estar perseguida por intereses ocultos. Están lanzándome toda una sarta de imputaciones falsas.

—Hábleme de ello. ¿Quién está detrás de esas acusaciones? ¿Y por qué?

—Es usted insistente, amigo. No puedo hablar, ya se lo he dicho. No hasta que no esté delante de un tribunal para defenderme.

—Quizá no sea necesario si me cuenta su historia y yo la publico.

—No sea inocente. El poder de la prensa es ridículo, una reliquia romántica. Aunque sea usted periodista de uno de los principales periódicos de este país no tiene nada que hacer. Todo lo que yo le dijese y usted publicara sería utilizado en mi contra por los que nos están grabando. Será mejor que disfrute de Las Vegas y se olvide de este asunto. Martha lo entendería, no se preocupe. Ese diario, el *Sentinel*, importa ya un carajo. Que se lo quede Barrymore y se empache publicando sus mentiras.

—¿Podríamos vernos unos minutos?

—No creo que lo permitan los policías que están custodiando la puerta de mi *suite* —dijo socarrón—. Insisto, ¿por qué no se olvida de todo y disfruta de Las Vegas? Le recomiendo que vaya a ver el espectáculo de Criss Angel, el ilusionista. Actúa en el Luxor, las entradas deben de estar agotadas pero si muestra su carnet de periodista del *New York Times* seguro que le hacen un hueco. Ponga a prueba el poder de la prensa. Y tratándose de su diario exija que le den la fila dos, desde donde se ve perfectamente la función. La magia de escenario es más espectacular vista de cerca, ¿no cree? O eso solía decir mi sobrina Angela. Si me disculpa…

—Dan Barrymore se quedará con la fortuna de su hermana. Usted tiene relación con ellos, con sus fondos de inversión… Usted podría impedirlo… Si no lo hace es porque está confabulado con él. —Lanzaba afirmaciones categóricas para evitar que me colgara de nuevo el teléfono, pero no se inmutó.

—Señor periodista del medio más importante, hágame caso y vaya a ver el *show* del mejor mago del mundo. Comienza a las diez, dispone de una hora para conseguir la entrada. Disfrute del espectáculo. Buenas noches. Y no siga insistiendo, ya hemos hablado bastante, quisiera poder acudir al funeral de mi hermana y no me gustaría que los que nos están escuchando se enfadaran y me lo impidieran.

Colgó y no volví a llamarle.

Encendí un cigarrillo sentado en la cama *king size* de la habitación. El amplio ventanal me ofrecía la vista a la High Roller: los brazos de la gran noria panorámica movían con pereza sus cabinas circulares iluminadas hasta decir basta.

257

Toda la ciudad irradiaba hacia el cielo la luminosidad artificial de los neones y pantallas plasmáticas colgadas de las fachadas y azoteas. Desde el asfalto, la ardentía del mar de luces no dejaba un solo hueco para el crepúsculo.

Sentí pereza por sumergirme en la ciudad. Pero salir de la habitación era una necesidad. Sin nevera para tomarse una simple cerveza o un botellín de agua, y con el bullicio que se colaba por los respiradores del baño y entre las dobles puertas que comunicaban las habitaciones, necesitaba escapar un rato de allí. Desde mi habitación oía como unas jóvenes se acicalaban para salir. No eran menos de cinco o seis, y sus voces agudas iban in crescendo por la cantidad de alcohol que debían de estar ingiriendo.

Eran las nueve de la noche. Le daba vueltas a la breve conversación con el senador Mac Gideon y a la muerte de la editora del *Sentinel*: debería llamar a Eva Bentley, pensé.

258 Pero mi cerebro se empeñó en procesar el recuerdo de Lorraine, aunque no conseguía evocar su cara. No me había pasado nunca en todos estos años. Cuando la sentía muerta la veía con nitidez. Y ahora que parecía estar viva se me aparecía distorsionada, cubierta por un velo o una máscara. La misma máscara que había visto en las fotos de Angela Sullivan.

Necesitaba una copa y llenar el estómago con un sándwich antes de ponerme a repasar los papeles de Brad Hudson. No tenía prisa por escribir una crónica para el *New York Times* y no lo iba a hacer tan solo con la información exculpatoria de Mac Gideon que me había facilitado Hudson. No había podido contrastarla con el senador. Algo me hacía recelar sobre el interés que tenía el *Times* en que Gideon apareciera como una víctima y en que los fondos de Barrymore parecieran contaminados por la mafia criminal. Yo pensaba que era así, pero el hecho de que reforzaran mi teoría, lejos de reafirmarme en ella, me suscitaba una extraña suspicacia.

También quería planear un posible encuentro con Laura. Quería comprobar cuáles eran las fuentes en las que estaba basando sus informaciones y si era posible acceder a ellas, aunque sabía que la orientación y las conclusiones de sus reportajes le venían dadas interesadamente por la dirección del *Sentinel* en Nueva York.

De pronto, pensé que Mac Gideon quería decirme algo con su recomendación para que disfrutara de Las Vegas. Resultaba extraño que me hubiera insistido tanto en que asistiera a un *show* de magia. Seguro que el senador conocía mis contactos con el mundo del ilusionismo. Yo mismo le había hablado del maletín de Martinka y él había dado por supuesto que yo sabía que Angela se dedicaba a la magia de salón. Además, su hermana Martha le habría puesto al corriente del encargo de la búsqueda de su hija, pero ¿por qué me recomendaba asistir a la sesión de las diez de Criss Angel de esa misma noche?

Llamé a la conserjería del hotel. Me dijeron que las entradas para el espectáculo *Believe* de Criss Angel se habían agotado pero que me podrían conseguir una para dentro de un par de días o para otros *shows* de magia al día siguiente. Nombres de magos como David Copperfield, Penn and Teller, Mac King, Nathan Burton, Jeff McBride, Armando Vera y un sinfín más me fueron recitados de carrerilla por el conserje. Pude comprobar que muchos teatros de los hoteles de Las Vegas incluían espectáculos de ilusionismo. La magia estaba de moda. Rechacé amablemente su oferta. Algo me decía que tenía que hacerme con una entrada para el *show* del polémico mago de East Meadow, que empezaba en una hora.

Salí de la habitación y bajé al *hall*. Atravesé el pasillo entre las cantinelas melódicas de las infinitas e incombustibles máquinas tragaperras en busca de la salida al exterior, para tomar un taxi hasta el hotel Luxor.

El tráfico estaba imposible en Las Vegas Boulevard y un trayecto de apenas dos kilómetros me demoró veinte minutos. Cuando llegué al Luxor de nuevo tuve que recorrer un largo pasillo, sorteando a los clientes que a esa hora se hacinaban alrededor de las mesas de juego, para llegar hasta la entrada del teatro. De vez en cuando se oía una explosión de alborozo de los que celebraban su suerte en la ruleta. Faltaban diez minutos para las diez de la noche y los últimos espectadores hacían cola en la puerta con las entradas en la mano bajo un póster gigante del mago roquero, que aparecía sin zapatos y cayendo al vacío entre rascacielos.

Me dirigí a un mostrador donde estaba sentada una joven afroamericana mascando chicle tras un cartel de «No hay entradas». De su pecho pendía una chapa que la identificaba como Cynthia Robinson. Le rogué inútilmente que me consiguiera una. Cynthia ni siquiera me respondió. Me lanzó una mirada cansina y señaló con el dedo el expresivo letrero de «No hay entradas» frente a mis narices.

Se me ocurrió poner en práctica lo que me había sugerido bromeando Mac Gideon. Sentí vergüenza por hacerlo, pero me había propuesto entrar en el *show*. Busqué en mi billetero el carnet de prensa del *New York Times* y se lo mostré a Cynthia Robinson.

—Soy periodista —dije.

La joven hizo un gesto de hastío. Encogió los hombros como si viera impresa por primera vez la conocida tipografía *old english* del *Times* y al rato debió de caer en la cuenta de que se trataba de un periódico.

—Oiga, si quiere una entrevista con Criss Angel llame mañana al departamento de relaciones públicas.

Estaba claro que la prensa no tenía ascendencia alguna sobre Cynthia Robinson. Por lo menos no la suficiente para que me consiguiera una entrada para esa noche.

Sonó el timbre avisando que quedaban cinco minutos para el comienzo del *show* cuando un hombre trajeado salió de una puerta lateral. En la solapa de la americana llevaba prendida una placa con su nombre, Oscar Thompson, y el anagrama de Le Cirque du Soleil, que era quien producía el espectáculo del mago.

—¿Periodista? —dijo.

Volví a mostrar mi credencial. El tipo abrió un cajón junto al puesto de Cynthia. Esta, desconcertada, se hizo a un lado dejando que Thompson rebuscara en él.

—Aquí tiene su entrada, señor Bennet —dijo al momento—. Fila dos. Un buen sitio.

No sé quién puso mayor cara de sorpresa, si la anodina empleada o yo. La cuestión es que tenía mi entrada y en la fila en la que me había sugerido Mac Gideon. Todo estaba preparado, evidentemente. Ni siquiera hice ademán de preguntar cuánto debía pagar por ella. Thompson, además, me urgió a entrar en la sala.

—Disfrute del *show*, señor Bennet. Un empleado le acompañará hasta su butaca. Buenas noches.

La butaca contigua a la mía estaba libre. Imaginé que aquellas entradas estaban reservadas para Mac Gideon y su acompañante. Alguien de la oficina del senador debió de llamar avisando de que, posiblemente, un periodista del *Times* pasaría a recoger una, ante la imposibilidad de que él pudiera asistir.

No tenía idea de qué quería que viese en el espectáculo de Criss Angel. Había leído que el *show* y los trucos habían sido renovados recientemente y que el mago había firmado un nuevo y millonario contrato con el Luxor. La competencia entre Criss Angel y David Copperfield, que actuaba en el MGM de Las Vegas, era tremenda. Sin embargo, con ella también ganaban otros ilusionistas que se habían hecho un espacio entre los grandes *showmen* de la magia innovando con fórmulas de gran impacto, donde la comicidad en la puesta en escena atraía al gran público.

Sabía que Angel cuidaba un aspecto gore y desaliñado, de niño gamberro, motero y roquero. Era quizás el más provocador de los magos. En cuanto veía que sus excesos verbales, fabricados con una voz desgarrada y chillona, podían incomodar a los espectadores, recurría a la ternura invitando al público a hacer obras de caridad o hablaba de su madre y de su familia. Todo lo tenía bien pensado y calibrado. No lo había visto actuar en vivo, pero alguna vez vi su programa de televisión y sabía cómo trabajaba. Era muy rápido y ágil, características imprescindibles para realizar trucos de escapismo que solían impactar por su espectacularidad.

262   Detrás de mí, en la fila tres, se oyó gritar a alguien. Al volverme vi a un tipo caracterizado de punk que se puso en pie junto a otros dos. Decía que iban a tomar el escenario ante la ausencia de Criss Angel, que se retrasaba unos minutos por un atasco en Las Vegas que no podía sortear ni siquiera con una de sus motos de coleccionista. Se trataba de un *sketch* cómico: uno de los personajes, al que llamaban Maestro, ataviado con una gran capa negra, se subió al escenario junto a sus desaliñados ayudantes y comenzó a hacer trucos de ilusionismo con una afectación y comicidad que hacían reír a los espectadores.

El teatro estaba a rebosar y el público entregado y alerta para cuando apareciera Criss Angel. Algo me decía que lo haría con un efecto especial.

Y así fue. Cuando todos estábamos viendo las evoluciones cómicas de Maestro, que intentaba sacarse de la manga con bastante dificultad varios ramilletes de flores, este se cubrió la cara con la capa y al darse la vuelta y desprenderse de ella en menos de un par de segundos apareció de la nada y bajo ella Criss Angel. El Maestro se había esfumado. Un estruendo de música y fuegos artificiales hizo que la llegada de Criss Angel al escenario fuera casi fantasmal.

Me pareció genial, era realmente veloz en la ejecución del truco. Sin embargo sentía una cierta inquietud. Miré a mi alrededor. ¿Estaba allí por alguna razón? No creía que Mac Gideon me hubiese enviado a disfrutar de un *show* de magia solo para que le dejara en paz con mis preguntas.

Criss Angel sacaba sin solución de continuidad palomas de su mano izquierda que volaban hasta las ramas de un árbol metálico a pocos metros de él... Una, dos, tres..., hasta una docena de ellas aparecieron de entre sus dedos. El efecto final fue que un gran número de palomas blancas salieron del fondo del escenario y cruzaron el teatro desde la platea al anfiteatro sobrevolando la cabeza de los espectadores.

263

Habían transcurrido algo más de veinte minutos desde que comenzó el espectáculo. El *show* se ralentizó. El mago empezó a comentar imágenes de video de sus trucos realizados en plena calle salpicadas con otras de su infancia y adolescencia junto a su madre que se proyectaban en una enorme pantalla.

El patio de butacas se quedó a oscuras y alguien se sentó en el asiento que quedaba libre a mi lado. Una mujer. Me llegó el olor de su perfume antes de poder adivinar su cara en la oscuridad. Advertí que cruzaba las piernas y supe que eran largas y esbeltas. Sentí el roce de su cabello en mi hombro y vaticiné que era lacio y negro como el azabache. Noté su mano delicada en mi cara y me supo a una caricia del pasado.

Acercó sus labios y sentí su aliento dulce al murmurar en mi oído.

—He dejado un sobre en tu bolsillo. Cuídate, Christian.

—¿Lorraine...?

Una bola de fuego estalló en el escenario al compás de los timbales. El calor de la deflagración y el olor a queroseno llegó hasta las primeras filas. Criss Angel parecía haber quemado la pantalla de cine y se disponía a elevar el ritmo del espectáculo.

La luz de los focos se encaró conmigo y me cegó momentáneamente. Cuando pude abrir los ojos vi que no había nadie a mi lado, y sin embargo podía percibir todavía en el aire el rastro de aquel perfume. Tanteé con la mano en mi bolsillo y palpé un sobre. Miré en dirección al pasillo del teatro: nada. La mujer se había esfumado.

Me pareció que era Lorraine, o quizá me lo quise imaginar. Algo en mi interior me decía que era ella. No podía afirmar que fuera su voz la que oí, pero podría serlo. Había pasado mucho tiempo, quince años. No me era fácil ordenar mis pensamientos cuando hasta hacía pocas horas la creía muerta y ahora sentía que había estado allí, a mi lado. Estaba confuso. Pensé en levantarme para ir tras ella. Pero ¿en qué dirección?

Criss Angel, de espaldas al público, se cubrió con un tul negro que ascendió rápidamente como una pluma al viento hasta lo alto del teatro. Bajo la tela ya no estaba él, había desaparecido. El escenario vacío se iluminó y el mago desintegrado reapareció en la fila veinte. Mi mente estaba en otra parte y sin embargo creyó descifrar que quien estaba de espaldas a la platea no era el mago, sino un doble que se esfumó mediante algún artefacto oculto en la base de la tarima. Criss Angel debía de llevar un buen rato agazapado en la oscuridad de la fila veinte hasta que le alumbró un poderoso foco. El público lanzó exclamaciones de incredulidad y aplaudía a rabiar cuando bajó los peldaños sonriente hasta el escenario, chocando ambas manos con los espectadores.

Una mujer en bikini le aguardaba para realizar su nuevo efecto de ilusionismo. Era una rubia exuberante y llevaba cubiertos los ojos con un antifaz plateado. ¿Sería Angela?, me pregunté excitado. Podía serlo. Las fotografías que había visto en los recortes de los periódicos y los vídeos de sus apariciones televisivas encajaban con el cuerpo atlético de la ayudante del mago. Me concentré en observarla con detenimiento de pies a cabeza, pero comenzó a cubrirla una tenue nube de humo que me lo impedía. Tras ella apareció un tremendo artilugio. Se trataba de una gran sierra circular que pendía de una grúa bajo la cual estaba situada una camilla. La mujer se tendió sobre ella. Estaba claro que el número consistiría en seccionar su cuerpo por la mitad. Criss Angel pidió un voluntario entre el público e inconscientemente alcé la mano al tiempo que decenas de espectadores se ofrecían a subir al escenario poniéndose en pie. Angel me escogió entre todos ellos y, no sin cierta timidez, subí los peldaños hasta su lado entre los aplausos del público.

—¿Cómo se llama? —me preguntó.

—Christian —le respondí.

Me dio la vuelta hacia el público tomándome del hombro. Yo solo alcanzaba a ver sombras entre las butacas oscuras. Apenas podía percibir los murmullos que me aseguraban que cientos de ojos me estaban escrutando. Eso era lo mismo que le debía de suceder al mago, que se sentía cómodo manipulando la mente de todos porque se convencía de que nadie le estaba observando. No había nadie al otro lado para desmentir la falsedad de las ilusiones, o eso es lo que se tenía que imaginar alguien que se dedicaba a engañar a quienes querían ser engañados.

—Bien, Christian, usted y yo no nos conocemos, ¿es cierto?

—Es cierto. No le había visto nunca en vivo —dije torpemente.

No sé por qué extraña razón en la oscuridad se oyeron risas.

—Le voy a pedir que compruebe que las correas con las que voy a atar a mi ayudante Anna a la camilla son auténticas y que resulta imposible que se deshaga de ellas.

La bella Anna me miró sonriente cuando Criss Angel me invitó a acercarme a ella. Tenía un cuerpo realmente espectacular. El mago la sujetó con unas correas de cuero en los pies y en las manos, y me pidió que las apretara más si así lo deseaba. No lo hice. Sobre ella pendía la sierra circular, que empezó a girar con rapidez. Me pidió que me hiciera a un lado si no quería acabar seccionado como aquella mujer, que hacía esfuerzos ímprobos por desasirse de sus bridas moviendo los pies desnudos y las manos. Su cintura se cubrió con un artefacto metálico con una hendidura por donde se suponía acometerían los dientes de la sierra para partirla en dos. Los focos blancos, intensos sobre el humo artificial que salía de la máquina, difuminaban la ejecución del número, pero yo ya había percibido algo extraño antes de que la sierra giratoria cayera a peso, sostenida por un brazo de aluminio, y seccionara el cuerpo de Anna y la camilla. El escenario se llenó de sangre, que fluyó como de una manguera. Los intestinos colgaban de las dos mitades de Anna y el mago y sus colaboradores se llevaron con rapidez por extremos opuestos de la tramoya las dos partes de la camilla con el cuerpo partido en dos.

Cuando la sierra circular dio el golpe mortal sobre el cinturón metálico pude observar que las piernas de la ayudante ya no eran las de Anna, sino las de otra mujer. La ayudante había introducido el cuerpo hasta el torso y una segunda mujer escondida en una parte de la camilla sacó los pies como si se tratara de un único cuerpo. Era algo imperceptible para el público, que estaba asombrado y al que le costó arrancar a aplaudir. Nadie quería pensar que en la eje-

266

cución de aquel truco habían participado dos mujeres contorsionistas que escondían la mitad de su cuerpo entre las dos secciones de la camilla.

Y fue entonces, en medio de los aplausos, cuando me fijé en que la segunda mujer tenía un lunar en su tobillo. Una pequeña peca que no tenía la Anna que se tumbó en la camilla. Una peca como la que tenía Lorraine... ¿Lorraine? ¿Era eso posible?

267

Capítulo 23

La reaparición de Laura

*E*n el interior del sobre había escrito un escueto mensaje: «Mañana a las tres en tu habitación». Lo firmaba «L». No tenía duda de que era Lorraine la que me citaba y la que se había sentado a mi lado en el *show*. La misma que estaba escondida contorsionándose en la camilla del truco de la mujer partida en dos. ¿Qué hacía Lorraine en ese espectáculo? Por esa razón Mac Gideon me había animado con insistencia para que fuera a verlo.

Estaba nervioso y desconcertado ante el encuentro con ella. Tenía tantas preguntas que hacerle... Por otra parte, no dejaba de pensar en que me había engañado cuando desapareció de mi vista lanzada por la ventana. Todo debía de haber sido un truco de ilusionismo que no acertaba a comprender.

Eran las ocho de la mañana. En la habitación no había ni una miserable cafetera para poder prepararme un café. Bajé hasta el *hall* y me senté en una cafetería al aire libre que pertenecía al Flamingo. Algunos flamencos rosáceos graznaban en un estanque. Me pareció que el sonido era más alentador que el de las máquinas tragaperras que estaban a unos metros en el interior. Llamé a Eva Bentley. Me dijo que el entierro de Martha Sullivan estaba previsto para el día siguiente a las cinco de la tarde en el cementerio de Green-Wood, en Brooklyn. Le hice la promesa de que estaría allí a esa hora. La noté afectada, pero serena. Me dijo que había estado en contacto con Mac Gideon y que este le había pedido que se ocupase de los trámites para la incineración del cadáver; también había puesto a su disposición a su secretaria personal para los asuntos administrativos del funeral. Él correría con los gastos, porque Eva Bentley no tenía acceso a las cuentas de la editora fallecida y no quería involucrar al gerente Maxwell ni a nadie del *Sentinel*, que también la habían llamado para ponerse a su disposición de parte de la familia Barrymore.

Le di ánimos. Me daba pena esa pobre mujer. Sabía poco de ella, pero había dado por supuesto que era soltera y seguramente sin familia y con pocos amigos. Los últimos años los había dedicado a asistir a la señora Sullivan, según me había dicho, y desde hacía unos meses a cuidarla especialmente por la enfermedad que la llevó a la muerte.

Me dijo también que mirara la página web del *Sentinel*. La abrí en mi iPhone y leí el elogioso obituario sobre Martha Sullivan que había escrito el director Robson; también había una pieza de Dan Barrymore donde glosaba su amistad con los Sullivan. La firmaba como editor del *Sentinel* y no había nada que me pareciera destacable, salvo que ya había tomado el control del diario y lo explicaba a los lectores con la naturalidad de quien hereda la fortuna de unos amigos, los Sullivan, que depositaron desde hacía muchos años la confianza en la familia Barrymore. «Nada va a cambiar en el *Sentinel*, seguiremos la estela de nuestros viejos amigos editores, que encumbraron esta cabecera como una de las más prestigiosas de la ciudad de Nueva York. Si acaso potenciaremos sus puntos fuertes: la independencia y la transparencia, que son símbolos necesarios de la objetividad que quiere el lector. Nadie nos hará torcer nuestros ideales, nadie nos lo puede impedir.» Sonaba más amenazante que otra cosa, pero en cualquier caso sabía que era falso.

Estaba leyendo la crónica de Laura Grant desde Las Vegas cuando recibí su llamada.

—Hola, Christian —dijo con la voz somnolienta.

—Vaya, apareces por fin.

—Bueno, he tenido problemas con…

—Ya sé. Has tenido otra vez problemas con tu móvil. ¿Esta vez se te ha caído por la taza del váter? —la interrumpí.

—Oye, Christian, sé que no lo entiendes. He estado sometida a mucha presión, pero quiero que sepas que lo que aparece en mis reportajes sobre ti es cosa de Robson, yo no haría una…

—Los firmas tú —la volví a cortar, esta vez con brusquedad—, es tan fácil como no firmar la crónica que uno no ha escrito. Se llama cláusula de conciencia en el periodismo. No me valen tus excusas. He sido un ingenuo, como tantos otros contigo. Tienes bien ganada la fama de trepa calientabraguetas.

—Bien, si te vas a poner borde no hay nada más que hablar. Tenía pensado que podríamos vernos. Sé que estás en Las Vegas, pero en este plan mejor lo dejamos.

—¿Y cómo sabes que estoy en Las Vegas?

—Eso es cosa mía. ¿Quieres que nos veamos o no? Pero sin rencor.

Quería verla, necesitaba verla. Por muchos motivos.

—Solo si me dices quién te ha dicho que estoy en Las Vegas. Empecemos por contar alguna verdad, ¿no te parece?

—Está bien. Me lo dijo Eva Bentley. La llamé cuando me enteré de la muerte de Martha Sullivan y le pregunté por ti. ¿Estás más tranquilo ahora?

No. No lo estaba. No entendía por qué Eva Bentley

la había puesto sobre mi pista en la yincana en la que me había inscrito.

Quedé con Laura en el Café Bellagio, en el interior del hotel donde ella y Mac Gideon se hospedaban. Era un restaurante informal que estaba abierto las veinticuatro horas del día y daba a la piscina y a un exuberante jardín botánico mediterráneo. Los parterres de flores naturales que surcaban el césped recién cortado tenían un gran colorido y parecían artificiales de tan uniformes y bien cuidados como estaban. Atravesé el jardín bajo unos tilos y, a pocos metros de un invernadero y de una piscina de agua azulada, vi a Laura a través de las amplias cristaleras del restaurante.

El sol iluminaba su cara hasta hacerla palidecer. Se había cortado el pelo y lucía una media melena que la hacía más joven todavía. Al verme se puso en pie sonrojada. No sabía cómo saludarme. Me ofreció la mano y yo se la di. Luego me atrajo hacia ella y me dio un beso en la mejilla. Estuvo a punto de tirar la taza de café con la falda de su chaqueta.

—Oye…, siento mucho lo que ha pasado. No me parece justo lo que te han hecho en el *Sentinel* —se disculpó nerviosa.

—Creía que trabajábamos en equipo. Ibas a emplear tus vacaciones para ayudarme en la búsqueda de Angela Sullivan y sin embargo….

—Te he traicionado. Es eso lo que crees, ¿verdad?

Era justo lo que pensaba. Laura continuó hablando como una forma de ganar confianza y tranquilizarse.

—Te lo explicaré todo y espero que me creas. Lo que pasó es que cuando estaba investigando la relación de Mac Gideon con Angela Sullivan recibí un soplo de que el senador se iba a reunir en Las Vegas con la mafia del juego. Recuerda que estaba dispuesta a volar a Barcelona para estar contigo, no había nada predeterminado en mi comportamiento.

—¿Un soplo?

—Sí. Alguien me puso en la pista de ese encuentro.

—¿Quién?

—¿Y eso qué importa?

—Importa mucho.

—Fue Dan Barrymore —dijo al fin—. Yo le estaba investigando también a él. ¿Recuerdas que te comenté que estaba medio arruinado? Pues hice varias comprobaciones con gente próxima a él y al parecer se enteró de que estaba husmeando en sus negocios…, así que me llamó y me pidió que fuera a verle. Las pruebas que me entregó sobre la participación del senador en la mafia del juego parecían concluyentes. Me dijo el día y la hora en que podría coger a Mac Gideon in fraganti, pero la policía llegó antes y le detuvo.

272

—O sea que investigas a Barrymore y este te saca de en medio desviando la atención hacia Mac Gideon. Supongo que además te debió de hacer una buena propuesta de trabajo en el *Sentinel*. ¿Directora de la edición digital? ¿Doscientos mil pavos al año?

—El asunto valía la pena. Tú también hubieras aceptado investigar algo tan gordo como un senador que está corrompido por las grandes empresas del espectáculo y de los casinos. Somos periodistas por encima de todo.

—¿Te ascenderá a directora? —insistí.

—Pero no llega a los doscientos mil dólares… —Se ruborizó.

—Ya. Te vendes barata.

—Bueno, a ti tampoco te ha costado mucho cambiar de equipo, ¿no? Dicen que estás en el *Times*.

No sabía cómo se había enterado. Tenía que reconocer que Laura era una sabandija periodística que se metía en todos los agujeros, por estrechos que fueran.

—A mí me han echado después de más de treinta años en el diario. Si me voy a otro sitio no es por gusto. A ti en cambio te están comprando para que publiques lo que le interesa a Barrymore y para que no te inmiscuyas en sus negocios.

—Mira, ya estoy harta de la cantinela del periodismo modélico e independiente. Tú mismo, según me reconociste, dejaste de publicar lo que sabías de Mac Gideon hace quince años por hacerle un favor a tu antiguo editor, al que le había dado una pasta para que el *Sentinel* sobreviviera. ¿Es acaso eso mejor que lo que yo estoy haciendo? Al fin y al cabo estoy publicando lo que veo. Sé que me debo al nuevo propietario, como tú te debías a Greg Sullivan. No soy tonta. Sé que si lo hago bien tengo futuro en el periódico. ¿Qué quieres, que me suicide profesionalmente contando que Barrymore y Mac Gideon son enemigos y que Barrymore tiene mucho que esconder? ¿Dónde lo publicaría, eh, listillo? ¿En el *New York Times*...? ¿Me darían un sueldo y un puesto como el tuyo para destrozar a Barrymore?

—Entonces es que has encontrado pruebas contra Barrymore, ¿no es así?

—Nadie está limpio, Christian. Nadie.

—Ya, pero unos más que otros. ¿Por qué Barrymore quiere acabar con Mac Gideon?

—No puedo contártelo; trabajo para tu competencia.

—¡Increíble! Has pasado de trabajar conmigo a trabajar contra mí.

—Te estás pasando, Christian. No tiene sentido que te desvele lo que he averiguado para que lo publiques en el *Times*. Es solo eso. Tú no compartirías ni un maldito rumor conmigo.

—Creía que había algo entre los dos. He sido un ingenuo.

—Eso es hacerme chantaje emocional. No está bien.

—Ya, es mejor acostarse con alguien para que te cuente sus intimidades y luego airearlas en una exclusiva. Sí, supongo que eso te ha dado buen resultado siempre.

—¡Eres un cabrón! Cuando quieres hacer daño lo consigues —dijo furiosa, y pareció que una lágrima estaba a punto de saltar de su ojo derecho—. Si quieres te cuento lo que tiene que hacer una mujer para ser algo en este mundo machista del periodismo libre y comprometido. De entrada, ha de estar el doble de preparada que un tío, porque se supone que si eres guapa te han dado el título a base de follarte a los profesores de la universidad. Y te diré la verdad: me tuve que tirar a unos cuantos para que me «valoraran» convenientemente. Al poco entras de becaria con un sueldo miserable y te das cuenta de que si llevas una minifalda y un escote tu sucio jefe de sección, que se la machaca cada día porque es un enfermo mental, te mira con mayor condescendencia, y si se la chupas tienes garantizado que te va a hacer un contrato de un año. Cuando ya estás en la senda del ascenso y en tu entorno se comenta lo «buena»» que eres y el futuro que tienes por delante, te tienes que ganar al director, que el pobre no está para monsergas de analizar tus progresos pero sí que es capaz de ver en ti un par de buenas tetas para compartirlas con las de su mujer... ¿Quieres que siga con la política de recursos humanos de tu gran diario, el *Sentinel*?

Laura no pudo reprimir un sollozo.

—Estás sacando las cosas de quicio. No es necesario que te pongas así...

—Me da rabia llorar, joder. No vale la pena hacerlo por ningún hombre, ni siquiera por ti. Yo no te he utilizado, puedes creerme o no. Ya me da igual. Inicié la investigación sobre Angela y me topé con Mac Gideon. Te conté lo del hospital, te dije que él había pagado el parto..., seguí indagando y tú te empeñaste en que buscara la relación entre ambos. Bien, Mac Gideon es el hermano de Martha Sullivan, es tío de Angela.

—Sí, ya lo sé —dije lacónicamente—. Me dejaste especular sobre él cuando sabías la relación de parentesco entre ambos.

—Lo supe más tarde. No te escondí nada.

—Perdona que no te crea. Lo debiste de saber cuando hiciste las averiguaciones en el hospital.

—No lo supe entonces. Oye, estos políticos esconden su vida privada. ¿Acaso sabes el apellido de casada de la hermana del presidente Obama? Pero seguro que conoces a *Bo*, el perro que habita la Casa Blanca. ¿Cómo supiste que eran hermanos?

—He hablado con Mac Gideon.

—¿Has hablado con el senador?

—Por supuesto.

El aire atribulado que mostraba el semblante de Laura se transformó de golpe en inquisidor. No sabía qué pensar de aquella mujer. Estaba claro que era capaz de todo por conseguir una noticia, pero quizá me había pasado sugiriendo que se había comportado con deslealtad. ¿Acaso yo había obrado con total integridad durante mi trayectoria periodística? Su aspecto juvenil y hasta inocente me conmovía, pero no lo suficiente como para volver a perder los papeles y la cabeza. Algo en mi interior me impulsaba a desconfiar de ella, algo que estaba por encima de los sensuales encantos que desparramaba con cada mohín de sus labios y con cada mirada tierna que me invitaba a acariciarla y a poseerla.

—¿Qué te dijo Mac Gideon? Bueno, quiero decir qué es lo que sacaste en conclusión. Es un asunto complejo. Es posible que le hayan tendido una trampa, pero también apunta a que es el cerebro de la organización…

Laura estaba dubitativa y pretendía sonsacarme la información que pensaba que tenía.

—Vaya, creía que estabas convencida de lo que publicaste. Es lo que tiene basarse solo en una de las fuentes.

—Tengo la información del FBI, estuve hablando con el fiscal anticorrupción…

—Ya, y Barrymore es quien te puso sobre la pista. ¿No te resultó extraño que tuviera esa información de primera mano? ¿No comprobaste qué interés tenía el nuevo editor del *Sentinel* en poner al senador en la picota?

Ahora era yo quien intentaba lanzar una sonda para ver a qué profundidad se hallaba el fondo del asunto.

—Él solo me dijo que tenía información de que Mac Gideon iba a reunirse en Las Vegas con el representante de los casinos, Jeff Barley, un neoyorquino de origen irlandés que es algo así como el recaudador de las comisiones que recibía el senador por favorecer las licencias, promover las leyes a favor de las exenciones de impuestos y hacer la vista gorda en el negocio de la prostitución y la droga. Según Barrymore, Mac Gideon habría percibido no menos de cien millones de dólares en los últimos quince años en sobornos. Parte de ellos los habría compartido con funcionarios a los que habría corrompido. Me mostró copias de las trasferencias a su supuesta cuenta corriente que todavía no he publicado…

—¿No las has publicado? ¿Será porque quizá dudas de que esa información sea buena? —Seguía tirándole de la lengua.

—Algo así. Cuando investigué las cuentas de Barrymore con mi contacto en el Tesoro encontré algo extraño…

—¿Qué tanto de extraño?

—No sé si debo contártelo. Trabajamos para dos medios…

—¿Competidores?

—Eso es lo que pienso…, no debo…

—Mira, Laura, sabes lo que pienso yo. A la mierda el *Times* y a la mierda el *Sentinel*. Si realmente sientes algo por mí, es el momento de que nos sinceremos. Mi vida es un infierno en los últimos tiempos. Han entrado en mi casa, han matado a mi perro, ando dando vueltas por el mundo buscando a una mujer desaparecida en el Sena, que al parecer jamás estuvo en París, y hasta Lorraine, a la que creía muerta hace quince años, se me ha aparecido.

—¿Lorraine? ¿Tu antigua novia, la que asesinaron?

—La veré en unas horas. He quedado con ella.

Laura tomó aire y lo exhaló en un profundo suspiro. Se quedó meditativa contorneando con el dedo el borde de la taza de café. Me miró buscando confiar en mí y me tomó la mano sobre la mesa.

—Me gustas, Christian. No sé por qué. Nunca me había pasado. Cuando te vi por primera vez en la redacción del *Sentinel* sentí por ti una atracción difícil de explicar. Cuando paseabas entre las mesas levantaba mi vista del ordenador y me quedaba como embobada contemplándote. No era solo admiración por el periodista que había cosechado éxitos, era algo también físico, algo que no podía razonar con lógica. Cuando nos encontrábamos en Central Park y te tenía a mi lado sentía una excitación que jamás había sentido por otro hombre. Luego me diste largas, me rehuíste en cuanto quise intimar contigo, y eso, lejos de hacerme olvidarte, se convirtió en una especie de obsesión por ti. Soñaba contigo, que me hacías el amor cada noche… No sé por qué te cuento esto. Supongo que por eso me hace daño que pienses que soy una buscona que solo tiene interés en escalar puestos en el periódico. Viniendo de ti me duele, y mucho. Seguramente lo mío contigo no tiene ningún futuro, ya lo he pensado, pero no quisiera que te quedaras con una imagen de mí como la que tantos otros pueden tener. Me he equivocado en mi vida, pero no me arrepiento de nada. A pesar de todo he salido reforzada. ¡A la mierda el *Sentinel* y el *Times*! A la mierda todo, menos tú y yo.

Me dejó sin habla. Acarició mi mano y continuó:

—Te lo contaré: Jeff Barley, el representante de los casinos que teóricamente corrompía a Gideon y a varios funcionarios, resulta ser socio de Barrymore. Es una especie de testaferro. Mi contacto en el Tesoro me puso sobre la pista. Las empresas de Barrymore están medio quebradas, como te dije, pero lo están porque los recursos de los fondos de inversión se desviaron a una sociedad en las Bahamas que preside el tal Barley. Dan Barrymore está detrás de ese conglomerado financiero de más de tres mil millones de dólares. Llegar hasta el fondo es muy difícil, imposible. No hay forma de taladrar el sistema opaco de los bancos de las Bahamas.

—¿Y las transferencias financieras a Mac Gideon?

—No las publiqué porque son falsas. Están manipuladas. Las cuentas corrientes pertenecen a Barley, que es el verdadero comisionista y que a su vez trabaja para Barrymore.

—No entiendo. ¿Dices que Barley es el representante de los casinos de Las Vegas y trabaja para Barrymore? ¿Qué tiene que ver Dan Barrymore con los casinos? —Tenía la información por Brad Hudson, pero quería corroborarla.

—Los fondos de inversión de Invertgold son accionistas de la mayoría de los casinos de Las Vegas. Esos fondos están secos, en quiebra, porque muchas de las operaciones de inversión que dicen haber realizado son puramente testimoniales. El grueso del dinero de los inversores ha ido a parar a las cuentas de Barrymore en las Bahamas. Detrás del capital de muchos hoteles y casinos no hay nada sólido, ¿lo entiendes? Tengo la teoría de que Mac Gideon lo sabía y quería destaparlo. Barrymore intentó negociar con él. Mandó a Barley a reunirse con el senador, pero por alguna razón que desconozco alguien denunció al senador ante el FBI y cuando se iba a producir el encuentro fue detenido. Le encontraron una lista en su teléfono con algunos contactos sospechosos, entre ellos el del propio Barley, que está siendo interrogado. Parece que todo puede saltar por los aires.

—¿Todo? El que acabará saltando según me cuentas es Barrymore.

—No es tan fácil demostrar la participación de Barrymore y su vínculo con Barley. Cuando tienes un testaferro en un paraíso fiscal es complejo probar ante los jueces que has cometido irregularidades. Tampoco tengo claro que Mac Gideon no accediera a echarle una mano a Dan Barrymore. Si no, ¿por qué se iba a reunir con Barley?

—No lo sé. ¿Pero por qué Barrymore te puso sobre la pista de esa reunión? Esto es gordo. Siempre pensé que el senador Mac Gideon estaba detrás de la trama de los ilusionistas, pero ahora tenía dudas de si lo hizo porque su hija estaba implicada y se vio obligado...

—¿Su hija?

—Sí. Lorraine es hija de Mac Gideon.

Laura se quedó en silencio. Sin darme cuenta estaba acariciándola. Nos besamos. Ambos estábamos excitados. Me cogió de la mano y me llevó por los pasillos del Bellagio entre las ruletas y las cantinelas de las tragaperras hasta el ascensor. Subimos hasta su habitación.

Capítulo 24

La confesión de una resucitada

$\mathcal{A}$ún conservaba el aroma de Laura en la piel cuando subí a mi habitación. Quedamos en que volaríamos juntos a Nueva York en el avión de medianoche para acudir al funeral de la editora. El vuelo tardaba cerca de seis horas y con la diferencia horaria de tres con Las Vegas calculaba que podría estar en Manhattan sobre las diez de la mañana. Faltaba media hora para las tres de la tarde y esperaba que Lorraine apareciera en mi habitación.

Me di una ducha rápida y encendí la televisión. La CNN hablaba del caso del senador Mac Gideon. Las últimas noticias decían que la juez le autorizaría a viajar a Nueva York para asistir al entierro de su hermana Martha. El caso estaba siendo investigado por el FBI y se habían producido varias detenciones de funcionarios de la hacienda pública. Jeff Barley había ingresado en prisión. El alcalde de Las Vegas se prodigaba en declaraciones sobre la honestidad del senador y confiaba en que pronto conseguiría demostrar su inocencia. También hacía un panegírico sobre la ciudad y abogaba por que los medios de comunicación actuaran con prudencia en el caso para que el turismo no se viera afectado. Las Vegas recibía más de cuarenta millones de visitantes al año y el juego dejaba un beneficio de más de ocho billones de dólares. No podía disimular su preocupación. Habían llegado decenas de periodistas y todas las cadenas de televisión hablaban de lo mismo. Me pareció que sus deseos de tranquilizar a los medios caerían en saco roto.

La mayoría de los reporteros concentraban su atención y sus cámaras frente a prostíbulos de lujo, donde el sexo y las drogas estaban íntimamente ligados al juego. La trastienda más inmoral de Las Vegas se abría ante los ojos de los espectadores. Sin embargo, nadie parecía tirar del hilo de la corrupción en las adjudicaciones de las licencias de juego ni en quienes estaban detrás de su propiedad. Todo se concentraba en los aspectos más escabrosos, como la trata de blancas, la pornografía infantil o la vista gorda que las autoridades hacían ante el tráfico y consumo de drogas. Mac Gideon aparecía en el vértice superior de la pirámide como el responsable que habría ayudado a tejer esa red de vicio en una ciudad que muchos comparaban con las bíblicas Sodoma y Gomorra.

Vibró mi teléfono sobre la mesita de noche. Era Eva Bentley.

—¿Qué tal, señor Bennet?

Su voz sonaba apagada, cansada.

—Bien, creo que estoy avanzando, aunque no sé todavía en qué dirección.

—¿Pudo contactar con el senador Mac Gideon?

—Sí, me dio un par de entradas para un espectáculo de magia —le dije.

—¿Le gustó? —preguntó siguiéndome la broma.

—Sí, fue interesante. Hizo que se me apareciera el pasado. Ahora solo busco averiguar si se trataba de una mera ilusión. Ya sabe cómo son los magos y sus triquiñuelas.

—Dicen que no se debe desconfiar de los magos sino de uno mismo. La magia sucede en la mente del espectador.

Parecía que estábamos hablando en clave y no entendía a qué venía su llamada.

—Sí, será como usted dice. Intentaré que no me traicione mi subconsciente. ¿Cómo se encuentra? ¿A qué debo su llamada?

—Estoy bien, algo cansada. Disculpe si le he molestado. Es solo que quería asegurarme de que llegará mañana para el funeral de la señora Sullivan...

—Claro, ya le he dicho esta mañana que estaré en el cementerio de Brooklyn a las cinco. No faltaré. ¿Va todo bien, señorita Bentley?

—Bueno, estuve en casa de la señora Sullivan. Me pidió que a su muerte me ocupara de que algunas cosas quedaran arregladas. Ya sabe, no tiene a nadie y con su hermano en la situación en la que está...

—Entiendo. Lo hará todo bien, es usted muy eficaz y tenía toda su confianza.

—El caso es que he encontrado algo que a lo mejor puede ser de su interés o quizá no tenga ninguna importancia, no lo sé.

—¿De qué se trata, Eva? ¿Qué es lo que ha encontrado?

—La señora Sullivan me pidió que en su entierro la amortajaran con un pañuelo de seda que le regaló su marido poco antes de morir. Me dijo que lo encontraría en un cajón de la cómoda de su habitación. Efectivamente allí estaba, bien doblado, pero envuelto en él había un recorte de periódico del año 2008. Lo he leído y es una noticia que habla de la maga Daisy.

Recordé que el 2008 era el único año en el que no había ninguna información sobre Daisy. Un año antes estaba actuando en el Bally's de Las Vegas con su pareja artística, Larry, y desapareció *Ilusionarium* del mapa hasta enero de 2009, cuando volvieron con su espectáculo renovado como *Más allá de Houdini* en el Radio City Music Hall de Nueva York.

—¿Qué dice ese periódico?

—Es una noticia sobre una fábrica y tienda de efectos mágicos: Martinka. Tengo el recorte delante de mí. Dice que la maga Daisy era la propietaria de la tienda junto con otros accionistas.

Sabía que en 2008 había estado en la tienda de Martinka con Tyler Whitbread para que la ayudara a fabricar su maletín, pero este no me había contado que fuera la propietaria de la tienda-fábrica.

—Vaya, ¿y qué más dice? ¿Quiénes son los otros accionistas?

—El recorte es del *New York Times*, es un breve en las noticias de economía. Los accionistas eran magos como ella. Hablan de que Copperfield y Criss Angel estaban entre ellos.

—Tenía unos buenos socios, parece.

—Sí. La noticia explica que el fondo de Dan Barrymore, Invertgold, adquirió la empresa, que estaba en la ruina. Invertgold tenía intención de crear una multinacional de la magia fusionándola con otras compañías.

—Sí, sé que en 2009 se trasladaron a New Jersey y venden por Internet, pero resulta curioso que exista un vínculo entre Barrymore y Angela Sullivan.

—Christian, tal y como lo contaron parece que la ayudó a salir de la crisis en que estaba Martinka. Puedo escanearle el recorte y enviárselo a su dirección de *e-mail*. También he encontrado junto al recorte un sobre con una carta de Barrymore dirigida a Martha Sullivan.

—Envíeme ambas cosas: el recorte del *Times* y la carta. ¿Es posible? Ahora tengo una reunión…

—Claro, se lo envío ahora sin falta. Había algo más envuelto en el pañuelo… —dijo.

—¿Qué más?

—Un anillo. Se trata de una sortija muy sencilla. Un pequeño aro.

Me quedé absorto unos segundos y le dije:

—¿Podría ponerlo junto a una moneda?

—No le entiendo.

—Sí, quiero que lo roce con una moneda para ver si se trata de un anillo magnético.

Oí a través del auricular cómo Eva Bentley rebuscaba en su monedero y al momento sonó un sonido metálico, un clic.

—Sí, la moneda se ha pegado al anillo... ¿Significa algo?

Sonó el timbre de la puerta.

—No lo sé. Llévelo mañana al funeral... Tengo que dejarla.

—De acuerdo, Christian. Hasta mañana.

Ahí estaba Lorraine, frente a mí, con una sonrisa pícara que se ensanchó al verme, como si nada hubiera pasado en los últimos quince años. Como si aparecer resucitada fuera de lo más normal para ella. Desde que había abierto la puerta, todos los recuerdos y mi vida atormentada por el sentimiento de culpa se habían desvanecido rápidamente.

Seguía siendo una mujer muy bella; sus facciones se habían endurecido con el paso de los años, pero conservaba un aspecto fascinante y atractivo. Y sin embargo, en mi confusión, no me sentía atraído por ella. Tenía tantas dudas, tantas preguntas... en cambio, enmudecí examinándola como un forense reconoce a primera vista un cadáver. ¿Acaso no era el espíritu de alguien a quien una vez quise mucho?

Lorraine notó mi frialdad.

—Hola, Christian, ¿no me vas a invitar a pasar?

—Sí, claro. Pasa, por favor.

Nos sentamos uno al lado del otro en el sofá de espaldas al ventanal que daba a la High Roller, que giraba con parsimonia. Hacía calor en la habitación.

—No puedo ofrecerte nada de beber... —le dije.

No sabía cómo romper el hielo. Se quitó la sobrecamisa que llevaba desabotonada y bajo ella apareció una camiseta negra con el anagrama del Cirque du Soleil. Me fijé en que sus pechos habían crecido y pensé que quizá no eran los naturales. Su perfume llenó la habitación de un olor dulzón. Lorraine seguía sonriendo.

—No te preocupes. Hace calor aquí, pero está bien. Los aires acondicionados me producen alergia. Ya ves, en Las Vegas y con alergia a los climatizadores, algo imposible de remediar con el clima artificial de esta ciudad.

Se retiró la melena morena hacia atrás y sus ojos verdes me miraron fijamente.

—Lorraine, yo... Entiende que esto es incómodo para mí —balbuceé.

—No sigas. Deja que te cuente y lo entenderás.

—¿Por qué lo hiciste? Yo... yo te quería.

—No tuve más remedio. Christian, y yo también sentía algo especial por ti. Tenía apenas veinticinco años, pero no quiero que pienses que no fue duro separarme de esa manera. Tengo que pedirte perdón. Siempre he tenido la necesidad de hacerlo y no he tenido ocasión hasta ahora.

—¿No has tenido ocasión? Te vi caer por una ventana mientras me pegaban una paliza y no has tenido ocasión de explicarme el porqué de esa pantomima que creí verídica durante quince años.

—Siento que se extralimitaran. Me dijeron que te dormirían con una droga, pero te resististe y se pasaron contigo.

—Dios mío, Lorraine, ¿por qué me has hecho esto durante tanto tiempo? Mi vida ha sido un infierno...

—No estuvo bien, es cierto. Te vuelvo a pedir perdón, pero tú tampoco hiciste nada por averiguar qué había pasado. Por saber por qué habían hecho eso conmigo. Te limi-

285

taste a hablar con la recepción del hotel, ni siquiera acudiste a la policía para denunciar el crimen. Ese era un riesgo que corríamos. Afortunadamente participaste del truco, aunque fuera solo con tu silencio cómplice.

Me llevé las manos a la cara y me froté los ojos con los dedos, intentando entender aquella situación. Ella me acarició el pelo para tranquilizarme.

—Christian. Todo fue un efecto de ilusión, un truco de magia en el que me vi envuelta para salir de aquella organización que desenmascaraste con tus reportajes. ¿Cómo lo llamaste?... Ah, sí: «el caso de los ilusionistas». Descubrieron que sabías que trabajaba de correo para la organización. Era una chiquilla que solo quería conocer mundo, me daban una oportunidad para trabajar en Las Vegas... Era una rebelde y cometí una gran equivocación que a punto estuvo de costarle la carrera a mi padre, que por entonces era gobernador de Nueva York. Lo planificaron así porque debía desaparecer del mapa y lo nuestro se tenía que acabar.

—¿Se tenía que acabar? ¿Por qué? Yo te hubiera preservado, como así lo hice en mis crónicas. Habríamos olvidado y...

—¿Y? —Me interrumpió—. Ellos no habrían olvidado. Los de la mafia no olvidan ni perdonan, solo te matan y te entierran. Pensaban que yo era tu confidente, ya ves. Tú, que nunca me dijiste que conocías que estaba implicada en la organización. Pero ellos sí lo sabían, y tenían que eliminarme. Así es que puestos a hacerlo, mejor que lo hiciera yo misma controladamente.

—¿Cómo lo hiciste?

—Todo fue un truco que habíamos ensayado varias veces. Tenía que engañar a unos cuantos, entre ellos a ti, por tu bien. Los dos tipos que te atacaron pertenecían a la organización criminal de los ilusionistas y los dos que fueron a por mí eran infiltrados, cómplices míos, necesarios para realizar el efecto de mi caída por la ventana. Primero tuvieron que desbloquear la cerradura antipánico de la cristalera, no les costó hacerse con la llave, y mientras te zarandeaban, mis ayudantes anudaron en mi muñeca derecha una pulsera resistente unida a un cable invisible que estaba sujeto al alféizar de la ventana. Era de noche y en la oscuridad resultaba imposible verlo. De todas formas me cuidé de llevar mi mano izquierda hacia la tuya para que fijaras tu vista en ella con ánimo de que intentaras ayudarme, como así sucedió. Todo era simulado. Caí tres metros hasta una habitación del piso inferior. La ventana estaba abierta y entré por ella. Ahí me esperaban para emprender la huida. Tú debiste de perder el conocimiento por efecto de la droga, aunque los golpes de esos esbirros no te los quitó nadie.

—Pero yo vi sangre en el patio cuando recobré la conciencia.

—Una bolsa de sangre animal que se limpió mal para conseguir el efecto deseado. Creíste que habían retirado mi cadáver y seguro que dudaste en acudir a la policía. Si lo hubieras hecho no habrían encontrado nada sospechoso. En el patio se acumulaban las basuras de las cocinas de los restaurantes del hotel. Unas cuantas gotas de sangre no humana no hubieran desatado una investigación policial. Además, y no te lo tomes a mal, yo sabía que tu reportaje estaba por encima de mi cadáver. —Se rio—. No tirarías por la borda una investigación de tantos meses, y eso es lo que habría pasado si hubieras contado que te acostabas con una chica que pertenecía a la mafia de los ilusionistas.

—Oí en la habitación que alguien nombraba a tu padre. Eso me pareció. Decían algo sobre Mac Gideon.

—Mi padre estaba de acuerdo en que debía desaparecer, era la mejor forma de salir de aquello. Estuvo informado en todo momento y uno de mis ayudantes pronunció su ape-

287

llido para dar más credibilidad a aquel truco: los esbirros que te atacaron quedaron convencidos de mi muerte y así se lo transmitieron a los jefes de la mafia.

—Vaya, ya veo que la Lorraine que conocí con veinticinco años era toda una embaucadora que no dudó en tomarme el pelo. Pretendías sacarme información y por eso te acostabas conmigo.

—Eso es falso. No me aproveché de ti. Sé que lo que hice contigo estuvo mal, pero tenía que desaparecer durante un tiempo o hubiera acabado bajo tierra de verdad... Y posiblemente tú también. Lo hice pensando en ti. Fue muy duro separarme de esa forma.

—¿Y todo ese número lo urdiste tú sola?

—Me ayudó mi prima Angela. Ella fue la verdadera artífice de la puesta en escena. Era quien me esperaba en la habitación del piso inferior. Ella elaboró cada uno de los pasos del número. Trabajaba en Las Vegas con su pareja Larry. Daisy era maravillosa. La mejor maga que he conocido en mi vida.

—¿Mejor que Criss Angel? Ayer vi como hacías el número de la mujer seccionada en dos en su espectáculo.

—Colaboro con él desde hace un tiempo. Cuando desaparecí de Las Vegas estuve en Europa varios años. Allí me casé, tengo dos niños maravillosos. Christian, conseguí rehacer una vida que iba por mal camino. Deberías alegrarte por mí. No te convenía en aquella época. Me enamoré de ti, pero era muy joven... El tiempo lo hace ver todo de forma diferente, ¿no crees?

—Sí, claro, por supuesto. Aquello no hubiera llegado a buen puerto —dije sin convencimiento—. ¿Y qué ha sido de Angela? ¿Dónde está?

—No lo sé. Estábamos muy unidas. La última vez que supe de ella fue en París.

—Pero Angela no estuvo nunca en París, o eso es lo

que creo. No llegó a actuar en el Lido... Espera, espera un momento. —Mi cabeza empezó a despejarse y pude verlo todo con claridad—. ¡Tú la suplantaste en el Lido y tú realizaste el truco de escapismo en el Sena...! Eras Margaret, la ayudante de Larry. Es eso, ¿verdad?

—Así es. Angela me pidió que la ayudara. En cierta manera le devolví el favor que me hizo. Tenía que simular que había desaparecido, lo mismo que yo lo había hecho unos años antes. Preparamos junto a su marido Larry la ilusión del escapismo del Sena; yo solo tuve que hacer de Daisy y ejecutarlo. Tenían que ir a París a actuar, pero la enfermedad de su padre y el que se sintiera perseguida fueron las razones para aquella puesta en escena. Yo actué en el Lido por ella y, a pesar de que fue todo un éxito, Larry no se sentía cómodo sin su verdadera pareja, sin Daisy. La relación entre ellos se había deteriorado. Angela le pidió la separación y Larry empezó a beber sin medida. Desde aquellos días de París no he vuelto a saber de ella.

—¿Por qué estuviste escondida en Le Double Fond? El mago del teatro de magia de París me dijo que te ocultó durante unos días hasta que desapareciste en el Sena. No entiendo...

—Jean Pierre es mi marido, Christian; mejor dicho, mi exmarido. Tenemos muy buena relación y dos hijos en común, pero hemos tomado rumbos diferentes. Él colaboró también con nosotros en aquel engaño. Me llamó hace unos días desde París para decirme que un periodista de Nueva York preguntaba por Angela. Siento que te contara una historia falsa. Se lo pedí yo. No he sabido hasta hace poco qué buscabas y en nombre de quién estabas haciendo aquellas averiguaciones. Teníamos que tomar precauciones... Te contó lo del maletín que envió a mi padre para que pudieras llegar hasta nosotros, como así ha sido. El mensaje que contenía el maletín de Martinka era una señal para mi padre de que todo había salido bien y que estaba viva tras el efecto de escapismo en el Sena. «Ya no soy Angela», porque me había convertido en Daisy. También le decía que me buscara en Le Double Fond.

—Vaya, no hay un solo mago fiable. Os habéis burlado bien de mí. Habéis estado jugando conmigo todo el tiempo. ¿Cuál va a ser el siguiente truco?

—No, nadie está jugando contigo. Al contrario, creo que ha llegado la hora de desenmascarar los trucos de unos cuantos. Mi padre está en una posición difícil, le han tendido una trampa. Hace quince años se negó a colaborar con la organización de los ilusionistas y le chantajearon con tomar represalias contra mí; ahora le están haciendo algo peor: han urdido unas acusaciones de corrupción y cohecho contra él con pruebas amañadas, falsas. Mi padre estaba liderando varias iniciativas legales para limitar los desmanes de algunos casinos, regular el negocio de la prostitución y erradicar la droga que campa por sus anchas en la ciudad. Se citó con Jeff Barley porque tenía una propuesta de los casinos, quería negociarla. Él siempre escucha, pero con estos mafiosos no hay posible acuerdo nunca. O haces lo que ellos quieren o se te llevan por delante.

—Pero Barley ha sido detenido también.

—Sí, esta ha sido la gran jugada de Dan Barrymore. Ha eliminado a su testaferro de un plumazo: le estaba chantajeando y ya no lo necesitaba, pero le será difícil acabar con mi padre.

Dejó de sonreír. Lo había hecho durante todo el rato, incluso cuando me contaba la trama del engaño de su muerte. Abrió el bolso que tenía a su costado y me entregó un sobre grande y grueso.

—Aquí lo tienes todo —me dijo.

—¿Todo sobre qué?

—Las empresas del juego y la prostitución en las que invierte el fondo Invertgold de Barrymore; las claves de las cuentas corrientes en las Bahamas donde ha desviado millones de dólares, y un contacto del Hallinger Bank que está dispuesto a hablar. Mi padre negoció con la fiscalía para que fuera un testigo protegido.

—Pero tu padre no está en condiciones de dar cobertura a nadie. Está siendo investigado por el FBI.

—En cuanto alguien publique esto mi padre quedará libre. El fiscal aún no ha presentado cargos contra él.

—O sea que quieres que publique esto. ¿No es más fácil que tu padre, que es senador, aporte esta documentación y demuestre que Barrymore es un sinvergüenza que le tendió una trampa porque iba a acabar con su negocio fraudulento?

—No se fía del FBI ni del fiscal anticorrupción.

—¡Joder! Ahora resultará que es más creíble lo que diga la prensa que las instituciones de este país. No me lo creo. Eso no es lo que me dijo tu padre, que, por cierto, no me quiere conceder una entrevista.

—Es así. No toda la prensa, pero si lo cuentas tú en el *New York Times* es otra cosa. Mi padre me dijo que trabajas para ellos ahora y si te negó la entrevista era para disimular frente a los que estaban grabando vuestra conversación.

Abrí el sobre, que contenía una cincuentena de folios; algunos parecían documentos originales de la banca *offshore* de las Bahamas.

—No sé…, no es tan fácil, tendría que hacer varias comprobaciones. Eso llevará un tiempo, y el testigo protegido…

—Está en Nueva York. Está dispuesto a corroborar lo que pone en esos documentos. Hablará contigo si lo deseas…

Me parecía extremadamente fácil. Tenía la documentación que implicaba a Barrymore y que, de ser verdad, lo metería en la cárcel por una buena temporada. En mi mente ya veía los titulares sobre el gran nuevo editor del *Sentinel* que evadía impuestos a paraísos fiscales y que era accionista de negocios criminales. Demasiado fácil. Nunca me habían puesto en bandeja un reportaje de esa envergadura y eso me hacía sospechar.

—Me pondré con ello, pero no te garantizo nada. No puedo descartar que tu padre no esté implicado, es difícil...

—¿Creerme? Eso es lo que piensas, claro. Tienes razón en pensar de ese modo. Al fin y al cabo te engañé una vez y podría volver a hacerlo. Solo te pido que eches un vistazo a estos papeles y que decidas por ti mismo. Ahí tienes el teléfono del contacto del Hallinger Bank, lo llamamos Roderick; es un nombre falso, por supuesto.

—Es solo que no me gustan las cosas tan sencillas. La documentación, la fuente y todo está demasiado bien hilvanado. Estos documentos parecen originales.

—Son originales.

—Necesitaría mantener una entrevista con tu padre. Tengo varias preguntas para él.

—Eso se puede arreglar. Me imaginé que me lo pedirías. Sospechamos que le están controlando las llamadas. Tú le llamaste y ahora es posible que tu teléfono esté intervenido también. Llámale a este número. Es un teléfono libre que compré y no está controlado, pero no lo hagas desde tu móvil... Y una cosa más: la condición es que la entrevista solo se puede concertar una vez hayas estudiado la documentación que te he dado y hayas decidido publicarla.

—Le llamé desde el teléfono del hotel, pero entiendo lo que dices. ¿Cuándo puedo llamarle?

—Salimos esta medianoche hacia Nueva York en el vuelo de American. Mejor hazlo en un par de horas.

—¿Irás al funeral de Martha Sullivan?

—Iremos.

—Creo que tomo el mismo vuelo.

—Irá escoltado por alguien del FBI y será mejor que no nos vean juntos. Seguro que habrá más polis en el avión.

—Sí, claro. Oye, volviendo a Angela, ¿de quién crees que huía?

—Estoy segura de que lo hacía de su verdadero padre.

—¿Sabes quién es el padre natural de Angela?

—Sí, es Dan Barrymore. Tuvo una relación con mi tía Martha estando casada con mi tío Greg. Él no podía tener hijos, pero aceptó a Angela a pesar de que no era hija suya. Cuando mi prima se enteró se fue de casa. Jamás le perdonó a su madre el haber vivido engañada tanto tiempo. Es curioso, Greg y Angela se tenían mutuamente mucho cariño y no tenían ningún vínculo de sangre. Sin embargo, con mi tía Martha era bien diferente; no se soportaban entre ellas, siempre andaban a la greña.

Aquel puzle familiar que se iba configurando me sorprendía e inquietaba por momentos. Barrymore era el padre de Angela, el amante de Martha Sullivan, y esta a su vez le había odiado hasta su muerte según lo que me había contado.

—Tu padre arregló lo del hospital cuando nació Angela para que no se supiera nada y la inscribió como hija de los Sullivan. También ayudó a Greg económicamente para que remontara el periódico cuando tuvo dificultades financieras.

—Mi padre fue quien presentó a Dan Barrymore a Greg y Martha Sullivan. El dinero que entró en el *Sentinel* era de los fondos de Invertgold. Mi tío Greg estaba al borde de la quiebra con su periódico. Buena parte de la culpa la tenían las inversiones sin control que mi tía Martha realizaba en obras de arte y en donaciones benéficas que descapitalizaron el diario, o por lo menos eso es lo que me dijo mi padre. Su hermana no vivía en este mundo, hasta le llegó a comprar una colección de arte al propio Barrymore... Vamos, todo un despropósito.

—Pero a la muerte de su marido ella tomó las riendas del periódico y no lo hizo mal. Defendió su independencia a su manera. De hecho, ella quería que a su muerte el diario continuara en manos del último miembro de la familia, de su hija Angela.

—Quizás era demasiado tarde. Barrymore ya se había quedado con toda su fortuna a cambio de los préstamos y, por lo que yo sé, se cuidó de que Angela no asomara la cabeza por los negocios de la familia. Cuando nos pidió que la ayudáramos a «desaparecer» era porque la acosaba sin cesar.

—¿A qué te refieres?

—A que no le dejó siquiera que hiciera su carrera artística. Larry y Daisy estuvieron actuando con éxito en el Balley's de Las Vegas durante dos años consecutivos, pero Barrymore les cortó el contrato en cuanto entró en el hotel con su fondo de inversión y se enteró de que la Daisy que estaba en el escenario era su propia hija. Ella no lo supo hasta mucho más tarde.

—Pero ¿por qué? Parece que la ayudó a salir de la quiebra cuando Angela se hizo cargo de la fábrica Martinka.

—Fue más bien al revés. Martinka había sufrido un duro revés desde que se vio implicada en el caso de los ilusionistas, pero seguía funcionando bien cuando Angela se puso al frente junto con otros magos. Seguían fabricando para los grandes espectáculos. Recibió un encargo muy importante para el nuevo show del Balley's que sustituiría al *Ilusionarium* de Larry y Daisy. Fabricaron todo el atrezo del escenario y los nuevos trucos de magia con la más alta tecnología, y al final no les pagaron. Más de cinco millones de dólares quedaron en el aire y Angela se vio obligada a vender Martinka a un fondo de Barrymore. El mismo personaje que había causado la bancarrota de Martinka se hizo cargo de la empresa. Lo hizo para sacarla de ahí. Ella no entendía nada de lo que había pasado hasta que se dio cuenta muy tarde de la jugada que le había hecho su verdadero padre.

—Iba a por ella, pero ¿por qué lo hacía? ¿Qué le había hecho Angela para que su padre la odiara tanto?

—Hasta tal punto que quiso desaparecer para siempre. No hemos vuelto a saber nada de ella desde su falso número de escapismo en el Sena. No sé lo que le hizo o lo que le dijo Angela, pero te puedo asegurar que ha intentado amargarle la vida. A veces pienso que le ha pasado algo grave, que ese cabrón de Dan Barrymore le ha hecho daño... Dios no lo quiera.

—Puede que esté muerta.

—Rezo para que no sea así, Christian.

Ambos nos quedamos en silencio. De pronto a Lorraine le cogieron las prisas y se despidió de mí con dos besos. Tenía que ensayar la actuación para el *show* de las siete con Criss Angel y llegar a tiempo para coger el avión para Nueva York. Volvió su cara hacia mí para ofrecerme otra amplia sonrisa antes de salir por la puerta de la habitación. A mí me quedaron montones de preguntas y de dudas, acumuladas en mi interior durante quince años, pero ella no me dio opción de resolverlas y se marchó.

Capítulo 25

Una carta amenazante

*A*brí el ordenador portátil y me conecté al *wi-fi* del hotel. Entre decenas de mensajes de publicidad y suscripciones a *newsletters* que no recordaba haber hecho, encontré el mensaje de Eva Bentley con un archivo que contenía la noticia de la venta de Martinka y la carta escaneada que Barrymore le había enviado a Martha Sullivan.

El recorte del *New York Times* solamente contaba que la maga Daisy, acosada por la mala situación económica, había vendido la empresa Martinka a Invertgold y que se iniciaba un proceso de expansión que permitiría a los proveedores cobrar su deuda. Sonreí pensando en lo que me había contado Lorraine: la deuda que iba a cobrar Invertgold era la suya propia. Había comprado Martinka sin poner un dólar.

Desplegué el archivo de la carta y la leí:

Querida Martha:

Ante tu negativa a verme y atender mis llamadas, quiero puntualizarte algunos términos de nuestro acuerdo que me ha sido imposible trasladarte en persona.

No sé por qué no podemos tener una relación que, aunque

no desees que sea de amistad, pueda ser amigable, dados los intereses que nos unen.

Sé que me echas en cara que Angela no esté a tu lado, pero te aseguro que no tengo culpa alguna de ello. Cuando supe que nuestra hija tenía problemas económicos acudí a ayudarla sin que ella misma se enterara. Te adjunto un recorte del *New York Times* donde puedes comprobar que así fue.

Hicimos un pacto antes de nacer tu hija, nuestra hija, que nos pareció bueno a los dos, incluso a los tres, cuando fui capaz de convencer a Greg de que asumiera la paternidad, apartándome de su medio. Mi mujer, Erika, estaba entonces embarazada de Peggy, y nuestras vidas familiares habrían sido un desastre. Si te digo esto ahora es porque en ese acuerdo invertí también varios millones de dólares con el fin de que un día, cuando Greg faltara, yo pudiera hacerme cargo de vuestro patrimonio y que no acabara en la ruina.

Pues bien, no solo estás impidiendo lo que un día firmamos, sino que estás azuzando a tu hija contra mí y contra mi familia. Angela se ha estado viendo con Peggy. No sé cómo lo ha hecho, pero se ha granjeado la amistad y la confianza de mi hija, de mi otra hija, y la ha encandilado con ese mundo de ilusionismo en el que vive. Me he enterado de que acuden juntas a espectáculos de magia y hasta le enseña absurdos trucos; le está sorbiendo el cerebro con todas esas ideas absurdas de la magia. ¿Qué persigue con ello?

Deberías alejarla de Peggy, de todos nosotros, o tendré que tomar medidas. Si se trata de una treta me veré obligado a comentarlo con Greg, sé que no está muy bien de salud y por eso no he querido incomodarle con este asunto. Espero que reflexiones y dejes de actuar contra mis intereses, que son los tuyos propios. De lo contrario me obligarás a tomar serias medidas.

Dan

Me fijé en el matasellos del sobre escaneado: la carta estaba fechada el veinte de noviembre de 2009, poco más de un mes antes del fallecimiento de Greg Sullivan y de que Angela simulara su desaparición en el río Sena.

Si hacía caso del contenido de aquella carta, era posible que Martha Sullivan me hubiera engañado, que mantuviese el contacto con su hija Angela y la estuviera utilizando de alguna manera contra Dan Barrymore. Pero entonces, ¿por qué me pidió que la buscara? Si creía lo que me había contado Lorraine, era Barrymore quien andaba tras los pasos de Angela y le hacía la vida imposible. Peggy y Angela eran hermanastras, y al parecer se habían hecho amigas. Recordé la soltura con la que Peggy manejaba las monedas. Posiblemente había sido aleccionada por Daisy, aunque hubiera disimulado conmigo diciéndome que era su madre alemana quien la había introducido en el mundo de la magia.

298 Tenía un *e-mail* de Brad Hudson en el que me urgía a darle algún avance sobre lo que hubiese averiguado, aunque fuera en la web. «Sería un bombazo publicar algo en el *Times* el mismo día en que se da sepultura a la editora del *Sentinel*», decía.

Me sentía agobiado por la rapidez con la que se sucedían las noticias en torno a los Barrymore, los Sullivan y los Mac Gideon. Necesitaba tiempo para procesar y ordenar la información. Y tiempo era de lo que menos disponía.

Llamé al tal Roderick. Le expliqué que los Mac Gideon me habían facilitado su contacto y le pregunté si estaba dispuesto a hablar.

—Como comprenderá no es un asunto para hablarlo por teléfono, veámonos en persona —me dijo sin faltarle razón.

—Por supuesto. Mañana estaré en Nueva York y volveré a contactar con usted. Solo quería saber si me garantiza que los documentos con los movimientos bancarios que me han facilitado son originales.

—Si son los que le ha dado Mac Gideon tenga usted la certeza de que son los originales.

—¿Y con las claves de las cuentas puede usted acceder a ellas? Quiero decir, ¿podemos llegar hasta el verdadero titular de esas cuentas corrientes *offshore*?

—Por supuesto. No deberíamos hablar más por el momento. Llámeme cuando esté en Manhattan y se lo demostraré con un simple ordenador y una conexión segura. Espero su llamada. Adiós, señor Bennet. —Colgó.

Encendí un cigarrillo y pedí al servicio de habitaciones un sándwich vegetal, una botella de agua y un dry martini con dos olivas. Era todo lo que necesitaba para empezar a examinar los documentos y ponerme a teclear en el ordenador.

Me gustaba poner un título a las crónicas antes de escribirlas aunque luego lo cambiara varias veces antes de mandarlas a la imprenta o a la red de Internet. Así, titulé:

ILUSIONARIUM: EL IMPERIO DEL VICIO EN LAS VEGAS (I) y subtitulé: «El senador Mac Gideon, posible víctima de un chantaje por parte del tiburón financiero Dan Barrymore».

Lo releí y me pareció un titular muy cinematográfico pero quizá no muy en la línea de los titulares ortodoxos y descriptivos del *New York Times*. Ya lo cambiaría.

Empecé por retrotraerme al caso de los ilusionistas de hacía quince años. No quería darle mucho espacio a eso y creí que contar lo que fueron aquellos reportajes debía hacerse en menos de diez líneas o el lector se agotaría antes de entrar en materia.

Luego describí lo más asépticamente que pude el entramado empresarial que había tejido en Las Vegas Dan Barrymore y dibujé un perfil de él y de su hija. Conté a qué se dedicaban en teoría sus fondos de inversión y cómo se había derivado capital a los casinos, complejos hoteleros y prostíbulos. Hice especial hincapié en que habían tomado la propiedad del *Sentinel* y anuncié al lector que el relato de ese episodio formaría parte de un segundo capítulo. Fotografié con mi teléfono los documentos con la mayor precisión y nitidez posible. Sabía que había una aplicación en el móvil para escanearlos pero no tenía idea de cómo utilizarla. Si Brad Hudson quería una primera información de alcance ya le serviría mostrar uno o dos de ellos, pensé.

Cuando llegué a la parte de la evasión de capitales e impuestos en las Bahamas me detuve. No tenía claro que debiera dar esa información antes de comprobarla con la fuente de Nueva York. Aunque la tenía confirmada por Lorraine y hasta por Laura, mi olfato me decía que tenía que primar la prudencia por encima de la gran exclusiva. La parte del supuesto chantaje o trampa de Barrymore la relataría basándome en la entrevista que le haría al senador Mac Gideon. Pondría un texto entrecomillado con las frases que pudiera entresacar de la conversación.

Sin darme cuenta habían pasado dos horas desde que se fue Lorraine y estaba en condiciones de llamar a Mac Gideon al teléfono seguro que ella me había facilitado.

El senador me pidió que le volviera a llamar en cinco minutos. Imaginé que quería buscar un lugar seguro desde donde hablar. No me hubiera parecido extraño que la *suite* del Bellagio donde se hospedaba estuviera cubierta de micrófonos.

Al cabo de un rato le volví a llamar y el sonido era infernal. Me dijo que estaba sentado frente a una máquina tragaperras y que a cinco metros tenía a alguien vigilándole.

—No se preocupe, no me pueden oír, casi no le oigo a usted. —Estaba de buen humor—. La juez ha dictado una orden por la que no puedo salir del hotel y en él sigo. —Rio—. La verdad es que uno podría vivir meses sin salir de aquí y hacerse rico o arruinarse.

La entrevista duró algo más de media hora y el senador no tuvo pelos en la lengua. Atacó a Barrymore y acusó a su testaferro, Jeff Barley, de ser el brazo ejecutor de Invertgold, y además me dio los nombres de los que habían sido comprados por el financiero. En la lista que me facilitó, y que iba anotando con dificultad —le hacía repetir los nombres y cargos más de una vez aunque le estaba grabando—, estaban altos funcionarios de la alcaldía de Las Vegas, policías del aeropuerto y agentes de la agencia tributaria, todos corrompidos por Barrymore para realizar negocios ilegales a sus anchas.

Me contó cómo había intentado desmontar aquello y cómo se había topado con las dificultades que le ponía la fiscalía. Me dijo que había intentado hablar con el presidente Barack Obama, pero que no lo había conseguido todavía y que entendía que ahora ya no se le pusiera al teléfono, por lo menos hasta que se demostrara su inocencia.

301

—Hay que pillar a Barrymore por lo de las Bahamas. Lo de aquí se puede quedar en un simple delito fiscal y de corrupción. Si los socios de los fondos descubren que han sido estafados, que su dinero está en un paraíso fiscal a nombre de ese gusano, se le caerá el pelo. Lo de Bernie Madoff se queda en un humilde timo de la estampita comparado con los cientos de millones de dólares que les ha robado. Sus empresas aparecen como ruinosas, pero el dinero está allí, en las Bahamas.

—Eso parece, aunque aún debo comprobarlo —le dije.

—Ya le dijo Lorraine que si no publica esto antes o en el mismo instante de mi entrevista no le autorizo a darla. Confío en su seriedad, señor Bennet.

—Sí, me lo dijo y cumpliré con el compromiso. —Me fastidiaba tener que hacerlo y tampoco entendía el porqué de ese condicionante.

—Oiga, las cosas funcionan así. Solo si hay accionistas

perjudicados que demanden a quien tenía la custodia de su patrimonio se moverán los hilos de la justicia. Estamos en un sistema capitalista, no se lo tengo que recordar. A nadie le gusta que le roben el dinero.

—Una última cosa, senador: su hija Lorraine formó parte de la organización mafiosa hace quince años, una organización que, por lo que parece, no llegó a desactivarse. También su sobrina Angela tuvo relación con Barrymore, no solo parental sino financiera, a través de Martinka. Su hermana Martha y su cuñado Greg suscribieron un acuerdo por el que Barrymore se hacía con la fortuna de su familia... y, bueno, pienso que alguien que ha estado tan próximo a su familia y desde hace tantos años habrá tenido también con usted una relación cercana. Mi pregunta es: ¿qué le une de verdad con Dan Barrymore, senador?

—No sé qué quiere decir.

302   Parecía que Mac Gideon había obtenido un premio en su máquina tragaperras, porque de repente se oyó un alboroto musical que estuvo a punto de perforarme el tímpano.

—Usted dice ir contra Barrymore y sus métodos delictivos, pero hace quince años no hizo nada por desenmascararlo. ¿Por qué ahora sí? ¿Ahora que se queda con la fortuna de su hermana es cuando quiere verlo entre rejas?

—Señor Bennet, usted sabe bien que lo intenté, pero estaba en juego la vida de mi hija. La fortuna de los Sullivan hace tiempo que está hipotecada con su fondo Invertgold.

—Usted lo habría podido impedir. Era y es una persona poderosa. Siendo antes gobernador y ahora senador podía haber hecho algo al respecto. O eso pienso.

—No vea cosas raras. No hay nada extraño. Me equivoqué presentándole a Greg y a Martha. Me engañaron sus modos de hombre desprendido y hasta filantrópico. Me equivoqué con Barrymore.

—¿Ganó usted algo con ello? Quiero decir si le retribuyó

económicamente por una operación tan rentable como quedarse, por un préstamo miserable, con todos los bienes de su familia… En este tipo de transacciones sería lo normal.

—Oiga, Bennet, creo que me he equivocado con usted. Lorraine me dijo que podía confiar y ya veo que no es más que otra rata del periodismo que husmea en las cloacas.

—Solo le he hecho una pregunta. ¿Ha ganado dinero con Barrymore?

—Jamás cobré un centavo de él. Supongo que eso no le hace feliz, pero es la verdad.

—Está bien. Senador, muchas gracias por su tiempo. Nos veremos en el funeral.

Colgué el teléfono y comprobé que la grabación había quedado bien. Después llamé a Brad Hudson y le dije que tenía la entrevista con Mac Gideon y una primera crónica sobre el nuevo caso de los ilusionistas. Se la enviaría antes de coger el vuelo a Nueva York. Releí la entradilla para ver si merecía ser cambiada. No lo hice, pero tampoco le dije a Hudson que no tenía autorización para publicar la conversación con el senador. Pensé que por una vez podía engañar yo también a aquellos que se habían burlado de mí.

303

Capítulo 26

Pruebas incriminatorias

*E*l vuelo de medianoche de American Airlines de Las Vegas a Nueva York fue plácido y lo aproveché para dormir un poco. Al entrar en el avión Laura y yo vimos sentados en la segunda fila de primera clase al senador Mac Gideon junto a su hija Lorraine. Laura hizo además de acercarse a ellos y se lo impedí tirándola del brazo. Se revolvió con un gesto mohíno y me pellizcó en la cintura en señal de protesta, pero lo entendió cuando le señalé con disimulo a dos personajes trajeados que estaban en la fila contigua. Solo les faltaba ponerse unas gafas oscuras para que hasta un niño los reconociera como del FBI.

Cuando estuvimos sentados en el Boeing 777 intenté calmarla. Quería que le contara mi encuentro con Lorraine. Al principio pensé que solo se interesaba por la información que le había podido sonsacar, pero al poco noté que sus preguntas se volvían más personales. Laura estaba celosa y lo disimulaba con profesionalidad. Le resté importancia al asunto y le dije que no había obtenido nada relevante de ella. Tampoco le conté que a esas horas el *New York Times* estaría procesando mi entrevista a Mac Gideon y la primera crónica sobre «los nuevos ilusionistas». Al poco de servirnos la cena y bebernos sendos botellines de vino tinto de Napa, se quedó dormida con la cabeza recostada sobre mi hombro. Cubrí sus pantorrillas desnudas con una manta y me dormí también.

Cuando salimos del avión vimos a Mac Gideon y a Lorraine que descendían por una puerta lateral de la pasarela y se acomodaban en un sedán negro, en el que desaparecieron a toda velocidad junto a la pareja que suponía del FBI.

Aguardé con Laura en la cinta de equipajes hasta que apareció el suyo, que había facturado. Tomaríamos un taxi juntos desde Newark a Manhattan. El reloj del aeropuerto señalaba las 8:40 de la mañana. Una alerta se disparó en su móvil, leyó unos segundos en la pantalla y me miró furiosa.

—Eres un cabrón, Christian Bennet, me has tomado el pelo como a una ingenua becaria.

Puse cara de no saber de qué me estaba hablando.

—¡En el *Times* han publicado una entrevista tuya con Mac Gideon a toda página!

—Ah, qué rápidos son —dije sin inmutarme—, creo que también tiene que haber una pieza sobre Barrymore y sus negocios.

—Eres, eres… —No le salían las palabras. Infló los carrillos como si quisiera contener los insultos que no se atrevía a soltar.

—Soy tu competencia, como me dijiste. No estaría bien visto que te filtrara información para que la usaras en tu periódico, ¿no crees?

—¿Cuándo hablaste con él? Cuando nos vimos en el Bellagio y me sonsacaste ya tenías la entrevista, ¿no es cierto? Has estado jugando conmigo.

—No más que tú. Y no, no la tenía en ese momento. Todo pasó después.

—¿Te la dio tu amiguita, esa novia que tuviste? Claro, la hija del senador que se tiró por la ventana y sobrevivió. Me he tragado tus historias falsas como una verdadera idiota. —Elevó la voz y me sentí incómodo. La gente que esperaba sus maletas en la cinta transportadora se volvió hacia nosotros.

—No hay nada que te haya contado que no sea cierto. Deberías calmarte, estamos dando un espectáculo. —La cogí por el hombro y se desasió de mí de un manotazo.

—¡Vete! No te quiero ver más. Pensaba que trabajábamos en equipo, pero ya veo que tienen razón los que dicen que eres un lobo solitario y malcarado.

—¿Malcarado?

—Entiendo que no tengas amigos. Eresególatra y presuntuoso. No sé cómo me he podido fijar en ti.

—Dijiste que fue algo físico aparte de la admiración que me tenías —dije bromeando a ver si se calmaba.

—¡Eres... eres! ¡Buff!

No conseguía apaciguarla. Antes de salir de la terminal vio en un quiosco la portada del *Times* y compró un ejemplar. El trayecto en taxi hasta el centro de la ciudad lo hicimos en silencio. Ella leía mi crónica y la entrevista con el senador con gesto mustio y resoplaba ante algunos párrafos. Yo la miraba de reojo y al notarlo apartó el diario de mi vista. Brad Hudson le había dado una cobertura destacada y había respetado los titulares, que era lo único que alcanzaba a leer desde mi posición.

La dejé en la puerta del *Sentinel*. El cielo amenazaba con descargar una buena tormenta de agua en cuanto remitiera el viento que hacía cimbrear los árboles de la avenida Broadway. Cuando se bajó del taxi me dijo:

—Está muy bien. No es completo, pero está bien. Aunque no me gusta el título de *Ilusionarium*... ¿Qué coño es?

Me encogí de hombros y le pedí al conductor que siguiera la carrera hasta mi casa.

Sonaron varias llamadas de Brad Hudson en mi móvil mientras estaba bajo la ducha. Me puse en contacto con él en cuanto me preparé un café y encendí un cigarrillo. Hudson estaba exultante.

—Eres un *crack*, Bennet. Todas las cadenas de televisión abren con tu entrevista. Te lo dije: solo tú podías conseguirla. Ahora falta enterrar a Dan Barrymore.

—Sí, solo falta enterrarle —dije lacónicamente.

—¿No estás contento? ¿Qué pasa?

—Tengo la información sobre las cuentas en paraísos fiscales de Barrymore, pero necesito contrastarla.

—Por supuesto, Christian, por supuesto. Tómate el tiempo necesario, aunque tampoco podemos esperar mucho. Has puesto la miel en la boca de millones de lectores y esperan leer mañana la segunda entrega de *Ilusionarium*. Me gusta ese título..., me gusta mucho, campeón.

—No sé si mañana podrá ser... Tengo que hacer unas llamadas...

—Ponte a ello, ponte. Te dejo abierta la página tres hasta las cinco de la tarde y una pastilla en la portada.

Hudson me estaba sometiendo a una presión a la que no estaba acostumbrado. Si bien era cierto que habíamos tomado la delantera a los demás medios y que el lector esperaría la segunda entrega, no tenía claro poder cumplir con tan poco margen de tiempo. Pensaba que quizá me había precipitado dando la primera información antes de tener una visión global de lo que realmente estaba pasando en Las Vegas. Y sin embargo le dije antes de colgar:

—A las cinco lo tendrás.

Llamé a Roderick y quedamos en vernos a las doce en el Kyclades. Mientras le esperaba, sentado a una mesa a la entrada con una cerveza griega y un ejemplar del *Times* abierto por la página de deportes —era la señal convenida para que me reconociera—, me llamó Lorraine. Estaba enfadada. Parecía que no era mi día con las mujeres.

—Mi padre está muy disgustado. El pacto era que no publicarías la entrevista si no iba acompañada de tu crónica sobre el fraude de Barrymore en las Bahamas. Te lo dije, Christian, y nos has engañado. ¿Por qué? Creo que hemos sido sinceros contigo. Yo te avalé personalmente. Le dije que cumplirías tu palabra.

—Lo siento, Lorraine, pero me pareció que esa entrevista tenía interés ahora, y no después de contar las supuestas corruptelas de Barrymore. A los ojos de todos parecería una *vendetta* de tu padre. En cambio, ahora, la entrevista me da pie para investigar lo que en ella cuenta y saber qué hay de verdad en toda esta trama.

—¿Qué hay de verdad? Christian, todo lo que te conté, todos los documentos que te di son verdad. No tienes que dudar de ello.

—Mi trabajo consiste en dudar de todo para descubrir la verdad. No me gusta que me digan lo que es cierto o es falso, debo averiguarlo por mí mismo. A veces lo evidente no es tan real. Tú deberías saberlo mejor que nadie, ¿verdad, Lorraine?

—Ya veo que sigues molesto conmigo por lo que pasó hace quince años. ¿No vas a poder perdonarme nunca? Tuve que hacerlo, me jugaba la vida y comprometía a mi padre.

—Ya te he perdonado. Tú no entiendes lo que quiero decir. Vives en un mundo en que todo aparenta ser real y es mera ilusión. Una vez me dijeron que la gente se traga los trucos de magia porque quiere ser engañada, pero en mi negocio no es así. No debe ser así. Yo no puedo manipular una historia, tengo que contarla tal y como la veo honestamente.

—Bien, Christian. Tú verás lo que haces. Hay mucho en juego y tienes la oportunidad de revelarlo. Si se tratara de un truco de magia no te quedaría más remedio que desvelarlo… Ahora estás metido de lleno en el espectáculo y puede que nunca sepas si te han engañado o te has dejado engañar. Nos veremos en el funeral de mi tía Martha. —Colgó.

Todo era demasiado simple y a la vez resultaba muy complejo. Como cualquier efecto de ilusionismo, como cuando desaparece un mago que se mete en el interior de una caja atado y cubierto por un saco y en su lugar, al abrirla segundos después, aparece una chica en el mismo saco y con la misma atadura. El truco está en la caja, en el doble fondo donde se agazapa la ayudante sin ser vista, y en la parte trasera, que tiene una salida por donde puede escapar el mago y aparecer a varios metros de allí. El truco está en percibir que se trata de una caja normal cuando se muestra al público y se le da la vuelta para que este compruebe que todo lo que va a producirse es en apariencia real. El truco es el no truco. Mi vida periodística había estado dedicada a buscar lo que escondía ese doble fondo y la salida por donde se escapaba la verdad.

Estaba pensando en ello y en que Lorraine tenía razón, que yo formaba parte del espectáculo y seguramente también del truco, cuando llegó Roderick. Era bajito y rechoncho, y vestía un traje azul al que le faltaban un par de tallas para poder abotonarse la americana. Un tipo desaliñado. Me fijé en que llevaba cosido un botón de color marrón cuando los demás eran azules y dorados con el relieve de un ancla, muy llamativos, la verdad. Seguramente se le había saltado uno y lo había reemplazado por otro cualquiera. La corbata, también azulada, silueteaba una barriga puntiaguda. Llegó sin respiración. Se sentó frente a mí, al tiempo que con una mirada asustadiza inspeccionaba el local.

—¿Señor Bennet? —preguntó con un tono de voz inaudible.

—Roderick, supongo.

—Sí, puede llamarme así. ¿Esto es seguro? —Meneó el cuello ciento ochenta grados sin mirar a ningún lugar en concreto.

—Podemos hablar sin problemas —le dije.

—¿Me va a grabar?

—Pensaba hacerlo. ¿Tiene inconveniente?

—No, supongo que no... Pero llámeme Roderick, ¿de acuerdo?

—¿De qué otra forma le podría llamar? No sé su verdadero nombre. Solo sé que trabaja para el Hallinger Bank de las Bahamas.

—Exacto. Bueno, trabajaba. Me despidieron hace unas semanas.

—Ajá. ¿Y se puede saber por qué?

—Descubrieron que me había llevado documentación. Los del departamento de informática advirtieron que había entrado en el sistema con mi ordenador.

—Vaya. Los ordenadores dejan pistas. ¿Y qué tipo de información sacó?

—Creo que usted ya lo sabe. Los movimientos de las cuentas de Invertgold y de su presidente, Dan Barrymore. ¿No es eso lo que le han dicho? Por eso me ha llamado, ¿no?

—Sí, eso es lo que me han dicho y por eso estamos aquí. ¿Quiere una cerveza?

—Prefiero algo más fuerte.

Levanté el brazo para que Helios acudiera hasta nuestra mesa. Roderick pidió un whisky doble y unos calamares rebozados. La combinación me pareció tan horrenda que se me quitó el apetito de repente.

—¿Por qué lo hace, Roderick? Me refiero a lo de entregar estos documentos que imputan a Barrymore.

—Ya le he dicho que me han despedido... ¿Por venganza? Me es igual lo que piense.

—Ya, pero le han despedido precisamente por sacar información confidencial del banco. Una cosa es consecuencia de la otra. Dígame, ¿por qué lo hace? ¿Cuánto le han pagado?

—Oiga, yo solo tengo que corroborar que los documentos que le facilitaron en Las Vegas son originales. Lo demás es asunto mío.

—Vaya, ya veo que eso le han dicho. Pues no es exactamente así. Si no sé por qué lo hace empezaré a tener dudas sobre esos documentos. Ya sabe cómo es el periodismo. Nos lo cogemos todo con papel de fumar…

Roderick estaba fuera de juego. Debía de pensar que verme sería un puro trámite y que solo le iba a preguntar por el cómo y no por el porqué. Removió su gran culo en la silla buscando una posición más cómoda.

—He traído mi ordenador. Puedo mostrarle ahora mismo, en tiempo real, cómo puedo acceder a las cuentas de Invertgold en las Bahamas con sus claves secretas. Podemos ver sus movimientos más recientes, incluidas las transferencias desde las sociedades de Las Vegas que Barrymore está vaciando…

—Sí, todo eso está muy bien. No lo pongo en duda, pero, insisto, es solo que no entiendo qué gana usted contándome eso. ¿Puro altruismo, Roderick? ¿Es usted un ciudadano ejemplar al que le molesta que los millonarios defrauden a la Hacienda pública? Ha perdido su empleo, que, por otra parte, debe de consistir en ayudar a esos millonarios a eludir sus obligaciones tributarias trabajando para un banco *offshore*. Veo en ello cierta contradicción.

—Puede que me haya arrepentido de mi trabajo —dijo sin convicción.

—Puede que sí, pero acusando a Barrymore y enviándolo posiblemente a la cárcel, también exculpa al senador Mac Gideon de las graves imputaciones que pesan sobre él. ¿Qué le ha prometido el senador?

—Oiga, no sé lo que quiere decir. Si no le interesa la información lo dejamos correr. No tengo por qué darle más explicaciones. Bastante hago con contarle lo que es un escándalo financiero sin precedentes. Los miles de inversores de los fondos de Barrymore le pondrán cientos de querellas por apropiación indebida, el Tesoro querrá recuperar su dinero y la justicia le hará pagar por sus múltiples fraudes.

—¿Y Mac Gideon? ¿Qué gana él? Tengo entendido que tiene también cuentas *offshore* en su banco en las Bahamas. Parece que recibía comisiones de Invertgold por tener la boca callada.

—Eso... eso no es así exactamente.

—¿No lo es exactamente? ¿O simplemente lo es con algunos matices? Mire, tengo los números de sus cuentas y los ingresos por más de cien millones de dólares. —Era consciente de que me estaba aprovechando de la información que me había facilitado Laura en el Bellagio, y que ella misma había puesto en cuarentena por su escasa fiabilidad.

—Eso es una trampa que le tendió Dan Barrymore. Abrió varias cuentas a nombre del senador, pero en ellas solo tienen firma Jeff Barley y el propio Barrymore. Son los únicos que pueden retirar fondos. Nuestras cuentas son opacas y van cifradas e incluso con nombres falsos, pero en última instancia aparece el verdadero titular.

—¿Cómo sabe que es una trampa?

—Me lo dijo ella... —Calló.

—¿Ella? ¿Ella es Lorraine Mac Gideon?

Asintió con la cabeza. No quería que la grabadora, que estaba sobre la mesa junto al plato de calamares recién llegado, recogiera su respuesta afirmativa.

—Ya —dije con desconfianza.

—Sí, ya sé lo que piensa: es la hija de Mac Gideon y lo que busca es salvar a su padre. Es lógico que diga que se trata de una trampa, pero hay algo más: nunca en los últimos años se han retirado fondos de esas cuentas que están con el nombre clave de Mac Gideon. ¿Para qué quieres tener decenas de millones si no los tocas ni para darte un simple capricho? Es simple: no puede gastarlos porque no le pertenecen. No son suyos.

Seguramente tenía razón y yo estaba viendo lo que aparentaba, y no lo que era. Me costaba pensar con claridad. Que Mac Gideon fuera corrupto me encajaba con la historia de los ilusionistas que había vivido hacía quince años, pero aquella historia se había disuelto como un azucarillo cuando reapareció Lorraine. Nada de lo que recordaba podía ser cierto, aunque mi cerebro se empeñaba en procesarlo como real.

Lo real quizá era que Mac Gideon, Lorraine y hasta Brad Hudson del *Times* querían que la historia que se contara fuera la que hundiese a Barrymore y exculpara a Mac Gideon; y que Barrymore utilizaba a Laura Grant y al *Sentinel* para explicar lo contrario: el gran corrupto era el senador Mac Gideon, que estaba siendo investigado por el FBI por fraude y corrupción en Las Vegas. ¿No había término medio? ¿No sería que con los cruces de relaciones entre los Barrymore y los Mac Gideon ambos estaban metidos hasta el fango en los negocios ilegales?

La duda es mala consejera cuando tienes que cerrar una crónica con poco tiempo. Sé cuando escribo titubeante y con desconfianza. La mayor parte de las veces la historia acaba en la papelera del ordenador. Quizá me faltaba esa subida de adrenalina que me sobrevenía cuando había atrapado una buena pieza periodística que nadie más tenía y que podía desarrollar a fondo.

Roderick se zampaba los calamares de dos en dos y sorbía el whisky con ellos en la boca. No se comportaba con los modales de un gestor bancario acostumbrado a tratar con clientes de alto rango; aunque yo no conocía a ninguno me imaginaba que debían de ser más refinados.

—Está bien, déjeme ver cómo accede a esas cuentas de Barrymore con el ordenador —le dije al fin.

Pareció sentirse aliviado. Apartó con la mano la bandeja de calamares, que ya estaba medio vacía, e hizo espacio en la mesa para colocar su portátil. Se conectó al *wi-fi* con el teléfono y tecleó en él.

Inclinó la pantalla hacia mí para que pudiera verla. Apareció la web del Hallinger Bank. Movió el cursor hacia un lateral y se desplegó la página de cuentas corrientes, donde aparecía un casillero para poner el usuario y otro para la contraseña. Vi cómo escribía con parsimonia en el primero el nombre de Dan Barrymore. Luego, con la misma lentitud y pulcritud, tecleó una contraseña que me resultó familiar: Woolworth, seguida de unos números que no pude ver. Al momento se desplegaron las anotaciones del saldo.

—Como verá, en esta cuenta hay más de…. —Se calló de repente—. ¡No es posible! ¡Joder! La cuenta está limpia. Han transferido todo el dinero.

314

—¿A dónde?

—¡Mierda! Tengo que dejarle. Me voy. Me están buscando…

Señaló la pantalla. El puntero del ratón se movía solo en todas direcciones e iba desplegando pantallas sin coherencia a gran velocidad. Al parecer habían jaqueado su conexión.

Roderick apuró el whisky de un trago y me dejó plantado. Huyó como alma que lleva el diablo dejando el resto de calamares todavía humeantes en el plato.

Llamé a Helios para pagarle la cuenta.

—¿No le han gustado mis calamares? —preguntó Helios.

—No es eso, tenía prisa. No se los ha podido acabar, deberías poner raciones más pequeñas —le dije al *maître*.

—Sí, se ha ido corriendo. Creo que se le ha caído esto.

Helios me tendió una tarjeta del Little Branch en la que había apuntado un número de teléfono móvil.

Capítulo 27

Para muestra, un botón

$\mathcal{A}$penas disponía de dos horas para enviar mi crónica al *Times* y tenía que vestirme para el funeral de Brooklyn a las cinco.

Las prisas, unidas a mi falta de convicción, hicieron que no me sintiera satisfecho de lo que escribía. Titulé: ILUSIO-NARIUM: EL IMPERIO DEL VICIO EN LAS VEGAS (II) y subtitulé: «Dan Barrymore cometió fraude con sus socios de los casinos y evadió cientos de millones a Las Bahamas».

Relaté todo cuanto me había contado Lorraine y desta-qué lo que sobre ello me había respondido Mac Gideon y que había dejado fuera de la entrevista. Cargué las tintas de nuevo sobre las inversiones delictivas de Invertgold y me recreé en detallar el dinero que había supuestamente robado a sus inversores y que estaba en las cuentas del Hallinger Bank en las Bahamas, por lo menos hasta hacía unos instan-tes, en que había desaparecido del portátil de Roderick. Al fi-nal me permití contar a los lectores qué tipo de editor estaba al frente del *Sentinel* y cuáles eran sus malas artes. Reco-nozco que esa parte fue la que más me satisfizo, aunque es-tuviera teñida de revancha. Faltaba media hora para las cinco. Pedí un mensajero para hacer llegar al *Times* los do-cumentos con las cuentas corrientes y cuando iba a apretar el botón para enviar el archivo con la crónica al *e-mail* de Hudson entré de nuevo en ella y añadí: «En la próxima entrega, las relaciones entre Mac Gideon y Dan Barrymore».

El ordenador emitió el sonido característico de un *jet* que sobrevuela el espacio aéreo que confirmaba que el reportaje había salido de la bandeja del correo.

Apenas faltaban veinte minutos para las cinco. Llegaba tarde al funeral de Martha Sullivan. Me di una ducha rápida y escogí un traje y una corbata de color negro, además de una camisa blanca. Fui hasta la mesita de noche para buscar en ella unos gemelos. Entonces reparé en que la señora de la limpieza me había dejado un mensaje en un *post-it*:

«No he encontrado a qué traje pertenece este botón. No veo que le falte ninguno. Lo encontré barriendo bajo el sofá del comedor».

Bajo la nota había un botón de color azul y dorado, con un ancla en relieve. Un botón idéntico al que le faltaba en la americana a Roderick y que había sustituido por uno de color marrón.

Me sobrevino un sudor frío. Podía ser una casualidad, pero no creía ya en ellas... ¡Roderick había estado en mi casa! Intenté calmarme, aunque de nuevo se me agolpaban cientos de pensamientos que mis neuronas eran incapaces de procesar a la vez.

Una sola idea acabó por imponerse: Roderick había asaltado mi apartamento. *Astor* se había enfrentado a él y en el forcejeo había perdido un botón. Pero ¿quién era Roderick y al servicio de quién estaba?

Instintivamente marqué el teléfono de Brad Hudson. Tardó en cogerlo y cuando lo hizo oí de fondo el ruido del tráfico.

—Hola, Christian. Te iba a llamar para decirte que tu segunda entrega si cabe es más genial que la primera. No tardarán en sonar los teléfonos. Barrymore está acabado...

—Oye, Brad, creo que deberías retener esa crónica, no estoy seguro...

—¿Retener? Ya está en la *home* de la web y mañana abrimos con ella en el papel... ¿Qué te sucede?

—Nada, es solo que me gustaría hacer algunas comprobaciones... ¿Puedes levantarla?

—¿Levantarla? No sabes lo que estás diciendo. Lo que se publica en la web es imposible de eliminar... Creo que ya va por los tres mil tuits en solo diez minutos que lleva colgada. Es una bomba.

—Ya, una bomba descontrolada... Te pido que la quites.

—Christian, estás de los nervios. Tranquilízate. Estoy en el coche llegando al funeral de Brooklyn. Pensaba que te vería allí.

—Sí, ahora voy. Está bien, está bien. Pero es solo que creo que Mac Gideon no está limpio, Brad.

—Bueno, ya he visto que dejaste un «continuará»; lo que tengas que explicar lo vemos más adelante. Eres un *crack*. Lo has contado muy bien. No me has defraudado. Te veo con otro... Pulitzer, y eso que esos... cabrones te lo querían quitar...

Sus últimas palabras sonaron entrecortadas hasta que se interrumpió la conexión.

—Sí, claro... Nos vemos en el funeral, pero tengo que investigar a Mac Gideon.

Creo que no oyó lo que le decía.

Capítulo 28

Magia en el funeral

*L*a impresión de que me estaban utilizando no era solo una mera sensación, era una evidencia: había caído en la trampa como un colegial.

¿Roderick era un esbirro al servicio de Barrymore, al que le había ordenado entrar en mi casa en busca de alguna información? Y si era tal como pensaba, ¿por qué parecía, sin embargo, estar trabajando a favor de los intereses del senador Mac Gideon?

Angela Sullivan, hija de Barrymore, amiga de su hermanastra Peggy y prima de Lorraine, seguía en paradero desconocido, y el encargo de su búsqueda había puesto al descubierto un entramado de corrupción en Las Vegas que había desatado un impresionante embrollo financiero y político. Supe desde el principio que no estaba en aquella investigación por casualidad, pero había tomado pocas precauciones para no contaminarme con los intereses de unos y otros.

Me puse en el bolsillo la tarjeta del Little Branch que Roderick había olvidado en el restaurante y memoricé en mi móvil el teléfono que llevaba escrito a bolígrafo.

Tomé un taxi hasta el cementerio de Green Wood cuando caían los primeros copos de nieve sobre la ciudad.

Atravesé la entrada de arcos de piedra rojiza y estilo

neogótico del camposanto más exclusivo de Nueva York. El taxista me dejó cerca de la capilla central, aunque tuve que caminar una cincuentena de metros hundiendo las suelas de mis zapatos en la nieve blanda que ya cubría el suelo y las copas de los árboles y hacía palidecer aún más las estatuas marmóreas a mi paso. Atisbé Battle Hill, el punto más alto de Brooklyn, pero aparecía nebuloso, azotado por las agujas blancas y heladas de la cellisca que se cernía sobre el montículo. Recordé haber subido allí hacía años para ver el altar donde se hallaba la escultura de la diosa Minerva, que enfrentaba su mirada pétrea a la de la Estatua de la Libertad, en la desembocadura del Hudson. Sabiduría y autodeterminación, dos símbolos de diferentes épocas inertes contemplándose, ambas vigilantes y a distancia.

El lugar estaba desierto: los turistas que visitaban por miles el cementerio, declarado hacía una década de interés histórico nacional, debían de haber huido ante el rigor del tiempo.

Entré en la capilla. Los últimos llegados, como yo, se apretujaban de pie junto a la puerta tras las filas de bancos de madera. Busqué un resquicio para pasar por un lateral buscando aproximarme al altar, pero resultaba difícil avanzar entre tanta gente. La luz que irradiaba la lámpara circular que colgaba del techo imitando un aro de velas era tenue y las vidrieras emplomadas de vivos colores trasmitían una iluminación desvaída al transparentar el ocaso prematuro del exterior.

Me pareció que los asistentes eran meras sombras de personas, todas por igual uniformadas. Solo el altar quedaba iluminado por los focos que pendían de los extremos de la pared abovedada. Parecía un escenario. Seguí avanzando hasta que llegué a pocos metros del féretro de Martha Sullivan y pude ver las primeras bancadas de la capilla. El cura detuvo una plegaria ininteligible y la música del órgano reverberó extraña hacia todos los puntos cardinales de la capilla.

Reconocí en la primera fila de la derecha a Mac Gideon y a su hija Lorraine; tras ellos, en el lateral exterior y más cercano al féretro, vi a Eva Bentley, que se enjugaba las lágrimas con un pañuelo. En el lado opuesto, a la izquierda, estaban sentados Dan Barrymore y su hija Peggy, el director del *Sentinel*, Robson, el gerente Maxwell y varios de mis excompañeros periodistas. Laura estaba de pie apoyada en la pared en dirección opuesta a donde yo me hallaba y parecía tomar notas como si se aprestara a escribir la crónica del funeral. Un fotógrafo tomaba instantáneas del público y otro no dejaba de retratar el ataúd. Había camarógrafos de televisión que circulaban con sigilo cámara en hombro por el angosto espacio de que disponían para moverse.

El órgano interrumpió su melodía pastosa a causa del eco que superponía las notas musicales y las confundía. El cura se acercó al féretro con el hisopo para esparcir el agua bendita sobre la tapa de caoba con un gran crucifijo incrustado en ella. Hundió el hisopo en el acetre con el agua bendecida y, al tiempo que pronunciaba la liturgia nombrando al Padre, al Hijo y al Espíritu Santo, derramó unas gotas sobre la caja mortuoria.

Al tercer envite del cura con el hisopo sobrevino un apagón de luz. La iglesia quedó a oscuras por unos segundos. Se oyeron murmullos, y al volver la luz los focos iluminaron con decisión hacia el lugar del féretro. Pero este había desaparecido. El cura dio un respingo y en su semblante se dibujó una mueca de terror. La gente, desconcertada, prorrumpió en un griterío ensordecedor cuando con el estruendo de un trueno se abrieron de par en par las puertas de la iglesia y un relámpago artificial iluminó el féretro, que apareció en el exterior sobre las escalinatas de entrada.

Corrí hacia la puerta intentando comprender cómo se

había producido lo que parecía un efecto de ilusionismo. Algunas mujeres sufrieron desmayos y muchos hombres abandonaron despavoridos la iglesia santiguándose al pasar junto al féretro que contenía el cuerpo sin vida de Martha Sullivan. Al llegar al ataúd vi que tenía la tapa abierta y en lugar de la madera había un cristal que dejaba ver el cadáver amortajado. En el interior y sobre su pecho había colocado un sencillo anillo de cobre, o quizá de latón, sobre una cartulina con una nota en la que se podía leer: «Angela ha vuelto».

Respiré con dificultad el aire gélido del parque nevado. Del interior de la iglesia llegaba la melodía de *What a Wonderful World*, que ahora se oía con clara armonía desde el exterior. Los empleados de la funeraria, desconcertados, colocaron la tapa del ataúd y lo transportaron hasta el interior del coche fúnebre. Junto a mí, circunspectos y en silencio, estaban Brad Hudson, Laura, Lorraine y Mac Gideon, que habían presenciado la escena.

Vi a Eva Bentley subirse en la parte trasera de un sedán negro aparcado tras el coche fúnebre. Arrancó con rapidez y al pasar por mi lado me ofreció una tímida sonrisa desde la ventanilla. Me pareció que junto a ella, en el asiento contiguo, iba otra mujer. Hubiera jurado que se trataba de Peggy Barrymore.

—¿Qué significado tienen ese anillo y esa nota? —me preguntó Hudson.

—Es el anillo mágico de Angela. Creo que al final su madre la encontró y… yo también.

Había varios taxis en la puerta, pero necesitaba airearme unos minutos. A pesar del frío que me calaba hasta la médula y la nieve que empapaba mis calcetines anduve más de una hora hasta Prospect Park, donde tomé el metro.

Necesitaba tomar una copa. Y qué mejor sitio para hacerlo que en el Little Branch.

Y

Laura me llamó cuando estaba en la puerta del Little Branch.

—¿Dónde estás? Has salido disparado.

—Necesitaba tomar el aire.

—Dan Barrymore ha sido detenido por el FBI al salir del cementerio. Parece que tu reportaje ha surtido efecto inmediato… Enhorabuena.

—¿Y Mac Gideon?

—Aún es pronto para saberlo, pero con lo que has contado creo que no tardarán en levantarle los cargos.

—Ya.

—¿Me puedes explicar qué ha sido ese desagradable espectáculo con el féretro? ¿Qué es eso que dijiste del anillo de Angela?

—Ya te lo contaré, ahora no tengo tiempo, pero es un anillo que suele acompañar los funerales de los Sullivan. Un anillo mágico —le dije con misterio.

—Oye, ya no estoy enfadada. Quería decírtelo. ¿Tendrás tiempo para cenar esta noche o mañana con una becaria engreída y arrepentida? —preguntó con voz melosa.

—Mañana, podría ser —le contesté.

—Prepararé una cena en mi casa. Te espero mañana a las siete. Te enviaré la dirección. Un beso fuerte en los labios.

—Hasta mañana.

El Little Branch estaba despejado. Frente a la barra de los cócteles apenas había media docena de personas. Reconocí a Tyler Whitbread que estaba de espaldas a mí. Debía de haber llegado hacía poco al local porque aún tenía puesto el abrigo salpicado de motas de cristales de hielo, como el mío. Sostenía un vaso de whisky entre sus manos y tenía la mirada perdida en el techo.

Me acodé en el mostrador junto a él y le pedí al barman lo mismo que estaba tomando el pianista mago. Tyler me miró de soslayo y aparentó no sorprenderse por mi presencia.

—¿Hoy no toca el piano?

—Sí, en un rato. Oiga, le dije…

—Me dijo que no volviera a molestarle, es cierto, pero hay algo que no me contó la última vez.

—Le conté todo lo que sabía. ¿Pudo dar con la clave de ese maletín?

—Ah, sí, por supuesto. Las instrucciones fueron muy claras. Las cartas eran negras y no rojas… Angela ya no era Angela y era Daisy… Muy original el sistema de voz. Aunque al final era Lorraine.

—¿Y entonces qué quiere de mí ahora?

—Bueno, creo que no me explicó el truco completo. No me dijo, por ejemplo, que Daisy había sido propietaria de Martinka hasta que Barrymore le compró la fábrica de magia. No me contó que usted estuvo trabajando para ella todo ese tiempo y que aún trabaja, ¿no es así?

Me miró con cara de pocos amigos sin disimulo.

—Eso no tiene importancia, y además estoy retirado, ya se lo dije. No trabajo profesionalmente en el ilusionismo.

—Pues el último espectáculo en el que ha colaborado no ha estado del todo mal.

—No sé a qué se refiere.

—¿No lo sabe? Venga conmigo un momento hasta la puerta, por favor. Es un truco que me gustaría enseñarle.

Quería buscar un rincón silencioso y en aquel sótano era difícil. Tyler obedeció, más por curiosidad que por ganas de seguirme el juego.

—¿Y bien?

—Creo que en unos segundos sonará su teléfono móvil. Se trata de telepatía. —Oprimí desde mi bolsillo el número de teléfono de la tarjeta de Roderick que había memorizado. Al instante sonó una música en el bolsillo de Tyler Whitbread.

—Qué diablos… ¿Cómo lo ha hecho?

Sacó el teléfono del bolsillo y vio un número desconocido en su pantalla. Le tomé del brazo y volvimos a la barra del bar.

—No quiera saber el cómo de un truco, eso me dijo el otro día, pero en este caso le puedo explicar el porqué. ¿O a lo mejor me lo quiere contar usted? ¿De qué conoce a un tipo que se hace llamar Roderick?

Apuró el whisky de un trago y pidió que le sirvieran otro más.

—Oiga, yo solo colaboré en lo que me dijeron. No tengo nada que ver con ellos.

—Explíquese. ¿Quiénes son ellos?

—Vamos a una mesa, es más discreto.

Nos sentamos a la misma mesa que la vez anterior. Tyler parecía resignado a hablar como si quisiera trasladarme una pesada carga. Le di pie a que empezase a hacerlo:

—Conozco los vínculos de Barrymore con el caso de los ilusionistas y sé lo que pasó con la tienda de Martinka en el año 2008. Barrymore ha sido detenido por la policía —le dije.

—Barrymore arruinó todo nuestro trabajo. Nos dejó sin un dólar cuando no nos pagó el encargo de Las Vegas. Luego, a través de un fondo suyo, compró Martinka, que estaba en la ruina. Daisy era una buena maga, pero no era hábil con los negocios. Le interesaban muy poco los números. Ella era una inventora de ilusiones. No pudo hacer nada contra ese tiburón financiero. Estuve trabajando un par de años más para la empresa de Barrymore, pero ya no era lo mismo. Sin Daisy al frente, Martinka era una empresa de las del montón, no había innovación en los trucos y nos quedamos desfasados en los montajes de escenarios hasta que poco a poco fuimos languideciendo hasta cerrar la fábrica y convertirnos en una marca de magia por Internet.

»En esa época Barrymore se comportó bien conmigo. Me prometió una indemnización si le ayudaba a liquidar la compañía y me ofreció un trabajo en uno de sus casinos de Las Vegas. La condición era que debía informarle en todo momento de los pasos que daba Daisy; creo que no quería bajo ningún concepto que volviera a triunfar con la magia. No sé qué tenía contra ella… No sé por qué la odiaba de aquella manera…

—¿Y usted cumplió con ese mandato?

—No exactamente. Liquidé Martinka y al principio le informé de los pasos que daba Daisy, pero un día ella desapareció en París. Yo cobré mi indemnización, aunque no acepté el empleo en Las Vegas.

—Y Barrymore volvió a aparecer hace unos días… ¿no es eso?

—Sí, un tal Roderick vino a verme horas antes de que usted lo hiciera. Venía de parte de la oficina de Dan Barrymore. Me dijo que estaba buscando a Daisy, a Angela Sullivan; al parecer tenía un recado importante que darle de parte de Barrymore. No le creí. Estuvo haciendo muchas preguntas sobre el caso de los ilusionistas y quería saber si usted se había puesto en contacto conmigo… Yo intenté ser amable, pero no creo que le dijera nada interesante. Me pidió mi número de teléfono por si necesitaba hacerme alguna consulta y al cabo de unas horas fue cuando usted vino a verme por lo del maletín. Entonces ligué cabos: Barrymore y usted andaban tras Daisy y… bueno, se lo dije a ella.

—Luego sigue en contacto con Angela. Y le ha echado una mano en el lúgubre número de magia. ¿Dónde está ahora?

—No sé si debo…

—Tyler, ese Roderick entró en mi casa. Lo revolvió todo y mató a mi viejo perro, que no tenía fuerzas para defenderse.

—Lo siento. Yo no he tenido nada que ver.

—Le creo. Ese tipo es un mercenario a sueldo de Barrymore y creo que ahora está en nómina de su enemigo Mac Gideon. Es una fuente que está confirmando todas las fechorías del financiero de Invertgold.

—No puedo decirle dónde está Angela. Se lo prometí.

—Creo que ha acudido al funeral de su madre, de Martha. Usted también ha estado presente, eso es lo que pienso. La ha ayudado en la puesta en escena de la desaparición del ataúd y ha tocado el órgano al final de la ceremonia que ha acabado con ese macabro truco de magia, ¿verdad, Tyler?

—Ha sido un gran efecto, ¿no cree? La gente huyendo despavorida y Barrymore cagándose en los pantalones antes de que le detuvieran.

—Lo ha sido. Han conseguido impactarnos a todos. No quiero saber cómo lo han hecho, solo quiero confirmar mis sospechas de quién es la Daisy que ha estado en el funeral.

—Daisy ha estado magnífica, como siempre. Yo solo he sido un cómplice. Le han estado haciendo la vida imposible y esa actuación no ha sido más que un ligero acto de venganza. Pero no le diré nada más, señor Bennet. Si cree saber quién es, no le va a costar encontrarla. Daisy está llegando al final de su representación y en cuanto la culmine saldrá a saludar al escenario. Todos la aplaudirán… Y ahora, debo tocar ese piano. —Señaló con la vista el rincón del pequeño escenario musical—. Hasta pronto, Christian.

Capítulo 29

Angela era Cleopatra

*L*os noticiarios de televisión de las siete de la mañana estaban monopolizados por la información sobre el arresto de Dan Barrymore y por el insólito desenlace del funeral de Martha Sullivan. En la CNN y la FOX aparecía mi fotografía en la pantalla y algunos renglones subrayados de mis crónicas en el *New York Times*.

Según todas las cadenas televisivas me había convertido en el periodista de moda, gracias al cual se había descubierto la mayor red de corrupción de Las Vegas. El teléfono no paraba de sonar. Los compañeros de la prensa querían entrevistarme a toda costa. Jorge Ramos, de Univisión, el periodista latino más influyente de Estados Unidos, que había incrementado su popularidad por enfrentarse a Donald Trump, quería que fuera a su programa aquella misma noche. Estaba desbordado. Acabé por no contestar las llamadas.

Sonó un mensaje en mi móvil: era Laura, que me recordaba que a las siete me esperaba en su casa y me enviaba su dirección en Harlem.

Miré a la calle a través de la ventana del salón. El día aparecía frío y soleado tras la borrasca del día anterior. La gente apretaba el paso en la acera con vasos humeantes del Starbucks.

Me di una larga ducha y me vestí informal con unos te-
janos y una camisa a cuadros. Sonó el timbre de la puerta.
Pensé que era la mujer de la limpieza, pero luego reparé en
que solía venir a partir de las nueve y que además tenía la
llave del piso.

Para mi sorpresa era Eva Bentley. Iba acicalada, con el
maquillaje siempre excesivo que la caracterizaba, y sus ojos
aumentados por las gruesas lentes aparecían enrojecidos,
como si no hubiera dormido.

—Buenos días, Christian. ¿Puedo pasar?

—Claro, pase. Estaba a punto de llamarla. Ayer salió corriendo después del funeral y ni siquiera pude saludarla.

—Fue todo tan extraño, tan fuera de lugar, que tuve la
necesidad de huir —me dijo, aunque intuyó que no la creía.

—Sí que fue poco convencional. Siéntese. Estoy preparando café. ¿Le apetece? —Le seguí el juego.

—Sí, gracias.

Fui hasta la cocina y desde la puerta la observé de reojo,
sentada en el sofá con las piernas enfundadas en unas medias de malla que le aprisionaban las pantorrillas y sin embargo no la estilizaban. Su afán por vestir prendas ajustadas
la hacía aparecer más rolliza y recia de lo que en realidad era.
Pero ahora sabía que eso no era más que un mero disfraz, un
artificio que tenía perfectamente estudiado para no descubrir su verdadera personalidad. Le llevé la taza de café hasta
el sofá y me senté frente a ella.

—¿Le importa que fume? —pregunté.

—¿Puede darme uno?

—Por supuesto. No sabía que fumara.

—Christian, he venido a agradecerle todo lo que ha hecho por la señora Sullivan…

Insistió en disimular, quizá pretendía que fuera yo quien
la descubriese. Y es que un mago jamás se delata, prefiere
ser descubierto.

—Y lo que he hecho por usted también, ¿no, Angela? ¿O prefieres que te llame Daisy? Deberíamos dejarnos de subterfugios.

—Claro, no tiene sentido seguir disimulando. Ya no necesito esconderme. Has hecho un gran trabajo, el que esperaba de ti. Mi padre no se equivocó. Eres un gran periodista y es justo que tu honestidad haya sido restaurada frente a las maledicencias de Dan Barrymore.

—¿Era necesario todo este montaje solo para quedarte con la propiedad del *Sentinel*? Por eso me has estado utilizando, ¿no es cierto?

No contestó. Se desprendió de la peluca canosa que cubría su cabellera rubia, se sacó las lentes y me pidió permiso para ir al baño. Quería cambiar su falsa apariencia por la auténtica. Como si precisara desprenderse de su máscara para asegurarme que lo que me iba a relatar por primera vez era la verdad.

Tardó menos de cinco minutos en reaparecer transformada en otra mujer. Era muy bella y el cuerpo obeso, de caderas amplias y michelines desbordados, comprimidos por un corsé, se había convertido en estilizado y atlético. Me miró sonriente con sus ojos azules desprovistos de las lentes gruesas que los aumentaban como un búho y se apartó la melena rubia para que pudiera contemplar las facciones de su cara aniñada y de piel tersa sin aquel maquillaje que le agrietaba la frente y le aumentaba la edad. Era como la Cleopatra de aquella clase en el colegio, pero al revés: una vez desprovista de sus facciones artificiales y poco agraciadas era una mujer bella.

—¿Y bien? ¿Qué te parece Daisy? ¿Es cómo la esperabas?

Me quedé embobado y sin palabras. Tenía un cierto parecido a su prima Lorraine, aunque no podía concretarlo, sobre todo cuando se contoneó voluptuosa para demostrarme que lo que estaba viendo era real.

329

—Me has embaucado bien durante todo este tiempo —dije.

—Durante los últimos seis años no he sido libre para mostrarme tal como era, ni siquiera físicamente. Barrymore y su gente fueron a por mí, impidieron que desarrollara mi carrera y pusieron en peligro mi vida. ¿Qué otra cosa podía hacer si quería seguir viva y recuperar lo que heredé de mis padres, sino ocultarme sin realmente desaparecer?

—Sin duda el escapismo es tu especialidad, pero también el fraude. Tu madre siempre estuvo en connivencia contigo. No era cierto que te estuviera buscando, porque en todo momento estuviste a su lado. Entre las dos urdisteis la estratagema para engañarme…

—No te lo tomes como un engaño. Sabíamos del punto débil de Barrymore y me dediqué a indagar en sus negocios delictivos. Para poder llevar a cabo la investigación sin problemas debía convencerlo de que Angela se había ahogado en el río Sena. Lorraine me ayudó, como sabes. Mi madre estaba muy enferma y era el momento de desenmascarar a Barrymore. Pero no lo podíamos hacer por nosotras mismas. Necesitábamos que alguien solvente, alguien a quien la gente no pusiera en entredicho y que supiera moverse entre los ilusionistas, porque ya había estado con ellos, se convenciera por sí mismo de la historia contra Dan Barrymore y lo denunciara públicamente.

—Me guiaste por donde quisiste, me enviaste a París, a Barcelona, a Las Vegas. Me manejaste como una marioneta para que pasara por todas las pruebas a tu antojo.

—Solo si se cree que se está viviendo la realidad se es capaz de creerla y contarla.

—Como en una sesión de magia…

Me sentía como un necio.

—Algo así. La gente viene a un espectáculo de ilusionismo dispuesta a creer que lo que va a ver es real, aunque duden de lo que están viendo. ¿Acaso no dudamos de muchas cosas que nos están pasando en nuestra vida cotidiana? Si no fuera así no existirían los celos o la envidia, y ni siquiera nos atreveríamos a soñar o a desear un presente distinto. Nuestro cerebro está más preparado para la improvisación que para la razón, porque es más ágil y placentero el mecanismo de la sorpresa y la ilusión que el de la premeditación.

—Nunca me han gustado las sorpresas, ni siquiera en el ilusionismo. Aprecio el trabajo de los magos cuando sé cómo lo realizan. Vemos las cosas de distinta manera.

—Pues cometes un error. En un *show* de ilusionismo desde el principio tiene que haber una comunión con el espectador, que tiene que sentirse implicado; debemos hacerle cómplice de que lo que está viendo no es un truco y hacer posible que, aunque su juicio le haga recelar, acabe por creerlo.

»Algo así pensé que pasaría contigo. Necesitaba desvelarte ese espacio de emociones al que te habías negado. Tu pasado con Lorraine, tu infancia en París, tu familia, tus reportajes premiados por los que te sentías culpable y contrariado, formaban parte de ilusiones que habían cicatrizado en tu mente como algo imaginario y sin embargo tenían muy poco que ver con la realidad. En cierta manera has descubierto la verdad, tu verdad.

—Manipulándome. Esa es la única verdad que ha existido. Una burda manipulación.

—¿Eso es lo que crees? Solo he tenido que activar tus sensaciones ocultas por el paso del tiempo para que aceptaras el encargo hasta el final. Aunque te asaltaran las dudas, a cada paso que dieras acabarías por creer.

—Todo esa filosofía está muy bien, una reflexión teórica magnífica. Admito que me has conducido por donde se te ha antojado, pero creo que has dejado cabos sueltos en tu ac-

331

tuación. Esta vez no ha sido tan perfecta como en los *shows* de *Ilusionarium* de otras épocas.

—¿Ah, sí? ¿Crees que se ha visto la ejecución del truco en algún momento?

—No sé si conseguirás lo que pretendes. ¿Cómo vas a demostrar que eres la heredera de Greg y Martha Sullivan? No es tan fácil que una persona que desapareció hace muchos años y que resucita ahora del fondo de las aguas del Sena diga: aquí estoy y esto es mío. ¿Pruebas de ADN? Quizás entonces Barrymore quiera hacérselas y te reconozca como su hija. A lo mejor deberías compartir la herencia con él. Y además está Peggy, tu hermanastra. Creo que no va a ser tan fácil y automático.

—Bien pensado, pero eso es imposible. No va a pasar. Con Peggy me une una relación especial, es mi mejor amiga.

—¿Forma también parte del espectáculo? ¿Hay alguien del público que no esté conchabado contigo? Las dos hijas de Dan Barrymore quieren que su padre se pudra en la cárcel… ¿Qué clase de seres sois?

—Un verdadero padre no te hace daño, Christian. Alguien que se llame así no abusa sexualmente de una hija y no quiere arruinar la vida de la otra aunque esta sea ilegítima.

—¿Barrymore abusó de Peggy? ¿Por qué no lo denunció…? Ese cabrón…

—Ese cabrón pasará muchos años en prisión, y si en su momento su hija le hubiera denunciado por violación ya estaría en la calle. Eso en el caso de que lo hubiera podido demostrar. Una chica de dieciséis años con una madre que era incapaz de apoyarla porque no quería poner en riesgo su mundo de opulencia estaba vendida. A veces un hombre no puede entenderlo. Lo único que salvó a Peggy es que consiguió que le dieran una beca para estudiar en el extranjero y así pudo huir de ese infierno.

—¿Cómo te hiciste amiga y cómplice de Peggy? Su actitud conmigo también fue engañosa…

—¿Quieres oír la historia?

—Me gustaría, si lo que me cuentas no es otra farsa.

Apuró un sorbo de café y encendió otro cigarrillo.

—Está bien, mi relación con Peggy no fue casual. Cuando mi madre me contó quien era mi verdadero padre, también me reveló que este tenía una hija de mi edad. No lo podía creer, ese cabrón de Barrymore había dejado embarazadas a mi madre y a su mujer con una diferencia de tres meses.

»Peggy y yo teníamos entonces dieciocho años. Yo me fui de casa muy disgustada y ya tenía en mente emanciparme para dedicarme al ilusionismo. Greg y mi madre no me entendían, eso unido a la tremenda revelación que me habían hecho y que ellos se llevaban a matar, fueron suficientes motivos para abandonar mi hogar.

»Pero sentía curiosidad por conocer quién era mi hermanastra, saber si alguien que tenía mi misma sangre podía tener algo en común conmigo me obsesionaba. Averigüé dónde vivían los Barrymore y les hice una visita. Fue un tremendo error que marcaría los próximos años de mi vida. Cuando llegué a la casa, me recibió Dan Barrymore, que lógicamente no me reconoció. Había hecho un pacto con mis padres para renunciar a su paternidad y jamás me llegó a ver. Pregunté por Peggy y me dijo que estaba estudiando en Europa y que volvería a Nueva York en un par de meses por vacaciones. Al momento salió Erika, su mujer, y me invitó a pasar.

»Yo reaccioné mal, lo reconozco. Era muy joven e incapaz de contener la rabia que tenía. Quería a Greg, fue un buen padre y no se merecía lo que le habían hecho Dan y mi madre. Así es que entré y, mientras Erika fue a la cocina a preparar una taza de té, le dije a Barrymore que a quien tenía delante era a su propia hija, su hija Angela.

333

»Me pidió, me imploró, que no le dijera nada a su mujer y que me fuera de su casa inmediatamente. Se puso muy nervioso y excitado. Yo le debí lanzar algún improperio, no lo recuerdo, el caso es que me agarró violentamente del brazo y me zarandeó para arrastrarme hasta la puerta. Estaba fuera de sí. En el forcejeo me desgarré el vestido. Cuando llegó Erika y contempló la escena de su marido, que parecía estar abusando de una chica a la que la estaba dejando en ropa interior, gritó despavorida y dejó caer la bandeja de té.

»Cuando bajaba las escaleras hacia la calle aún podía oír a Erika gritar entre sollozos: "¡Estás enfermo!, ¡eres un cabrón, hijo de puta!". Imagino que la mujer sabía de los abusos que el marido había cometido con su hija; debió de pasarlo fatal. El caso es que la pobre entró en una depresión, según me dijo Peggy, enfermó y murió a los pocos años.

»Dan Barrymore nunca me lo perdonó, sabía cómo me las gastaba, pero me tuvo enfilada desde entonces. La gota que colmó el vaso fue cuando Greg firmó su contrato de deuda con el fondo de inversión con la cláusula en la que él no podía quedarse con los bienes de mis padres si yo aparecía. Inició una persecución contra mí que me obligó a cambiar de personalidad para que no me reconociera.

»Pero seguí buscando a Peggy hasta que meses más tarde di con ella. Me hice la encontradiza en una cafetería y entablamos conversación. Le dije que era maga, eso le chocó. Era una chica tímida y vivía en un mundo racional de números y de balances de empresas, así es que le pareció que alguien que hacía desaparecer cosas o que las hacía levitar sin aparente explicación le resultó muy atractivo. Se entusiasmó ante los sencillos trucos de *close up* que le hice en la mesa de la cafetería.

»Le regalé una entrada para que viniera a verme donde actuaba, en un pequeño café-teatro de Harlem, luego salimos a cenar y poco a poco ambas fuimos ganando confianza y nos hicimos buenas amigas.

»Un día me dijo que quería que le enseñara a hacer magia. Hicimos unos cuantos trucos con monedas y naipes y comprobé que tenía esa habilidad especial que se requiere para manipular los objetos con soltura y rapidez. Teníamos en común que ambas éramos zurdas y teníamos los dedos ágiles, largos y estilizados; en cuanto le enseñaba una rutina de magia la cogía al momento y la ejecutaba con bastante destreza. Le corregía la posición que debía adoptar delante del público y le daba consejos para distraer la atención de los que estarían observándola para adivinarle el truco.

»En esa parte era donde fallaba. La pobre con su timidez no era capaz de contar un simple chascarrillo mientras manejaba los naipes y eso que solo lo hacía delante de mí. Claro que Peggy no quería dedicarse a la magia, simplemente practicarla como hobby; decía que la relajaba. La cuestión es que ella regresaba a Europa, tenía que concluir sus estudios de economía y me pidió que le buscara una buena escuela de magia allí para acudir un par de días a la semana. Estuvo practicando y en los siguientes dos años nos llamábamos a menudo y nos veíamos cada vez que regresaba a Nueva York y me ponía al corriente de sus avances.

»¿Sabes qué? En todo momento eludimos hablar de nuestras familias. No sé si yo le había dicho algo, o ella dio por sentado que yo no tenía padres. Me había dado a entender que su madre Erika vivía en Alemania. Cuando estaba en Nueva York se alojaba en un apartamento de alquiler. Ella no quería hablarme de los abusos de su padre y yo no tenía entonces relación con los míos. Éramos amigas y, sin embargo no nos habíamos contado el secreto que teníamos en común.

»Era curioso, parecía como si no quisiésemos desvelarnos nuestro mayor efecto de ilusionismo.

»Cuando acabó sus estudios y vino a vivir definitiva-

335

mente a Nueva York, yo iba a emprender un viaje a Las Vegas, empezaba a salir con Darío y montábamos nuestro primer espectáculo en serio. Así que me pareció que teníamos que sincerarnos. Creo que ella también necesitaba hacerlo.

»Recuerdo que fue con ocasión de enseñarme el apartamento que se había comprado en Manhattan. Teníamos veintiún años y a esa edad ya disponía de apartamento propio. Supongo que alguien que solo había estudiado en el extranjero y que se disponía a cursar otro máster en dirección de empresas en Columbia se veía en la obligación de explicar de dónde salía tanto dinero.

»Fuimos a su piso y preparamos una buena cena con champán y todo. En la sobremesa, con la botella vacía y un par de gin tónics que habían caído, decidimos desinhibirnos y hacer entre las dos el espectáculo de nuestra vida; mejor dicho, en esta ocasión lo hizo ella sola.

336

»Tomó una baraja de póquer y me la mostró para que comprobara que estaba completa. La verdad es que no eran los diferentes tipos de naipes amañados con los que yo solía trabajar. Eso me desconcertó.

»Barajé y corté como ella me indicaba. Yo reía divertida porque el alcohol me había entonado y a Peggy la había vuelto todo lo locuaz que no era.

»—Te voy a contar una historia —dijo—. Esta es Angela. —Sacó del centro de la baraja la dama de corazones—. Los corazones son sentimiento, arte y creatividad, es una buena carta y te representa muy bien. Ahora escoge tú una carta sin que yo la vea y colócala en cualquier lugar de la baraja.

»Así lo hice y ella manipuló las cartas con cortes simétricos y rápidos.

»—Bien, yo voy a escoger la carta que está inmediatamente debajo de la que has elegido. ¿Es esta tu carta?

»Me mostró el 10 de diamantes y le dije que efectivamente esa era mi carta.

»—Es lógico que debajo de los diamantes aparezca la gran dama de diamantes. Esta soy yo. —Mostró la dama de diamantes y la colocó sobre la mesa junto a la de corazones que me representaba a mí—. Obviamente los diamantes significan la riqueza, los negocios y el ingenio —explicó—. No está mal para mí. Además los diamantes se llevan bien con los corazones —añadió jocosa.

»—Muy bien, estoy sorprendida —le dije abrazándola.

»—Espera, espera, el truco no ha acabado.

»—¿Ah, no? —reí, Peggy estaba muy divertida.

»—No, vamos a ver lo que hay detrás de una chica del mundo del arte y de otra del mundo de los negocios, ¿Por cuál empezamos?

»—Por mí, por mí —repetí dando saltitos en la silla como una niña.

»—Pues acerca tu carta a la baraja lentamente y por detrás de ella para que aparezca tu pasado. —Puso los naipes en abanico y con las figuras boca abajo.

»Acerqué la carta de mi dama cómo me había indicado y vi como se movía un naipe de uno de los extremos del abanico.

»—Ajá—dijo Peggy—ya tenemos la carta de tu pasado. ¿Quieres girarla, por favor? Así sabremos su significado.

»—Curioso, es otra dama, esta vez es la dama de picas. ¡Hum!, curioso, muy curioso —repitió enigmática.

»—¿Quién es?, venga, ¿qué significa la dama de picas? —le urgí impaciente.

»—Es tu madre, Angela. Una persona fuerte, pero discordante. Las picas representan la adversidad, las contradicciones, los problemas y las frustraciones. La dama de corazones y la de picas juntas simbolizan los problemas emocionales que se superan con mucha dificultad. No tenéis una buena relación…

»—No la tenemos simplemente —dije con aspereza. Aquel juego de repente ya no me estaba gustando.

»—No te enfades. Todavía queda lo más importante, la carta sobre mi pasado. También me gustaría que la escogieras tú.

»—Deberíamos dejarlo, Peggy.

»—Por favor, solo la última carta. Dime si la quieres de arriba, de abajo o del centro. O mejor aún, lanzaré la baraja al aire e intentaré atrapar una carta, el aire es lo que tenemos en común todos. ¿Te parece?

»—Como tú digas. Tú eres la maga.

»Arrojó las cartas hacia el techo y se desparramaron por el suelo. Con las dos manos atrapó una al vuelo.

»—Ya tenemos una carta de mi pasado, pero quizá también del tuyo —dijo sin descubrir la carta.

»—¿De nuestro pasado?, ¿un pasado en común?

»Peggy se puso seria. Noté que su expresión se tornó en un rictus de angustia.

»—Sí, el maldito rey de picas —dijo con un hilo de voz sin mostrar todavía la carta que sostenía con rabia apretándola con las manos hasta arrugarla en un puño.

»Le abrí la mano y efectivamente ahí estaba Dan Barrymore, el rey de picas, su padre y mi padre.

»Ambas rompimos a llorar. El juego y la bebida nos habían llevado a la catarsis.

»Me contó los abusos de su padre y cómo había sabido que éramos hermanas poco antes de que muriera su madre. Erika, su madre, se lo había contado todo.

»Nos hicimos un juramento, acabaríamos un día con aquel hombre que nos había destrozado la vida.

»Continuamos viéndonos siempre que los viajes por mis *shows* me lo permitían. Vino a ver *Ilusionarium* a Las Vegas dos o tres veces hasta que su padre cerró el espectáculo cuando se enteró de que era yo quien actuaba y que su hija Peggy había asistido a él. Seguimos practicando una magia especial entre las dos. Es una gran empresaria y me va ayudar mucho con el *Sentinel*. Lo demás ya lo conoces, Christian.

Angela había conseguido con su relato que me compade-ciera por unos instantes, pero no quería dejarme llevar por las emociones, así es que le dije:

—Pero volvió junto a su padre y trabaja para él en In-vertgold…

—Ella también buscaba su venganza. Trabaja en Invert-gold y ha conseguido estar fuera de los negocios criminales de su padre. Es muy inteligente. Volvió con un título en eco-nomía por Colonia. Le da mil vueltas a Barrymore. Cuando regresó de Europa le dijo que quería trabajar para él. Un día le dijo que no había olvidado los abusos que sufrió durante su adolescencia y que, ahora que su madre había fallecido, se sentía fuerte y con ánimos para denunciarle. No lo hizo, pero a cambio consiguió que Barrymore le pusiera a su nombre parte del negocio: la Torre Woolworth. ¿Sabes cuán-tos millones de dólares vale ese edificio ?

—Peggy chantajeó a su padre… y te facilitó toda la in-formación sobre sus negocios en Las Vegas.

—Digamos que le fue fácil obtenerla estando ahí dentro, en Invertgold. Para un tipo como Barrymore, que hace ne-gocios extorsionando, no le era extraño que su propia hija utilizara los mismos métodos.

—¿Y tu madre? ¿Cómo es que se…?

—¿Se lio con él? Digamos que se aprovechó de ella. Mi madre quería un hijo que mi padre no le podía dar, eso es cierto. Y Barrymore estaba ahí para remediarlo: renunciaría a su paternidad además de facilitarle el dinero que necesi-taba mi padre para el diario. Cuando me enteré me enfadé mucho con ella, dejé de hablarle, pero luego la perdoné. Parte de la historia que te contó era cierta. No tienes que sentirte utilizado. Piensa en que has conseguido restaurar un pasado que no tenías superado y has recuperado tu pres-tigio profesional. Míralo de esa forma…

—Tú, Peggy y Lorraine. Tres mujeres a las que no les importa mentir y manipular a la gente a toda costa. Sois tan frías como un témpano…

—Las tres hemos sufrido mucho. Creo que tenemos todo el perdón del mundo. Las tres hemos vivido con peligro nuestra vida. Las tres hemos tenido que defendernos con las armas de las que éramos capaces. ¿No puedes entenderlo? —Se puso seria.

No podía entenderlo. Estaba furioso conmigo mismo por mi incapacidad para ver las cosas más allá de mis narices. Estaba perdiendo mi olfato. Me vinieron a la mente los momentos vividos aquellos días. El derrumbe de mi pasado. Volví a ver la expresión angustiada de Lorraine intentando alcanzar mi mano para no caer al vacío y me vi en el río Sena ahogándome y en Le Double Fond atravesado por una bala perdida del mosquetón de Dominique. Vi al mago Larry borracho y cortando en dos con un serrucho a su ayudante, llenando el escenario de sangre… A mi padre en su silla de ruedas diciéndome que me echaba de menos… y a *Astor* moribundo, tendido sobre la camilla metálica del veterinario. Me llevé las manos a la cara para restregarme los ojos y despertar de la pesadilla que estaba viviendo.

—¿Quién entró en mi casa y mató a *Astor*? ¿Quién estaba detrás, junto a ti y tus cómplices, para implicar a Dan Barrymore? ¿Por qué me despidió Peggy Barrymore del *Sentinel*?

—Había que dar verosimilitud a cada paso que diéramos, ya te lo he dicho, de lo contrario Barrymore hubiera sospechado… y tú también. Le tendimos una encerrona, pero en algún momento se nos pudo ir de las manos. Inicialmente a Roderick lo contrató Dan Barrymore. En cuanto se enteró de que andabas detrás de mí quiso saber de qué información disponías, por eso entró en tu casa. Después compramos a Roderick para que trabajara para nosotros, a Peggy no le costó mucho… Solo era cuestión de dinero. Siento lo de tu perro. No queríamos que nadie, y menos tú, resultará perjudicado.

—¿Y el senador Mac Gideon? Tu tío, ¿también está confabulado en esta farsa?

—Por supuesto. —Angela rio divertida. Yo no le veía la gracia—. Mi tío lo ha pasado mal. Las denuncias de los reportajes del *Sentinel* y las que hizo Barrymore al FBI contra él han estado a punto de acabar con su carrera. Tú has conseguido impedirlo con tus reportajes. Todo vuelve a estar en su sitio.

—Siempre he tenido la sospecha de que no estaba limpio del todo. Sigo pensando…

—Deberías olvidarlo, Christian. La función ha terminado. A partir de ahora no hay más engaño que el de la vida misma. Tienes un magnífico futuro por delante en el *Sentinel* o en el *New York Times*. Has salido reforzado. Deberías verlo así. En cuanto a lo que te dije sobre Laura Grant, no me hagas caso; tengo entendido que es una buena chica. Ella tenía que obedecer las instrucciones de su editor, de Dan Barrymore, pero si lo piensas te puso en la pista de la verdad. Es muy joven, me recuerda a mí cuando me casé con Darío. Nos llevábamos muchos años, pero no puedo decir que no fuera feliz durante un tiempo. Larry y Daisy… ¡Qué gran pareja de ilusionistas! —Cerró los ojos, me pareció que se recreaba en su pasado.

—Larry está hundido. Creo que también sufrió los efectos de tus artimañas. Le utilizaste para realizar la pantomima del Sena y luego lo dejaste tirado.

—Lo nuestro se había acabado. Hay cosas que no tienen retorno.

—Ya veo…

—Lo que trato de decirte es que en todo momento fui clara con él. Larry era un buen mago, pero no era excepcio-

341

nal. Yo era demasiado joven cuando me vio actuar y me propuso ser su pareja. Vivimos momentos muy dulces en los escenarios. *Ilusionarium* me lo dio todo, pero ambos sabíamos que aquello tenía su fin. Teníamos que tomar caminos separados… Yo necesitaba explorar otros campos, la mente, las alucinaciones de nuestro cerebro. Me interesaba explorar ese mundo y él se quedó atrás, en cierta forma se descolgó.

La frialdad de Angela solo podía disculparse por el episodio de persecución que había sufrido en su vida. Lo había calculado todo a la perfección para que no hubiese un solo cabo suelto. Había ido más allá de preparar los detalles materiales del efecto que pretendía conseguir, había jugado con los sentimientos y las ilusiones de las personas. Sabía cómo engañar a la mente, no cabía duda.

Se levantó con intención de marcharse. Metió su disfraz de Eva Bentley en una bolsa de tela, pero antes extrajo de ella un sobre.

—Es lo convenido. Mi madre te prometió doscientos mil dólares si me encontrabas. Esto es un cheque por ese importe. Has cumplido el encargo y no te lo he puesto fácil.

342

Capítulo 30

Mágica Navidad

Hacía ya unas semanas que Laura y yo nos habíamos dado una tregua. Anulé en el último momento la cena en su casa. No estaba en condiciones de pasar una velada con ella. Mis sentimientos eran encontrados y no sabía hasta qué punto me traicionarían y, sobre todo, me comprometerían. En cierta manera volvía a estar en el punto de partida con ella: tras haber intimado y habernos enfadado hasta hacernos daño, era mejor dejar discurrir el tiempo. Ese tiempo que precisaba lo dediqué a hacer algunas comprobaciones sobre el caso de los ilusionistas, pero cada día estaba tentado de llamarla por teléfono.

La echaba de menos, muy a mi pesar, y a la vez necesitaba reencontrarme de nuevo con mi espacio de soledad. La seguía por sus crónicas políticas en el *Sentinel*. La habían ascendido a directora de la web del periódico. También se había producido un cambio en la gerencia. Parecía que Maxwell no tenía la confianza de la nueva propiedad, que ahora estaba en manos de Angela Sullivan y Peggy Barrymore. Robson seguía al frente como director.

Los rumores de que el *Sentinel* iba a ser adquirido por el *New York Times* se convirtieron en realidad aquella mañana del 21 de diciembre en que visité la cárcel de Nueva York en Brooklyn.

La jugada de Daisy había sido maestra. No era cierto que la función hubiese terminado. Había conseguido una buena suma de dinero vendiendo el periódico de sus padres y además había levantado la hipoteca que Barrymore tenía sobre sus bienes heredados. Angela tenía en sus manos una verdadera fortuna. *Vanity Fair* le había dado la portada de ese mes. Daisy volvía a los escenarios con un macroespectáculo de magia en Broadway al que iba a llamar *Ilusionarium*.

Mac Gideon había sido exculpado. El FBI había retirado los cargos contra él y anunció que se presentaría a las elecciones presidenciales. Su carrera se disparaba a la par que su popularidad al haberse enfrentado a la mafia de Las Vegas.

Conseguí un permiso para visitar a Dan Barrymore en el centro penitenciario de Brooklyn. Me quedé impresionado por cómo en solo unas semanas ese hombre aguerrido y de fuerte personalidad se había transformado en un tipo cohibido y retraído. Los médicos decían que sufría una profunda depresión. Le habían prohibido leer los periódicos para que no estuviera al tanto de las decenas de demandas con las que le amenazaban sus socios estafados por Invertgold. Un ejército de abogados trabajaba para él, esperando cobrar sus minutas una vez levantaran el embargo de sus bienes, si eso se producía algún día.

Pero él no creía, eso me dijo, que pudiese salir de la prisión con vida. No era humildad, me pareció que estaba convencido de que no había nada que hacer. Había tirado la toalla. No quiso darme explicaciones sobre su entramado financiero fraudulento. De alguna forma admitía esas prácticas y no le encontraba sentido a ahondar en ellas, aunque sus abogados lo estaban preparando para hacer una confesión y pactar una reducción de pena con la fiscalía si tiraba de la manta.

Solo tenía interés en que conociera que todo lo que había hecho era en connivencia con el senador Mac Gideon. Me facilitó a través de su abogado, que estuvo presente en el locutorio de la cárcel durante los quince minutos que me dejaron verle, varios documentos que implicaban al senador en sus negocios.

Eran apuntes contables de transferencias hechas a sus cuentas como pagos de los favores realizados, como desbloquear permisos de prostíbulos y salas de juego. Me facilitó anotaciones manuscritas, mensajes de móvil e incluso una grabación en la que se oía a Mac Gideon negociando las comisiones. El senador pedía más dinero porque decía que tenía que repartirlo con varios funcionarios. Su secretaria era la que se ocupaba de distribuir aquellas corruptelas de acuerdo con sus indicaciones.

—No va a poder publicarlo, señor Bennet. No le van a dejar —me dijo convencido y a la vez resignado—, pero allá usted. Nos han tomado el pelo a usted y a mí.

Cuando me marchaba me dijo desde lejos con una sonrisa en la boca:

—Yo le hubiese nombrado director del *Sentinel*, Christian. No lo olvide, y entonces sí que lo hubiésemos publicado. Como cuando Greg y usted eran un equipo de primera. ¿Se acuerda?

Fui hacia él y le dije:

—No creo que hubiese aceptado, pero recuerde que fue usted quien me echó del periódico.

—¿Seguro que fue así, Christian? No tuve nada que ver. Me dijeron que fue Peggy quien lo hizo. Piénselo. No fue una casualidad que en menos de veinticuatro horas le ofrecieran un puesto en el *Times*… Peggy, su amiguita Angela y el que le fichó en el *Times* estaban en connivencia. Ya ha visto qué poco ha durado la independencia del *Sentinel*…

Y

Tenía claro que Brad Hudson no podía ser a partir de ahora mi interlocutor en el *New York Times*. Había mostrado excesivo interés en que cargara las tintas de mis reportajes contra Barrymore y dejara fuera de toda sospecha a Mac Gideon. Era amigo de la familia, me había dicho.

Pero no solo eso. Estaba convencido, como Barrymore, de que Hudson formaba parte de la «*troupe* mágica» de Angela Sullivan. Era un cómplice más de su magnífica actuación: había conseguido que el *Sentinel* acabara en manos del *Times*. La estrategia de contratarme cuando Peggy Barrymore me dejó fuera del diario, la de darme las pistas para llegar hasta Mac Gideon en Las Vegas, la propia entrevista que me concedió el senador… Todo estaba perfectamente planificado y teledirigido. Seguro que Hudson había sacado buen partido de la operación. Y yo había escrito a su dictado para hacérselo más fácil.

Tenía el material que implicaba a Mac Gideon y solo se me ocurrió hablar con alguien de quien llevaba tiempo intentando fiarme. Alguien que, como yo, también hubiese sido engañado. Llamé a Laura.

Era el 22 de diciembre por la noche. El árbol de Navidad de la plaza Rockefeller iluminaba a miles de turistas. Por la pista de hielo de la plaza patinaba más gente de la que cabría imaginarse y abrirse paso por la Quinta Avenida era poco menos que una proeza imposible. Los copos de nieve caían como algodón sobre la acera, pero los transeúntes los deshacían a su paso convirtiendo las calles en un torrente de agua.

Caminé con dificultad hasta la calle Cincuenta y Cinco, entre la Quinta y Madison, para llegar al Saint Regis. Laura había conquistado una mesa en un rincón del bullicioso bar King Cole, que estaba lleno a reventar.

—Tienes buen aspecto —me dijo dándome dos besos.

—Será este frío polar. Tú también te ves muy bien.

No solo se la veía muy bien. Laura exhibía todos sus encantos bajo una mínima vestimenta. Se me hacía extraño verla tan escotada y con las piernas descubiertas por una minifalda, aunque en el bar hacía calor. Pensé que quería que la encontrara seductora. Y había acertado.

—Te he pedido un dry martini, están tardando bastante en hacer los cócteles, tienen la barra a rebosar.

—Perfecto. Te voy siguiendo en el *Sentinel* y me gusta lo que haces. Creo que le estás dando una visión diferente a la política de la ciudad. He visto que el alcalde De Blasio te tiene en buena consideración a pesar de que le das algún que otro palo…

—Sí —se rio—, me ha pedido que sea su jefa de prensa. Ya sabes cómo piensan estos políticos: si eres libre y les criticas mejor tenerte a su lado… No se me ocurriría jamás pasarme al lado oscuro del periodismo. Por cierto, ¿has visto lo de la compra del *Sentinel* por el *Times*? Esta concentración no creo que sea buena, salvo porque puede que acabemos trabajando juntos. —Me guiñó un ojo.

—¿Sigues pensando que esto del periodismo vale la pena? Quiero decir si piensas que contar una historia por dura que sea para el poder es algo que merece todos los contratiempos que te pueda acarrear…

—Por supuesto. Jamás dejaría de contar algo caiga quien caiga si es verdad. Duela a quien duela.

—Sí, eso pensaba yo también…

—Oye, Christian, ¿qué pasa? ¿Hay algo que me quieras contar?

—Bueno, no sé. Tú y yo trabajábamos en equipo hasta que nos distanciamos…

—Sabes lo que siento por ti. No deberías tener en cuenta mis arrebatos. Me supo fatal que entrevistaras a Mac Gideon y que utilizaras mi información, pero visto lo que ha pasado con Barrymore debo reconocer que tú estabas sobre la pista adecuada mientras que yo me dejé llevar… Me manipularon. Supongo que eso va con… con… la experiencia.

—Quieres decir con la edad. —Solté una carcajada—. No pasa nada. No disimules lo que piensas. Soy un periodista al final de su carrera.

—Eres el periodista de moda. El mejor. Si eso es estar al final de la carrera… Seguro que tienes cientos de fans treintañeras como yo.

—No tan guapas como tú.

—Deja de bromear.

—No te estoy tomando el pelo, Laura. Sé que lo que sientes por mí es sincero. Llevo días pensando en que he sido un egoísta y eso me ha impedido ver las cosas con claridad. Además tienes todo lo que hay que tener para ser una buena periodista. Creo que este negocio es cada vez más de personas. Los medios con sus intereses son los que pueden acabar con el periodismo, pero mientras haya gente como tú les será muy difícil…

—A mí me interesa más saber si tengo alguna posibilidad contigo. El periodismo está muy bien, pero ahora sé que lo que me importa de verdad es poder llegar a estar un día a tu lado.

—A lo mejor ambas cosas son compatibles. No hay que hacer planes a largo plazo —dije.

—Sí, yo tampoco quiero hacer planes, pero ¿por qué no podemos vivir el momento si nos apetece?

—Podemos vivirlo, Laura, pero no quiero ser un impedimento para ti en tu carrera. Eres tan joven…

—¿Por qué ibas a serlo? Estar con el mejor periodista de Nueva York no creo que me perjudique, ¿no crees? —Me sonrió, desarmándome una vez más.

—Eso es lo que dicen, pero no es verdad…

—¿No? ¿Vas de humilde?

—Voy de que he vuelto a dejarme parte de la historia en el tintero.

—Explícate.

—Ven a mi lado.

Laura se pegó a mí. Noté el roce de sus muslos en mi pierna y el olor de su perfume lo invadió todo. Le acerqué la grabadora al oído para que escuchara la grabación que Barrymore le había hecho a Mac Gideon.

—¡Joder! Christian. ¡Tienes la bomba! Esto... esto... es un *scoop* como un piano de gordo. El senador va a la carrera por las presidenciales. ¿Cuándo lo publicas?

Estaba emocionada, exaltada como una chiquilla.

—De eso se trata. No lo voy a publicar.

—No entiendo. Tienes una exclusiva brutal. Este tipo es un corrupto y aspira a ser presidente del país... ¿Y no lo vas a contar?

—Me retiro, Laura. Esta grabación es toda tuya. Tú encontrarás la manera de que llegue a la gente. Tienes razón: esto debe conocerse cuanto antes. Dalo en cuanto puedas. Tengo más documentación para apoyar tu crónica. —Le di los papeles que había obtenido del abogado de Barrymore.

—Pero... pero eso no es posible. Es tu exclusiva.

—Te la regalo.

—¿Por qué?

—Porque es mi regalo de Navidad, porque ya no me interesa esto, porque quizá me he desengañado de tanto engañar, porque necesito poner distancia con la necesidad de pontificar siempre con la verdad. No tengo madera de héroe. No quiero ser premiado con la fama por contar lo que la gente necesita oír, porque ya no quiero defender a nadie, ni siquiera del ataque de los poderosos... Y porque he vivido mucho tiempo en un mundo irreal.

—Christian, no entiendo...

—No es necesario que lo entiendas, Laura. Es cosa mía. Pasado mañana tomaré un vuelo a París. Es posible que alguien que no me espera se alegre de verme. Debo recuperar algunas cosas que dejé pendientes antes de seguir...

—Voy contigo.

—No creo que...

—Déjame ir contigo, por favor —suplicó en el momento en que llegaban los dry martinis.

Epílogo

*L*a Rue Crémieux lucía centenares de bombillas navideñas en los portalones de sus casas de colores. Los ventanales de los pisos superiores estaban iluminados y había poca gente paseando por la calle. Se oyó lejano el silbato de un tren que arribaba a la Gare de Lyon. Unos niños jugaban a la pelota hasta que fueron advertidos por alguien desde arriba de las casas para que subieran. El balón llegó a mis pies y le di un puntapié para desplazarlo hacia ellos. Noté en mi rodilla un ligero tirón por la falta de práctica, aunque era posible que se despertara mi vieja herida.

La puerta azul estaba entreabierta. Sonó un teléfono. Era el de Laura. Lo desconectó y no cogió la llamada. Desde que habíamos aterrizado tenía decenas de mensajes que no contestó. La publicación de Laura en el *Sentinel* de las grabaciones a Mac Gideon había tenido un tremendo impacto. El senador había sido detenido.

Me besó en la boca y me cogió del brazo mientras subíamos las escaleras hasta la casa de mi padre.

—Feliz Nochebuena, cariño —dijo.

Laura me sonrió y yo le enjugué una lágrima con una caricia.

Este libro utiliza el tipo Aldus, que toma su nombre
del vanguardista impresor del Renacimiento
italiano Aldus Manutius. Hermann Zapf
diseñó el tipo Aldus para la imprenta
Stempel en 1954, como una réplica
más ligera y elegante del
. popular tipo
Palatino

* * *

* *

*

Ilusionarium
se acabó de imprimir
un día de otoño de 2016,
en los talleres de Egedsa
Roís de Corella 12-16, nave 1
Sabadell (Barcelona)

* * *

* *

*